Garoafe la bordel

Radu Paraschivescu (n. 1960, Bucureşti) este scriitor, traducător şi în primul rând cititor. Unii îl consideră şi ziarist – o încadrare pe care o refuză de fiecare dată. Spune despre el că apare mult prea des la televizor şi la radio, motiv pentru care îşi îndeamnă prietenii să deschidă prudent frigiderele. E fascinat de Europa şi de diamantele ei, de la Rothenburg la Sevilla, de la Bruges la Florenţa şi de la Dinan la Sintra. Crede că Roma înseamnă apogeul frumuseţii şi că urma cea mai apăsată în viaţă o lasă imprevizibilul. Dacă ar fi să predea ceva, materia respectivă s-ar numi „Teoria şi practica neaşteptării". Îşi păstrează nealterată capacitatea de-a admira şi de-a iubi. La Humanitas publică romane – *Fluturele negru*, *Cu inima smulsă din piept*, *Podul Diavolului*, *Acul de aur şi ochii Glorianei* etc. –, volume de povestiri – *Bazar bizar, Aştept să crăpi (de astăzi, în prime time)*, *Omul care mută norii* –, literatură confesivă – *Am fost cândva femeie de onoare* – şi texte despre România ultimelor decenii – *Maimuţa carpatină*, *Două mături stau de vorbă*, *Orice om îi este teamă*, *În lume nu-s mai multe Românii (planetei noastre asta i-ar lipsi)*, *Noi suntem români (nimeni nu-i perfect)*. Bestsellerul *Ghidul nesimţitului* i se vinde în peste 70.000 de exemplare. Are peste 120 de cărţi traduse din autori ca Julian Barnes, Jonathan Coe, Salman Rushdie, George Saunders, Stephen Fry, David Lodge, William Golding, Kazuo Ishiguro, James Salter, Nick Hornby, Alain de Botton, C.S. Lewis, William Burroughs, John Steinbeck etc. De la unul dintre autorii traduşi, Julian Barnes, a aflat că „îndrăgostirea e forma cea mai violentă a gustului". Şi tinde să-i dea dreptate.

RADU
PARASCHIVESCU

Garoafe la bordel

povestiri

HUMANITAS
BUCUREȘTI

Redactor: Cristian Negoiţă
Coperta: Angela Rotaru
Tehnoredactor: Manuela Măxineanu
DTP: Corina Roncea, Veronica Dinu

Tipărit la Master Print Super Offset

Descrierea CIP a Bibliotecii Naţionale a României
Paraschivescu, Radu
Garoafe la bordel: povestiri / Radu Paraschivescu. –
Bucureşti: Humanitas, 2023
ISBN 978-973-50-7989-5
821.135.1

EDITURA HUMANITAS
Piaţa Presei Libere 1, 013701 Bucureşti, România
tel. 021 408 83 50, fax 021 408 83 51
www.humanitas.ro

Comenzi online: www.libhumanitas.ro
Comenzi prin e-mail: vanzari@libhumanitas.ro
Comenzi telefonice: 0723 684 194

Lămurire

De fapt, nu sunt multe lucruri de lămurit.

Încep cu o observaţie: e coincidenţă, nimic altceva, că volumul de faţă are exact atâtea proze – unsprezece – câte a numărat prima mea carte de proză scurtă, *Bazar bizar*, apărută la Editura Maşina de scris în 2004 şi reeditată de Humanitas în 2007.

Titlul, *Garoafe la bordel*, se leagă de un detaliu din ţesătura unei povestiri – veselă, trag nădejde – care, atrăgând atenţia câtorva antologatori, m-a făcut să legăn iluzia că o fi ceva de capul ei. Povestirea se intitulează „Filoclub" şi trimite la două lucruri: o proză a lui Woody Allen (amintită în textul meu, de altfel) şi o legendă urbană privind un aşezământ de destindere hormonal-culturală care ar fi existat cu decenii în urmă în apropierea Universităţii bucureştene. Marius Chivu mi-a solicitat cu ani în urmă această povestire pentru o antologie cu titlul *Best of: Proza scurtă a anilor 2000*. Am fost de acord, fireşte, ştiind cât preţuieşte Marius proza pe spaţii mici. Antologia a apărut la Polirom cu zece ani în urmă, în 2013. „Filoclub" a apărut de asemenea în *Antologija savremene rumunske priče* (*Antologie de proză română contemporană*), publicată de Editura Arhipelag din Belgrad în 2022.

Un amănunt pentru pedanţi: în varianta iniţială, povestirea s-a chemat „Filoclubul". Mi s-a părut că „Filoclub" sună mai bine, aşa că am deposedat titlul de articolul lui hotărât.

Apropo de schimbări. Mai există două povestiri cărora le-am dat un alt titlu după o citire ceva mai atentă. Astfel, povestirea intitulată iniţial „Omagiu supliciatului pasiv" se cheamă acum „Come Meet Our Zombies". Titlul din *Bazar bizar* mi se pare, la recitire, pretenţios, patetic şi inadecvat, mai cu seamă prin raportare la textul ca atare (sau, conform exprimării unui primar de oraş mic, „ca şi atare"). Zombificarea şi malformarea prin limbaj sunt, cred, mai bine slujite de noul titlu. Pe lângă asta, nu ştiu câţi cititori şi-au dat seama că supliciatul pasiv la care făceam aluzie era nefericita limbă română.

Cealaltă schimbare de titlu priveşte proza „Animal Plan(e)t". Acum, la reparcugere, şi acest titlu mi s-a părut forţat, inclusiv printr-un joc de cuvinte care necesită o paranteză. Noua opţiune, „Smirdarul şi bulbucul", este un titlu care vizează, în binomul lui botanic, comicul pe alocuri burlesc al unei şedinţe cu şefii de galerie din fotbal, în care combatanţii caută soluţii pentru eradicarea sau măcar pentru diminuarea violenţei de pe stadioane.

Tot din volumul *Bazar bizar* vine şi povestirea „Abdominabil!", după a cărei citire Radu Cosaşu m-a sunat şi mi-a spus că, dacă se va da vreodată un premiu pentru „truculenţă blândă", s-ar cuveni să mă număr printre nominalizaţi. Acum, la o lună după despărţirea de Radu Cosaşu, cuvintele lui îmi evocă tot un oximoron afectiv: bucurie melancolică. Pe de altă parte, „abdominabil" este un cuvânt inventat şi pus în gura unui comandant de unitate al cărui model în viaţa reală a dat zeci de rateuri savuroase pentru filologii în devenire care eram – Mircea Vasilescu, Tudorel Urian, Cristian Popescu, Mihnea Gafiţa, Eugen Nasta, Cristian Moraru, Daniel Suciu, eu şi alţii.

Garoafe la bordel este o împletire de vechi și nou. O parte din prozele apărute cu ani în urmă au avut parte de modificări și chiar de rescrierea anumitor porțiuni. Am considerat oportun să le arăt acum într-o altă haină, cu atât mai mult cu cât de la *Bazar bizar*, din care am preluat aici cinci povestiri, au trecut șaisprezece ani. La rândul lui, volumul *Aștept să crăpi (de astăzi, în prime time)* are deja șapte ani de la apariție, și mi s-a părut util să preiau patru proze și din el. Dacă nu din alt motiv, măcar fiindcă există un public care, cu un deceniu în urmă, nu știa mai nimic despre mine și care poate acum să mă cunoască în ipostaza de autor de proză comică.

„Șapticemie“ este o povestire la care țin enorm și pe care am decupat-o din volumul *Omul care mută norii*, publicat cu patru ani în urmă la Gaudeamus.

În fine, „Bravo, ai stilou!“ este o povestire scrisă special pentru acest volum și inspirată de picante preumblări televizuale nocturne. Am descoperit, spre bucuria mea, că nu sunt singurul din breaslă care are asemenea preocupări, din moment ce am schimbat impresii și am citit comentarii semnate de Dan-Liviu Boeriu, Corina Sabău sau Mihai Iovănel – *to name but a few*.

Acceptând ideea că viața poate fi un bordel, sper să vă placă buchetul pe care vi l-am pregătit înainte de-a bate la ușa ei.

R.P.

Bravo, ai stilou!

Una dintre plăcerile nocturne ale lui Ionuţ Roventa era să se uite la *Bravo, ai stil!*. Abia aştepta să se instaleze pe canapeaua din living, să dea drumul televizorului mare cât o poartă de minihandbal, să-şi toarne un pahar de vin alb şi să se abandoneze molatic în braţele divertismentului. Moda şi ţinutele concurentelor nu-l preocupau câtuşi de puţin. Nu-l interesa nici măcar decolteul lor, chiar dacă uneori cocheta cu abisalul. Atenţia lui Roventa se îndrepta în alte două direcţii: prestaţia juriului şi contribuţia concurentelor la fondul frazeologic al limbii române. Era limpede că îndrituirile pentru care fuseseră ele selectate ţineau de altceva decât de alonja academică. Fetele trebuiau să arate bine şi să fie deschise, comunicative şi gata să se repeadă la jugulara colegelor de platou când situaţia o impunea. Şi, din câte-şi amintea Ionuţ Roventa, o impunea destul de des.

Aşteptând să înceapă noul episod al emisiunii şi străduindu-se să-şi mobileze cu stil (bravo!) singurătatea, Roventa puse paharul cu vin pe un braţ al canapelei şi butonă un pic pe telefonul mobil, dornic să afle ce se mai întâmpla interesant în ţară. Dorinţa i se îndeplini cât ai zice Samsung, fiindcă o ştire redactată într-un echivoc involuntar de toată frumuseţea îl anunţă că „Un şofer de BMW a fost bătut la semafor până s-a făcut verde“. Roventa chicoti şi căută numele celui care născuse titlul. Pas de-l găsește. Anonimatul e pavăza imposturii, își spuse Rovența filozofic, și trecu la știrea următoare. Aici fractura logică impunea, probabil, ca redactorului să i se pună creierul în ghips în procedură de urgență, fiindcă fraza lui se mușca singură de coadă, într-o imagine demnă de marile mitologii ale lumii: „Deși nimeni nu se aștepta ca Oana Roman și Marius Elisei să divorțeze, decizia lor a luat prin surprindere pe toată lumea".

Telefonul sună chiar când Rovența se pregătea să treacă la a treia știre. Răspunse fără chef, mai ales după ce văzu cine-l căuta.

— Fii scurtă (o grimasă cârcotașă), n-am mult timp.

— Iar ți-a căzut vreo piți la așternut?

Vocea tabagică a lui Iris contrazicea gingășia prenumelui cu fiecare silabă rostită. Iar „fii scurtă" era o trimitere malițioasă a fostului soț la cei 183 cm ai fostei consoarte.

— O aștept pe Ilinca.

— La ora asta? Mă rog, treaba ta. Oricum, ți-am spus să-ți cauți altă femeie la curățenie. Ilinca nu mai ține pasul, are o vârstă.

— Ilinca Vandici.

Iris tăcu adânc câteva clipe, intuind o dereglare gravă în comportamentul lui Rovența. Ce naiba, parcă era cu țiglele pe casă când îl părăsise. Stupoarea îi crescu la cote alarmante când fostul soț („ex"-ul, cum scria de la o vreme pe site-uri) o expedie grăbit, fără să-i dea timp să-i spună de ce-l sunase.

— Gata, a venit. Vorbim mai încolo. Pa.

Și chiar venise. Ilinca Vandici apăru pe scena de la *Bravo, ai stil!* și, cu exuberanța cunoscută, spuse câteva fraze de încălzire a publicului, înainte să le facă loc celor trei membri ai juriului. Ionuț Rovența luă paharul de pe brațul canapelei, îl ridică în cinstea Ilincăi şi se pregăti să-i primească în apartamentul lui, prin mijlocirea televizorului, pe Maurice, Raluca şi Tibi. Nu trebui să aştepte mult. Trecură câteva clipe şi cei trei se iviră în paşi de dans pe *Sex Bomb*, râzând şi glumind între ei, înainte să se îndrepte spre masa juriului şi să se aşeze fiecare la locul stabilit. Conform desfăşurătorului, Ilinca le anunţă apoi pe cele şapte concurente, care se arătară publicului pe ritmuri *latino*, într-o explozie de culori, afişând încredere în steaua norocoasă şi în puterea de seducere a juraţilor. Voioşia inaugurală era, după cum Ionuţ Rovenţa ştia prea bine, doar deschiderea obligatorie a show-ului. Din clipa când Ilinca îi cerea unei concurente să-şi dea cu părerea despre ţinuta alteia – cu reacţii variind între „N-aş purta aşa ceva nici în cavou“ şi „Au adus marfă nouă la Europa“ –, totul bascula spre arţag, venin şi ofensă, spre jubilaţia publicului. Indicele de audienţă creştea ori de câte ori uneia dintre fete îi sărea siguranţa.

Ionuţ Rovenţa luă două guri din vinul rece şi puse din nou paharul pe braţul canapelei. Tocmai *săritul* ăsta îi atrăsese pentru prima dată atenţia asupra emisiunii. Cam cu o jumătate de an în urmă, în pauza unui meci din Liga Campionilor, se trezise plimbându-se cu telecomanda de pe un post pe altul. Nimerise peste *Bravo, ai stil!* tocmai când o tânără cu bust generos şi buze în curs de ventuzare, pe care aflase ulterior că o chema Magdaleana (auzise bine, chiar ăsta era numele din buletin), le povestea celorlalte concurente şi juriului o întâmplare în care fusese implicat şi fostul soţ, un albanez cu fitilul scurt şi mâna lungă. „Cred că am spus ceva ce nu i-a plăcut şi i-a sărit macaroana pe loc, în centrul restaurantului, cu toată lumea aia de faţă.“ Săritul macaroanei nu numai că-l meduzase pe Rovenţa, dar îl trimisese cu gândul la acul de pick-up care sare de pe disc când dă peste o cât de mică impuritate. În plus, îl silise să-și pună o întrebare elementară, dragă Watson: dacă macaroana sare, ce se întâmplă cu muștarul? Dar cu țandăra?

Impresia produsă de Magdaleana asupra lui Ionuț Rovența fusese atât de puternică, încât acesta lăsase în plata Domnului meciul de fotbal (în fond, ce puteai să aștepți de la o sărăcie gen Manchester City–Real Madrid?) și rămăsese la emisiunea de divertisment de pe canalul turcilor. Ca om care scria cronică TV pentru un ziar și o revistă, cu obligația asumată sub semnătură de-a nu lăuda într-una dintre publicații ce critica în cealaltă, și invers, Rovența habar nu avusese de *Bravo, ai stil!*. Or asta era, de bună seamă, o lacună pentru cineva despre care se presupunea că asigură baleiajul neostenit al tuturor programelor TV. Decis să recupereze terenul pierdut, cronicarul pusese atunci mâna pe un pix și pe agenda în care își nota neroziile de la televizor. Bănuia că avea să i se ofere suficientă muniție cât de curând. Nu trecuse mult de când culesese două giuvaieruri, fiecare cu încărcătura lui sapiențială și fiecare ieșind din gura unui fotbalist: „La pomul lăudat nici mere nu face“, respectiv „Nu vreau să mai cresc nici în lungime, nici în înălțime“.

Așteptările lui Rovența primiseră cea dintâi răsplată după mai puțin de trei minute de pândă. Într-un elan meteorologic stârnit cine știe din ce, o concurentă cu un nas *à la* Cyrano, care-i atrăsese porecla „Rechinul“, și care râdea scoțând nechezături de mustang lăsat să zburde în nesfârșitul pampasului, se trezise glăsuind amenințător spre toți cei din platou: „O să fulguiască cu tunete și fulgere, să nu ziceți că nu v-am spus“. Pe Ionuț Rovența oiștea proptită de Rechin în gardul limbii române aproape că-l înduioșase. Faptul cel mai interesant i se păruse că Rechinul nu știa ce voise să spună. Pe de altă parte, o fulguială atât de ostilă şi orchestrată de Jupiter Tonans însuşi confirma bănuielile care circulau prin târg, conform cărora concurenta încă nu dibuise diferenţa dintre mâncare şi mâncărime.

Prin urmare, nu era de mirare pentru nimeni că Ionuţ Roventa îi tăiase macaroana (hm, deci nu sare, ci se taie) la telefon lui Iris Costian, fosta lui soţie. Politicos de obicei, cronicarul TV risca lipsa de curtoazie dacă încerca cineva – oricine – să-l priveze fie şi de un minut din *Bravo, ai stil!*. Pe lângă simpatia solidară pe care o simţea pentru doi dintre cei trei juraţi ai show-ului, ştia că entorsele de exprimare ale concurentelor nu-i asigurau doar o înveselire de moment, ci şi materie primă pentru tabletele din ziar şi din revistă. Sigur, nu putea să se ocupe doar de emisiunea asta. Imediat l-ar fi luat cineva la ochi şi ar fi presupus despre el ori că aştepta o şpagă sănătoasă ca să-şi descleşteze colţii de pe pradă, ori că fusese plătit de un alt canal TV pentru torpilarea emisiunii, fiindcă era o concurentă periculos de puternică pentru prezumtivul post plătitor. După atâţia ani de libertate, triumviratul compus din suspicionită, scenaree şi duplicitoză guverna cu la fel de bune rezultate spaţiul public.

Cu agenda deschisă lângă el pe canapea şi ronţăind un capăt al pixului, Roventa urmări cu un interes moderat contrele dintre două concurente din platou. Una avea părul de un albastru fosforescent, un machiaj care l-ar fi făcut invidios pe Alice Cooper şi o rochie care lui Roventa i se păru că nu avea nici spate şi nici foarte multă faţă. Cealaltă se răsese în cap, îşi vopsise obrajii într-o combinaţie care aducea binişor cu steagul Japoniei şi se îmbrăcase cu un veşmânt pe care cronicarul TV nu reuşi să-l încadreze nicăieri şi în care culorile păreau că se luaseră la bătaie. Numai că motivul discuţiei aprinse dintre cele două nu ţinea de toaleta vreuneia dintre ele, ci de niscaiva daraveri băneşti privind banii primiţi de la organizatori pentru cumpărarea ţinutelor. Una dintre concurente se simţea trasă pe sfoară şi nu avea de gând să accepte explicaţiile celeilalte. Iar când se sătură de argumentele ei, i-o trânti de la obraz:

— Să-ţi spun ceva, draga mea. Trebuia să se dea aceeaşi sumă pentru toţi, şi nu s-a dat. A fost pe ochi frumoşi, pe cumetrii. Şi, ştii cum se spune, unde-i brânză nu-i tocmeală.

Nu lipsi mult ca pixul să-i alunece pe gâtlej lui Roventa, care se redresă în ultima clipă, deschise agenda şi-şi notă mărgica. Gata, avea de-acum certitudinea că-şi putea spune în gând o replică din filmele cu mafioţi şi mituitori: *there's plenty more where that came from.* Nu trebuia decât să aştepte, precis nu avea să fie ultima neghiobie a serii.

— Cum ai zis, fetiţo? întrebă Maurice cu un surâs calin-felin şi parafin.

— Când anume? dori precizări concurenta, despre care Roventa avea să afle puţin mai târziu că se numea – din motive doar de naş ştiute – Brescia.

— Adineauri.

— Da' eu mai ştiu ce-am spus? M-a enervat, m-a luat cu capu'.

— Hai, dragă, lasă mimozităţile astea, se aprinse cealaltă concurentă, strunită până la urmă de glasul Ilincăi Vandici: Amita, te rog, să păstrăm un ton decent.

— Mai lasă-mă, Ilinca, zău aşa. Decent-decent, dar nu poţi s-o atingi nici cu o floare. Imediat i se face pielea măciucă.

În platou, Raluca şi Maurice pufniră ca la un semn, spre deosebire de Tibi, pe care expresia nu păru să-l mire din cale-afară. La el pe canapea, Ionuţ Roventa notă conştiincios noua eructaţie corticală şi se felicită că scurtase convorbirea cu Iris Costian. Probabil că-l sunase ca să-i aducă aminte de alte întâmplări din trecut care o făcuseră până la urmă să-și ia câmpii și să divorțeze. Iris se pricepea să-l enerveze la fel de mult pe Ionuț indiferent dacă stătea la trei metri de el sau dacă-i vorbea de pe alt meridian. Dacă Roventa ar fi primit o sută de euro pentru fiecare izbucnire retroactivă a fostei soții, și-ar fi cumpărat deja apartamentul din Biot pe care pusese ochii cu șapte-opt ani mai devreme. Ba poate chiar ar fi reușit să-l mobileze.

Hai, ochii și urechile la emisiune, se îndemnă el în gând, și dădu pe gât ultimele înghițituri din pahar. Telefonul îi piui de patru ori în următoarea jumătate de oră, fără să-l convingă să se uite spre display. Probabil că sunase tot Iris – era genul ei. Uite, vezi, ei n-am putut niciodată să-i spun „Bravo, ai stil!". Și nici să-i dau trei stele, glumi în gând Roventa, și se ridică să-și umple paharul.

Nici nu simți când trecu de miezul nopții și când Ilinca, luând-o de martoră pe Scarlett, le transmise privitorilor că și mâine era o zi. Tot cu *Bravo, ai stil!*, tot cu Maurice, Raluca și Tibi și tot cu cele șapte concurente, însă cu alte ținute. Roventa tare ar fi vrut să audă ce-și spuneau jurații cât timp curgea muzica de final, convins că abia acolo sinceritatea urca la cote spectaculoase, iar șfichiuirile din timpul concursului se transformau în vitriolări baroce. Neputând să sfâșie cortina de sunete și să se apropie cu urechea de ei, se mulțumi să arunce o ultimă privire în agendă și să se uite cu o anume afecțiune la celelalte trei enunțuri pe care se văzuse nevoit să le consemneze cât timp le urmărise pe fete în acțiune:

„Degeaba dai cu bățul printre gard" (Lola, într-o constatare colocvială și imposibilă faptic).

„Vulpea bătrână nu ajunge la struguri" (Melissa, cu o vorbă menită să sugereze o tristă blazare geriatrică).

În fine, preferata lui: „Chiloţii i-aş fi purtat într-un alt context" (Dominique, punând bazele unei poetici – poate chiar poietici – a lenjeriei).

„Chiloţii i-aş fi purtat într-un alt context", murmură amuzat Ionuţ Roventa, şi se uită în fine la telefon, ca să vadă cine-i trimisese mesajele. Erau într-adevăr patru, de la tot atâţia expeditori. Primul îl anunţa că plata pentru abonamentul telefonului mobil fusese făcută (de parcă n-ar fi făcut-o chiar el). În al doilea i se propunea participarea la o tombolă al cărei mare premiu era o croazieră pe Mediterana, cu opriri în Genova, Palermo, Marsilia şi alte câteva oraşe-port. „Poţi fii şi tu câştigător". Mesajul avea două hibe: „i"-ul în plus de la „fi" (băieţii ăştia habar n-au de infinitivul scurt, constată cu amărăciune Roventa) şi cuvintele „şi tu". Asta însemna că ar fi putut fi *mai mulţi* câştigători, ceea ce pentru un fanatic al concurenţei ca Roventa era un afront în toată regula.

Al treilea mesaj era, în sfârşit, de la Iris. „Mi-au rămas nişte lucruri la tine şi aş veni să le iau. Spune-mi când nu eşti acasă, ca să trec pe la apartament." Roventa surâse acru. Fosta soţie era dispusă să stea de vorbă cu el la telefon, dar respingea gândul că l-ar fi putut găsi acasă. „Apartamentul e gol în fiecare zi între 9.30 dimineaţa şi 7 seara", tastă el în grabă, abţinându-se să continue fie cu „încă n-am adus pe altcineva în locul tău", fie cu „şi lasă cheia la cutie după ce termini, o să am nevoie de ea".

În fond, a doua continuare nici măcar n-ar fi fost deplasată. Bun-rău, traiul lor în comun se încheiase. Din vina cui, nu mai conta, iar Ionuţ Roventa nu era genul de bărbat care să-şi piardă vremea cu autoscopii sterile. Sigur, cheia nu-i făcea nici o trebuinţă – cel puţin deocamdată –, dar, dacă putea să mai presare un strop de sare pe rănile lui

Iris, de ce nu? Şi ea făcuse la fel ori de câte ori avusese ocazia. De fapt, ultimii lor ani asta fuseseră – festivaluri de certuri, acuzaţii şi jigniri. Cenacluri de bănuieli şi scene. Concerte pentru reproşuri, istericale şi orchestră. Lipsiseră doar loviturile – nu şi înjurăturile, capitol la care fiecare îşi îmbunătăţise repertoriul stimulat de ingeniozitatea celuilalt. Când Iris îl anunţase că vrea să divorţeze, Ionuţ îi spusese că era primul lucru frumos pe care-l auzea din gura ei după multă vreme.

Şi, cum desertul vine întotdeauna la urmă, al patrulea mesaj se dovedi cel mai (de fapt, singurul) interesant. I-l trimisese Laurenţiu „Lolo" Trestior, redactorul-şef al revistei *Recolteu*, una dintre publicaţiile pentru care Rovenţa scria cronică TV. Titlul era o găselniţă la care naşul ei, nimeni altul decât Trestior însuşi, ţinea morţiş, oricât i-ar fi spus ceilalţi oameni din redacţie că era o stupizenie fără haz, din care foarte puţini ar fi intuit că era vorba de o revistă specializată în recolta de decolteuri a scenei mondene. Trestior îşi preţuia aproape erotic ideile, oricât ar fi fost de proaste. Iar singurul care ar fi putut să-i pună căpăstru, Toma Spiridon, patronul trustului din care făcea parte *Recolteu*, părea mai interesat să stea departe de braţul nu întotdeauna suficient de lung al justiţiei româneşti, ducând o viaţă de nabab în Sicilia, aproape de o plajă din Marsala, decât să-şi cheme la ordine unul dintre cei cinci redactori-şefi de la publicaţiile trustului.

Mesajul lui Lolo Trestior era incitant: „Te uiţi la fufele de la Kanal, nu? Treci pe la mine după ce se termină. Avem de vorbit". „Nu-i prea târziu?" tastă Rovenţa. „Niciodată", veni răspunsul.

Chemă un Uber cu care să meargă în creierii nopţii acasă la Trestior. Zeul transportului nocturn i-l aduse la scară pe Geani, pe care aplicaţia i-l prezentase ca „fluent în engleză şi având o conversaţie excelentă". Până la destinaţie Geani nu scoase o vorbă, mărginindu-se să râgâie o dată, suficient cât să împrăştie spre bancheta din spate un damf de mici neasimilaţi cum se cuvine. *O fi râgâit în engleză*, se consolă Roventa, şi coborî după zece minute de mers în tăcere pe străzile adormite ale oraşului.

Când Lolo Trestior îi deschise uşa apartamentului de la etajul doi, Rovenţa constată că nu era singur. Un bărbat foarte înalt, cu părul grizonant, pieptănat pe spate, şi cu un pahar în mână, se plimba prin living cu aerul că repetă un rol de dramă, păşind încoace şi-ncolo pe covorul cu modele abstracte. Îi ieşi în întâmpinare lui Rovenţa cu aerul că el era de fapt gazda, făcându-l pe cronicarul TV să-şi amintească inepţia rostită de un personaj nelipsit de vreo două decenii încoace de la televizor şi din ziarele de sport: „Eu, în tinereţea mea, eram amfitrion pe oriunde mă duceam".

— Petru Horvath, îmi pare bine, îi spuse el, şi-i întinse mâna.

— Rovenţa, Ionuţ Rovenţa, se prezentă cronicarul, *à la* James Bond.

Trestior îi aduse un pahar cu whisky nou-venitului, fără să-l mai întrebe dacă avea sau nu chef. În cincisprezece ani de prietenie cu suişuri şi coborâşuri, ajunsese să-i cunoască bine tabieturile şi să ştie că nu refuza niciodată o băutură, indiferent de oră.

— Trickie e coordonator de programe la Amprenta, îl informă el pe Rovenţa, sub privirea binevoitoare a găliganului.

Trickie? Aha, de la Petrică, îşi zise cronicarul TV.

— Cunoaştem, „postul care lasă o urmă în sufletul tău", cită el, amintindu-şi că ferfeniţise deja câteva produse din grilă, fără să-i dea prin cap că avea să se afle la un moment dat faţă în faţă cu arhitectul ei.

Horvath încuviință din cap și mai luă o gură din pahar. „Ce imagine-clișeu“, îi veni să spună lui Rovența, dar se abținu. Și bine făcu, conchise el în gând, după ce-l auzi vorbind pe celălalt.

— La fel ca tine – putem să ne tutuim, da? Eu sunt Petru sau, dacă vrei, Trickie –, mă uit cu încântare la *Bravo*. Cred că nu greșesc dacă spun că e una dintre emisiunile mele preferate.

Rovența râse scurt și se uită la Trestior.

— Ce pui la cale aici, Lolo? Un fan club Mădăleana? Sau... Brescia? ezită el, până foră după prenumele tinerei care vorbise despre felul în care se face pielea măciucă.

Trestior expedie ideea în neant cu un gest al mâinii drepte.

— Nici vorbă. Propun să ne așezăm și să-l lăsăm pe Trickie să ne spună ce idee i-a venit.

Zis și așezat. Cei trei bărbați se instalară în fotoliile din living, Trestior turnă din nou în pahare și aduse din bucătărie câteva farfurioare cu minipateuri și alune, anunțând că avea și apă, pentru situațiile de extremă urgență. Ideea lui Petru Horvath se lega de postul TV al cărei coordonator de programe era, fapt care nu-l miră pe Rovența. Conținutul ideii, în schimb, avu darul să-l intrige. Nu de alta, dar Trickie avea o idee *tricky*.

— Stai să văd dac-am înțeles bine. Vrei să preiei formatul de la *Bravo* și să creezi o emisiune-concurs cu scriitori?

— Exact asta vreau.

— Iar emisiunea să se numească *Bravo, ai stilou!*?

— Întocmai.

— Păi și cum crezi c-o să scapi nedat în judecată de turci? O să ia trei rânduri de piei de pe tine. E destul să afle de discuția asta – știu că n-au cum, zic așa – și-o să se pună pe telefoane cu avocații. Darămite să *vadă* așa ceva la Amprenta.

— Asta deja nu mai e problema ta, Ionuţ.

Simţind o uşoară ostilitate în glasul coordonatorului, Trestior îl îmbie cu nişte minipateuri.

— Ia de-aici. Te lingi pe degete, pe-onoarea mea.

— Ai dreptate, nu e, spuse Rovenţa. Şi nu pricep nici să mă tai de ce m-a chemat Lolo aici în creierii nopţii. De ce-ar fi nevoie de mine pentru o idee care ţi-a venit ţie... Trickie?

— Urma să-ţi spun, susură Horvath, căruia două minipateuri cu ciuperci îi readuseră rapid jovialitatea. Ne-am uitat amândoi la episodul din seara asta. Şi tu, şi eu. Şi probabil c-am remarcat amândoi tâmpeniile scoase pe gură de fete.

— Eu mi le-am şi notat, mărturisi Rovenţa.

— Aha, interesant. Şi ce reacţie ai avut? Ce ţi-ai spus când le-ai auzit?

— Hmmm, se codi cronicarul. Mi-am zis că... mi-am zis că aşa ceva nu poate fi fabricat. Că, dacă există un geniu în ceea ce ţine de firescul neghiobiei, aşa trebuie să arate.

Horvath mai înfulecă un minipateu, după care îşi trase farfurioara cu alune lângă el.

— Exact, exact, confirmă el, dând din cap. La fel am simţit şi eu. Mi-am spus: domnule, un scriitor n-ar fi putut să inventeze aşa ceva, i-ar fi fost peste putinţă, oricât ar fi fost de talentat. Şi imediat după ce mi-a trecut chestia asta prin cap m-am gândit la tine.

— La mine? întrebă Rovenţa, mutându-şi privirile de la Horvath la Trestior şi înapoi. De ce? Eu nu sunt scriitor, ci cronicar TV.

— Da, dar ai un frate scriitor. Pârlit, probabil frustrat şi dornic de succes şi de recunoaştere. Ca noi toţi, de altfel.

Cronicarul TV îşi săgetă redactorul-şef cu o privire în care până şi Stevie Wonder ar fi desluşit intenţii criminale. Horvath observă şi se grăbi să-l liniştească.

— Nu te ambala, nu ştiu de la Lolo.

— Dar de la cine?

Horvath făcu o pauză de efect înainte să răspundă. Probabil că iese din clişee doar când merge la closet şi când doarme, îşi zise Roventa. Sau poate nici atunci.

— Chiar de la el, de la Raul.

Ionuţ Roventa îşi muşcă buzele ca să nu înjure. Raul Roventa, fratele lui, era într-adevăr un scriitor ratat, fără public şi stea norocoasă, fără vânzări, fără succes şi – cel mai important – fără chemare pentru ocupaţia asta. După părerea lui Ionuţ, Raul scria din orgoliu, convins că, la un moment dat, soarele avea să răsară şi pe strada lui. Numai că, printr-un efect astronomic de o perversitate fără seamăn, strada cu pricina stătea înfăşurată în beznă de aproape un deceniu. Şi nimic nu părea să ofere măcar o brumă de speranţă.

— Vă cunoaşteţi? întrebă vag derutat Roventa.

— De vreo două săptămâni. A venit să mă roage să-i sponsorizez a doua carte. De fapt, să-i asigur un fel de marketing. Adică să-i fac un clip de promovare şi să-l vâr printre celelalte reclame de la Amprenta. Bietul de el habar n-are cât costă minutul de publicitate chiar şi la un post de nişă cum suntem noi.

— Şi presupun că l-ai trimis la plimbare.

— A fost cât pe-aci. Chiar am vrut să-i trimit ieri un mesaj şi să-i spun că nu pot să-l ajut. Habar n-am de ce nu i l-am trimis. Poate fiindcă am învăţat că e bine să-ţi calculezi paşii, să măsori de şapte ori înainte să tai o dată.

Clişeu, clişeu, clişeu, îşi repetă Roventa agasat. *Fiecare om e suma clişeelor lui, dar ăsta atinge Everestul în materie.*

— Oricum, după ce am stat strâmb şi am judecat drept, l-am invitat la o discuţie la birou. Şi i-am făcut propunerea pe şleau. Din moment ce se învârte prin atâta plevuşcă scriitoricească, mi-am spus că e imposibil să nu cunoască și alți frustrați ca el. Ghinioniști, nechemați, veleitari – totuna. Așa că i-am zis că sunt gata să-l ajut să-și împingă volumul de proză dacă e de acord să participe la episodul-pilot al show-ului și dacă-mi mai face rost de șase concurenți.

Rovența se holbă mefient. Auzise multe bazaconii la viața lui, dar asta le întrecea pe toate. Și chiar dacă Trickie vorbise clar, cronicarul TV izbuti să-l înțeleagă greșit.

— Vrei să faci o emisiune-concurs cu *haine* purtate de *scriitori*?

Fu rândul lui Horvath să-și dilate primejdios pupilele.

— Ai înnebunit? Știe o lume-ntreagă că – onoare excepțiilor – găsești puțini oameni mai prost îmbrăcați decât scriitorii. Chiar și dintre ăia cu parale. Nu, iubitule, concursul o să se cheme *Bravo, ai stilou!* fiindcă probele o să solicite puterea de creație, de improvizație și de adaptare a scriitorilor. Lumea o să-i vadă producându-se în public. Cu martori. Departe de căcatul ăla de turn de fildeș în care cică se izolează când îi pocnește inspirația.

— Adică... începu Rovența.

— Adică o să aibă de trecut probe de literatură, interveni Lolo Trestior, aducând încă un platou cu minipateuri din bucătărie. Și o să primească note din partea unui juriu.

Era deja la curent cu ideea lui Trickie Horvath și se gândi să-l lămurească și pe cronicarul TV.

— Pe lângă asta, licită Trickie, toată povestea o să fie – iar asta e a doua găselniță – în *direct*.

— Ce?!? sări ca ars Rovența.

— Doar așa s-ar obține efectul dorit. La înregistrări știi cum e: mai tai, mai montezi, mai editezi. Iese cum vrei *tu* să iasă, iar uneori diferența dintre varianta primă și produsul final e foarte mare. Aici miza e să vezi cum se comportă și cum reacționează concurenții în priză directă.

În mintea lui Ionuț Roventa vâjâiau o sumedenie de întrebări, dintre care cronicarul TV pescui una și-i dădu glas:

— Ei o să știe că sunt în direct?

— Mă mai gândesc. Probabil c-ar fi bine să nu le spunem. O să vedem. Deocamdată important e să rezolvăm toată birocrația, să ne-nțelegem cu turcii pentru adaptarea formatului și să-i găsim pe cei șapte magnifici.

Fiindcă era deja stabilit că fratele Raul urma să fie unul dintre cei șapte, Ionuț Roventa își dădu seama că era pus fără voia lui într-o situație delicată. Pe de o parte, chiar dacă relația cu Raul nu strălucea prin afecțiune, era totuși fratele lui, și s-ar fi cuvenit să-l anunțe ce risc își asuma. Raul era un mormoloc și-un papă-lapte, iar probabilitatea să calce în străchini în văzul lumii era foarte ridicată. Pe de altă parte, dacă-l prevenea, iar Horvath și producătorii show-ului prindeau de veste, urmările ar fi fost urâte. Iar prima dintre ele ar fi fost, fără îndoială, retragerea sprijinului pentru promovarea cărții de proză.

Ca și cum n-ar fi fost destul, postura de cronicar TV l-ar fi obligat să se uite cu toate antenele critice la episodul-pilot din *Bravo, ai stilou!*, iar pe urmă să scrie o tabletă despre noua emisiune. Dacă show-ul ar fi fost un rateu, corectitudinea l-ar fi îndemnat s-o scrie negru pe alb. Fără menajamente, așa cum procedase până atunci. Nu de alta, dar publicul tocmai asta aștepta de la el: exigență împletită cu ironie, spirit critic și poante, critică rece și – la nevoie – corozivă. Iar în situația unei cronici veștejitoare, unul dintre cei care ar fi avut de suferit ar fi fost Raul. *Oricum o dai, nu-i bine*, își spuse înciudat Ionuț Roventa, hotărându-se și el să se înfrupte – mai mult de nervi – din platoul cu minipateuri.

— Ar mai fi două chestii, Trickie, îi spuse Lolo Trestior coordonatorului de programe de la Amprenta.

— Ar fi bine dac-ar fi numai două. La te ce te gândeşti?

— În primul rând, la raportul scriitori–scriitoare. Câte femei şi câţi bărbaţi o să ai?

— Mda, e de văzut. E clar că n-o să-i putem mulţumi pe toţi. Jumi-juma n-o să se poată.

— Ba o să se poată, dacă o să ai un număr par de concurenţi. Şase sau opt.

Horvath clătină din cap.

— În nici un caz. Trebuie să se păstreze formula din *Bravo, ai stil!*. Asta înseamnă că nu umblăm la numărul concurenţilor. Sunt şapte acolo, tot şapte o să fie şi aici. Aşa. Ziceai că mai e o chestie.

— Da, spuse Rovenţa. Cine-o să fie în juriu?

Trickie Horvath îşi drese vocea. (*Clişeu*, mârâi Rovenţa în sinea lui.)

— Bună întrebare. O să vedem. Avem câteva variante. Tot ce ştiu e că o să am tot trei persoane, la fel ca dincolo.

Trestior găsi de cuviinţă să se amestece, dacă tot erau la el în apartament.

— Sunt o mulţime de site-uri despre cărţi. Recenzii, cronici, din astea. Ce-ar fi să iei trei oameni de acolo, care citesc toată ziua, şi să-i pui în juriu?

— Îi cunoaşte lumea, Lolo?

— Păi... nu, de unde să-i cunoască?

Horvath îşi mângâie părul grizonant cu o adiere a mâinii. (*Clişeu*, mârâi din nou Rovenţa.)

— Şi crezi că publicul unei asemenea emisiuni o să vrea să vadă necunoscuţi? La TV apari fiindcă *eşti* deja cunoscut.

— Nu neapărat. Şi, oricum, s-ar putea ca nici scriitorii să nu fie cunoscuţi. Doar nu crezi c-o să-ţi vină Cărtărescu şi Blandiana.

— E-adevărat. Dar scriitorii o să fie puşi în tot felul de situaţii inedite. Şi mai mult ca sigur c-o să calce pe bec.

Juriul nu riscă nimic. Aici e nevoie de figuri pe care publicul să le ştie deja.

— Din lumea literară?

Horvath zâmbi subţire. (*Clişeu*, mai mârâi o dată Rovenţa.)

— Nu neapărat. A, şi încă un lucru: o să avem public în platou. Cât s-o putea. Patruzeci de inşi, cel mult cincizeci. Cred că e mai bine, pentru atmosferă.

Tamara Şiclovan. Sinaia, 29 de ani, fără ocupaţie, necăsătorită. Într-o relaţie cu un proprietar de pensiune montană din Poiana Ţapului. Un volum de versuri publicat, cu titlul *Serenadă pentru an bisect*. Pentru al doilea, cu titlul *Buzele mele rănite*, aşteaptă răspuns de la mai multe edituri.

Dragoş Comişel. Săcălaz, 52 de ani, medic veterinar. Căsătorit, doi băieţi, unul de 23 de ani, celălalt de 18. Soţia, contabilă la o firmă din Timişoara, unde face naveta zilnic. Un volum de epigrame politice scos în regie proprie: *Ceauşescu, să ne ierţi*.

Grigore Varniţchi. Moineşti, 61 de ani, psiholog autodidact, necăsătorit. Un volum de povestiri, *Zei şi cimpanzei*, cu 312 exemplare vândute în perioada aprilie 2019–decembrie 2022. Conform propriilor mărturisiri, autorul a cumpărat o şesime din tiraj spre a dărui exemplarele prietenilor şi cunoştinţelor apropiate.

Raul Rovenţa. Bucureşti, 36 de ani, inginer electronist, divorţat. Fără copii. Stă cu chirie de când soţia i-a pus în vedere să părăsească apartamentul (aflat pe numele ei). Un volum de eseuri, *Cum ne uităm la noi, cum ne uităm la alţii*, apărut în 2021 şi dat la topit de editor după 17 exemplare vândute într-un an. O carte de proză scurtă în aşteptare: *Vara trecută a căzut într-o joi*.

Violeta Ungureanu. Iaşi, 44 de ani, patroana unui mic magazin de bijuterii. Văduvă de cinci ani. O fată de 19 ani, studentă în anul doi la marketing la o universitate particulară din oraş. Un roman autobiografic publicat la o editură ieşeană de apartament şi intitulat *Prin furtunile vieţii.*

Carmencita Visu. Târgu Jiu, 41 de ani, recepţioneră la un hotel din localitate. Măritată cu un consilier al primarului. Un băiat în clasa a cincea. Un volum de poezii de dragoste: *Sufletul e un pepene roşu.* Două recenzii în presa locală – una elogioasă, o alta distrugătoare.

Dan Balomir. Mangalia, 26 de ani, salvamar şi în timpul liber chitarist. Necăsătorit, de trei ani într-o relaţie cu o barmaniţă din Neptun. Fără copii. Paseist pop-rock obsedat de Roger Hodgson, Mel Pritchard şi Sally Oldfield. Ţine cu Newcastle de pe vremea lui Shearer, Ginola şi Asprilla, deşi îi ştie doar de pe YouTube şi nu i-a prins jucând. Debut cu volumul de teatru absurd *Raza pătratului.*

Cei şapte concurenţi ai primului sezon de la *Bravo, ai stilou!* intrară în platou conform tragerii la sorţi desfăşurate în culise. Regizorul de platou propusese o ordine de tip bărbat–femeie–bărbat–femeie etc., dar producătorul rămăsese ferm pe poziţie: prin tragere la sorţi fusese la emisiunea cu bulendre, tot aşa avea să fie şi aici. Şi, tot la fel ca la *Bravo, ai stil!*, înaintea concurenţilor îşi făcură apariţia cei trei membri ai juriului, care stârniră o mirare vecină cu perplexitatea în rândurile publicului din platou şi în ale celui din faţa televizoarelor. Introduşi cu emfază şi elan de Lucia Vermeşan (una dintre cele două prezentatoare ale buletinului meteo de la Amprenta), manelista Dora de la Răcăciuni, vloggerul Sebastian Dobrău şi actriţa de stand-up Camelia Suditu îşi ocupară locurile la masa care le fusese rezervată. Chestiunea spinoasă a egalităţii de sexe fusese rezolvată relativ uşor: concurenţii erau patru bărbaţi şi trei femei, pe când juraţii erau două femei şi un bărbat.

Dacă la *Bravo, ai stil!* concurentele defilau sub ochii juriului şi ai publicului de acasă, înfăţişându-şi, iar apoi comentându-şi critic, ţinutele, aici scriitorii rămâneau pe scaun două ore şi jumătate, timp în care le erau puse la încercare capacitatea de-a improviza, talentul, adaptabilitatea, puterea de concentrare, inspiraţia şi originalitatea. După ce mai vorbi cu publicul câteva minute, ridicându-i în slăvi pe producători pentru ideea de-a născoci un asemenea produs, Lucia Vermeşan dădu vestea cea mare: câştigătorul va primi un cec în valoare de 25.000 de lei, urmând să i se asigure totodată publicarea cărţii aflate în aşteptare. Apoi ea anunţă proba din acea primă ediţie, pentru care cei şapte aveau la dispoziţie cinci minute, urmând ca rezultatul efortului lor să fie citit cu voce tare şi apoi analizat de juriu.

— Fiecare dintre voi va trebui să compună un acrostih pornind de la prenumele vostru. Şi vă rog să nu uitaţi – nici dumneavoastră, doamnelor şi domnilor, spuse ea, întorcându-se spre publicul din platou – că suntem în direct. Începeţi – se uită câteva clipe la ceas – *acum*!

După câteva secunde de buimăceală, septetul scriitoricesc se puse pe treabă cu sentimente amestecate. Unii zâmbeau mulţumiţi, altora nedreptatea li se părea flagrantă. Nu de alta, dar nu era totuna să ai un prenume compus din trei litere sau din zece. Între timp, Dora de la Răcăciuni îi făcu semn Luciei să se apropie. Prezentatoarea se opri lângă masa juriului, iar manelista uită că avea lavaliera deschisă şi întrebă cu năduf:

— Ce-i ăla „acrostih“, mânca-ţi-aş paietele?

— Păi nu vi s-a spus? N-aţi avut instructaj?

— Ba da, trăi-ţi-ar, da' am uitat. Că am multe pă cap. Am cântare la Vaslui şi la Bârlad, ăla micu' a răcit, a venit soacră-mea de la Bacău.

Lucia Vermeşan îi împrospătă cunoştinţele cum se pricepu mai bine. Între timp, vloggerul Sebastian Dobrău şi actriţa Camelia Suditu se uitau undeva în faţă, la indicaţia regizorului de platou, aşa încât operatorii care le dădeau târcoale să le capteze expresia debordând de interes. Când ieşeau din raza de acţiune a operatorului, privirile li se întâlneau cu tâlc, fără ca publicul din platou sau concurenţii să observe ceva.

La capătul celor cinci minute de febră creatoare, prezentatoarea o invită pe Tamara Şiclovan să-şi citească acrostihul. Tânăra întrebă prin gesturi dacă trebuia să se ridice, i se făcu semn că nu, aşa că deschise gura şi rosti fără şovăire:

— Teodora. Andreea. Marina. Alexandra. Rodica. Adela.

Se lăsă tăcerea preţ de două-trei secunde, după care se petrecură mai multe lucruri în acelaşi timp. O parte din public izbucni în râs, cealaltă se puse pe aplaudat cu chiuituri parodice, Lucia Vermeşan o privi pe concurentă ca şi cum ar fi întrebat-o dacă-şi bate joc de ea, iar ceilalţi concurenţi vorbiră unul peste altul, făcând în aşa fel încât să nu se înţeleagă nimic. Singurele două cuvinte care se auziră clar din vălmăşag fură „de bubuie", ceea ce dădea de înţeles că, puţin mai devreme, rostitorul scosese pe gură cuvântul „proastă". Juraţii reuşiră să se abţină: Dora fiindcă încă nu apucase să prelucreze informaţiile privind acrostihul, iar Sebastian şi Camelia fiindcă îşi aruncau în continuare ocheade în care se ghicea tot mai limpede altceva decât preocuparea pentru competiţie.

— Dragă Tamara, tema exerciţiului a fost „un acrostih", adică un produs în versuri, se auzi vocea Luciei Vermeşan. Ştiu că „produs în versuri" sună oribil, nu mi-a venit altceva. Tu însă ne-ai înşirat şase prenume, atâta tot.

— Dar împreună ele compun prenumele meu, argumentă calm concurenta.

— Şi versurile? Unde sunt?

— Fiecare cuvânt poate fi un vers, suspină filozofic Tamara. Ba chiar fiecare silabă. Ba chiar fiecare literă. Un haiku nu e lung cât *The Masque of Anarchy*.

— N-ai avut de scris un haiku, toanto, o repezi Dan Balomir din celălalt capăt al rândului de scaune.

— Vezi cum vorbeşti, băi, vâslă ruptă, se semeţi Tamara.

Hărmălaia reizbucni ca la un semn, iar în următoarele câteva minute Lucia Vermeşan asistă la un meleu de jigniri, pe care publicul de acasă le auzi nevenindu-i să-şi creadă urechilor. Prezentatoarea nu putu nici măcar să dea glas cuvântului salvator „publicitate“, fiindcă până la slotul de reclame mai erau opt minute şi jumătate. În culise, o parte dintre cei implicaţi în producţie îşi puseră mâinile în cap, pe când în sufletul celorlalţi înflori jubilaţia. Să vezi audienţe la măsurătorile de mâine.

După ce se potoli vacarmul, Lucia Vermeşan se apropie de masa juriului, spre a culege părerile avizate ale membrilor.

— O lăbăreală, conchise laconic Dora de la Răcăciuni, ridicând apoi nivelul academic al evaluării: Zero barat, să moară mama.

— Doamna nu pare să fi înţeles tema, ceea ce mă face să nu-i acord nici o steluţă, spuse ferm Sebastian Dobrău, sorbind-o pe Camelia Suditu din priviri.

— De acord cu colegul meu, rosti actriţa, cu ochii pierduţi în cei ai vecinului de masă. Nici o steluţă, exerciţiul nu a fost făcut conform cerinţelor.

— Dragă Tamara, n-ai avut un început grozav... dădu să spună prezentatoarea, întreruptă de Grigore Varniţchi:

— Păi atunci, domnişoară, n-ar fi mai bine să plece concurenta de tot din platou? Nu e mai logică eliminarea directă? De ce să rămână până la sfârşit? Cine ştie ce bazaconii mai spune dăţile viitoare. Se cunoaşte că n-a muncit o zi în viaţa ei.

— Auzi, bre, nea psihopupu, ripostă Tamara, când o să ai emisiunea ta, n-ai decât s-o faci cum te taie capul. Deocamdată ni s-a explicat formatul, şi trebuie să ne ţinem de el. Drăcia dracului!

— Dragii mei, hai să nu sărim calul, ne vede o ţară-ntreagă, spuse prezentatoarea. Profit de ocazie ca să vă reamintesc că suntem în direct. *LIVE*, da? Ne-am înţeles? Acum, Tamara, n-ai început cum ţi-ai fi dorit, o ştii şi tu, dar ai timp suficient să recuperezi în etapele viitoare. Sigur, asta depinde şi de ce o să facă restul concurenţilor, de câte steluţe o să primească fiecare. Oricum, suntem abia la prima zi şi la prima probă. Bine, să trecem la următorul concurent. Dragoş, e rândul tău, te rog.

Veterinarul din Săcălaz suflă de două ori în lavalieră, ca să fie sigur că e auzit în platou. Câţiva spectatori îşi duseră mâinile la urechi: era. Pe urmă îşi puse ochelarii şi citi de pe foaia pe care o ţinea cu o mână tremurătoare:

— De veţi alege doar cretinii, / Rău o vom duce înc-un veac. / Azi nu vedem calea luminii, / Gorile fără scop şi leac. / Orice s-ar întâmpla în ţară, / Ştim toţi că n-avem loc afară.

Publicul din platou izbucni în aplauze fără să-l îndemne nimeni prin gesturi din culise, iar Lucia Vermeşan făcu ochii mari, în timp ce ducea microfonul la gură, gata să dea glas extazului. Dragoş Comişel vârî hârtia în buzunar, îşi scoase ochelarii şi încercă inutil să-şi potolească tremurul mâinii. Atent la detalii, unul dintre operatorii TV ai emisiunii fixă camera pe mâna concurentului, pentru ca tremurul ei, combinat cu presupusul zbucium lăuntric al concurentului să pătrundă cât mai adânc în cât mai multe case.

— Draaaagoooş, bravoooo! Ce frumuseţe de acrostih. După toate regulile artei, îl complimentă Lucia Vermeşan pe Comişel.

— Are exerciţiu de la spanacurile alea de epigrame, mormăi iritat Varniţchi.

— Le-ai citit, ca să spui că sunt spanacuri? se interesă veterinarul.

— Păi se găsesc pe undeva, ca să le citesc? Ce tiraj au avut? Cinci exemplare?

— Vă rog, vă rog frumos, interveni Lucia Vermeşan, văzând că tremurul mâinii drepte a lui Comişel părea să se accentueze şi numărând în gând secundele până la pauza de publicitate.

Pierdut printre concurenţi, Raul Roventa se abţinu, dată fiindu-i timiditatea, să dea glas singurului gând care-i trecuse prin minte când văzuse cât de rău tremura foaia de hârtie în mâna medicului veterinar: oare ce-or simţi animalele pe care le îngrijea? Nu se gâdilau?

După pauza de publicitate, publicul constată că entuziasmul Luciei Vermeşan se răsfrânsese şi asupra juraţilor. Aceştia deciseră la unison că acrostihul concurentului era fără cusur şi că Dragoş Comişel nu merita doar să i se spună *Bravo, ai stilou!*, ci şi să primească nouă steluţe. De pe scaunul unde îşi mesteca amărăciunea, Tamara Şiclovan îi aruncă o privire în care se ghiceau ecouri din iubirea Minotaurului pentru tinerii atenieni care-i erau azvârliţi în cotlonul lui din labirint. Tânăra din Poiana Ţapului habar n-avea cum urmau să se prezinte ceilalţi concurenţi, dar distanţa dintre ea şi prăpăditul ăsta de la ţară era deja foarte mare.

Proba zilei continuă fără episoade picante sau vulgare, semn că în pauză cineva cu greutate (poate producătorul general, poate altcineva chiar *mai* important) intrase viforos în concurenţi şi-i invitase să-şi bage minţile-n cap şi să-şi aducă aminte că semnaseră totuşi un contract, chiar dacă, zoriţi din fire, nu citiseră atent pagină cu pagină (erau 24 cu totul) şi clauză cu clauză. Exigent cu ceilalţi, Grigore Varniţchi cel vociferant produse un acrostih nu doar mediocru, ci şi incorect, câtă vreme, din neatenţie, ultimul lui vers începu cu „i“ în loc de „e“, ceea ce-i atrase o depunctare masivă: doar două steluţe din nouă. Raul Rovenţa surprinse pe toată lumea cu un catren criptic-suicidar – „Răul Raul, Raul cel rău / Astăzi s-a aruncat în hău, / Unde l-a împins, încă din şcoală, / Liedul compus pe corzi de boală“ –, care-i aduse nouă steluţe, o privire compătimitoare din partea prezentatoarei, aplauzele juraţilor şi ale publicului, precum şi oftaturile câtorva doamne sensibile din primul rând de spectatori. Violeta Ungureanu aşternu pe hârtie şapte versuri prost pieptănate prozodic, dar acceptate de juriu ca fiind o mostră de francheţe şi de oglindire a propriei condiţii, care-i aduse şapte steluţe şi o clasare provizorie onorabilă. La rândul lui, Dan Balomir vru să înghesuie cât mai mult în cele trei versuri la care-i dădea dreptul prenumele şi îşi dădu seama, în plin proces creator, că se bucurase prematur. Primi cinci steluţe, iar entuziasmul iniţial i se cam dezumflă, mai cu seamă că existau deja doi concurenţi care împuşcaseră nouă steluţe din nouă.

Singurul moment de relativă tensiune avu loc când îi veni rândul la citit Carmencitei Visu. Ea fusese lăsată ultima graţie concesiei făcute de prezentatoare, care se gândi totuşi să schimbe un pic ordinea, dat fiind prenumele lung al concurentei. Recepţionera din Târgu Jiu care anunţase lumea în scris că *Sufletul e un pepene roşu* începu totuşi prin a protesta împotriva unei nedreptăţi vizibile din avion.

— Lucia, nu-i normal să avem acelaşi timp la dispoziţie pentru acrostih.

— N-avem ce face, draga mea. Nu există altă variantă. Condiţiile sunt aceleaşi pentru toţi concurenţii. După cum vezi, te-am lăsat la urmă – asta doar aşa, fiindcă sunt eu fată bună.

— Păi or fi condiţiile aceleaşi, dar prenumele meu are zece litere, iar al lui Dan, trei.

— Ghinionul tău şi norocul lui, se trezi vorbind Sebastian Dobrău de la masa juriului.

— Pe tine te-a întrebat cineva ceva? se zborşi Carmencita, reintrând în tonul femeii de la recepţie care-i anunţă pe doritori că nu sunt camere libere şi că n-au decât să-şi vadă de drum.

Dobrău cântări cât de oportună era o înjurătură grosieră şi se calmă doar când simţi mâna caldă a Cameliei Suditu pe braţ.

— Păi n-avea grijă, că vii tu la... judecata mea, găsi el de cuviinţă să strecoare totuşi o ameninţare cu un subton falocrat.

Carmencita Visu îl privi pe jurat cu un soi de ostilitate sfidătoare, înainte de-a da citire acrostihului:

— Curtea e locul de unde se înalţă / Aripi de păsări fără ţintă spre cer / Rotocoale de fum împrăştii din ţigara / Mentolată pe care-o ţin între buze / Egale trec zilele pe radarul vieţii / Niciodată toamna nu fu mai frumoasă / Ca azi în catifeaua clipei ce se scurge / Inexorabil iremediabil şi inconturnabil / Timp măsurat de nisipul din clepsidră / Acum de-a pururea şi-n vecii vecilor.

— Amin, îi scăpă în şoaptă Violetei Ungureanu, pe care anii de văduvie o deprinseseră, printre altele, cu mecanismele pioşeniei.

— Doamne-ajută, răspunse tot şoptit Carmencita Visu.

— Ia stai, cucoană, se băgă pentru a treia oară în vorbă Varniţchi. „Niciodată toamna nu fu mai frumoasă?“ Păi asta nu-i a lui Arghezi?

— Mata ai auzit de intertextualitate? se întoarse Carmencita spre el, cu pumnale în priviri.

— Asta-i furgăseală, dacă mă-ntrebi pe mine.

— Stai chilleanu, că nu te-ntreabă nimeni.

— Gata, gata. Doamne, parcă n-aţi fi oameni în toată firea, se plânse teatral Lucia Vermeşan. Mulţumim, Carmencita. Foarte frumos şi subtil. Dar am şi eu o întrebare. N-am observat nici o rimă în acrostihul tău.

— E vers alb.

— Păi nu trebuiau să rimeze versurile?

— N-a existat nici o precizare în sensul ăsta. Nu ne-ai spus că trebuie să rimeze, se apără recepţionera.

— Poeziile tale din volum sunt tot în vers alb? se interesă prezentatoarea.

— Sigur, absolut. Vrei să-ţi citesc una-două?

— Mulţumesc, dar nu e timp. Juriul ce părere are? Acceptă varianta cu vers alb?

Neavând habar ce e acela vers alb şi aflând abia cu o zi înaintea filmărilor ce este acrostihul, juraţii acceptară fără probleme ceea ce Luciei Vermeşan încă i se părea o abatere de la normă. Carmencita Visu obţinu şapte stele din nouă posibile, fiindcă Sebastian Dobrău găsi totuşi de cuviinţă s-o depuncteze pentru insolenţa de mai devreme.

Urmă o nouă porţie de reclame, în timpul căreia spectatorii din platou îşi făcură vânt cu ce aveau la îndemână (reflectoarele încălzeau aerul, iar instalaţia de aer condiţionat nu putea să asigure o temperatură convenabilă), Lucia Vermeşan plecă în culise să-şi împrospăteze machiajul, Dora de la Răcăciuni se ridică de pe scaunul de jurată spre a se dezmorţi preţ de un minut sau două, iar concurenţii prinseră să vorbească între ei, găsindu-şi fiecare pe cineva cu care nu se certase şi nu se încontrase. Deloc de mirare, Grigore Varniţchi rămase fără interlocutor, după ce avusese grijă să li se facă nesuferit tuturor celorlalţi. Curtenitor din fire, cum îi şedea bine unui salvamar-chitarist pasionat de Roger Hodgson, Dan Balomir îşi ceru iertare Tamarei Şiclovan fiindcă o făcuse toantă mai devreme, după care, dacă tot o înnădise la vorbă, o întrebă ce era *The Masque of Anarchy*, fiindcă el, unul, ascultase multă muzică, dar de albumul respectiv nu auzise în viaţa lui. Tânăra din Sinaia îl asigură că şi ei îi părea rău că-l făcuse „vâslă ruptă“ şi-l informă că *The Masque of Anarchy* era o baladă politică (foarte lungă, în treacăt fie spus) a poetului Percy Bysshe Shelley, inspirată de masacrul de la Peterloo din august 1819. Lângă ea, Dragoş Comişel se miră lăuntric că vecina lui era la curent cu romantismul englez, dar nu părea să ştie cu ce se mânca un acrostih.

Rămaşi singuri la o masă a juriului care se cufundase în penumbră pe durata calupului de reclame, vloggerul Sebastian Dobrău şi actriţa de stand-up Camelia Suditu deciseră că era momentul să mai urce o treaptă pe scara intimităţii. După câteva săruturi de probă, cei doi se abandonară, fără să-i vadă nimeni, unor preliminarii în urma cărora rujul de pe buzele Cameliei se lăţi până când o făcu să semene cu un clovn de la circ, iar o mică ştampilă roşie ajunse să decoreze obrazul stâng al vloggerului, imediat lângă ureche. Stârnit de viforul erotic al actriţei, Sebastian simţi că nu-şi mai încape în piele, mai cu seamă sub curea, iar erecţia lui se desluşi prin pantaloni. Camelia îl prinse de bărbăţie cu o mână fermă şi se aplecă asupra fermoarului lui, mimând o scenă din repertoriul atât de larg al site-urilor pentru adulţi.

Când *Bravo, ai stilou!* reveni în direct, din cauza unei comenzi greşite din regie – sau poate în lipsa oricărei comenzi –, nu Lucia Vermeşan apăru în prim-plan, cum ar fi trebuit, ci perechea de juraţi lângă care între timp se aşezase o Dora de la Răcăciuni uluită de rapiditatea cu care arseseră etapele colegii ei din juriu. Mai mult, operatorul care avea camera fixată pe masa juraţilor plecase să-şi ia apă de undeva din platou şi lăsase camera pornită. Ca urmare, telespectatorii care aşteptau clasamentul după prima probă şi concluziile prezentatoarei se văzură confruntaţi cu un episod de cvasipornografie în direct, în care mâna Cameliei Suditu strângea prin pantaloni organul întărit al lui Sebastian Dobrău, pe când gura ei aparent însângerată îi căuta lacomă buzele. Sesizat de urgenţă, operatorul reveni la aparat, dar, pradă grabei sau confuziei, în loc să stingă camera, făcu o focalizare care aduse în atenţia auditoriului mica pată care tocmai înflorise pe textura blugilor sub acţiunea hotărâtă a actriţei de stand-up.

Asta încă ar mai fi fost cum ar mai fi fost (deşi era la latitudinea CNA-ului să decidă clar peste câteva zile *cum* fusese de fapt), dar imaginile pe care le văzu şi publicul din platou produseră o comoţie în rândul doi. Sub ochii dilataţi ai Luciei Vermeşan, care îşi dusese mâna la gură spre a mima ingenuitatea oripilată, o minionă tunsă castron şi cu un păr roşu ca leul de pe steagul Ţării Galilor se ridică de pe scaun ca o vijelie şi sprintă spre perechea de aţâţaţi.

— Ce gâţii mă-tii cauţi cu mâna pe bărbată-miu, curva dracu'? răcni ea spre Camelia, după care îşi canaliză indignarea spre consort: Şi tu? Tu ce faci? Chiar nu-ţi mai ajunge ce-ai acasă? Păi să nu-ţi...

— Amoraş, de unde dracu' să ştiu că eşti aici? încercă să dreagă busuiocul vloggerul, al cărui mădular începu să descrească progresiv, lăsând totuşi pata să i se lăţească pe blugi.

— Aha, deci asta e problema, că sunt eu aici! ţipă înfierbântată roşcata. Nu că-ţi iei limba-n gură cu cine vrei şi cu cine nu vrei. Ei, stai să vezi omor ce-ţi iei acasă. Iar tu, capră nesătulă, tu cine mă-ta te crezi? o interpelă ea pe Camelia, şi-i repezi un şut în fluierul piciorului care-o făcu să geamă de durere, să se ridice în sfârşit de pe scaun şi să-şi valorifice avantajul staturii şi alonjei.

Nu mai apucă s-o facă, fiindcă doi dintre agenţii de pază apărură mai târziu decât s-ar fi cuvenit în platou (poate că se uitaseră şi ei pe un ecran din culise la desfăşurarea ostilităţilor) şi o imobilizară pe roşcată, în uralele publicului din platou, care uitase, ca de altfel toată distribuţia emisiunii, că *Bravo, ai stilou!* se transmitea în direct. Singura care părea să fi memorat amănuntul era biata prezentatoare. Nu că i-ar fi fost de mare ajutor. Cu căutătura unui om lovit de dambla, Lucia Vermeşan îşi mobiliză toate resursele interne, făcu semn unui operator să pună camera pe ea şi se căzni să recupereze ceva din prestigiul pierdut în ochii telespectatorilor de-a lungul şi de-a latul ţării, plus diaspora. Hotărî să facă abstracţie de întâmplarea de la masa juriului şi, *l'air de rien*, îşi spuse poezia cu ochii în cameră.

— Dragii mei, iată clasamentul de la *Bravo, ai stilou!* după prima probă din concurs. Pe primele două locuri, la egalitate, Dragoş Comişel şi Raul Roventa, cu câte nouă steluţe. Bravo, Dragoş, bravo şi ţie, Raul, felicitări şi s-o ţineţi tot aşa.

Cei doi îi mulţumiră din cap prezentatoarei, părând în acelaşi timp uşuraţi că oamenii de la pază o evacuaseră pe soţia juratului vlogger din platou – cine ştie la ce s-ar fi putut ajunge?

— Pe locul trei, tot la egalitate, Violeta şi Carmencita, cu câte şapte steluţe. Felicitări şi vouă, fetelor.

Concurentele îi zâmbiră de formă prezentatoarei. „Fetelor"? Fiecare dintre ele ar fi putut să-i fie mamă Luciei Vermeşan.

— În continuare, Dan, cu cinci steluţe, şi Grigore, cu două steluţe. Încheie clasamentul Tamara, cu zero steluţe. Dragii mei, mai multă concentrare de-acum încolo, vă rog. Iar tu, Tamara, nu trebuie să te descurajezi. Cei din urmă vor fi cei dintâi. Doamnelor şi domnilor, punem punct aici primului episod al primului sezon din *Bravo, ai stilou!*, emisiunea-concurs prin care pătrundem în laboratorul de creaţie şi ne aşezăm la masa de lucru a scriitorilor, alături de ei. Sunt gazda dumneavoastră, Lucia Vermeşan, şi vă mulţumesc că ne urmăriţi. Pe data viitoare.

De pe fotoliul de unde se uita de obicei la televizor, Ionuţ Rovenţa comută pe Digi Sport, unde se desfăşurau ultimele minute din Cádiz–Valladolid, şi scăzu volumul până aproape de mut. Se strâmbă de parcă ar fi mestecat o jumătate de lămâie.

— S-ar putea să nu mai *existe* o dată viitoare. Dacă-mi pare rău cu adevărat, e pentru Raul. Începuse bine, cu tot catrenul ăla sumbru. Ce să zic? A fost... zise el, şi se întrerupse, mutându-şi ochii asupra coordonatorului de programe de la Amprenta TV.

— *Tricky*, şopti Trickie Horvath siderat. Mare lucru dacă nu ne zboară şefu' pe toţi.

— Noroc că nu e-n ţară, îl consolă Rovenţa.

— O să se-ntoarcă. Să vezi perdaf. Mă rog, asta e. Vouă cum vi s-a părut? îi întrebă el pe cei trei juraţi de la *Bravo, ai stil!*, care acceptaseră cu o remarcabilă disponibilitate invitaţia cronicarului TV de-a vedea primul episod la el acasă şi se instalaseră pe canapeaua dintre cele două fotolii.

Trecură câteva secunde înainte ca părerile celor trei să se audă limpede, chiar când vârful lui Valladolid înscria golul unei victorii gustate îndelung la casele de pariuri.

— Găvâzdeală, rosti Maurice.

— Interesănţenie, spuse Raluca.

— Purpuriu, cugetă cu voce tare Tibi.

Ionuţ Rovenţa şi Petru „Trickie" Horvath se priviră complice. După două ore şi jumătate de tensiune, puteau în fine să se amuze. Dacă nu de altceva, măcar de un jurat care credea că „purpuriu" şi „potpuriu" sunt unul şi acelaşi lucru.

Enya la Malu Spart

Marin Gârjoabă închise ochii şi încercă să memoreze cele citite. „Padocul bibilicilor poate fi înlocuit printr-un adăpost înalt de doi metri, cu suprafaţa cel puţin dublă, asigurând pentru fiecare pasăre minimum zece centimetri de stinghie, conform normativelor în vigoare stabilite de Uniunea Europeană." Numai de padocul bibilicilor nu se ocupase până acum Uniunea Europeană. Hotărât lucru, ori cineva bramburise totul, ori autorul cărţuliei pe care o răsfoia nedumerit Marin Gârjoabă avea probleme cu propria bibilică. Ca să se convingă pe loc că nu nimerise în altă parte, ţăranul redeschise ochii, scoase din buzunar o hârtie mototolită, o netezi cu palma şi mai citi o dată, în gând, cele câteva rânduri pe care ar fi putut deja să le recite pe de rost. Adresa era corectă, data corespundea, ordinea de zi aşijderea. Singurul lucru care nu părea să se potrivească era cărţulia verde ca o perdea de mătasea-broaştei.

Cum până la începerea celei de-a treia zile de cursuri mai erau destule minute, Gârjoabă îşi continuă explorarea. Mai dădu câteva pagini cu o mutră acră şi se opri asupra unui alt pasaj care-l contrarie. Era clar, textul avea ceva esopic. Dacă i-ar fi oferit cineva cheia decodării, poate că lectura i-ar fi folosit cu adevărat. Aşa însă, Gârjoabă îşi pironi ochii pe pagina cu pricina, o parcurse şi ţâţâi dezaprobator din buze. Pe urmă, pradă unui impuls masochist, o luă de la capăt. „Organismele de certificare pot permite vânzarea producției agricole ca produs agricol organic obținut din perioada de conversie sau sub o denumire similară, când toate cerințele standard au fost respectate timp de un an înainte de începerea ciclului de producție. Totuși, în general se recomandă evitarea utilizării etichetelor de conversie. Când se folosește eticheta de conversie, aceasta trebuie să fie foarte clar distinctivă față de toate etichetele ecologice."

Marin Gârjoabă începu să regrete că plecase din Spârchița natală și venise la Malu Spart. Ceva îi spunea că zilele pe care urma să le petreacă aici aveau să fie o mare pierdere de vreme. Și numai el știa cât era de lucru acasă. De fapt, la început fusese tentat să nu participe la aiureala asta, despre care încă nu aflase dacă era seminar, instructaj, schimb de experiență, colocviu, sesiune de comunicări științifice sau o simplă mostră de dirigenție agricolă cu iz eurointegrator. Cea care-l convinsese să se ducă fusese nevastă-sa, Vica. „Nu ți-e bine, omule, cum să lipsești? Al lu' Fârnoagă merge? Da' al lu' Zăpârțan? Păi vezi? Tre' să te duci și tu. Altfel te trezești că după ce se-ntorc încep să se uite de sus la tine și să-ți dea cu tifla." Oprit la jumătatea gestului rebel, Gârjoabă acceptase cu aerul unui martir opărit să i se facă bagajul, să i se pună la pachet niște mâncare organică până la ultima fărâmă și să fie dus la gară cu căruța de Tache Frâncioc, într-o dimineață veselă ca un tribunal iranian. „Ai grijă și bagă la tărtăcuță ce-o să-ți blotocăre ăia la Malu Spart", îl sfătuise înțelept căruțașul. „Mâine-poimâine ne trezim cu Ioropa-n casă și noi ne ușurăm în fundu' curții." Gârjoabă dăduse abătut din cap – nu din cauza Europei și nici a closetului primitiv, ci fiindcă îl aștepta un drum cu trenul de la Botoșani la București, apoi un autobuz până la Giurgiu și de-acolo încă unul până la Malu

Spart. În asemenea condiţii, nu s-ar fi mirat nimeni – iar Gârjoabă cu atât mai puţin – dacă mâncarea lui din traistă şi-ar fi schimbat starea de agregare sau ar fi început s-o ia singură din loc, cât era ea de ecologică.

Gârjoabă nu era la prima vitejie de acest tip. De vreo doi ani, ţăranii din Spârchiţa şi din satele vecine primeau tot felul de invitaţii la întâmplări misterioase, care se ţineau de obicei la dracu-n praznic şi se încheiau cu paranghelii crâncene, în care toată lumea, în frunte cu lectorii, se făcea pulbere şi-i ţinea treji pe nefericiţii din hoteluri care încercau să adoarmă. Cu trei luni în urmă, găsise în cutia poştală de la poartă un plic maroniu în care se afla o broşură cu titlul *Fermier în Europa*. Broşura se străduia, fără mare succes, să explice un program pus la cale de Ministerul Integrării Europene în colaborare cu Oficiul de Plăţi pentru Dezvoltare Rurală şi Pescuit. (Ideea fundamentală pe care toată lumea – inclusiv Gârjoabă, în ceasul al doisprezecelea – o desprinsese fără mari eforturi din cele treizeci de pagini lucioase fusese că mătuşa Europa avea mulţi bani în pungă şi că trebuia doar să ştii să-i ceri.) La câteva zile după aceea, omul fusese silit să participe la o dezbatere inflamată pe marginea uneia dintre problemele de căpătâi ale comunităţilor rurale: identificarea celor mai eficiente metode de evaluare a porcinelor de reproducţie, conform normelor continentale. Gârjoabă aflase cu acel prilej că principala activitate pe care se cerea s-o depui odată cu pătrunderea în marele ţarc european era identificarea. Toată ziua bună ziua, eurocetăţenii îşi puneau ochelarii şi identificau: probleme, dificultăţi, piedici, resurse, parteneri şi – în primul şi-n primul rând – oportunităţi. Un om care nu identifica o oportunitate cât de mică era un ratat irecuperabil.

Nu după multă vreme, Gârjoabă se trezise cu o nouă invitaţie. Expeditorul ei era de data asta o ciudăţenie intitulată

Centrul de Suport al Businessului din Ungheni, care – evident – produsese la rândul său o broşură şi îşi propunea să-i înveţe pe ţărani să redacteze planuri de afaceri sau să solicite fonduri pentru achiziţionarea unor furaje folosibile ca nutreţuri de bază. Deţinător al unor competenţe filologice limitate, Gârjoabă nu se mirase că „sprijin" fusese înlocuit cu „suport" în titulatura organizaţiei, în semn de omagiu adus romglezei. Şi cum era vorba tot de piruete birocratice pe banii altora, fără să trebuiască să scoată vreo para din propria pungă, spusese „prezent" şi acolo. Mai mult, fiecare program părea să producă noi idei şi iniţiative. Febra integraţionistă a agricultorului român instaura pe nesimţite un sistem autoreproductiv din care Marin Gârjoabă făcuse parte la început cu sfială şi reticenţă, iar apoi, cu un amestec straniu de lene, plictis şi consecvenţă. Nu ştia exact de ce pierdea timpul pe coclauri, dar simţea că la un moment dat toate aiurelile alea i-ar fi putut folosi.

De aceea, o lună mai târziu, când Vica cea mereu cotrobăitoare prin cutia poştală îi pusese sub ochi un plic gălbui, de la Ministerul Agriculturii, dacă te luai după antet, Gârjoabă suspinase doar în aparenţă blazat, dar în realitate cu o anume urmă de interes. Locul următoarei activităţi era Căciulata. Numai că elanul lui participativ fusese curentat la locul faptei de o măsură teribil de nepopulară: pentru prima dată, organizatorii le cereau invitaţilor să-şi plătească transportul şi cazarea, limitându-se să le ofere doar masa din bugetul instituţiei. Păi ce invitat era ăla care trebuia să se autofinanţeze? se revoltase lăuntric Gârjoabă. Plus c-ar fi trebuit să li se spună înainte să plece de-acasă, nu la sosirea la hotel. Dacă n-ar fi avut destui bani la el, ce s-ar fi întâmplat? Şi, cum veştile proaste nu circulau singure, truditorul gliei aflase că seminarul cu pricina era doar prima parte a unui demers mai ambiţios. Mai precis, dacă voiau să intre în posesia certificatului de absolvire a cursului de perfecţionare („Metode de depistare a retardanţilor de origine sintetică pentru inducerea şi sincronizarea căldurilor la animale“), participanţii trebuiau să-şi dedice alte patru zile domeniului botanic. Laboratorul Central de Carantină Fitosanitară, în colaborare cu AACPSMSR (Asociaţia Amelioratorilor, Comercianţilor şi Producătorilor de Sământă şi Material Săditor din România), organiza un proiect de conştientizare (termenul le producea migrene până şi celor mai robuşti ţărani) într-o serie de localităţi în curs de cuplare la cerinţele agriculturii moderne: Calu-Iapa, Sfârleaua, Mădulari, Cicrac, Bolvaşniţa, Curechiştea, Malamuc, Valea Muierii de Jos, Cochirleanca, Săcătura, Curmătura, Cioca-Boca, Ciumăfaia, Sălbăgelu Nou, Gogoşari, Coţofenii din Dos, Rafailă, Rebricea, Vetrişoara, Măciuca, Şuncuiuş şi Pocreaca. Până la urmă, Gârjoabă acceptase concesia – nu de alta, dar certificatele de absolvire erau indispensabile paşilor următori pe drumul integrării, chiar dacă numărul şi viteza lor de eliberare promiteau să transforme în scurtă vreme această activitate mai degrabă birocratică în sport olimpic. Singura problemă părea să fie alegerea numelui optim pentru înscrierea în calendarul celor cinci cercuri.

Iar acum, întâlnirea de la Malu Spart. În prima zi, Gârjoabă şi ceilalţi colegi porniţi pe drumul agrointegrării aflaseră câteva lucruri de bun-simţ despre dezinfecţia prin termonebulizare, omogenizatoarele de elemente, alimentatoarele cu şnec, cicloanele de reţinere a particulelor şi eleveuze. În a doua, fluxul de informaţii inclusese, în aceeaşi păsărească imposibil de memorat, date despre optimizarea abatorizării, bazinele vidanjabile, planurile de management pentru analizarea şi împrăştierea dejecţiilor pe sol – o temă de căcat, după cum subliniase lectorul, clipind şugubăţ spre auditoriu –, echilibrul fertilizării cu azot pe parcelă pentru toate culturile, bacteriile coliforme, fazele abatorizării la animalele de carne și-o sută de alte formule pe care cu greu le puteai rosti fără o fractură de maxilar. Meniul celei de-a treia zile urma să fie adus cât de repede la cunoștința participanților. Deocamdată, fuseseră strânși cu toții în sala de spectacole a căminului cultural care găzduia întâlnirea și invitați să aștepte. Puțintică răbdare.

Căminul arăta cumsecade, chiar dacă pentru asta fusese nevoie de eforturi pe care localnicii nu țineau minte să le mai fi făcut vreodată în ultimii zece ani. Asta și fiindcă singurele evenimente care însuflețiseră cât de cât comuna din 2005 încoace fuseseră amicalul dintre Vercingetorix Malu Spart și Astra Giurgiu, în care publicul croncănise non-stop nouăzeci de minute la adresa negrilor de la Astra, și nunta lui Narcis, manelistul, somat să ia de nevastă o elevă de școală vocațională aflată la a treia bătaie soră cu moartea livrată de tată și la al tot atâtelea chiuretaj. Între chelfăneli, părintele își făcuse timp să-l caute pe Narcis, să-l informeze că puțin îi păsa de detenta lui artistică și de brandul lui rural, să-i proptească un vârf de șiș sub burtă și să-l asigure că, în caz de refuz al căsătoriei sau, ulterior, de indisciplină conjugală, avea să-și reorienteze cariera spre *cover*-uri după Demis Roussos, Mika și Bee Gees. Din câte se auzea prin comună, manelistul asimilase corect tâlcurile scurtului interludiu pedagogic.

Până una-alta însă, indiferent de gheața subțire pe care se trezea patinând zi de zi, Narcis de la Malu Spart își dăduse acordul pentru un recital după ultima rundă de cursuri, cu binecuvântarea primăriei și spre extazul cursanților. Fiindcă nu doar Gârjoabă, Fârnoagă și Zăpârțan ardeau de nerăbdare să audă live *Strugurel bătut de piatră*, *Cine stă la masa mea* și *Doamne, anii cei mai buni*, ci și ceilalți participanţi din toate colţurile ţării, care aveau să plece acasă – cel puţin aşa credeau – luminaţi şi integraţi. Pe lângă asta, cineva, probabil un localnic posesor de *inside information*, lansase zvonul că Narcis avea să cânte primele trei piese în duet cu proaspăta-i soţie, ceea ce-ar fi conferit, desigur, un spor de atractivitate evenimentului. Şi nu doar atât. De undeva, nu se ştie de unde, apăruse ideea unui meci demonstrativ între specialiştii în împrăştierea dejecţiilor şi omologii lor de la abatorizarea păsărilor. Primarul însuşi fusese rugat să arbitreze meciul, după ce demersurile făcute pe lângă Daniele Orsato, Björn Kuipers, Felix Brych, Szymon Marciniak şi István Kovács rămăseseră fără răspuns. Iar Narcis urma să joace o jumătate de meci la fiecare echipă.

Marin Gârjoabă îşi mai coborî o dată ochii, de data asta cu un început de lehamite, spre broşura în care se povesteau vrute şi nevrute despre padocul bibilicilor. Se uită pe urmă la cei doi consăteni şi constată că şi pe feţele lor se lăţise aceeaşi expresie care împletea torpoarea şi mefienţa. Costel Fârnoagă şi Nistor Zăpârţan îşi plimbau privirile asupra celorlalţi cursanţi, ferindu-se să intre în vorbă cu vreunul dintre ei şi preferând să se abandoneze unei expectative precaute. Cu toţii aşteptau să vină naibii cineva şi să înceapă cursul. Nu de alta, dar dacă mai stăteau mult aşa adormeau cu capetele pe spate şi gurile lărgite cât să intre trei găluşte odată. La drept vorbind, primejdia soporifică pândea şi dinspre cursurile în sine, care erau plicticoase, lungi, fără exemple practice, expuse plat, neutru, şi redactate într-un limbaj făcut să-ţi transforme creierul în piftie.

— Nea Marine, ţi-a spus cineva că semeni cu Brumaru?

În rândul participanţilor se simţi un freamăt de interes. Gârjoabă întoarse capul spre dreapta, de unde se auzise vocea. Văzu un ins cu o căciulă care imita jalnic astrahanurile lui Ceaușescu. Era buhăit, clăpăug, neras de două zile, cu o mustață zbârlită, nas de boxer, păr în urechi, unghii pătrate, degete groase și aer de hangiu.

— Cu cine?

— Cu Brumaru. Emil Brumaru. Poetul.

Gârjoabă reuși, cu o apreciabilă coordonare, să clatine din cap și să ridice din umeri în același timp. Exact de poezie le ardea lor la Spârchița. Cu ochii mari ca ai melcului de Dunăre, Fârnoagă și Zăpârțan se uitară și ei la clăpăug ca loviți de dambla. Cât despre restul cursanților, nici ei nu păreau mai avizați.

— Nu cunosc, rosti Gârjoabă cu o anume trufie.

Buhăitul, care se prezentase în prima zi, la sesiunea de spargere-a gheții („Anton Mișmășulea, comuna Podu Iloaiei, județul Ieși, ca în «ieși afară», da' ziceți-mi Toni"), deduse, nu se știe cum, că interlocutorul își regreta limitările și că era dispus să lupte împotriva lor. Își luă o figură de om transportat în Nirvana, închise ochii, își împinse un pic bărbia înainte și declamă ca la serbarea școlară:

Când inima unei grădini e-un ciob de sticlă
Ce-ți amintește că ai fost și înger,
Tu cumperi murături; nimic nu strică
Să ai și-n pătlăgele moi răsfrângeri
Și să plutești, iluminat, în moarea
Spumoasă ce-nconjoară miezuri fleașcă
De dulci harbuji porniți ca o caleașcă
Spre Cerul Gurii; să le pipăi floarea
Cârcelului cu limba-mpătimită
De-atâtea bunătăți descrise-n taină
În Biblia ascunsă-n simpla-ți haină,
Când rage lung tristețea ca o vită
Dusă-n ocol de Dumnezeu, la muls,
Dintr-un nestăpânit și cald impuls...

— Din *Rezervația de îngeri*, preciză mulțumit Mișmășulea, deschizând ochii la finalul poeziei și revenind în teluric. Dar să știi că semeni binișor cu Brumaru, nea Marine.

Spaima contrariată din privirea lui Gârjoabă era egalată doar de cea din privirile colegilor așezați cât de cât aproape de recitator. Aceștia nu pierduseră o iotă din momentul artistic și aveau o droaie de întrebări pe care ar fi vrut să i le pună lui Mișmășulea, dar nu îndrăzneau. Singurul care își luă inima-n dinți fu un brunet înăltuț, de vârstă incertă, cu păr lins și dantură în stare de avarie. Omul, pe nume Harry (de la Haralamb) Gaboraș, își pescuia curajul de pe fundul unui păhărel șterpelit de la bucătărie cu o seară înainte și umplut ritmic cu un stimulent care-l ajuta și-i dădea aripi. Nici el nu auzise de Brumaru, desigur, însă întrebarea lui – de fapt, o obiecție – ar fi putut fi punctul de plecare al unei interesante dezbateri țărănești.

— Nea Toni, cum mama dracu', bre? Vitele lu' tălică rage lung când le mulgi? Ale mele tace ca peștii. Și nu pare triste.

Mișmășulea își reprimă o vorbă grea. Ocupat cu grajdul, Gaboraș rătăcise, vezi bine, drumul spre metaforă. Nu-i vorbă, nici ceilalți nu erau mai breji. Auzi tu, să nu fi auzit în viața lor de Brumaru. Sigur, nici Mișmășulea nu ajunsese la el pe calea versului, ci dând din nimereală peste un interviu în care omul explica fără echivoc ce sentimente nutrea pentru Antonia și ce i-ar face dac-ar mai fi tânăr și i s-ar afla în preajmă. Încântat de plasticitatea formulărilor și de imaginile doldora de naturalism porno, Mișmășulea își propusese să se aplece mai atent asupra lui Brumaru. Își pusese un nepot să-l caute pe Google, aflase că era unul dintre cei mai buni poeți ai ultimelor decenii, iar asta îl făcuse să-i caute volumele și să memoreze câte versuri putuse din ele. Nu de alta, dar Anton Mișmășulea din Podu Iloaiei avea o memorie de senzaţie şi ţinea morţiş să citească măcar o carte pe săptămână. Aflase că asta te făcea să pari deştept.

Pe cât de mare era pofta de citit a lui nea Toni, pe atât de mică era aderenţa celorlalţi la literatură. Deviza lor părea să fie „carte – nu; cărţi – da“, judecând după febrilitatea cu care se regrupau la câteva mese slinoase în perioadele de timp liber, unde se angajau în strămoşescul tabinet, înlocuit când şi când de câte-un „66“ sănătos ca apa de izvor. Aici se simţea şi Gârjoabă în largul lui. Ce Dumnezeu, doar nu bătuse atâta drum ca să audă o huidumă vorbind în dodii şi spunându-i că semăna cu un poet. Alcătuia, împreună cu Fârnoagă şi Zăpârţan, un trio care devenise, cu ani în urmă, teroarea Spârchiţei tocmai prin felul cum îi curăţa de bani pe clienţii dispuşi să accepte provocări cartoforiceşti.

Marin Gârjoabă era pe punctul să se lanseze într-un monolog lăuntric despre inadecvarea celor ca Mişmăşulea într-o lume supusă tot mai rapid schimbărilor, când uşa din spate a sălii de festivităţi se deschise, iar în cadrul ei se ivi o siluetă gracilă, care înaintă printre rânduri, pe mijlocul sălii, până la masa aşezată pe scenă şi acoperită cu o faţă de masă pe care se vedeau stelele Uniunii Europene. Era o fată de vreo douăzeci şi ceva de ani, cu ochelari, frumuşică, dar cam slăbănoagă după gustul unor cursanţi deprinşi să aplice criteriile de frumuseţe bovină la oameni, ceea ce însemna că singurele care se puteau ridica la nivelul exigenţelor erau halterofilele de la categoria supergrea din lotul Letoniei. Fata luă un microfon de pe masă, îl deschise, le spuse bun venit participanţilor şi în această a treia zi, rosti câteva fraze de umplutură şi-l prezentă apoi pe Horaţiu Precup, lectorul care avea să se ocupe de modulul următor. Acesta se ridică de la o măsuţă aflată jos, în lateral, în dreptul primelor rânduri, se încheie la haină, luă un teanc de hârtii şi o servietă, urcă pe scenă şi se aşeză la masa principală. Apoi îi mulţumi fetei pentru prezentare, îi lăsă timp să se retragă, îşi drese vocea şi atacă subiectul aflat pe ordinea de zi.

— Colegul Dragostin v-a vorbit ieri despre instrumentele de optimizare a abatorizării la animalele de carne. Astăzi o să discutăm despre modalităţile de asomare a păsăretului de ogradă şi despre recomandările şi normativele europene de profil. Asta ca să vedeţi că fiecare pasăre pe limba ei piere, hi hi.

Timp de o jumătate de oră, Precup nu-şi precupeţi (hi hi) energiile şi-i introduse pe cursanţi în arcanele asomării. El avu grijă să întreprindă mai întâi un mic demers etimologic şi să-l lămurească pe Harry Gaboraş, care tocmai îşi mai turnase un păhărel de curaj lichid, că asomarea nu avea legătură nici cu suma, nici cu marea şi nici măcar cu somnul, dacă scoteai din ecuaţie registrul metaforic. Pe urmă îi familiariză pe Gârjoabă, Mişmăşulea, Zăpârţan şi ceilalţi cu cele două metode principale de asomare: asomarea cu băi de apă multiple („păsările de curte se atârnă cu capul în jos în dispozitive de suspendare şi apoi sunt introduse, până la nivelul aripilor, într-o baie de apă unde sunt supuse unui şoc electric") şi sacrificarea în atmosferă controlată, zisă şi SAC („păsările de curte sunt asomate în camere cu atmosferă controlată unde sunt expuse amestecului de gaze").

— Ca să vă faceţi o idee, continuă Precup, în căscaturile unei asistenţe pe care cruzimea temei n-o trezise pe deplin din toropeală, în ţările membre ale Uniunii Europene, optzeci la sută dintre puii de carne sunt asomaţi prin baie de apă şi doar douăzeci la sută prin SAC, hi hi. E-adevărat, în ce priveşte această a doua metodă, proporţia de utilizare cunoaşte variaţii enorme în rândul ţărilor membre: şaizeci la sută în Franţa şi doar cinci la sută în Germania. Da, aveţi o întrebare? Vă ascult. Vă rog să vă spuneţi şi numele. Văd c-au uitat să vă dea ecusoane – şi, oricum, de la distanţa asta aş vedea doar că n-aş vedea, hi hi.

— Dumitru Dumitru, din –

— Să nu-mi spuneţi Dumitreşti, hi hi.

— Din Malamuc, judeţul Prahova. Există şi alte metode de... cum îi zice?

— Asomare.

— Aşa.

— Ar mai fi câteva. Înţeleg că vă doriţi mai multă acţiune, hi hi.

Dumitru Dumitru nici nu aprobă, nici nu infirmă. Rămase drept ca lumânarea până când lectorul îi făcu semn grăbit să se-aşeze. Scârţâitul pe care-l scoase scaunul la contactul cu fundul lui lat i-ar fi putut evoca unui observator neatent ingerarea unei cantităţi considerabile de fasole.

— De exemplu, una dintre metodele folosite destul de des e asomarea electrică efectuată exclusiv la nivelul capului. Ea constă în aplicarea de electrozi individuali care înconjoară creierul, şi a fost introdusă abia în ultima vreme în abatoarele de păsări, unde n-a putut fi folosită până acum din cauza vitezei prea mari a liniei de abataj.

— Se face şi la găinile ouătoare, şi la curcani? se interesă Dumitru Dumitru.

— Absolut, îl asigură lectorul.

Gârjoabă se întoarse cât putu de discret spre stânga, unde, la o margine de rând, Nistor Zăpârţan se uita cu gura căscată la Precup. Simţind privirea consăteanului, îi răspunse cu un zâmbet de redus mintal şi-şi întoarse atenţia asupra lectorului, care trecuse pe nesimţite la o altă metodă de suprimare a înaripatelor. O metodă care, din ce spunea el, nu era văzută cu ochi buni de comisarii europeni.

— Țările membre consideră că LAPS-ul e o barbarie și nu numai că nu recomandă, dar chiar interzic categoric folosirea lui.

— Ce-i aia LAPS? vru să știe Gârjoabă, pe care privirea aruncată lui Zăpârțan îl făcuse să piardă, simțea el, informații importante.

Precup tuși diplomatic.

— Tocmai am explicat. Probabil că făceați altceva, hi hi.

— Fiecare cu păsărica lui, hi hi, interveni Mișmășulea.

Horațiu Precup lăsă să se stingă hăhăielile, se uită fără să aibă nevoie pe hârtiile din față și reluă:

— LAPS înseamnă *Low Atmospheric Pressure Stunning* și se bazează pe același principiu ca asomarea cu gaz. Diferența e că, în loc să înlocuiască atmosfera cu un gaz, LAPS elimină progresiv aerul și creează o lipsă de oxigen echivalentă cu asomarea. Cum spuneam, metoda e respinsă de țările membre ale UE, dar e folosită în America.

— Nu mă mir, rosti Mișmășulea. În fond, își gazează criminalii, de ce n-ar face la fel și cu păsările? Inclusiv...

Se opri sub privirea rugătoare a lui Horațiu Precup. Ar fi vrut să spună „inclusiv cu ciorile“, dar până la urmă se abținu.

Întreruptă fie de întrebări (unele imbecile), fie de imagini la limita suportabilului, prezentate pe un proiector, prelegerea lui Horațiu Precup durä aproape două ore, între care organizatorii strecurară o pauză de douăzeci de minute. Pe durata ei, cursanții consumară un litru și jumătate de cafea și eliminară cinci litri de urină în cele două cabine de toaletă din afara sălii. Se fumă destul de puțin, spre mulțumirea aparentă a fetișcanei gracile care răsări într-un colț de sală spre sfârșitul prelegerii, gata să anunțe următoarea activitate.

— „Următorul modul“, o corectă Precup când o auzi, ca un captiv iremediabil al jargonului de conferință.

— Mă iertați, pufni înțepată tânăra, și-și împinse ochelarii mai sus pe nas. Următorul modul. El o să fie condus – e o surpriză, îmi dau seama – de unul dintre dumneavoastră.

Dacă fetișcana se așteptase la o undă de neliniște care să înfioare auditoriul, realitatea îi provocă o mare deziluzie. Odată scăpați de detaliile indigeste din prezentarea lui Precup, cursanții păreau să fi recăzut în apatia tradițională a sesiunilor de lucru de la mijlocul programului. Unii se gândeau deja la cât aveau de făcut până acasă, alții mai așteptau un singur lucru: certificatul de absolvire. Foarte puțini erau cei care-și păstraseră interesul pentru sarcina electrică încasată de păsările de curte în condiții de SAC sau pentru cât de dureroasă era încătușarea lor înainte de atârnarea cu capul în jos. Se vede treaba însă că Mișmășulea se număra printre ei.

— Colegul nostru Anton Mișmășulea...

— Toni, vă rog.

— Mersi. Rafaella. Colegul nostru Toni, mă rog, într-un fel, complicele nostru, o să conducă acti... modulul următor, în care o să vă-mpartă în trei grupe de lucru. Fiecare grupă o să primească o temă pe care o s-o pregătească și o s-o prezinte în plen la sfârșitul zilei de curs. O să aveți cam o oră pentru discuții, iar apoi, după masa de prânz, câte-un sfert de oră pentru prezentare. Domnule Miș... Toni, ai microfonul.

Huiduma se ridică de pe locul pe care se cufundase, cu aerul că, la o adică, ar putea oricând să mai recite șapte-opt poezii de Brumaru. Atâta doar că asomarea păsăretului de curte nu se număra printre temele lui predilecte („poetul preferă păsărica păsărelei“, observase judicios un critic într-o recenzie nu neapărat binevoitoare). Ajuns pe scenă, Mișmășulea își îmbrățișă colegii din priviri, își frecă mâinile preț de câteva clipe, făcu o împărțire arbitrară a cursanților în grupe de lucru, scoase o foaie de hârtie din buzunarul hainei, o despături şi citi cu o intonaţie mai potrivită unui sonet shakespearian decât unei sesiuni de măcelărire a înaripatelor:

— Grupa-ntâi merge în ludotecă – cum ieşiţi, a treia uşă pe stânga, după toalete – şi se ocupă de documentele de referinţă privind abatorizarea păsărilor. Grupa a doua rămâne aici, se retrage într-un colţ şi discută despre tipurile de apreciere şi valorificare a carcaselor. În fine, grupa a treia urcă la etaj – prima uşă pe dreapta, după ce se termină scările – şi are ca temă bunăstarea păsărilor înainte de asomare. Cum a spus Rafaella, aveţi o oră pentru discuţii. Fiecare grupă o să-şi aleagă un raportor care-o să prezinte concluziile grupei când o să ne reîntâlnim în plen, la modulul de după masa de prânz. Aşa. Vă urez succes şi vă spun de pe-acum poftă bună.

— Hi hi, se auzi dintr-un cotlon chicotitul lui Horaţiu Precup, care se pregăti abia acum să plece din sală.

Cred şi eu că-i vine să râdă, îşi zise Gârjoabă, scărpinându-se în cap şi pregătindu-se să se mute în ludotecă. Cum naiba să-ţi mai ardă de crăpelniţă după ce dai din gură atâta timp despre dislocarea cervicală, bolţul captiv nepenetrant, macerare, electrocutarea în baia cu apă şi injecţia cu barbiturice? Îi căută din priviri pe Fârnoagă şi Zăpârţan, dar pas de-i mai găseşte. Probabil că o zbughiseră la o ţigară înainte să treacă la lucrul pe grupe. Gârjoabă era curios cine avea să fie ales raportorul grupei. Nu era cine ştie ce filozofie să dai din gură un sfert de oră în faţa colegilor, dar – o ştia de la alte seminare, cursuri şi simpozioane – era mult mai bine să rămâi în semiîntunericul sălii de festivităţi şi să tragi la aghioase. Prânzul aducea cu el, contrar recomandărilor europene, diverse spirtoase care, combinate cu mâncarea şi temperatura din sală, provocau o dulce moleşire a tuturor. Totul era să nu sforăi.

Cât timp cele trei grupe de cursanţi îşi stoarseră creierii în tentativa de-a produce un set de idei cât de cât vaccinate, tânăra Rafaella petrecu o oră plină de antren în biroul îndrumătorului pentru activităţi socioculturale, unde se întâlni, la fel cum făcuse în prima şi-n a doua zi de cursuri, cu lectorul Horaţiu Precup hi hi. Aparenta animozitate dintre cei doi se topi ca prin farmec. Zbenguiala lor descătuşată produse o comoţie care ajunse, nu foarte târziu, dată fiind izolaţia precară a clădirii, la urechile grupei din ludoteca amplasată sub biroul îndrumătorului. Cursanţii care şopocăiau despre documentele de referinţă ale abatorizării se întrerupseră, traseră niţel cu urechea, auziră nişte icnete care vesteau mari isprăvi şi formulară câteva sfaturi în folosul lectorului:

— Bagă-i un bolţ captiv penetrant, vere!

— Grijă mare, să n-o asomezi!

— Vezi dacă are carenă sternală calitatea-întâi!

— Bravo, nu pierde timp cu operaţiunile-aferente!

Contaminat de verva colegilor de grupă, Gârjoabă intră în joc şi le propuse să râdă la unison maimuţărindu-l pe Precup. După câteva secunde de tăcere şi la parter, şi la etaj, un zgomot sacadat urcă din ludotecă spre cabinetul îndrumătorului pentru activităţi socioculturale:

— HI HI! HI HI! HI HI! HI HI! HI HI! HI HI!

Se lăsă din nou tăcerea, însă doar pentru câteva clipe. La capătul unei scurte uneltiri, cursanţii traseră aer în piept şi scandară ostăşeşte:

— MODULUL URMĂTOR! MODULUL URMĂTOR! MODULUL URMĂTOR!

În ciuda subiectului mai degrabă sumbru pe care-l aveau de dezbătut cursanţii, ludoteca căminului cultural din Malu Spart avea un aer vesel. Iar asta în primul rând datorită felului cum fuseseră zugrăviţi pereţii. La iniţiativa unui profesor de desen fără frică de urmări şi cu aportul unor elevi încântaţi de idee, încăperea devenise spaţiul unui maelstrom cromatic, al unei bălţături fără pereche, în care puteai recunoaşte, pe rând, steagul Senegalului, curcubeul, nişte zăbrele multicolore şi câteva motive stilizate ale scoarţelor mehedinţene. Totul era să nu zăboveşti prea mult cu ochii pe pereţi, fiindcă te lua cu ameţeală. Policromia ludotecii avea, mai mult ca sigur, legătură cu activităţile desfăşurate acolo de copiii din Malu Spart înainte de-a ajunge la vârsta la care puteau să-l aprecieze corespunzător pe Narcis, manelistul, şi să-i vâneze apariţiile live.

Nu se ştie dacă fără intenţie sau dintr-o ironie a organizatorilor, prânzul cursanţilor constă în borş de curcan şi papricaş de pui cu mămăliguţă. Lui Gârjoabă îi veni să cloncăne şi să cotcodăcească amintindu-şi despre ce se vorbise până atunci la cursuri şi despre apropiatul conţinut al sesiunii postprandiale. În stânga şi în dreapta lui, Costel Fârnoagă şi Nistor Zăpârţan se hrăneau şi ei cu o anume lehamite, molfăind agale şi plimbând dumicatele dintr-o parte în alta a gurii, ca şi cum ar fi aşteptat momentul când nu se uita nimeni la ei ca să le scuipe-afară.

— Poftă bună, hi hi!

Cursanţilor li se păru că Horaţiu Precup, care se evaporă cu viteza cu care se materializase, îşi făcuse drum prin sala de mese doar ca să le vadă mutrele şi să se răsfeţe în gloriola câtorva clipe de sadism. Ce om revanşard, îşi spuse Gârjoabă. Şi Rafaella aia, ce lipsă de gust! Ce disperare! Mai mare ruşinea.

Harry Gaboraş gândea, pesemne, la fel, fiindcă dădu la iveală sticla de tărie şi-şi turnă un păhărel ca şi cum ar fi vrut să facă uitat episodul. Gesticulă apoi cu sticla în direcţia celorlalţi, întrebând pe muteşte dacă mai erau amatori. Mai erau, normal că mai erau. Rând pe rând, participanţii trecură pe la Harry, care oficie ritualul cu o mândrie inabil camuflată. Ce Dumnezeu, era prună curată, de la mama ei. Lacrimă, nu alta.

Cei trei raportori care prezentară concluziile grupelor după masa de prânz avură mult de furcă. Asistenţa pendula deja între inerţie comatoasă şi catatonie, ştiut fiind că tăria înmoaie. Raportorii înşişi ajunseseră în faze mai mult sau mai puţin avansate de matoleală, ceea ce complica ecuaţia sesiunii în plen.

— Dacă sunteţi de acord, vă propun să-ncepem cu grupa a treia, propuse Mişmăşulea, care părea unul dintre puţinii cursanţi cărora nu le patina limba. Cine-i raportor la grupa a treia?

Dumitru Dumitru din Malamuc ridică mâna ca la şcoală.

— Nea Mitică, te rog. Ai cuvântul. Vino aici, pe scenă. Care-a fost tema voastră? A, da, bunăstarea păsărilor înainte de asomare. Ai nevoie de flipchart? De markere?

Dumitru Dumitru declină oferta cu un gest regesc şi urcă treptele care duceau la masa acoperită cu însemnele UE.

— Bun, s-auzim. Ai un sfert de oră, nu mai mult. Domnii colegi, atenţie la raportor, da? La sfârşit, vă aştept întrebările.

Dumitru Dumitru făcu măruntele din buze câteva clipe, ca şi cum şi-ar fi testat cuvintele de început, ca să vadă dacă-i puteau decola din gură în condiţii de siguranţă. Pe urmă îşi pironi ochii în spatele sălii de festivităţi şi începu:

— Deci, practic, grupa noastră a... cum îi zice... a făcut...

— A întocmit, rosti cineva din sală.

— Aşa. A întocmit un set de condiţii care asomatorii trebuie să ţină cont de ele. Care în aceste condiţii păsările trebuie să beneficieze de o serie de lucruri înainte de-a fi asomate mortal. În primul rând, fiecare pasăre are nevoie de spaţiu vital care să se plimbe-n el şi să nu se incomodeze cu alte păsări. Spaţiul vital per pasăre variază între 1,8 şi 2,4 metri pătraţi, care nu e voie să fie mai mic. În al doilea rând, trebuie avute în vedere factorul lumină şi factorul temperatură, care păsările să nu le fie nici cald, nici frig şi care să poată să-şi efectueze în condiţii normale activităţile de dinaintea, cum îi zice, asomării. În al treilea rând, păsările trebuie să realizeze cu uşurinţă contact vizual între ele, care asta-nseamnă că incintele unde sunt ţinute nu pot fi compartimentate, cum îi zice, abuziv.

Dumitru Dumitru îşi scoase batista şi-şi tamponă fruntea greu încercată de această probă de oratorie.

— Care pe urmă trebuie avută în vedere starea de spirit care-o are pasărea în aşa fel încât la momentul asomării fluxul de adrenalină să nu se reverse în sânge în cantităţi peste limita admisă. Starea de spirit cea mai optimă la păsări e împăcarea. Aceasta se realizează prin crearea unui ambient corespunzător, care e de datoria tehnicienilor însărcinaţi cu operaţiunile pre-asomare să le pună la punct. Împăcarea sau armonia se realizează cel mai bine prin expunerea păsărilor la o muzică liniştitoare, relaxantă. Am trecut în revistă cu colegii câteva exemple de muzică relaxantă (*chill*, îngână cosmopolit Mişmăşulea, fără să-l audă cineva) şi am stabilit că variantele cele mai bune sunt, cum îi zice, piesele instrumentale ale lui Kitaro.

Dumitru Dumitru se întrerupse, se mai şterse o dată pe faţă (era cald al naibii, iar aer condiţionat, ioc) şi-şi miji ochii spre cursanţii aşezaţi în faţa lui. Poate că i se părea, dar avea impresia că majoritatea soileau profund. Se uită mai atent, constată că impresia corespundea integral realităţii şi-i făcu semn lui Mişmăşulea că terminase. Cu puţin noroc, scăpa de întrebări şi putea să se ducă la loc şi să tragă şi el un pui (ptiu!) de somn.

— Mulţumesc, nea Mitică. Hai, că n-a fost greu. Întrebări? Are cineva întrebări?

Dumitru Dumitru se pregătea de coborâre, când o mână flutură vivace în mijlocul cursanţilor.

— Stai un pic, nea Mitică. Da, s-auzim, spuse Mişmăşulea, mulţumit că până la urmă se respecta ritualul sesiunii.

— Kitaro în versiunea de studio, sau în concert? se interesă o mogâldeaţă pleşuvă, aparent fără urmă de batjocură.

Dumitru Dumitru dădu din colţ în colţ şi se apucă să-şi caute colegii de grupă din priviri. Stabilirea contactului se dovedi însă imposibilă, fiindcă zişii colegi trăgeau masiv la aghioase. Neavând cu cine să delibereze, raportorul din Malamuc, Prahova, dădu din umeri şi riscă un răspuns pe cont propriu:

— Care-o fi.

Mogâldeaţa nu păru încântată de răspuns, motiv pentru care schimbă unghiul de atac.

— Da' la Enya nu v-aţi gândit? Nu vi se pare potrivită pentru pre-asomare?

Raportorul înotă în obidă câteva clipe, după care încuviinţă din cap.

— Bună şi-asta.

— Bună, bună, dar ce anume din Enya? insistă mogâldeaţa. Din prima perioadă, când cânta cu Clannad? De pe la mijloc? Din ultimii ani? Între *Orinoco Flow* şi *Only Time*, de exemplu, care-ar fi mai bună pentru păsări înainte de asomare?

Raportorul coborî o privire urzicată asupra mogâldeţei.

— Îţi baţi joc de mine? Nu-i frumos.

Mişmăşulea simţi nevoia să intervină.

— Domnu', băi, nea, că nici nu ştiu cum te cheamă...

— Omidaru. Robert Omidaru, se recomandă mogâldeaţa.

— Aha. Bun, nea Bobi, ia zi, ai vreo întrebare serioasă, sau îţi arde de glume? Vezi că mănânci din timpul de prezentare al grupei tale. Din ce grupă eşti?

— Din prima.

— Aia cu documentele, carevasăzică. Abia aştept să vă văd câte parale faceţi. Aşa, la miştouri suntem campioni mondiali.

— Nea Toni, chiar mă-nteresează, dom'le. Am încercat şi eu să le pun muzică la puicuţele mele, da' ale dracu' să fie dacă s-a simţit vreuna mai bine. La două a-nceput să le cadă penele.

— Da' ce le-ai pus, tată, Motörhead? Sepultura?

Omidaru clătină din cap.

— Vechituri din astea duioase. Mai un Cotabiţă, mai o Pugaciova, ce-am mai găsit pe la vecini. Eu n-am aşa ceva.

— Păi bag seama că ai Enya, sau cum o cheamă.

Omidaru se însufleţi brusc.

— Nea Toni, dom'le, la mine Enya e cerul şi pământul, aşa să ştii. Nu există muzică mai frumoasă. Îi ştiu toate cântecele pe de rost, i-am cumpărat toate discurile, ăhă, de pe vremea vinilului. Am descărcat o groază de concerte. Da' n-am pus-o la puicuţele mele, că m-am gândit că, dac-aud frumuseţea asta de muzică, le pare şi mai rău când – harşt! Barem dacă le pun un Dorobanţu sau un Crişan n-au după ce să plângă.

Şi, până să apuce Mişmăşulea să-l culeagă de pe mirişte şi să-l readucă la chestiune, mărunţelul începu să cânte, cu un glas care sugera o castrare recentă:

Who can say where the road goes,
Where the day flows?
Only time...
And who can say if your love grows
As your heart chose?
Only time...

Mişmăşulea schimbă priviri alarmate cu Dumitru Dumitru din Malamuc, Prahova, iar îngrijorarea lor crescu simţitor când lui Omidaru i se alăturară ceilalţi componenţi ai grupei întâi, adunaţi la una dintre marginile sălii de festivităţi:

Who can say why your heart sighs,
As your love flies?
Only time...
And who can say why your heart cries
When your love lies?
Only time...

Auzind arpegiile cursanţilor, lectorul Horaţiu Precup năvăli în sală de pe holul unde se bucura de ultimele fumuri ale unei ţigări în compania Rafaellei.

— Ce-i aici, domnilor? Conservator?

— Am făcut şi noi o glumă, să nu vă supăraţi. Hai, că n-a ieşit rău.

Corala grupei a treia rânji a satisfacţie, pe când ceilalţi cursanţi din sală le aruncau priviri admirative. La cum lălăiseră, nu mai aveau nevoie nici de şoc electric, nici de bolţ captiv nepenetrant. Ajungea o strofă cântată aşa, şi orătania făcea infarct.

— Nea Mitică, mulţumim, spuse Mişmăşulea, dându-i ocazia raportorului năduşit s-o şteargă de pe scenă. Aşa, grupa-ntâi acum. V-ascultăm. Cinşpe minute, nu mai mult.

Ales printr-o combinaţie de vot democratic şi sucire a mâinii la spate, Gârjoabă îşi luă în serios rolul de raportor şi începu să meliţeze despre normele şi recomandările europene privind asomarea, conştient că numărul muzical de adineauri, la care participase şi el, de bună seamă, stârnise antipatia celorlalţi cursanţi şi în primul rând pe-a lui Mişmăşulea. Aminti locvace de prevederile articolului 4 din

Regulamentul Comisiei Europene nr. 853/2004, după care se dezlănţui în rafale trase cu o muniţie birocratică impresionantă: Regulamentul nr. 178/2012 al Parlamentului European şi al Consiliului de stabilire a principiilor şi a cerinţelor generale ale legislaţiei alimentare, Secţiunea 2 (Carnea de pasăre de curte şi de lagomorfe) din Anexa III a Regulamentului CE nr. 852/ 2004, Regulamentul nr. 1069/2009 al Parlamentului European şi al Consiliului de stabilire a unor norme sanitare privind subprodusele de origine animală şi produsele derivate, plus o basculantă de recomandări, norme, prevederi şi directive. La un moment dat, mizând pe neatenţia auditoriului, Gârjoabă schiţă şi o fandare în zona encefalopatiei spongiforme, numai că Mişmăşulea, vigilent ca un paznic de bancă elveţiană, i-o tăie scurt:

— Asta-i la vaci, nea Marine, la vacile alea tralala. Rămâi la păsări, te rog.

— Au şi vacile păsăricile lor, se auzi o voce din sală.

Marin Gârjoabă coborî de pe scenă după treisprezece minute şi douăzeci şi opt de secunde, petrecut de privirile adulatoare ale consătenilor Fârnoagă şi Zăpârţan. Mişmăşulea îi mulţumi şi chiar îi strânse mâna. După o asemenea prezentare, Gârjoabă se aştepta să fie declarat în scurt timp cetăţean de onoare al Spârchiţei şi – de ce nu? – nemurit printr-un bust amplasat la doi paşi de primărie. Unde era acum nevastă-sa, Vica, să-l vadă în întreaga lui splendoare retorică? Unde era Tache Frâncioc, căruţaşul care-l dusese la gara din Botoşani? Unde erau spârchiţenii care-i treceau zilnic prin dreptul curţii, în drum spre biserică şi apoi spre cârciumă, râzând de gardul care stătea să se prăbuşească la primul vânt mai serios?

— Grupa a doua, vă rog, zise Mişmăşulea după ce Gârjoabă se retrase să-şi guste gloria în mijlocul colegilor. Raportorul de la grupa a doua. Grupa a doua, v-aţi ales un raportor? Hai, dom'le, zău, mai stau mult după voi? Alo, mai stau mult după voi? MAI STAU MULT DUPĂ VOI???

— MAI STAU MULT DUPĂ VOI???

Marin Gârjoabă își ridică încet capul de pe masă și se uită în jur. Pereții pictați în culori trășcălii parcă voiau să-l închidă într-o colivie policromă – și pe el, și pe ceilalți bărbați așezați pe banchetele acoperite cu scoarțe cu motive populare. Încet-încet, ochii i se deprinseră cu lumina și începură să distingă figurile celor din jur. Uite-l pe Frâncioc. Uite-l și pe Zăpârțan. Hă hă, uite-l și pe Fârnoagă. Și pe ceilalți. Care cu căciulă, care cu capul descoperit, care cu chelie, care cu paharul în mână. Avu nevoie de câteva secunde ca să-și aducă aminte unde era – la pomana lui Nuțu Marodin, săracul. Nici vorbă de curs de specializare la Malu Spart. Nici vorbă de lucru pe grupe. Nici vorbă de Narcis, manelistul. Era la el acasă, la Spârchița.

Habar n-avea cât dormise. Vocea care-l trezise era a Măriucăi, văduva lui Nuțu, o femeie zdupeșă și autoritară, care, se vede treaba, venise să strângă farfuriile cu gustări. Probabil că urma supa. Din ce-și amintea Gârjoabă înainte să cadă în somnul ăla de plumb, era supă de pui.

Pe când în minte i se învârteau versuri dintr-un poet din care parcă i se recitase în vis – ceva despre tristețea care răgea lung, ca o vită dusă la muls –, Marin Gârjoabă se strădui să nu se gândească la felul cum fusese asomată pasărea vârâtă în oală.

În schimb, memoria îi scoase la iveală un detaliu legat de felul cum murise amărâtul de Nuțu: la masă. Înecat cu un iadeș.

Abdominabil!

Locotenent-colonelul Clement Lilian Chişleag îşi puse ochelarii, deschise plicul cu un aer important, de profesor care se pregăteşte să dea la iveală subiectul unic pentru bacalaureat, parcurse foaia de hârtie cu o încruntătură tot mai pronunţată, înjură scurt, răstit, probând o atenţie minuţios-cazonă faţă de genitaliile umane, şi răcni ca un turist inconştient la saltul cu coarda elastică de pe barajul de la Assuan:

— Popeteeeeeeee!!!

Uşa biroului se deschise după trei secunde, iar în încăpere se furişă umil caporalul Bujor Popete, un tinerel blond, slăbuţ, pistruiat, cu mutra îmbătrânită prematur de copilăria petrecută la holdă sau cu vacile, cu nişte urechi clăpăuge şi îngustate spre lobi, cu bocancii lustruiţi şi cu boneta frământată de zor între mâinile nervoase. Urletul comandantului fusese atât de răscolitor, încât gradatul apucă să bată la uşă abia după ce o închise pe dinăuntru.

— Ordonaţi.

— Măi, ce-i porcăria asta, măi? se burzului Chişleag, fluturând coala de hârtie ca pe un stindard al indignării. Cine-şi bate joc de noi, Popete? De unde mi-ai adus fiţuica asta? Cui îi arde de bancuri?

— Raportez, a...

— Raportezi pe mă-ta, mie răspunde-mi la întrebare.

— A venit cu poşta. Mi-a dat-o furierul companiei, dom' comandant. Cică-i de la Minister.

Locotenent-colonelul Chişleag înţepeni brusc. Nu se uitase pe plic, nu studiase nici ştampila, nici antetul foii din interior, dar simpla pomenire a instanţei ministeriale îl făcu să încremenească într-o poziţie rigid-omagială, cu mâinile pe lângă corp şi degetele întinse pe aceeaşi linie cu vipuşca. Pentru el, reflexul de obedienţă se perfecţionase în timp, încă de când era un biet comandant de pluton dintr-o unitate pitită între Munţii Neamţului, dornic să avanseze ierarhic şi să ajungă prin orice mijloace la Bucureşti. Ştia că în capitală era bătaia peştelui şi că tot acolo îşi avea sediul Ministerul, ţinta lui de pe urmă, Vaticanul militar din inima unei Rome străbătute de Dâmboviţa. Dacă în Franţa napoleoniană fiecare soldat avea în raniţă bastonul de mareşal, aici, la noi, nimeni nu-i putea interzice unui ofiţer superior să se viseze ministru. Că odată numit în funcţie plănuia un puci prin care să preia puterea în douăzeci şi patru de ore era deja o altă discuţie. Deocamdată obiectivul lui era unul pe termen scurt: să conducă o unitate model, să obţină rezultate bune la toate inspecţiile şi să facă repede încă un pas înainte în carieră. Cuvintele-cheie erau disciplină, rigoare şi control. Trebuiau făcute o mulţime de lucruri şi, în mod normal, după ce şi-ar fi vărsat nervii pe caporal, comandantul ar fi considerat totul o glumă proastă, ar fi aruncat hârtia la coş şi şi-ar fi văzut de ale lui. Cum însă adresa venea de la Minister, treburile nu puteau fi lăsate aşa. Clement Lilian Chişleag îşi concedie ordonanţa cu un gest cinematografic, se aşeză la birou şi mai citi o dată pagina buclucaşă.

Urmare eforturilor de integrare pe multiple planuri a ţării noastre în structurile euroatlantice, vă veţi preocupa de creşterea nivelului cultural-informativ al tuturor soldaţilor, gradaţilor, subofiţerilor şi ofiţerilor din Unitatea Militară 01314. Se va efectua prelucrarea următoarelor materiale prin studiu individual, lectură în grup, discuţii, mese rotunde, forumuri de informare şi opinie şi alte activităţi complementare programului de instrucţie tehnică, tactică şi de luptă:

CHRISTOPH RANSMAYR – *Morbus Kitahara*
HERMANN HESSE – *Peter Camenzind*
E.L. DOCTOROW – *Billy Bathgate*
CHARLOTTE BRONTË – *Jane Eyre*
JOHN FOWLES – *Daniel Martin*
CHARLES DICKENS – *David Copperfield*
FRANÇOIS MAURIAC – *Thérèse Desqueyroux*
RADU PETRESCU – *Matei Iliescu*
ÉMILE ZOLA – *Thérèse Raquin*
G.T. SMOLLETT – *Roderick Random*
WALTER SCOTT – *Rob Roy*
JACK LONDON – *Martin Eden*
HENRY FIELDING – *Joseph Andrews*
NIKOS KAZANTZAKIS – *Alexis Zorba*
HERMAN MELVILLE – *Benito Cereno*
GEORGE ELIOT – *Daniel Deronda*
ARNOLD BENNETT – *Hilda Lessways*
MARY MCCARTHY – *Mary Sargent*
EDMOND ROSTAND – *Cyrano de Bergerac*
WILLIAM GILMORE SIMMS – *Paddy McGann*

Derutat de avalanşa celor patruzeci de nume, surprins de înclinaţia Ministerului spre frivolităţi într-o lume unde important era ca răcanul să demonstreze şi să monteze pistolul-mitralieră fără să-i rămână piese în plus, şi silit la o acţiune imediată de tonul peremptoriu al notificării, locotenent-colonelul Clement Lilian Chişleag îşi dădu seama că – inevitabil – trebuia să gândească. Iar pentru asta, cu un gest intrat de mult în preludiul unei asemenea ocupaţiuni, îşi dădu chipiul jos de pe cap şi îl puse în cuierul pom, lăsându-şi scăfârlia încercuită de urma roşiatică a acoperământului să se bucure câteva clipe înainte de angajarea capacităţilor cerebrale. Pe urmă se scărpină în creştet, scoase o acadea dintr-un sertar al biroului, o decoji de ambalajul lipicios, şi-o înfipse în colţul gurii ca pe un simulacru de pipă şi se puse pe chibzuit.

Nu-i trebui mult ca să priceapă că în textul comunicatului existau mai multe nelămuriri, fiecare importantă în felul ei, fiecare capabilă să producă mai degrabă alte întrebări decât răspunsuri.

În primul rând, comunicatul, înştiinţarea, mesajul operativ sau cum i-o fi spunând nu era semnat. Chişleag nu credea în anonime. Era, în schimb, un bun cunoscător al palierelor autorităţii, ceea ce îl duse la concluzia că avea de-a face cu un exponent atât de înalt al acestei autorităţi, încât identificarea sa prin semnătură şi ştampilă devenea superfluă. Bineînţeles, la momentul oportun comandantul avea să întreprindă nişte cercetări pe cont propriu; deocamdată însă, prioritară era reacţia eficientă.

În al doilea rând, cele patruzeci de nume proprii îl purtară pe Chişleag în vecinătatea imediată a migrenei. Nu trebuia să fii veteran ca să ştii că orice listă de nume se redactează alfabetic, cu numele la început şi prenumele după aceea. Făceai frumos un tabel, treceai rubricile în partea de sus, scriai numele – Andrews Joseph, Bathgate Billy, Brontë Charlotte, Camenzind Peter etc. –, iar în dreapta colii lăsai un spaţiu pentru observaţii. Ceea ce văzuse pe foaia de hârtie i se părea o batjocură. Capsomanul care o bătuse la maşină sau o scosese din calculator nu trecuse gradul şi arma nici unuia dintre cei înşiraţi, îi scrisese pe unii cu majuscule, pe alţii cu litere mici, pe unii cursiv, pe alţii nu, amestecase femei cu bărbaţi, străini cu români şi, în general, procedase de parcă ar fi vrut cu tot dinadinsul să-i piardă în ceaţă până şi pe cei mai abili decodificatori ai mesajelor din armată. Degeaba vorbim de profesionalizare dacă lucrăm tot cu neisprăviţi care nu ştiu alfabetul, îşi spuse contrariat locotenent-colonelul. Şi, mă rog, ce materiale elaborează cei patruzeci, fiindcă din notificare nu reieşea nimic. Păi, cum adică, trecem autorul, dar omitem titlul lucrării? Unde s-a mai pomenit?

— Abdominabil, măi. Abdominabil.

Chişleag tresări la auzul propriei voci. Rostise unul dintre cuvintele care îi semnalau interlocutorului ipotetic sau real cele trei trepte ale iritării pe care comandantul părea să se deplaseze cu uşurinţa unui alpinist adus de pe Aconcagua şi pus să escaladeze Culmea Pricopanului. Dacă lucrurile mergeau relativ prost, comandantul era „fustrat“. Dacă starea generală se deteriora, era „oribilat“. În fine, dacă totul avea aerul unei catastrofe, situaţia devenea „abdominabilă“. Iar momentul de faţă justifica mai mult ca sigur o asemenea etichetare.

Confuzia din ceea ce, în lipsa unui termen mai potrivit, trecea drept mintea locotenent-colonelului era sporită de sonoritatea celor patruzeci de nume de pe listă. Majoritatea păreau englezi şi americani, chit că Hesse ăla îi aducea aminte mai degrabă de lagărele naziştilor. Parcă avuseseră şi ei pe unul. Dar nu era Hermann, altfel îl chema. Şi în orice caz era Hess, nu Hesse. În rest? Doi-trei francezi, un caţaon, câteva muieruşte şi unul – Doctorow – care putea fi orice. Chiar şi rus. E.L. Evgheni Larionovici. Vreun kaghebist reciclat, mai ştii? Bun, şi asta ce înseamnă? se întrebă Chişleag, dându-şi singur răspunsul după câteva clipe: E clar, o aplicaţie NATO, un exerciţiu de parteneriat, ceva de genul ăsta. Cei patruzeci erau, probabil, somităţi în materie de tehnică militară. Spre ruşinea lui, comandantul admise că rămăsese mult în urmă cu lecturile. O *Libertatea* scurtă, la prima oră, o *România Mare* citită pe îndelete la mijlocul săptămânii, după revista de front, şi... cam atât. A, din când în când câte o lucrare de specialitate indispensabilă cercetaşului modern. Din câte ţinea minte, ultimele fuseseră *Săparea adăpostului individual de supravieţuire cu lopăţica Linemann de infanterie*, *Tehnici de organizare a ambuscadei în zonele subcolinare* şi *Rolul agentului de legătură în declanşarea alarmei de exerciţiu*. Chişleag nu-şi mai aducea aminte cine le scrisese. În mod sigur însă, nici unul dintre cei patruzeci. I-ar fi sărit în ochi.

RADU PETRESCU – *Matei Iliescu*. Poftim situaţie. Locotenent-colonelul se mai scărpină o dată în vârful capului, răscolind câteva fire de păr care se înălţară ca nişte antene mici, iscoditoare şi dezordonate, înainte de a fi lipite la loc de ţeastă sub presiunea unei palme cu bătături. Între toţi străinii ăştia, doi români. Ce rol aveau? Şi cum ajunseseră acolo? Probabil că emigraseră imediat după 1989 şi prinseseră un culoar favorabil, conchise Chişleag, scuturat pentru prima oară de un fior în care invidia şi resentimentele se topiră fără eforturi.

Situaţia era complexă, constată comandantul. Şi, ca în fiecare situaţie complexă, decizia finală trebuia luată după consultări cu ceilalţi ofiţeri reprezentativi ai unităţii. Clement Lilian Chişleag proceda invariabil aşa nu din spirit democratic, ci ca să aibă pe cine să arate cu degetul dacă lucrurile ieşeau prost. Dacă ieşeau bine, era, fireşte, meritul lui. Exclusiv şi personal.

— Popeteeee!!!

Caporalul blond se insinuă în birou cu aceleaşi mişcări de băieţandru prins la furat de mere în grădina primarului.

— Ordonaţi.

— Măi, să vină la mine Scutelnicu, Homată, Despa şi Tătăraş. Pas alert.

— 'Nţeles.

— Măi, şi ce-i cu compania lui Mitrofan, măi? Unde-au plecat aseară? Mi-a raportat ofiţerul de serviciu pe batalion că s-au încolonat şi au ieşit.

— Sunt pedepsiţi disciplinar, dom' comandant.

— Păi cum?

— Merg la meciurile lu' Steaua, să trăiţi.

— Măi, Popete, tu-ţi baţi joc de mine, măi? Asta-i pedeapsă?

— Dom' locotenent Mitrofan aşa zice, să trăiţi.

Chişleag mustăci nervos şi mută câteva hârtii dintr-o parte în alta a biroului. Locotenentul Pavel Mitrofan era oaia neagră a unităţii. Era tânăr, nu-i lipsea umorul şi înţelegea într-o manieră foarte flexibilă noţiunea de disciplină cazonă. Unde mai pui că Popete îi raportase la un moment dat că îl surprinsese citind. Colac peste pupăză, gurile rele spuneau că, de aproape doi ani, Mitrofan îşi cumpărase calculator şi se conectase la internet. Fără o intervenţie energică, lucrurile riscau să scape de sub control. Iar Chişleag se săturase să-şi toarne otravă în sânge şi să se „oribileze“ pentru un puştan frondeur.

— Unde-i Mitrofan acum? Să vină la mine.

— Nu-i în unitate, să trăiţi. L-aţi delegat la instructajul ăla din Poiană. A plecat azi-dimineaţă la cinci.

— Mda. Adună-i pe cei patru. Executarea.

— 'Nţeles.

— Şi şterge-ţi zâmbetul ăsta de pe faţă. Armata e haina pe care ţara ne-o pune pe umeri ca să ne ferească de frigul duşmanilor.

Popete ieşi de-a-ndăratelea, impresionat de metafora comandantului, şi plecă în căutarea cvartetului de ofiţeri de care era nevoie pentru luarea unei hotărâri în cunoştinţă de cauză. Aşteptându-i, Chişleag se apropie de una dintre ferestrele largi ale biroului şi, bătând darabana pe pervaz cu o mână, dădu în lături un colţ al perdelei cu cealaltă şi aruncă o privire spre platoul unde se desfăşurau o parte din activităţile zilei. Ochiul lui vigilent înregistră un tablou calm, aproape bucolic, lipsit de elementul perturbator care, de câteva luni încoace, crescuse tensiunea arterială a aproape întregului corp ofiţeresc. Altfel spus, compania cu termen redus absenta din peisaj. Fusese detaşată la Chiajna – plecarea dimineaţa la şase, întoarcerea seara la şapte – pentru două săptămâni de munci agricole, cu speranţa nerostită că viitorii studenţi (majoritatea la filologie) vor reveni la bază mai buni, mai ponderaţi şi în orice caz mai puţin predispuşi la farse ignobile. Era o terapie cu un succes cvasigarantat: după testul rural al scosului sfeclei din pământ doar cu bocancii şi cu mâinile, răsplătit cu suplimentul zilnic al unei bucăţi de telemea albă, pe care o înnegreau ţinând-o între degete, ştiut fiind că în mijlocul lanului nu creşteau fântâni la care să te poţi spăla, cei mai mulţi dintre vitejii cu mintea pe moaţe se cuminţeau barem temporar. Puţinii îndărătnici aveau parte şi de alte delicii: erau duşi în culcaturi şi târâşuri până la dormitor după ce tocmai ieşiseră de sub duş, li se dădea o ciorbă fiartă, pe care trebuiau s-o mănânce în două minute fără lingură, li se serveau câteva ture de pas de defilare în care li se cerea să cânte „Mândră ţară, tânăr colţ de rai“ cu masca de gaze pe figură şi lista putea continua. În ce-l priveşte, locotenent-colonelul Chişleag nutrea sentimente amestecate faţă de TR-işti. Pe de o parte, îşi dădea seama că îmbrăcarea lor în uniformă era o ruşine pentru instituţia armatei. Pe de alta, stagiul obligatoriu le dădea ofiţerilor timp suficient să-i plimbe prin toată gama umilinţelor, fără teamă de repercusiuni. Personal însă, s-ar fi lipsit bucuros de gaşca aia de nebuni care organizau beţii clandestine de două ori pe săptămână, salutau cu stânga şi compromiteau solemnitatea apelului de dimineaţă, iar odată cu ea şi prestigiul comandantului, răspunzând la salutul lui matinal cu deja împământenita formulă „*Vade Clement, basileus, morituri te refutant*". Chişleag habar n-avea de latină (nu ştia nici măcar că exista o asemenea limbă), dar îşi dădea seama că ultimul cuvânt al sus-amintitutului enunţ nu putea să aibă nimic flatant.

O bătaie fermă în uşă îl anunţă că ofiţerii pe care voia să-i vadă se prezentaseră la ordin.

— Intră.

Şeful statului-major, Dan Scutelnicu, responsabilul cu pregătirea de luptă, Stelian Homată, maiorul de contrainformaţii, Hristache Despa, şi coordonatorul strategiilor de integrare, Cosmin Tătăraş, îşi făcură apariţia în biroul comandantului, îl salutară formal şi aşteptară să li se explice motivul convocării.

— Mă, băieţi, e groasă, începu fără preambul Chişleag, dornic să intre cât mai repede în chestiune. E groasă ca mâneca de la cojoc. Am primit o hârtie de la Minister, şi-al naibii să fiu dacă pricep ce vor ăştia de la noi. Cică ar trebui să prelucrăm mai multe... stai, să văd cum le-au zis... materiale, dar în afară de numele unor indivizi n-am mai primit nimic. Ia aruncaţi-vă o privire şi puneţi-vă mintea la contribuţie. Ce vrea să însemne povestea asta?

Cei patru îşi pasară coala dactilografiată din mână în mână, petrecând în faţa ei câteva minute perplexe şi străduindu-se să producă o sugestie viabilă măcar de ochii şefului.

— Dom' comandant, raportez, unele nume îmi sună cunoscut, se aventură maiorul Despa, încurajat să deschidă balul de privirile celorlalţi.

— Vorbeşti serios, Hristache? Care din ele, măi?

— Păi ăsta, cum îi zice, Coprofield. A fost și pe la televizor.

— L-ai văzut cu ochii tăi, Hristule? își descusu Chișleag subalternul.

— Văzut, dom' comandant. Individul e periculos. O să mă informez mai în amănunt, dar, din câte știu, face tot felul de chestii dubioase. Mută avioane din priviri, taie femei cu sabia și pe urmă le lipește la loc, mai multe. A, și era-n vorbe c-o fătuță din alea care fac opturi când merg...

— Un fotomodel, preciză îndatoritor Scutelnicu, sesizând impasul din căutătura hăbăucă a comandantului.

— Una blondă, genul cal de curse, hai c-ați văzut-o și dumneavoastră, face reclamă la cafeaua aia din pungă verde.

— Păi bine, măi, și-atunci ce moașă-sa pe gheață caută la mine pe listă? se înfurie Chișleag. Doar așa, ca să mă fustreze? A înnebunit Ministerul?

— Raportez, poate c-o fi ceva cu ungurii, opină nesigur maiorul de contrainformații.

— De unde și până unde?

— V-ați uitat atent la blondă? Meclă clasică de boanghină. Ochi verzi, craci lungi, buze groase, pomeții ieșiți – ce mai, zici că-i ciudata aia care căsăpea țărănci și făcea baie în sângele lor.

Clement Lilian Chișleag își țuguie buzele și căzu pe gânduri. I-ar fi prins bine încă o acadea, dar nu se putea da în spectacol în fața celorlalți. În afară de Popete, nimeni nu știa de slăbiciunea lui pentru bilele dulci pe băț. Și nici nu trebuia să afle. Asta mai lipsea.

Ai mai auzit și de alții, Hristache? întrebă el într-un târziu. De Matei Iliescu, de exemplu?

— Raportez, n-am auzit. Aoleu, e rudă cu...?

Chișleag făcu un semn de lehamite cu mâna. Maiorul de contrainformații avea destule calități, dar coeficientul de inteligență îl apropia mai mult de echinoderme sau nematelminți. Din fericire, munca i-o făceau alții, ferind în felul ăsta unitatea de catastrofe. Fusese detașat la 01314 după un telefon scurt, pe un fir și mai scurt, iar comandantului nu-i rămăsese decât să execute ceea ce i se ceruse. Și chiar dacă uneori îi părea rău, degeaba, nu avea ce să mai facă.

— Stelică, ai vreo idee? i se adresă el acum responsabilului cu pregătirea de luptă.

— Trebuie să fim vigilenți, dom' comandant. Are dreptate Hristache. Nu știm ce se coace aici.

— Măi, dați-o dracului de vigilență, măi, avem o hârtie cu patruzeci de nume și trebuie să-i dăm de cap. Ce poa' să-nsemne, asta vreau să știu. Atât, și nimic mai mult.

— Poate să însemne orice, rosti misterios Tătăraș.

— Cum adică, măi?

— De exemplu, poate să fie un cod, continuă coordonatorul strategiilor de integrare, care se întorsese nu de mult dintr-un schimb de experiență în Belgia. Înlocuim fiecare literă cu următoarea la alfabet și decriptăm un mesaj. Că sunt tulburări în Cașmir. Că studenții din Seul pregătesc un miting mamut. Că armata a 14-a...

— Hai să facem o probă, îl întrerupse Chișleag, animat de speranța firavă a dezlegării misterului.

Tătăraș efectuă experimentul pe primele două nume de pe listă și citi cu voce tare:

— Lisitupri Sbotnbzs – Npscut Lîubibsb.

Despa râse zgomotos, cu gura până la urechi. Auzise de orașe poloneze cu o sonoritate infinit mai muzicală. Homată schiță la rândul lui un surâs fugar. Bazaconia aia parcă era ceva între numele prim-ministrului Zairului și o uzină letonă de construcții de mașini. Singurul care avu o atitudine sobră fu șeful statului-major, Dan Scutelnicu, al cărui orizont îl depășea clar pe al celorlalți. Și în mintea căruia înflori timid o nouă posibilitate.

— Dar dacă-s cărți, dom' comandant?

Ipoteza produse o consternare densă, destrămată anevoie de cei patru ofițeri, care preluară la unison silaba infamantă, scuipând-o printre dinți, ca pe un ecou al recentului ultragiu:

— CĂRȚI???

Șeful statului-major ridică din umeri.

— E o idee. Ăia scriși cu litere mari sunt autorii, ăia scriși aplecat sunt titlurile. Ce ziceți?

Locotenent-colonelul se încruntă.

— Măi, Scutelnicu, e abdominabil, măi. Păi așa arată un titlu? Fugi, dom'le, de-aici. Am fost și eu la școală, măi. Am citit și eu cărți. Titluri? Hai că-ți dau eu titluri. *Dumbrava minunată*, *Scrisoarea a III-a*, *Noroc cu moara*...

— *Moara cu noroc*, corectă pedant Scutelnicu.

— Totuna. Astea sunt titluri, măi, nu Tereza și Rechinu' sau aiurelile ălelalte. Nu vă mai țineți de prostii, măi. Veniți cu o explicație solidă și lăsați-vă de bancuri.

Modest din fire, Clement Lilian Chișleag omisese să-și informeze subalternii că patima cititului îl cuprinsese sporadic chiar și după absolvirea Academiei Militare. Eclectică și mozaicată, cultura literară a comandantului făcuse abstracție de cărțile desuete pe care le predau profesorii și le recomandau criticii, închegându-se în jurul unor opuri dinamice, bine ancorate în imediat. Chișleag nu auzise de *Faust*, dar devorase *Cenușă și orhidee la New York*. Nu știa cine era Henry James, însă nu ratase nici un titlu din integrala căpitanului Apostolescu. Nu avusese vreme pentru Cehov, ceea ce nu-l împiedicase să se extazieze în fața dosarului Râmaru. Și astăzi, când nu era nimic interesant la televizor, locotenent-colonelul întindea mâna spre raftul din dreapta patului şi mai pescuia câte o comoară prinsă între coperte. Nu mai departe de săptămâna trecută terminase *Misterul statuetei din parc.*

Cât timp Chişleag îşi contemplă în tăcere apetenţa pentru carte, ceilalţi patru se străduiră să propună o soluţie. Fără rezultat. Nici măcar iniţiativa lui Tătăraş de a introduce toate numele într-un computer nu se bucură de avizul ofiţerilor. Aici era nevoie de discreţie şi de tact, nu de performanţe informatice. În plus, cea mai sigură modalitate de a te expune era să te dai pe mâna computerului. Nu, nu, situaţia reclama o cu totul altă abordare. Nimeni nu ştia care anume. Dar nu intraseră zilele în sac.

Fără a se lăsa copleşiţi de acest insucces, capii de la UM 01314 reveniră la îndeletnicirile de zi cu zi şi nu se mai gândiră la lista nărăvaşă. Hârtia bătută la maşină poposi într-un sertar al biroului comandantului şi se văzu acoperită de o puzderie de circulare, dispoziţii, tabele, liste de materiale şi rapoarte a căror viaţă efemeră le condamna la condiţia de maculatură după maximum o zi de la redactare. Rutina se înstăpâni din nou, cu puteri absolute. Deşteptare, apel, mic dejun, instrucţie, apel, prânz, sectoare, apel, cină, apel, stingere. Din când în când, câte o şedinţă de trageri colora cât de cât plictiseala narcotizantă dintre zidurile unităţii. Într-un moment de inspiraţie, un soldat de la compania cu termen redus născu o poezie, pe care comandantul de pluton i-o găsi pitită într-un jurnal ce nu făcea câtuşi de puţin cinste instituţiei militare. Producţia se numea simplu, *Kaki.* Era o critică versificată a unităţii şi îi aduse autorului trei zile de arest şi şase săptămâni de interdicţie la învoiri.

Mai trecură cinci luni. Soldaţii deveniră fruntaşi, fruntaşii se treziră caporali, caporalii ajunseră sergenţi, iar maiorul de contrainformaţii Hristache Despa îşi sărbători cea de-a cincizecea aniversare în mijlocul trupei. La UM 01314 zilele treceau relativ repede pentru ofiţeri şi insuportabil de lent pentru soldaţi, cărora li se părea că ar fi nevoie de un fenomen geologic pentru a modifica în vreun fel tiparele traiului cazon. Fostul caporal Popete, actualul sergent omonim, continuă să fie mâna dreaptă, spionul, frizerul, lustragiul şi furnizorul de acadele al comandantului. Locotenentul Pavel Mitrofan îşi câştigă simpatia TR-iştilor la un meci între ofiţeri şi soldaţi, când îşi marcă două autogoluri şi le oferi victoria pe tavă pifanilor. Autoritar şi vigilent, Clement Lilian Chişleag rămase instanţa supremă a unităţii, mai convins ca niciodată că ambiţiile lui de mărire aveau să fie răsplătite nu peste multă vreme.

Prilejul i se ivi într-un început de aprilie călduţ şi nu foarte ploios. La ora opt, într-o dimineaţă calmă de joi, telefonul de pe biroul comandantului zbârnâi decis, strident şi prelung. Chişleag ridică receptorul, luă drepţi când află că interlocutorul suna de la Minister şi purtă cu el o conversaţie scurtă, lămuritoare.

— Ordonaţi.

— Parteneriat? 'Nţeles.

— Câţi? Patruzeci? 'Nţeles.

— Protocol zero? 'Nţeles.

— De asta depinde? 'Nţeles.

— Peste trei săptămâni? 'Nţeles.

Abia după ce puse receptorul la loc în furcă, locotenent-colonelul Clement Lilian Chişleag conştientiză anvergura provocării. Unitatea lui urma să facă obiectul unei vizite de documentare a unui grup internaţional de experţi. Asta însemna că putea fi dat exemplu. Citat pe ordin de zi. Şi... avansat. Dunga roşie şi lată de la pantaloni nu i se mai părea un Everest inaccesibil. Dacă totul mergea normal, din toamnă la comanda UM 01314 nu avea să se mai afle colonelul Chişleag, ci gealu' Chişleag. Ceea ce reprezenta, nu-i aşa, o diferenţă ca de la cer la pământ.

Sigur, pentru ca totul să se desfăşoare nepoticnit, era necesară remedierea câtorva minusuri. În primul rând, compania TR, care între timp îşi încheiase naveta la Chiajna, trebuia înlocuită cu o structură profesionistă, care să nu stârnească nici râsul, nici iritarea înalţilor oaspeţi. TR-iştii alcătuiau o companie de cercetare în dispozitivul inamic, şi oricine ar fi aşteptat de la ei isprăvi similare celor din filmele cu Chuck Norris. Gravă eroare. Viitorii studenţi se specializaseră *à contrecœur* în plantarea puieţilor, muncile agricole şi căratul mobilierului ori de câte ori se muta vreun ofiţer, ceea ce-i făcuse să le piară cheful de cercetăşie. Nu că ar fi avut prea mult. La ora aceea, randamentul lor în misiuni sau aplicaţii ar fi fost nul. Iar asta reclama măsuri salutare. În luminoasa tradiţie a mistificării, colonelul Chişleag avea de gând să-i facă pierduţi pe TR-işti. Mă rog, nu de tot, chit că ideea ar fi fost ispititoare. Pe durata inspecţiei, aceştia aveau să fie cedaţi la schimb unei unităţi învecinate şi substituiţi de o companie serioasă, capabilă de rigoare, însufleţită de simţul datoriei şi care să ştie dracului să salute.

Odată rezolvată problema asta, lui Chişleag i-ar mai fi rămas de pus la punct câteva amănunte de coloratură. Să-l înveţe pe Homată să nu râgâie după masă. Să-i impună lui Mitrofan să nu deschidă gura nici opărit. Să-i aducă aminte lui Popete să-şi schimbe ciorapii. Şi să supravegheze personal grupa de serviciu de la bucătărie. Toată lumea ştia cum se comportau cei care asigurau mâncarea soldaţilor şi ce obiceiuri scârboase aveau în timpul gătitului. Ei bine, de data asta, gata. Cei patruzeci de musafiri trebuiau hrăniţi elegant, variat şi igienic. Cu alte cuvinte...

Comandantul îşi întrerupse brusc firul gândurilor. Singur în biroul său, nevăzut de nimeni, îşi mai vârî o acadea în gură, în cinstea revelaţiei de care tocmai avusese parte. Patruzeci de musafiri? Un grup internaţional de experţi? *Patruzeci* la număr? Păi ia stai, unde era hârtia aia afurisită? Aia cu numele. Chişleag îşi lăsă chipiul pe colţul mesei, începu să deschidă sertar după sertar, scormoni sârguincios şi, după zece minute de căutări însoţite de înjurături care mai de care mai suculente, dădu la iveală foaia cu pricina. Îi aruncă o privire cercetătoare. Kitahara, Fowles, Petrescu, Eden, Cereno, Bennett. Ăştia erau. Ehehe, ia uite cum se legau toate. Îi veni să-şi dea palme fiindcă pierduse vremea cu şeful statului-major şi cu ceilalţi. Nişte tăntălăi cărora le plecase mintea cu sorcova. Unguri, coduri secrete şi cărţi. Ha, ha. Trebuia să fi mers din capul locului pe intuiţia lui. Mirosise din prima zi că era ceva legat de un parteneriat, iar acum primise confirmarea. Ce altceva putea să însemne protocol zero? Şi, oricum, mai presus de toate rămânea numărul invitaţilor. Fix patruzeci. Aici nu mai era nici o coincidenţă. Clement Lilian Chişleag zâmbi mulţumit şi se gândi la surpriza pe care avea să i-o facă ăluia, cum îi zicea, aşa, Doctorow, când o să-l ia direct pe ruseşte după ce o să-l identifice.

Pregătirile pentru inspecţie cunoscură un ritm devastator. La capătul fiecărei zile de şmotru, soldaţii cădeau laţi şi nu le mai ardea nici de băute, nici de uitat la televizor. Înainte de a fi împrumutată prin vecini, compania TR primi sarcina onorantă de a vărui toţi copacii şi toate bordurile din unitate, precum şi pe aceea de a vopsi întreaga aparatură instalată la baza sportivă în aer liber. TR-iştii inventară în disperare de cauză plantonul antipăsări, ştiut fiind obiceiul zburătoarelor de a se găinăţa pe unde nimereau, fără să ţină cont de strădania celor care stătuseră ore în şir cu pensula în mână pentru ca totul să arate proaspăt, strălucitor şi nou. Campioni ai bombardamentului fecal, porumbeii se trezirǎ ţinta predilectǎ a soldaţilor, care se strǎduirǎ, prin metode strǎmoşeşti, sǎ pǎstreze neatins stratul de vopsea, nepregetând sǎ arunce cu piatra şi chiar sǎ recurgǎ la praştie când era cazul. Pentru integrare, nici un sacrificiu nu pǎrea inutil. UM 01314 era gata de orice ca sǎ-şi impresioneze plǎcut profesorii examinatori descinşi din cancelaria NATO, motiv pentru care comandantul ordonǎ o aprovizionare consistentǎ, de naturǎ sǎ asigure succesul unui ospǎţ sardanapalic. Mǎrginit de ochelarii de cal ai provincialului, Chişleag era convins cǎ presupusa severitate a oaspeţilor avea sǎ se dilueze în faţa brânzeturilor în scoarţǎ de copac, a picanteriilor aperitive, a vânatului gǎtit dupǎ reţete seculare şi a vinurilor cu dop cerat din sticlele fǎrǎ etichetǎ. Orice om normal devenea maleabil dupǎ un asemenea tratament. Iar invitaţii de afarǎ erau tot oameni, deşi unii aveau nişte nume de te durea capul.

În premierǎ, locotenent-colonelul trebui sǎ-şi asume o sarcinǎ care nu-i pica deloc bine: rostirea unui discurs de bun venit. Clement Lilian Chişleag era îndeobşte un orator submediocru, care în anumite zile putea tinde spre dezastruos. Dezinvolt în materie de mǎscǎri, sudǎlmi şi ordine zborşite, el se ofilea subit când nevoia îl forţa sǎ articuleze fraze în care, pe lângǎ principalǎ, încǎpea mai mult de o subordonatǎ. Involuntarele lui tentative retorice eşuau în anacolut şi dezacord, expunându-l râsetelor abia cenzurate ale TR-iştilor. Într-o lume nealienatǎ, comandantul l-ar fi chemat la el în birou pe unul dintre viitorii studenţi, i-ar fi cerut o alocuţiune simţitǎ, bine adusǎ din condei, şi i-ar fi promis o permisie de cinci zile, de care ar fi avut grijǎ sǎ uite imediat dupǎ terminarea inspecţiei. Numai cǎ raporturile dintre compania TR şi conducerea unitǎţii deveniserǎ glaciale. Lunile de agriculturǎ intensivǎ de la Chiajna lǎsaserǎ urme adânci. Chişleag ştia cǎ nu putea sǎ rişte.

Mai mult ca sigur că scribul închiriat cu ziua l-ar fi trădat. Cât despre încredere, nu putea fi vorba. Acum mai mult ca niciodată.

„Pus astfel în lumină, ancorat în sinergia faptelor, recursul la universalitate nu eludează meandrele concretului." Chişleag îşi aminti de această frază cu un fior lăuntric. Habar nu avea ce puteau să însemne cuvintele preşedintelui, însă ele vădeau o înzestrare nativă de invidiat. În ce-l priveşte, n-ar fi fost capabil nici în ruptul capului de o asemenea dezvoltare. Lozinca lui mobilizatoare era de resort dickensian: fapte, nu vorbe. Şi totuşi ceva trebuia făcut. Nu putea să-şi lase musafirii să scape. Era o chestiune de tradiţie, de obiceiul pământului. Veneai în România, înghiţeai şi un discurs. Ce-i drept, mai exista aici o problemă greu de rezolvat: limba în care urma să se producă locotenent-colonelul. Dat fiind că asistenţa avea să fie compozită, lumea se aştepta, fireşte, la un text în engleză. Numai că pentru Chişleag limbile străine reprezentau un continent nedescoperit. Comandantul încercase odată să discute cu un omolog olandez pe plaja de la Eforie, însă abandonase după câteva minute, chinuit de nişte crampe musculare puternice la ambele braţe. Iar dacă se apuca să vorbească în română, cine traducea? Iar ajungea la mâna companiei TR? Exclus. Mai exista o variantă: să trimită Ministerul un text de bun venit în engleză, într-o mapă de plastic, cu un pix şi un steguleţ alături, pentru fiecare invitat. Soluţia nu era rea, deşi Chişleag ar fi preferat să demonstreze o inventivitate mai mare în ochii celor de la centru.

Însă problemele nu se opriră aici. În dimineaţa în care era anunţată sosirea grupului de experţi, locotenent-colonelul încercă, spre imensa lui surprindere, o teamă nebună la gândul că se va trezi nas în nas cu patruzeci de exponenţi ai Occidentului militar. Şi nu era vorba de emoţia inerentă unei asemenea întâlniri, ci de spaimă în toată regula. O frică nevrotică, iraţională, dublată de puseuri de panică. Bref, după o noapte în care visă tot felul de prostii, Chişleag îşi dădu seama că nu ţinea defel să fie amfitrionul acestei întrevederi şi că momentul cel mai de temut avea să fie cel al primului contact vizual, faţă în faţă, când avea să îndure curiozitatea interogativă, superioară, a patruzeci de perechi de ochi. Handicapul era evident: ei ştiau exact cu cine aveau de-a face, el nu. Ei îi cunoşteau identitatea, el pe a lor nu. Ei aveau să-şi fixeze căutăturile asupra lui, el nu avea să ştie la cine să se uite mai întâi. Nenorocită situaţie. Abdominabilă, ce mai.

— Popeteeeee!!!

Deşi avansat sergent, Bujor Popete deschise uşa comandantului cu aceeaşi sfioşenie maladivă.

— Ordonaţi.

— Măi, e hârtie la closet, măi?

— Este, să trăiţi.

— Săpun?

— Şi săpun, să trăiţi.

— Prosoape curate?

— Da, să trăiţi.

— Liber.

— 'Nţeles, să trăiţi.

Rămas din nou singur în intimitatea austeră a biroului, Chişleag se duse la toaleta mică al cărei unic utilizator era şi binecuvântă closetul cu un jet fierbinte, tremurător. În timpul descărcării, se uită din întâmplare pe geam şi văzu una dintre companiile de la transmisiuni executând o porţie de instrucţie de front pe platou. Grozav punct de observaţie, îşi zise el, şi chiar în clipa aceea îi veni ideea salvatoare. Străluminat, pocni victorios din degete. Asta era. Avea să-l trimită pe Scutelnicu în întâmpinarea oaspeţilor chiar acolo, în centrul platoului, iar el avea să-i spioneze de aici, din veceu. În felul ăsta, putea să se acomodeze cât de cât cu figurile musafirilor, mai ales dacă își aducea aminte unde pusese binoclul. Iar după primele momente de evaluare de la distanță, profitând de protocolul ceremoniei, care însemna destul timp pierdut, avea să efectueze un exercițiu de împerechere care să-l ajute mai târziu. Avea să scoată iarăși din sertar lista celor patruzeci de nume și să-l lipească pe fiecare dintre ele uneia dintre persoanele care aveau să i se oprească sub ochi. Din fericire, era suficient de cald ca să stea cu ferestruica de la toaletă deschisă. Totul era să nu-l apuce vreo criză de tuse, care să atragă priviri nedorite.

Clement Lilian Chişleag credea neabătut în virtuțile planificării strategice. Știa ca nimeni altul că, dacă îți calculai atent mişcările şi nu lăsai nimic la voia întâmplării, izbânda era la îndemână. Consecvent din fire, își urmă inspirația cu dârzenia pe care ți-o dau certitudinile vieții de soldat. Îl delegă pe şeful statului-major să facă oficiile de gazdă, dispuse intonarea a două-trei imnuri, care să-i țină și mai mult în loc pe experți, își plasă lista fermecată într-unul dintre buzunare și se rugă bunului Dumnezeu să nu trimită chiar atunci o aversă însoțită de descărcări electrice. Receptiv, Cel de Sus se conformă.

La unsprezece fără un sfert, patru microbuze grena intrară pe poarta UM 01314, primiră salutul solemn al sergentului de serviciu și al soldatului care făcea de gardă, opriră unul în spatele celuilalt și așteptară coborârea oaspeților. Aceștia nu erau patruzeci, ci patruzeci și unu. Printre ei se găsea și o tânără roșie la față, cu fruntea perlată de sudoare, despre care Chişleag avea să se lămurească ulterior că era interpreta oficială a grupului, repartizată pentru orice eventualitate de conducerea Ministerului.

Pitit conspirativ în veceu, locotenent-colonelul scoase lista din buzunar, o despături și își începu șirul deducțiilor onomastice. Maiorul acela scund, măsliniu, cu mustață de husar și perciuni tăiați la jumătatea urechilor trebuia să fie Benito Cereno. Sigur, fără discuție. Hai că-i simplu, își zise el, și trecu mai departe. Îl depistă imediat și pe Alexis Zorba. Un găligan cârlionțat, cu mânecile vestonului nițel cam scurte, cu o uniformă oliv și cu epoleții lucindu-i în soare. Pe urmă lucrurile se complicară puțin, dar ochii pătrunzători ai lui Chișleag, în strânsă interacțiune cu mintea lui speculativă, dezlegară una câte una ițele enigmei. Individul ras în cap, cu ochelari cu rame de aur, mers de jucărie întoarsă cu cheia și mănuși albe era – imposibil de confundat – Hermann Hesse. Bondocul agitat, care părea s-o întrebe mereu ceva pe femeia de lângă el, nu putea fi decât Billy Bathgate. Gălbejitul cu ochi oblici și cu un zâmbet tâmpițel se numea, ia să vedem, Kitahara. La un moment dat, binoclul comandantului se fixă asupra unui ins șters, blonziu, cu un aspect anonim, îmbrăcat de stradă și ușor adus de spate. Al naibii să fiu dacă nu-i rusul, se extazie Chișleag. Ai dat-o pe civilie, Evgheni, nu? Credeai că te fofilezi. Dar te-am mirosit, băiete, te-am mirosit. Nu mă duci cu figuri din astea. Sunt trecut prin multe, puiule.

Locotenent-colonelul își coborî binoclul de la ochi câteva clipe, surâse mulțumit, trase un pârț în surdină, că doar era la toaletă, și se întrebă amuzat care erau cei doi români. Radu Petrescu și Matei Iliescu. Până la urmă tot avea să-i dibuie. Dacă nu altfel, prin metoda eliminării. Ca Sherlock Holmes. Mai problematică părea să fie recunoașterea femeilor. Deși în netă inferioritate numerică, acestea erau mult mai greu de nimerit. Matahala cu bretonul ieșit pe sub bonetă și cu mijlocul cât un trunchi de baobab putea fi Hilda Lessways, dar nu era exclus să fie nici Mary McCarthy. Cât despre sfrijitura clorotică al cărei bust din profil semăna cu un furuncul cauterizat, mai mult ca sigur că era franțuzoaică.

Numai la Paris mai avea succes femeia-şnur. Roşcata minionă cu trese de sergent pe umeri trebuia să fie – cum altfel? – Mary Sargent. Iar în privinţa lui Charlotte Brontë şi Jane Eyre, Chişleag putea bine mersi să dea cu banul. Indiciile de diferenţiere lipseau cu desăvârşire.

Odată încheiat filajul din cabina de toaletă, comandantul UM 01314 se decise să dea piept cu lotul de experţi. Îşi puse ţinuta de paradă, înghiţi două aspirine, îşi verifică aspectul la oglinda de lângă uşă, coborî scările cu un aer impunător şi tăie calea alaiului internaţional tocmai când şeful statului-major, Dan Scutelnicu, se pregătea să-i conducă pe oaspeţi în tradiţionalul tur al unităţii. În mintea acestora se produse o confuzie fugară, din cauză că înţeleseseră că Scutelnicu era comandantul, iar interpreta grupului nu îndreptase în nici un fel eroarea. Chişleag prelua controlul ostilităţilor şi, cu ajutorul indispensabil al tinerei roşii la faţă şi transpirate, se apucă să le împuie capul celorlalţi despre modelul de disciplină şi eficienţă pe care-l reprezenta UM 01314 şi despre cât de înfocată era dorinţa întregii armii române de a se vedea mai repede în NATO. Musafirii ascultară docil, cu expresii în general neutre. Doar Billy Bathgate, pe ecusonul căruia scria, în chip ciudat, cmr. Paul Tingley, se simţi dator să pună două întrebări mai mult de formă. Chişleag răspunse cum se pricepu mai bine, lămurindu-şi concomitent misterul dublei identităţi: probabil că străinii lucrau sub acoperire. Foloseau nume de cod. Convingerea i se întări când văzu că pe Mary Sargent o mai chema şi lt. Veronika Franke, iar Morbus Kitahara răspundea de asemenea la numele de cpt. Hiroshi Tagakashi.

În sinea lui, locotenent-colonelul Chişleag aştepta nerăbdător masa de prânz din trei motive: turul unităţii prezenta anumite riscuri, îi era foame, iar festinul preconizat era metoda optimă de spargere a gheţii. Cu atât mai mare fu mirarea constatând că, după intrarea în popota amenajată festiv, lucrurile începură să meargă mai rău în loc să se îmbunătățească. La deteriorarea atmosferei nici așa exuberante contribuiră mai mulți factori. Luat separat, nici unul dintre aceștia nu însemna enorm. Cumulați însă, ei puseră UM 01314 într-o lumină îndoielnică și ridicară un mare semn de întrebare în dreptul comandantului.

Întâi și-ntâi, cei patruzeci de musafiri își căutară în zadar numele în dreptul tacâmurilor, edificându-se abia după o orbecăială de un sfert de oră că nu avea rost să insiste. Cel mai prost nimeri Gaetano Girardini, conducătorul delegației, un colonel italian de infanterie cu un nas cât un păstârnac de fermă, care se așeză în dreptul unui cartonaș pe care scria Cyrano de Bergerac. Pe lângă că toată șarada asta cu numele i se părea o stupizenie fără margini, Girardini se ofuscă imediat și luă totul ca pe o insultă personală. Era clar că nimerise într-un loc straniu. Cu o jumătate de oră în urmă, vizitând baza sportivă, observase niște soldați aruncând cu pietre în sus și răstindu-se la câțiva porumbei nevinovați. După aceea dorise să-și arate forța fizică în fața colegelor și, nepricepând ce voiau să-i comunice tinerii de lângă bara fixă (interpreta își găsise tocmai atunci să dispară), se prinsese voinicește cu ambele mâini, înainte de a-și da seama că aparatul era proaspăt vopsit. Își privise palmele ca două ecorșeuri sângerii, se lăsase condus la punctul sanitar și se frecase cu apă caldă și săpun până simțise că era să-i dea sângele de-adevăratelea. Iar acum i se spunea de la obraz că avea o punte a suspinelor pe care se puteau odihni trei somnoroase păsărele. Girardini roși furibund și își promise să consemneze faptul în raportul final.

Așezându-se în fine pe scaune, experții cercetară mai atent platourile instalate deja pe cele opt mese în formă de L, moment în care cincisprezece dintre ei scoaseră niște oftaturi dezamăgite. Chişleag află motivul pleoştirii din gura interpretei: respectivii erau vegetarieni. Ca şi cum asta n-ar fi fost de-ajuns, printre ei se găsea şi un oarecare comandor Irving Crowther, care în particular era preşedintele unei asociaţii de luptă împotriva vânătorii sportive şi care privi anumite feluri de mâncare cu un dezgust nemascat. Comandantul UM 01314 făcu pe niznaiul, gândindu-se pe cine să săpunească pentru scăpările de până atunci şi sperând din suflet ca mâncarea şi băutura să dezlege limbile şi să decongeleze sufletele musafirilor. Mă rog, în afară de cele ale ălora care mâncau ierburi. Şi care probabil că în loc de vin beau ceaiuri medicinale.

După ce ciuguliră selectiv din gustări şi sorbiră prudent din pahare, mesenii observară că în dreptul fiecăruia se găsea câte o mapă verde de plastic. Câţiva dintre ei le deschiseră, vârâră în buzunar pixul dinăuntru, ignorară steguleţul tricolor, răsfoiră câteva dintre paginile pline de informaţii despre progresele militare ale României în ultimii ani şi se pregătiră să le închidă la loc, urmând să le citească mai atent a doua zi, când trebuia să înceapă inspecţia tactică. Unul dintre ei, un francez cu o mutră dispreţuitoare şi un zâmbet inundat de silă, merse până la capăt şi nu regretă. Pe ultima pagină se lăfăia versiunea în engleză a poemului *Kaki*, a cărui lectură îl înveseli brusc, făcându-i pe ceilalţi să caute foaia cu pricina ca să râdă împreună. Nici Chişleag, nici subalternii lui nu-şi putură explica în ce fel ajunsese porcăria aia acolo. Cât despre varianta englezească, nu le făcea trebuinţă. Ştiau foarte bine originalul. Aproape că îl învăţaseră pe de rost. Îndeosebi prima strofă.

Dintr-un colţ de arătură, de pe-un pitoresc meleag,
Mândru şi spurcat la gură, dar cu mintea sărăcuţă,
A venit în Capitală Clement Lilian Chişleag
Spre-a ne arăta amabil că ne tragem din maimuţă.

Continuarea nici nu prea mai avea importanță. Chișleag mizase, ce-i drept, pe dezgheț ambiental, dar hlizelile străinilor cu foile de hârtie în față puneau lucrurile sub o lumină nouă. Asta nu mai era o greșeală. Ăsta era sabotaj în toată regula. Cineva încerca să torpileze eforturile UM 01314 și strădaniile lui personale de a onora pretențiile Ministerului. Cineva voia să i-o coacă. Să-l facă de râs în fața tuturor. Și – cel mai grav – să-i bareze cariera. Căci în ce fel mai puteai aspira să ajungi general după ce-i hrăneai pe niște vegetarieni afurisiți cu cârnăciori de mistreț, le puneai sub ochi o poezioară în care erai ținta batjocurilor și-i sugerai șefului grupului de experți că, aidoma lui Cyrano, își luase nasul la purtare? Locotenent-colonelul se întrebă turbat de mânie cine și cum avusese acces la mapele de protocol și introdusese mizeriile alea înăuntru. Își dădu singur răspunsul, după ce elimină celelalte variante: aici era mâna TR-iștilor. Erau singurii care întruneau criteriile. Știau limbi străine, îi durea undeva de armată și își detestau comandantul. Bine, dar în ce mod ajunseseră să umble la mape? Parcă fuseseră mutați provizoriu în altă unitate. Din păcate pentru el, Clement Lilian Chișleag nu apucă să elucideze misterul. Ceea ce urmă nu-i lăsă timp pentru investigațiile amănunțite pe care ar fi dorit să le întreprindă.

În locul soldaților proaspăt rași și cu uniforme apretate, care trebuiau să aducă la masă ciorba, își făcură apariția șase tineri soioși, cu tunicile pătate de ulei de mașină, petlițele descusute, pantalonii boțiți, pantofii plini de noroi și mâinile înnegrite de praf de cărbune. Fiecare transporta câte o oală. Unul strănută deasupra recipientului, cel din spatele lui tuși cu precipitații, alți doi își traseră nasul, iar ultimii trântiră oalele pe masă, ca să fie siguri că stropii de o culoare incertă ai ciorbei aveau să poposească pe reverele mesenilor din apropiere. Simțindu-se neglijată și izgonită nemeritat din unitate, compania cu termen redus revenea în forţă, hotărâtă să pună umărul la ruinarea totală a ospăţului, la compromiterea inspecţiei şi la schimbarea grabnică din funcţie a lui Chişleag.

— *Help yourselves and enjoy*, le ură cel mai murdar dintre TR-işti.

— Ce-a zis ăla, măi?! tună Chişleag spre interpretă, în pragul apoplexiei.

— Cică poftă bună, îi traduse tânăra transpirată, neştiind ce se petrecea şi nici dacă era indicat să râdă.

Experţii internaţionali rămaseră pe stand-by, incapabili de reacţie. Li se spusese că România era o ţară cu grad mare de risc, însă nu se gândiseră că puteau avea surprize chiar între zidurile unităţii pe care trebuiau s-o inspecteze. Mai mult, în rândul gazdelor carpatine coexistau două atitudini incompatibile: comandantul şi ofiţerimea se grăbeau să arate că totul era în regulă, pe când soldaţii aceştia îngălaţi păreau să vrea cu tot dinadinsul să-şi bată joc de solemnitatea momentului. Prinşi la mijloc, străinii se uitară cu speranţă la interpretă, dar aceasta ridică enigmatic din umeri. Cât despre temerarii care gustară din ciorbă, avură toate motivele să se strâmbe nemulţumiţi. Citiseră o întreagă literatură despre inventivitatea culinară a acestor latini dintr-o mare slavă şi când colo se aleseseră cu un lichid rezidual, asemănător cu apa de zăcământ, în care pluteau tot felul de bucăţele de provenienţă imprecisă şi cu un gust suspect. La vederea felului doi, coordonatorul strategiilor de integrare păli brusc, se ridică de pe scaun, aruncă un ochi în crătiţoiul unde se odihnea o substanţă păstoasă, alb-gălbuie, cu care s-ar fi putut tencui întreaga sală de mese, şi-l luă la întrebări pe ospătarul improvizat:

— Ce paştele mă-sii e asta, soldat?

— Cacaroane şi borez, să trăiţi.

Tătăraş se blocă şi avu impresia că se sufocă. Trase aer în piept, inhalând involuntar mirosul de şosete umede al fierturii, şi îşi şterse transpiraţia de pe frunte.

— Ia porcăria asta de-aici şi dispari, că te omor, şuieră el în direcţia TR-istului. Fuga marş. Mă, n-auzi?

Militarul surâse şmecher.

— Vă crapă buza după o varză lungă, nu? Îmi pare rău, mâine.

Maiorul de contrainformaţii, Hristache Despa, sesiză că se întâmpla ceva neprevăzut şi dădu să medieze conflictul. Chiar atunci însă el văzu că figura vecinului, un olandez depigmentat şi ascuţit, îşi modifică dimensiunile, iar ochii îi ies din cap ca unui gasteropod mirat. Se uită în direcţia în care privea oaspetele şi încremeni. Pe uşa dinspre bucătărie, pe unde trebuia să se reverse avalanşa de bunătăţi, apăru un cvintet de tinere echipate sumar, cu zâmbete ademenitoare pe buzele cărnoase, care avansară spre mesele în formă de L şi se integrară rapid în decor. Paul Tingley, pe al cărui cartonaş scria Billy Bathgate, o întrebă pe bruneta naturală de lângă el cărui fapt datora onoarea. Fără să aibă nevoie de interpretă, fata îi declară americanului că ele erau damele de companie ale plutonului, unele şi aceleaşi cu damele de pluton ale companiei, şi că, pe linia caldei ospitalităţi a întregului popor, locotenent-colonelul Chişleag le convocase, aşa cum făcea de obicei la mesele importante, în ideea că vreunuia dintre distinşii oaspeţi i-ar fi ars de hârjoneală. Tingley se interesă dacă acest lucru se întâmpla frecvent. O, da, regulat, îi răspunse bruneta. Comandorul de rangul doi clătină grav din cap şi îşi notă ceva într-un blocnotes, ţuguindu-şi buzele.

Între timp, Clement Lilian Chişleag părăsise valvârtej popota, înjurând fără discriminare şi decis să-l identifice pe autorul acestei farse de prost gust. Zadarnic. După o jumătate de oră de cercetări nefinalizate, comandantul se dădu bătut. Înainte de a se întoarce la masă, el simţi din nou nevoia de a merge la pişu. Nu mai avu răbdare să ajungă la el în toaletă, aşa că alese veceul companiei TR, aflat la parter, unde se găseau şi dormitoarele viitorilor studenţi. Reveni pe coridor după un minut, cu două sute de mililitri mai uşor. Toaleta soldaţilor nu avea oglindă, aşa că fu nevoit să-şi aranjeze ţinuta în geamul unuia dintre corpurile de bibliotecă amplasate la ieşirea din dormitor. Îşi trase pantalonii de curea în sus, îşi netezi clapetele buzunarelor de la veston şi se privi câteva clipe în sticla îmbâcsită. Pe urmă, dintr-un impuls pe care îi fu imposibil să şi-l explice vreodată, Chişleag îşi pironi ochii asupra colţului din stânga al raftului de sus şi citi la rând cotoarele primelor cinci volume. CHRISTOPH RANSMAYR – *Morbus Kitahara*. HERMANN HESSE – *Peter Camenzind*. E.L. DOCTOROW – *Billy Bathgate*. CHARLOTTE BRONTË – *Jane Eyre*. JOHN FOWLES – *Daniel Martin*. Comandantul se clătină spasmodic, ca o vită care intră pe poarta abatorului şi primeşte un baros în moalele capului. Nu mai avu nevoie să-şi cotrobăie prin buzunare şi să dea la iveală lista „de la Minister". Singur, neurmărit de privirile nimănui, nici măcar de ale fidelului Popete, pricepu că fusese bătaia de joc a unor mucoşi fără nimic sfânt, care găsiseră momentul cel mai bun ca să-şi achite poliţele. Trase nervos de cozorocul chipiului, vrând parcă să-şi îngrămădească sub el toată figura vineţie de ruşine, îşi drese vocea din reflex şi îşi dădu seama că visurile lui de mărire se destrămaseră ca un val risipit în nisipul plajei. În locul dungii late de la pantalonii de general, la orizont se profila spectrul unei mutări disciplinare la Brezniţa de Ocol, Cochirleanca sau Ardud. Temporar sau – Doamne apără şi păzeşte! – definitiv. Şi toate astea din cauza unor nenorocite de cărţi. Şi a unor tâmpiţi care probabil că le şi citiseră. Departe de atmosfera stranie de la popotă, îngândurat şi umilit, Clement Lilian Chişleag se urni din loc cu umerii gârboviţi, ducând cu el povara eşecului şi murmurând ca pentru sine:

— Abdominabil, măi. Abdominabil!

Poate-și uită dracului pastila

— ...și vedem cum Diavolul, Necuratul, Ucigă-l Toaca, Scaraoțchi, Dracul, spuneți-i cum vreți, își face lucrarea mârșavă zi de zi și ceas de ceas. Asta, stimate domnule Romano, și din cauză că apetitul și vocația pentru spiritual s-au atrofiat. Există în țara asta atât de binecuvântată, dar în același timp atât de urgisită, dacă-mi permiteți, în țara asta pe care papa Ioan Paul II a asemuit-o totuși cu Grădina Maicii Domnului când a venit la București, există, spuneam, o absență a proiectului care ne face nu doar să batem pasul pe loc, ci chiar să dăm înapoi, după cum chiar dumneavoastră ați observat într-un interviu pe care am avut plăcerea să-l lecturez cu două-trei săptămâni în urmă. Trăim într-o lume ermetică, într-o lume încremenită, într-o lume predispusă la primejdia autocanibalizării. Iată, până și spațiul ecleziastic românesc, pe care am privilegiul să-l cunosc, cum s-ar spune, dinăuntru (deși nu mai sunt sigur că acesta e cu adevărat un privilegiu), până și spațiul acesta, spuneam, a devenit impur. Învățământul teologic, fie el seminarial sau universitar, e cotropit de-o buimăcitoare indigență. Bate un vânt de dispreț pentru cultura laică autentică, bate de asemenea vântul unei obsesii a ceea ce s-ar putea numi izolaționismul liturgic. Ei bine, stimate domnule Romano, cu mulțumiri reînnoite pentru că ați acceptat invitația la această emisiune şi cu scuze pentru inerentele, deşi nu mai puţin supărătoarele, divagări ale celui care adresează întrebările, aş fi tare curios să aflu care e punctul dumneavoastră de vedere, ca fin observator al realităţii de zi cu zi, ca analist şi cronicar al clipei, ca rapsod sensibil al frumosului şi critic veştejitor al urâtului, ca autor al unor cărţi pe care, după cum v-am mărturisit şi la telefon, când v-am invitat la emisiunea la care aveţi acum bunăvoinţa să participaţi, le-am lecturat pe nerăsuflate, reluând ulterior din ele fragmente care mi s-au părut decisive, dacă nu cumva pilduitoare de-a dreptul, care e, aşadar, părerea dumneavoastră despre felul cum arătăm în ziua de azi, care ar fi remediile şi unde credeţi că ar trebui căutate?

Marius Romano trase aer în piept şi se pregăti să răspundă. Fusese atent doar la ultimele fraze ale părintelui Calomfir Niculiu, realizator al emisiunii *Vocile cetăţii* pentru postul Sanctitas TV, şi îi era de-ajuns. Ştia că părintele-realizator (iată o formulă cu adevărat originală) băuse apă din clopot în copilărie şi era greu de oprit. Doi dintre invitaţii anteriori îl puseseră în gardă pe Romano când acesta le spusese de invitaţie. „E bine să-ţi fixezi un punct în faţă, la care să te uiţi, şi o temă de gândire. O să ai timp berechet. Până-ţi pune sfinţia sa întrebarea, se schimbă banii. Plus că nu prea te lasă să răspunzi", îi destăinuise unul. Al doilea, care nu dădea doi bani pe limbajul flauşat, i-o trântise pe şleau: „Dacă ţii la nervii tăi, dă-i cu flit şi stai acasă". Neobişnuit să adopte atitudini tranşante, Romano nesocotise sfatul şi venise la emisiune, unde îşi regretase decizia încă de la primele secunde ale înregistrării. Iar acum tare ar fi vrut să-i comunice sfinţiei sale că oamenii care spuneau „lecturez" în loc de „citesc" erau nişte dobitoci şi nişte snobi. Se abţinu anevoie, gândindu-se, cu elanul tranzacţionist pe care-l simţea la fiecare faptă bună, că menajarea interlocutorului avea să-i aducă iertarea câtorva păcate, cu atât mai mult cu cât realizatorul emisiunii era faţă bisericească.

— Remedii ca atare...

— Iertaţi-mă că vă-ntrerup – şi promit să n-o mai fac. Sigur, nu mă refer la remedii de tip medical, la o farmacie de unde putem lua reţete şi leacuri pe baza cărora să ne-nsănătoşim în trei ore sau într-o zi. Dacă există, cu ajutorul bunului Dumnezeu şi-al lui Isus Cristos, lăudate fie-Le numele, vreo farmacie, ea trebuie să fie o farmacie de resort moral, care să-şi ţină uşa deschisă fără întrerupere pentru oricine e-n nevoie.

— Tot suntem în era non-stopului, schiţă o glumiţă Romano, neştiind cât de mult se expunea punerii la punct şi simţind pe neaşteptate, fără să-şi dea seama de ce, o slăbiciune care nu dură mai mult de două secunde.

— Vă rog, cu tot respectul, să nu mă-ntrerupeţi, rosti sfinţia sa, cu un luciu metalic în priviri. E un dialog totuşi – eu, cel puţin, la aşa ceva v-am invitat. Farmacia morală pe care-o am în vedere va putea să ofere, trag nădejde, şi un remediu care să ducă la însănătoşirea raporturilor dintre cler şi intelectualitate, despre care am discutat într-una dintre emisiunile precedente. Unii intelectuali, dintre care o parte s-au perindat şi pe la microfonul acestei emisiuni, dac-ar fi să-i amintesc doar pe distinsul critic Costin Gătejescu, pe filozoful Eduard Balacciu sau pe eseistul Sorin Melniciuc, unii intelectuali, spuneam, au ridicat problema vocaţionalităţii monahale şi preoţeşti, imputându-ne o anume laxitate a criteriilor de selectare a aspiranţilor la preoţie. La rândul nostru, cu mijloace mai umile şi cu o retorică mai puţin luxuriantă, le-am amintit distinşilor preopinenţi că au avut şi ei clipele lor de şovăire, că n-au ieşit în arena publică de fiecare dată când a fost nevoie de ei, că au acceptat uneori vecinătăți, ca să nu spun complicități, deloc flatante. Ei bine, e de sperat măcar ca farmacia morală de care am făcut vorbire să aibă, într-un sertar căruia se cuvine să-i găsim cât mai repede cheia, rețeta care să ne readucă la aceeași masă, care să ne-ajute să regăsim lungimea de undă comună, care să ne coboare de pe baricade și să ne facă din nou parteneri de dialog. Dacă aveți vreun comentariu, aș fi încântat să-l ascult, ca de altfel și preacinstiții noștri privitori, cărora le mulțumim și pe această cale că-și rup din timpul lor prețios ca să ne urmărească. Vă rog, stimate domnule Romano, vă rog.

Invitatul nu mai trase aer în piept, mizând pe efectul surpriză.

— Lucrurile trebuie cântărite...

— Fără doar și poate că trebuie. Și n-aș vrea să fiu considerat insolent sau bolnav de păcatul trufiei. Dar, cu toată stima pe care v-o port, mai ales fiindcă știu că sunteți unul dintre oamenii prețuiți ai cetății, e momentul să spunem răspicat că fiecare dintre noi trebuie să-și facă ordine în ograda proprie înainte de-a se uita peste gard. Avem, desigur, libertatea gândului și a cuvântului – și ce poate fi mai înălțător decât să le împărtășești celorlalți câte ceva din experiența și înțelepciunea personale? Asta însă, stimate maestre, dacă-mi permiteți, cu toată considerația, nu înseamnă că fiecare dintre noi are dreptul să zică orice despre oricine la orice oră. Diavolul despre a cărui lucrare vorbeam ceva mai devreme și-a vârât coada și aici, cu nădejdea că va semăna dezbinare, că ne va asmuți pe unii împotriva altora, că ne va împinge la vrajbă și dispreț. Altfel spus, lăsați-ne să ne descoperim și să ne îndreptăm singuri greșelile. Vorbiți despre privatizarea religiei – a, nu, nu dumneavoastră personal, cei despre care am amintit adineauri – și despre efectele ei? Lăsați-ne pe noi s-o facem. Vă deranjează

„iarmarocul liturgic“ din ultimii ani? Şi pe noi, numai că noi vrem să reparăm lucrurile fără mari jocuri de gleznă, fără spectacole în piaţa publică, fără polemici la televizor. Luaţi în derâdere faptul că harul a ajuns obiect de studiu la orele de dogmatică şi anticipaţi – ironic, cum altfel? – că nu peste multă vreme o să fim obligaţi să predăm cursuri de statistică în cadrul programei teologice? Nici nouă nu ne place direcţia în care se îndreaptă anumite lucruri din sânul BOR, însă am prefera să ni se dea şansa să luăm măsuri fără presiunea ochiului public.

Marius Romano nu avea cum să-şi cronometreze perioada efectivă în care vorbise ca invitat. Dac-ar fi făcut-o, ar fi aflat la sfârşit că, din cele patruzeci şi opt de minute ale emisiunii *Vocile cetăţii*, vocea lui se făcuse auzită preţ de cincizeci şi şapte de secunde. Debitul sfinţiei sale friza torenţialul, după cum îl preveniseră victimele anterioare. Cât despre timidele încercări ale lui Romano de-a duce o frază la bun sfârşit, ele erau totuna cu a aprinde un chibrit în inima taifunului. Părintele Calomfir Niculiu nu acorda şanse şi nu lua prizonieri. Erai invitat la el în emisiune, ascultai şi, în caz că dispuneai de minime calităţi actoriceşti, dădeai din cap, ridicai din sprâncene sau oftai. Nimic altceva. Ca moderator, Niculiu prezenta multe dintre simptomele subspeciei: îndrăgostire de sine, cultul venerator al propriului glas, capacitatea de-a trăncăni incontinent, despărţirea de simţul măsurii. Vorbea frişcos, cu o anume sfătoşenie care se voia empatică, şi te înfăşura în complimente care să atenueze cât de cât sentimentul de jenă pe care-l încercai dându-ţi seama că „preacinstiţii privitori“ se uitau la tine ca la un peşte de acvariu care deschidea gura fără să iasă nimic din ea.

La plecare, slăbiciunea care-l cuprinsese pe Romano în timpul înregistrării reveni fără avertisment, silindu-l să se apropie de perete și să se sprijine câteva clipe de el. Să fi fost de vină ora matinală la care se trezise? Posibil. Mai ales că nici măcar nu apucase să-și bea cafeaua, iar în zeama maronie de la automat nu avea încredere. Dacă mai punea la socoteală căldura din platou (aerul condiționat se stricase cu un minut înainte de începutul discuției) și vorba uleioasă a sfinției sale, Romano avea deja premisele disconfortului. Maestru al inadecvării, Calomfir Niculiu își luă pe după umeri invitatul chiar în clipa aceea, dezlipindu-l practic de perete, și-i susură afabil în timp ce parcurgeau coridorul lung la capătul căruia se afla ieșirea:

— Sper că v-ați simțit bine la noi.

Romano dădu din cap într-un fel misterios, aproape oblic. Ce gâscan imbecil! Bineînțeles că nu se simțise bine. Încă de la intrarea în clădire, când un preoțel pirpiriu, cu mustăcioară și chelie îl pipăise mai ceva ca la aeroport, îl târcolise cu un aparat menit pesemne să detecteze prezența armelor și apoi îl bătuse pe umăr cu un „Doamne-ajută" conspirativ, știuse că acceptarea invitației fusese o greșeală. Romano se încumetă să facă un bilanț mintal al prestației, pe când sfinția sa clămpănea mai departe, și ajunse la concluzia că aportul lui la buna desfășurare a discuției constase în următoarele: un „Vă mulțumesc pentru invitație" (în minutul 4, dac-ar fi putut urmări înregistrarea), un „Vă mulțumesc, sunteți amabil" (minutul 9), un „Remedii ca atare" pe la jumătatea emisiunii, un „Tot suntem în era non-stopului" (minutul 32), un „Lucrurile trebuie cântărite" (minutul 37), un „Cred că România" (minutul 43) și un „La revedere" abia șoptit în ultimul minut. Pentru cineva care scrisese douăzeci de cărți, publicase trei mii de articole și avea reputația unui vorbitor efervescent, în tot felul de emisiuni în direct sau înregistrate, nu era o contribuție tocmai generoasă.

Chiar înainte să iasă, uşurat că depăşise şi al doilea moment de slăbiciune, Marius Romano dădu peste un combatant ezoteric principal (corect şi complet definit). Nu în carne şi oase, ci în ecran şi pixeli. La un ditamai televizorul aflat cam pe la jumătatea coridorului, omul părea lansat într-un discurs din care nu l-ar fi putut întrerupe nici al Treilea Război Mondial. În colţul din dreapta sus al ecranului era scris „reluare“, ceea ce-i dădu de înţeles lui Romano că era vorba de un delir nocturn pe care postul respectiv îl redifuza pentru cei care nu rezistau în direct până se crăpa de ziuă. Calomfir Niculiu dădu să schimbe programul, nu înainte de a-l fulgera pe părintele-portar cu o privire care anunţa suplicii asiatice. Romano îşi opri gazda şi deveni brusc atent, nebănuind cum arătau lucrurile pe care avea să le audă. Bărbatul de la televizor avea totuşi o fixitate a privirilor şi un început de spume la gură de care nu puteai să faci abstracţie.

— O să vă detaliez mai multe aspecte legate de anticreştinismul meu, care nu este motivat de un ego exacerbat, aşa cum pretindeţi dumneavoastră, stimate telespectator care mi-aţi adresat întrebarea pe mail, ci de îngrijorarea şi chiar disperarea că populaţia acestei ţări a căzut pradă, în mare parte, unei religii false, oculte şi subversive, care, prin ideologia religioasă specifică, pe care o promovează la adăpostul, nemeritat, al semanticii cuvântului sacru, nu doar că-şi bate joc de practicanţii săi, ci îi şi distruge fiinţial, prin bigotism (adică prin idioţenie specific religioasă), de care cu greu se poate scăpa fără un sprijin corespunzător, din afara acestei mlaştini ideologice. Trebuie să ştiţi că şi eu am fost, la fel ca şi ascendenţii mei genealogici, botezat după ce m-am născut, adică la o vârstă la care eram inconştient din punct de vedere intelectual, ca rob al lui Dumnezeu, şi că destul de târziu, chiar foarte târziu pentru un intelectual, am reuşit să mă deştept, ajutat corespunzător şi de alţii care, ştiind că sunt cadru didactic universitar şi cercetător ştiinţific, cu rezultate nu doar cunoscute, ci şi recunoscute, m-au sfatuit să verific, din punct de vedere ştiinţific şi istoric, în ce mi-am investit credinţa. Le-am urmat sfatul, iar ceea ce am aflat nu doar că m-a dezamăgit, ci m-a îngrozit şi m-a adus într-o stare de disperare, referitor la soarta populaţiei ţării mele, atunci când am înţeles că nenorocirea cvasipermanentă la care este supusă această populaţie se explică tocmai prin faptul că o mare parte a acestei populaţii – şi mă refer în special la practicanţii religiilor ortodoxă şi catolică – din punct de vedere ezoteric sunt înrobiţi, respectiv aserviţi existenţial, adică au parte de un destin existenţial de rob, respectiv de servitor, destin aflat la cheremul unor fiinţe individuale superioare, extralumeşti, intitulate Cristos pentru religia creştină ortodoxă, respectiv Catolus pentru religia creştină catolică, care, pentru starea în care au fost aduşi practicanţii religiilor respective, nu doar că nu merită cinstiţi, ci chiar trebuie dezocultaţi, respectiv demistificaţi, ca atare, de către acele persoane care reuşesc să conştientizeze această situaţie şi chiar trebuie acuzaţi de criminalitate fiinţială şi pedepsiţi, ceea ce pentru iniţiaţii în ezoterism, care cunosc aspectele specifice ale acestei probleme, înseamnă că trebuie să fie şi blestemaţi corespunzător.

— Vă rog, ajunge, gata, vă rog, spuse părintele Calomfir Niculiu, încercând să-şi urnească invitatul din faţa televizorului.

Marius Romano respinse asediul şi se înfipse şi mai bine pe picioare. Uitase şi de ameţeală, şi de slăbiciune. Avea sub ochi o pasăre rară.

— Dacă-mi daţi voie, m-aş mai uita puţin.

Sfinţia sa îşi dilată primejdios pupilele, semn că adulmecase în această intenţie urma unei complicităţi infame cu

Necuratul. Totuşi, avea o grămadă de lucruri pe cap şi nu putea să stea toată ziua după fundul invitatului.

— E pierdere de vreme, stimate domn, rosti el cu un glas căruia avu grijă să-i monteze un tăiş ameninţător.

— A, nu, nici vorbă. Aţi uitat că scriu pentru *Absoluft*? Am impresia că tocmai am găsit un subiect, spuse Romano cu părere de rău că nu putea să-şi aprindă o ţigară, după care îşi concentră din nou atenţia asupra vorbitorului.

— V-am expus motivele pentru care nu doar că am renunţat la religia creştină ortodoxă, dar l-am şi blestemat pe Cristos, ca pe un ticălos şi criminal ce este, precum şi pe Catolus, din motive de combatanţă ezoterică, dar şi pentru că mama mea a avut parte de o viaţă extrem de nenorocită, în ultima parte a existenţei sale, suferind un accident care a lăsat-o infirmă, după ce a ieşit din biserica catolică, din oraşul în care domicilia, unde, potrivit obiceiului ei, atunci când mergea în oraş, s-a rugat la Maica Domnului.

Părintele valsă strategic spre telecomanda de pe măsuţă, dar Romano îl opri din nou. Cu puţin noroc, textul era aproape rezolvat pentru numărul viitor al *Absoluftului*. Trebuia doar ca sfinţia sa să-l lase în plata Domnului şi să-şi vadă de treabă.

— Vă rog, vă rog frumos. Chiar vreau să mă uit mai departe. Mă interesează, pe cuvânt. Dacă aveţi alte lucruri de făcut, nu vreau să vă ţin legat de mine. Mă descurc, ştiu drumul spre ieşire.

Părintele Calomfir Niculiu icni şi se controlă anevoie. Marius Romano fusese un ficus convenabil în emisiune, dar uite că acum manifesta simptome de personalitate. Îngrijorător şi neplăcut. Barem dacă ar fi nimerit peste ceva mai puţin scandalos. Dar cum să-i dea voie lui Romano să se uite tocmai acolo, în inima ortodoxiei carpatine, la o bazaconie unde Mântuitorul Nostru Isus Cristos era făcut, Doamne apără şi păzeşte, albie de porci?

— Ştiind că mulţi dintre cei care mă urmăresc sunt intelectuali de relativă notorietate, poate chiar cadre universitare familiarizate cu rigorile cercetării ştiinţifice, continuă bărbatul cărunt de la televizor, tamponându-şi uşor fruntea cu o batistă, vă recomand insistent, mai ales celor tineri, să începeţi o cercetare a istoricului religiei jeshuiste, adică a religiei fondate pe baza învăţăturilor şi activităţilor desfăşurate de evreul esenian Jeshua, denumit ulterior, în cadrul altor religii, Isos, Iisus, Isa, respectiv la partenera sa Maria din Magdala, cu care a avut şi copii, respectiv la personalitatea Menahem Esenianul, descrisă în manuscrisele de la Qumran, în cadrul unei epopei ce îi este dedicată, precum şi să ţineţi cont, cei care sunteţi filologi, de faptul că Jeshua, ca evreu esenian, vorbea şi eventual scria în limba aramaică, şi nu în limba greacă, iar cele mai vechi copii ale aşa-numitelor Evanghelii (referitor la care, dacă veţi cerceta atent, veţi putea constata că aparţin de fapt, ca iniţiativă, lui Saul din Tars, falsul apostol Pavel) au fost realizate într-un atelier de scriere şi concepţie literară, în limba greacă, specific la acea vreme, precum şi că nu există, şi probabil nici n-a existat vreodată, un original sau o copie a vreuneia dintre Evangheliile respective în limba aramaică.

Calomfir Niculiu simţi că era pe punctul de-a renunţa la buna creştere. Toată lumea ştia că ocultistul apostat care bătea câmpii cu şerpilienii, gorilienii şi peştilienii lui câte trei-patru ore pe noapte (şi în reluare a doua zi dimineaţă) era plecat cu cercul, dar ţăcăneala nu era o scuză. Mai ales dacă se găsea vreun părinţel să şoptească o vorbă la urechea cui trebuia din ierarhia B.O.R-ului. Avea un post pe care-l vânau destui colegi de la Sanctitas TV, aşa că n-ar fi trebuit să se mire că toţi se uitau la el ca pisica la smântână. Pe de altă parte, dacă l-ar fi silit pe Romano să-şi întrerupă vizionarea, l-ar fi putut enerva. Şi, din câte auzise, musafirul avea obiceiul neelegant, dar sănătos de-a se răzbuna. Sfinției sale nu-i trebui mult să-și dea seama că, dacă nu-și lăsa invitatul să caște gura mai departe la elucubrațiile combatantului ezoteric principal (corect și complet definit), s-ar fi putut trezi el însuși încondeiat în paginile *Absoluftului*. Ceea ce, pentru părintele-moderator, ar fi fost la fel de neplăcut.

— Citind scrisorile lui Saul, alias Pavel, veți constata că sunt adresate exclusiv unor biserici din afara Palestinei și vă veți convinge că acest Saul, din prigonitor inițial de adepți ai religiei jeshuiste, prin viclenia sa specifică, precum și în calitate de absolvent al Universității din Alexandria, secțiile teologie, respectiv actorie, s-a dovedit suficient de întreprinzător și de abil, dar și de viclean, pentru a reuși în misiunea încredințată de către Sinedrul sau Sanhedrinul religiei iudaiste, căruia îi aparțineau pe atunci conducătorii Palestinei, precum și promotorii cei mai agresivi ai religiei iudaiste, adică farisei, pentru a ajunge la concluzia că soluția optimă de anihilare a religiei jeshuiste putea fi combinată cu transformarea unei ramuri a respectivei religii, mai întâi într-un cult disident, apoi într-o altă religie, care să poată fi utilizată ca armă ezoterică, specific religioasă, împotriva altor religii ale vremii, care concurau religia iudaistă, despre care ar trebui să cunoașteți că nu se confundă cu mozaismul, iar pentru a vă convinge, vă invit să comparați steaua lui David în șase colțuri (simbol religios specific iudaist) cu steaua lui Moise în opt colțuri (simbol specific mozaist), existent și pe frontispiciul templului Coral din capitală, prin modul în care este construită fereastra principală, precum și pe templul sefard din Timișoara, de pe strada Mărășești, spre deosebire de sinagogile de tip așkenazi, pe care este prezentă crucea lui David.

Dacă ar fi avut un smartphone sau măcar un prăpădit de reportofon, Marius Romano ar fi consemnat delirul combatantului ezoteric principal (corect şi complet definit) fără efort şi ar fi făcut rost de materia primă nu doar pentru un text cu destinaţia *Absoluft*, ci pentru un serial care, la o adică, putea să ţină trei sau patru luni. Ştia că publicul abia aştepta texte despre rinoceri, nebuni sau lichele reciclate în emisiunile de zi, de seară sau de noapte. Cum însă venise la înregistrarea de la Sanctitas TV doar cu un exemplar al celei mai noi cărţi, garnisită cu un autograf ipocrit pentru părintele Calomfir Niculiu, era silit acum să-şi solicite memoria şi să spere la rezultate spectaculoase.

— Vă recomand să mai remarcaţi, continuă combatantul, împungând aerul cu un arătător decis, că transformarea lui Jeshua în Isus Cristos este tot iniţiativa lui Saul din Tars, precum şi că în cadrul religiei isusist cristice au fost introduse o serie de elemente de practică religioasă, subversive şi chiar blasfemiatorii, unele preluate din religia iudaistă, care promovează un singur Dumnezeu, pe Iahve, respectiv pretenţia că mântuirea unui practicant al religiei în cauză se poate obţine exclusiv printr-o credinţă suficient de puternică, referitoare la faptul că personalitatea emblematică a religiei în cauză, adică Isus Cristos, care, din punct de vedere istoric, este un personaj care nici nu a existat, a venit şi s-a jertfit pentru ca toţi cei care aderă la religia respectivă să fie mântuiţi, de atunci şi până la sfârşitul acestei lumi. Vă mai recomand să analizaţi şi rolul împăratului roman Constantin, precum şi pe al mamei sale, Elena, în confecţionarea unei religii noi, prin combinarea unei variante religioase a religiei jeshuiste, care se practica, pe vremea sa, în cadrul Imperiului Roman, sub coordonarea religioasă, dar şi morală, a personalităţii Arius, cu pseudoreligia ctitorită de Saul din Tars, şi naşterea în cadrul Conciliului de la Niceea (325 e.n.) a unei noi religii, rezultată din amalgamarea celor două religii menţionate anterior, cu includerea unor elemente noi, aparţinând lui Constantin (de exemplu, învierea din morţi), iniţiativă continuată ulterior, până la marea schismă, din care a derivat religia creştin-ortodoxă de astăzi. În acelaşi context, vă mai semnalez că sintagma „Doamne miluieşte" este specifică unei religii în care practicanţii solicită milă, şi nu sprijin existenţial, acolo unde nu pot răzbate singuri, şi în consecinţă este degradantă nu doar la nivel religios, ci şi la nivel moral, respectiv civic, deoarece înlocuieşte efortul existenţial de autoafirmare prin performanţă existenţială cu cerşetoria specific religioasă, exprimată prin intermediul sintagmei menţionate anterior.

— Îmi pare rău, chiar trebuie să vă conduc, răbufni Calomfir Niculiu. Nu mai pot să vă aştept.

— Uitaţi cum facem, propuse Romano conciliant. Rugaţi pe cineva să-mi cheme un taxi, şi, cum vine taxiul, cum ies şi-aţi scăpat de mine.

Sfinţia sa îi întoarse spatele şi îşi scoase telefonul mobil, pe care tastă furios de câteva ori, după care se aşeză pe un scaun şi pufni iritat. Romano speră că sunase la o companie de taximetre, nu la o firmă de pază şi protecţie.

— O ultimă remarcă, turui mai departe la televizor combatantul ezoteric principal (corect şi complet definit), ştergându-şi cu batista urmele de detergent din colţul gurii, se referă la oficierea civilă a căsătoriei, care se realizează, conform legislaţiei actuale, în România între doi oameni liberi, care optează pentru a se căsători, de bunăvoie şi nesiliţi de nimeni, fără a condiţiona căsătoria în cauză de menţinerea ei până la moartea unuia dintre soţi, căsătorie care pentru practicanţii religiilor de tip cristic se transformă ulterior într-un ritual religios de căsătorie între doi robi ai lui Dumnezeu, cu angajamentul că vor rămâne împreună până când moartea îi va despărţi. La final, vă mai transmit că în prezent sunt implicat în mişcarea specific antireligioasă denumită popular „anticristică“, deoarece în cadrul religiei creştin-ortodoxe s-a renunţat şi la numele Isus Cristos în favoarea sintagmei „Cristos-Dumnezeul nostru“...

— Bun, văd că ne-ntrecem cu gluma, hârâi Calomfir Niculiu cu pumnii încleştaţi, departe de imaginea evlavioasă pe care-i plăcea s-o proiecteze în stânga şi-n dreapta. Lăsaţi odată mizeria asta, că sparg televizorul.

— A venit taxiul? Încă nu? În regulă, când vine, am plecat, se ţinu tare Romano.

— ...şi le recomand celor care doresc să mă asculte, îşi văzu de-ale lui combatantul ezoteric principal (corect şi complet definit), să revină, dacă vor, la religia iniţială jeshuistă, înlăturând numele lui Hristos-Cristos, precum şi practicile religioase blasfemiatorii de înrobire, respectiv de aservire, fiinţială, prin botez, căsătorie şi înhumare, precum şi renunţarea la alte practici degradante şi blasfemiatorii, precum şi pretenţia de-a putea ierta păcatele, prin spovedanie, de către clericii respectivelor religii, precum şi de a se împărtăşi, chiar şi simbolic, din trupul, respectiv din sângele personalităţii emblematice a religiei respective (adică Isus), într-un context în care, din câte se cunosc, Isus nu a solicitat adepţilor religiei pe care a fondat-o efectuarea unei asemenea practici (rit religios specific canibalismului, şi nu omenismului), episodul în cauză, asociat în cadrul evenimentului numit Cina cea de Taină, fiind, din câte ştim, inventat de către Saul din Tars, tocmai pentru a justifica introducerea unei astfel de practici religioase, în cadrul unei religii confecţionate nu pentru uzul evreilor, ci pentru uzul neevreilor (denumiţi goimi), ştiindu-se că evreii de rit sefard, şi chiar cei de rit iudaic, consideră ei înşişi practicarea religiilor de tip cristic o blasfemie. Toate cele expuse anterior motivează, probabil, şi refuzul ferm al conducerii Uniunii Europene de a recunoaşte oficial că creştinismul, ca ansamblu de religii de tip cristic, ar avea un rol civilizator la nivel european, fapt care ar justifica o recunoaştere oficială în acest sens, ştiut fiind că, dintre constitutorii cei mai importanţi ai Uniunii Europene, majoritatea au fost masoni care nu venerează, din punct de vedere religios, specific masonic, pe post de conducător suprem, o fiinţă individuală superioară cu numele generic Dumnezeu, ci o fiinţă individuală superioară cu numele generic de Mare Arhitect al Universului. Din respect pentru cei care mă urmăresc, am enumerat o motivaţie bogată referitoare la faptul că nu doar că am părăsit religia creştin-ortodoxă, în care am fost botezat, ci şi că în prezent militez cât pot pentru a elibera de sub jugul religios al religiilor de tip cristic şi alte persoane, considerând că aşa cum eu am fost ajutat să mă deştept, din punct de vedere religios, din practicarea unei religii extrem de nocive, atât la nivel fiinţial, cât şi societal, la rândul meu mă simt obligat moral să ajut, pe cât pot, alte persoane aflate în situaţia în care am fost eu să se deştepte şi să se elibereze de povara jugului religios prin care sunt înrobite existenţial. Vă supun atenţiei, în calitate de cercetător societal, cele menţionate anterior şi vă invit pe cei care mă contestaţi să vă motivaţi corespunzător, tot prin argumente, întristarea profundă pe care poate că aţi resimţit-o când aţi aflat că sunt anticreştin. Las deoparte alte probleme legate de demnitatea morală, la nivel societal, pe care, în ce mă priveşte, m-am străduit, pe cât am putut, s-o păstrez nu doar în mod pasiv, adică refuzând să fiu racolat în serviciul unor agenturi politico-poliţieneşti, ci chiar militând public împotriva existenţei acestora, precum şi împotriva regimurilor totalitare bazate pe protecţia asigurată de către aceste agenturi, inclusiv prin participarea mea activă şi autentică la Revoluţia Română din decembrie 1989. Pe de altă parte...

Marius Romano nu mai apucă să audă sfârşitul frazei, din care mai prinse doar un crâmpei – „blestem civilizaţia arahnidică tarantulară" – , căci părintele Calomfir Niculiu îl anunţă cu un glas în care clocotea ameninţarea că taxiul îl aştepta la ieşire. Mieroşenia din emisiune i se erodase total, şi ceva îi spuse lui Romano că, dacă n-ar fi fost lume de faţă şi dacă musafirul n-ar fi fost colaboratorul unei reviste cu tiraj mare, sfinţia sa i-ar fi ars nişte înjurături straşnice.

La coborârea din taxi, Romano simţi din nou, pentru a treia oară, ameţeala care-l încercase la Sanctitas TV şi se întrebă dacă nu cumva părintele avea puteri de vătămare de la distanţă. Oricum, prezenţa la *Vocile cetăţii* fusese cea mai proastă idee de când văzuse, cu Mirela şi cu fetele, *Şefa* la Mega Mall Cinema City, pe acelaşi rând cu un cuplu care se afla în pragul copulaţiei şi cu vreo cinci metri mai sus de o liotă de copii proaspăt evadaţi din balamuc.

— Ţi-ai uitat pastilele.

Romano auzi vocea Mirelei în secunda când descuie uşa apartamentului. Mirela era în bucătărie şi prăjea chiftele, cu părul prins într-o plasă şi cu urme de făină pe şorţul roşu, pe sub care nu purta nimic. Fetele veneau de la şcoală abia după două, aşa că Mirela se gândise să copieze un personaj feminin (Renata? Parcă Renata, dar nu era sigură) dintr-o carte a lui Saul Bellow şi să-şi aştepte bărbatul goală pe sub şorţ, în ideea unei uverturi erotice, fie ea şi cu miros de prăjeală. Atâta doar că, vigilentă din fire, observase pe urmă că soţul ei uitase să-şi ia pastilele şi se decisese, fără să treacă înapoi la o ţinută care nu promitea nimic, să-i servească o cicăleală în loc de sex.

— Parcă eşti un copil de doi ani, zău aşa, începu ea. Ţi-am spus de atâtea ori, da' parcă vorbesc cu pereţii. Nu te juca, măi omule, că nu-i de joacă. Pastilele alea se iau în fiecare zi la aceeaşi oră. N-ai voie să uiţi de ele, cum n-ai voie să uiţi să te-ncalţi când ieşi din casă.

Exemplul nu era dintre cele mai bune. Romano ieşise de două ori din bloc în ciorapi şi o dată desculţ: ca să arunce gunoiul, ca să plătească întreţinerea şi ca să-şi ajute soţia să care în sus pe scări cumpărăturile pe care le deşertase din portbagajul maşinii. De fiecare dată fusese întors din drum de privirile contrariate ale unor vecini care îşi făceau de lucru în casa scării, unde puneau murături sau stăteau la un şpriţ şi o ţigară.

— Te pomeneşti că de-asta oi fi ameţit, murmură el, turnându-şi apă în pahar şi dând pe gât pilulele care-l ajutau să funcţioneze fără sincope.

— Ameţit? Cum adică ameţit? Ţi s-a făcut rău? se aprinse Mirela.

Romano dădu neglijent din mână, cum alungi o muscă.

— A, nu, am avut două-trei secunde de nesiguranţă. Hai, bobocel, te rog, ia degetul de pe butonul de panică.

Mirela îşi înfipse mâinile în şold ca înaintea oricărei dispute conjugale. Era poziţia care-i adusese repararea tabloului electric („o să luăm naibii foc într-o zi“), schimbarea covorului din camera de zi („e patruzeci la sută covor şi restul păr de pisică“), înlocuirea gresiei din baie („asta zici că-i de la cantina combinatului“) şi cumpărarea unui televizor pentru bucătărie („dacă tot stau juma' de viaţă aici, măcar să am la ce să mă uit“).

— Mâine dau telefon la doctor şi mergem să vedem ce-i cu tine. Când e vorba de sănătate, nu ne prostim. Nu, nu, să n-aud nimic.

— Mâine până-n prânz trebuie să scriu pentru *Absoluft*, obiectă Romano. Iar după-masă sunt la Tavi în emisiune până seara. E etapă. N-am cum mâine. Dar o să mergem, bobocel, îţi promit c-o să mergem. Stai să-mi fac un pic de timp.

— Aşa zici de fiecare dată, se bosumflă Mirela, şi ceva din supărarea ei se repercută asupra setului nou de chiftele puse la prăjit, care intrară pe nesimțite în faza de calcinare. Cum a fost la popime? întrebă ea, după ce pescui boțurile de carne arsă și le aruncă la gunoi.

Romano îi rezumă eșecul dialogal pe care-l suferise sub asediul părintelui Calomfir Niculiu și insistă asupra prestației combatantului ezoteric principal (corect și complet definit), din care avusese norocul să prindă mai bine de un sfert de oră. Încercă s-o distreze și la un moment dat chiar dădu să-i cuprindă sânii din spate, pe sub șorț, și să se frece de fundul ei gol, dar Mirela nu răspunse pe măsura așteptărilor. Își aminti cum glumise medicul cu ea când ieșiseră împreună de la consultație. „Dacă nu se ține de tratament, atinge-l unde știi că e mai sensibil. Mai bine zis, nu-l atinge." Romano oftă, se duse la el în birou, deschise un document Word și începu să se gândească la un titlu de articol pentru *Absoluft*. După două minute, se ridică fulgerat de o inspirație bruscă, își plimbă un pic ochii pe rafturile bibliotecii și extrase cu grijă o nestemată pusă la păstrare între un roman de Carlos Balmaceda și o antologie a eseului englez. Nestemata se numea, temerar, *Antologie* și cuprindea zeci de scremete lirice ale combatantului ezoteric principal (corect și complet definit). Romano primise cartea de la un văr dobrogean cu simțul grotescului. Se uită pe coperta a patra și găsi acolo titlul pe care inspirația proprie i-l refuzase, poate și din cauza apatiei pe care o arătase Mirela avansurilor lui: NEBUNII BEZMETICI N-AU LOC ÎN AZIL. Îngroșă titlul pe documentul Word și, înainte de scrierea textului propriu-zis, găsi de cuviință să treacă o strofă din creația combatantului pe post de motto (deși, dac-ar fi fost după el, toată cartea ar fi trebuit să servească drept motto derapajului uman în forma lui cea mai spectaculoasă):

Îmi percep existența, deseori, ca pe arta
De-a rămâne tu însuți într-un mediu ostil,
Când lipsește busola și-i absentă chiar harta,
Iar nebunii bezmetici n-au loc în azil.

„La televizor, nu, dar la emisiunile de televiziune, din belșug“, își începu el cronica.

A doua zi, Tavi Dobrotă, realizator de emisiuni sportive la Omega TV, îl luă în primire chiar la intrarea în studioul unde aveau să discute despre arcanele campaniei de transferări ale echipelor din Liga I.

— Te simți bine? Arăți ca după cutremur.

Romano dădu din cap fără chef.

— Sunt obosit, am dormit puțin și prost. Dar e OK, stai liniștit.

Cam după douăzeci de minute de emisiune, simți din nou slăbiciunea care-l împunsese cu o zi mai devreme în prezența sfinției sale. Se uită în față, la televizorul de lângă unul dintre operatori, și constată că vedea două aparate care nu se suprapuneau perfect. „Tensiune intraoculară“, îi trecu prin minte, după care auzi sfârșitul unei întrebări imposibil de reconstituit.

— Iartă-mă, te rog să repeți, îi zise el lui Tavi.

Octavian Dobrotă îl privi cu un ușor circumflex al sprâncenelor și puse întrebarea din nou. Dialogul continuă normal, pe când pe ecran curgeau imagini cu țintele cele mai recente ale cluburilor care încă aveau bani pentru achiziții de jucători. După un minut, la prima pauză de publicitate, Dobrotă observă transpirația de pe fața invitatului permanent. Și fața lui mai albă ca de obicei.

— Ce-ai pățit, Marius?

— Nimic, mi-e foarte cald. Aerul merge?

— Merge, altfel muream aici.

Romano simţi o vibraţie în buzunarul din stânga al pantalonilor. Probabil că era Mirela, care-l văzuse la televizor – chit că lucrul care o interesa cel mai puţin după fotbal erau emisiunile dedicate lui – şi-i remarcase paloarea. Scoase telefonul şi citi mesajul. Era, într-adevăr, de la bobocelul lui.

Iar ţi-ai uitat pastilele.

Romano simţi că transpiră şi mai abitir. Nu-şi uitase niciodată medicamentele două zile la rând. Ce naiba era asta?

— Cât mai ţine pauza? întrebă el.

— Încă două minute jumate, i se răspunse din regie.

— Eşti sigur că te simţi bine? îi şopti Tavi.

— D... da, dar mi-e cald. Şi am avut două secunde de buimăceală. Am văzut dublu.

— Poate-ar trebui să dormi mai mult.

— Poate.

Cum-necum, Tavi Dobrotă şi Marius Romano duseră emisiunea la bun sfârşit, după care musafirul îşi însoţi gazda la o ţigară. Jos, la locul de fumat, se strânsese destulă lume. Romano intră în vorbă cu doi-trei amici care se pregăteau să intre în emisiune, glumi cu ei şi dădu uitării momentul delicat prin care trecuse în direct. Avusese noroc cu pauza de publicitate, intrase la timp. Oricum, pe Mirela era clar că nu avea s-o mai prindă în şorţ şi cu nimic pe dedesubt, chiar dacă fetele erau la bunici şi rămâneau acolo peste noapte. Dac-ar fi avut o uniformă a artileriei nord-coreene, în ea l-ar fi aşteptat.

Când i se întâmpla să aibă parte de episoade neplăcute, Romano îşi căuta, ca atâţia alţii, fie consolări, fie alibiuri. E de la oboseală, îşi spuse el, revăzându-şi în minte agenda pentru săptămâna în curs. Iar săptămâna era aglomerată, fără discuţie. Filmări pentru Omega TV, două invitaţii pe care avusese tot interesul să nu le refuze, revizia unei cărţi pe care o terminase de scris cu trei luni în urmă şi alte două promisiuni făcute unor amici de la radio. Plus cartea la care lucra acum. Plus cele pe care le avea de citit pentru filmările din luna viitoare. Hotărât lucru, nu era simplu. În fond însă, se vârâse singur în hora asta în care ştiai când intri, dar habar n-aveai când şi mai ales *cum* ieşi.

Simţi impulsul să intre în cea mai apropiată farmacie şi să cumpere un flacon de Gingko Biloba, dar renunţă imediat. Dacă i l-ar fi găsit Mirela prin rucsac (mai cotrobăia din când în când, sub tot felul de pretexte), s-ar fi alarmat peste măsură. Pe lângă asta, n-avea idee dacă flaconul putea să-l ajute de-adevăratelea. Avusese o colegă de birou care mânca Gingko Biloba pe pâine, ceea ce n-o împiedica să încerce, măcar o dată la două săptămâni, să-şi pornească maşina fără să vâre cheia în contact.

Acasă, Mirela afişă calmul pe care-l mima ori de câte ori îl punea pe Romano în faţa faptului împlinit. Iar faptul era o programare pe care i-o făcuse fără să ţină cont de programul şi de priorităţile lui.

— Mâine-dimineaţă la prima oară merg cu tine la analize, iar vineri la zece suntem amândoi la doctorul Cimponeriu. Nu mai stau după tine.

— Păi...

— Nici un păi. Am vorbit şi ne-aşteaptă. Pe urmă n-ai decât să-ţi vezi de-ale tale. Nu ne jucăm aici.

Romano simţi că-l iau din nou transpiraţiile, ca de fiecare dată când îl enerva ceva.

— Şi de unde să ştiu ce analize să fac?

— L-am întrebat pe doctor. I-am povestit pe scurt ce-ai păţit.

— Bobocel...

— Mă boboceşti degeaba, vineri la zece suntem la Cimponeriu. Iar mâine la analize.

— Măi, fii logică, am uitat de pastile...

— De două ori în două zile. De *două* ori în *două* zile!

— Da, dar altceva n-am mai uitat. Bun, am fost zăpăcit, m-am luat cu lucrul. Se-ntâmplă. Te rog, nu-ți băga în cap mai știu eu ce prostii. Nu-i cazul.

Romano știa că își bătea gura de pomană. În materie de medici, pastile și programări, Mirela era inflexibilă ca regulile vestimentare de la Wimbledon. Se resemnă, ca de fiecare dată, își făcu o cafea („poate c-ar trebui s-o lași mai ușor și cu asta", îl pisălogi ea), se refugie în birou și se puse pe citit. Apăruse un Muñoz Molina nou, și al naibii să fie dacă nu avea să-l termine în trei-patru zile.

— Văd un început de deteriorare cognitivă, îi spuse doctorul Carol Cimponeriu vineri dimineața, după ce se uită câteva minute pe analize. Liniștiți-vă, nu e grav, o calmă el pe Mirela, care tocmai pregătea o izbucnire în plâns hollywoodiană. În plus, hipercolesterolemia vă dă un pic de furcă, dar o să luăm măsuri. Mă rog, asta așa, *en passant*.

De obicei nepăsător și glumeț, Romano nimeri cu ochii peste un panou pe care erau trecuți câțiva termeni fioroși: paralizie supranucleară progresivă, sindrom Korsakow, boală Binswanger, sindrom Creutzfeldt-Jakobs. Își mută privirea asupra lui Cimponeriu, care îi sesiză începutul de panică.

— Știu, arată sinistru cuvintele alea, dar n-au nici o legătură cu dumneavoastră. Chiar nici o legătură. Sunteți uzat, atâta tot. Vă suprasolicitați. Iar stresul e o fiară sălbatică, cum cred că vi s-a mai spus. Aveți nevoie de un respiro. Poate chiar de un concediu în care să nu faceți nimic. Dar chiar nimic.

Mirela își fulgeră soțul cu o privire care nu-i scăpă medicului.

— Nici nu știți cât mă rog de el să nu se mai consume-n halul ăsta. Dar n-am cu cine să vorbesc. N-am cu cine. Poate-l convingeți dumneavoastră.

Carol Cimponeriu ridică din umeri.

— Chiar nu e greu, să știți. Opt ore de somn pe noapte, mese la ore fixe, mișcare și aer curat.

Ceea ce medicului nu i se părea greu în mintea lui Romano friza imposibilul. Cu un program ca al lui, mesele la ore fixe erau o utopie. Iar englezii numeau utopia, după cum avusese grijă s-o repete în emisiuni și în articole, „paradisul proștilor".

— Poate măcar pe doctor îl crezi, dacă pe ce spun eu nu dai două cepe degerate, bombăni Mirela la ieșirea din cabinetul lui Cimponeriu.

— Când ajungem acasă, băgăm un pic de mișcare, îi zise Romano, și-i făcu cu ochiul. Iar diseară îți promit că te invit la o cină la oră fixă. În aer curat, nu oricum.

Mirela se uită la el neștiind dacă să-l ia în brațe sau să-i tragă o palmă. Avea din ce în ce mai des dilema asta.

La următoarea emisiune, o dezbatere despre premii și coterii literare, Marius Romano se prezentă cu pastilele înghițite, dar tot degeaba. De data asta, amețeala îl cuprinse la mai puțin de două minute de la începerea discuției, care, ca un făcut, era tot în direct. Își încleștă brațele de scaun și închise ochii, simțind că se învârte studioul cu el. Operatorii puseră camera pe rând pe ceilalți invitați, pe măsură ce vorbeau, și evitară planul general, așa că Mirela, care se postase în fața unuia dintre televizoarele de acasă cu un pahar de suc de morcovi și un bol de muesli, nu observă impasul. Și nici Romano nu suflă vreo vorbă despre el când se întoarse. Asta ar mai fi lipsit.

Cum însă secretele din lumea televiziunii nu rezistă mai mult de o oră-două, nu trecu mult și se află în breaslă că afabilul, ironicul și mereu disponibilul Marius Romano, autorul savuroaselor texte din *Absoluft*, începuse să amețească în platou și să se comporte ciudat. Lucrurile luară o turnură de-a dreptul neplăcută într-o după-amiază de marţi, când Romano avu o cădere în emisiunea lui Dobrotă şi îşi puse hodoronc-tronc capul pe masă într-un plan general, fără să dea timp operatorilor să acţioneze. Aceştia comutară cu viteză maximă, dar degeaba. Imaginea lui Romano culcat cu scăfârlia pe masa din studio ca după un chef la birtul din sat ajunse în presă, inclusiv în *Absoluftul* unde îşi publica articolele („Luft în *Absoluft*!" titră un ziarist de ştiri mondene care-l pândea de mult la cotitură), dar, mai grav, ajunse sub ochii lui Călin Işfănuţ, coordonatorul general al programelor de la Omega TV, care se simţi obligat să-i dea de veste şi directorului general, Toader Papanaum. Spre norocul lui Romano, de data asta Mirela nu văzuse emisiunea.

Două zile mai târziu, Marius Romano se trezi invitat în biroul lui Işfănuţ, şi ceva în tonul secretarei îi dădu de înţeles că lucrurile nu arătau bine. Când intră în birou, îl văzu şi pe Tavi Dobrotă, al cărui aer încurcat făcea inutile cuvintele. Cu toate acestea, Işfănuţ se simţi obligat să-şi spună poezia.

— Marius, am văzut ce s-a întâmplat. Şi am aflat că n-a fost prima oară. Habar n-ai cât îmi pare de rău, dar povestea asta nu mai poate să continue. Afectează prestigiul emisiunii şi până la urmă pe cel al postului. Iar asta riscă să se vadă în încasări şi-n publicitate. Înţelegi, sper, că nu putem lăsa să se întâmple aşa ceva. Păcat, îţi spun sincer. Mare păcat, dar n-avem ce face. Şapte ani ai fost un *asset*, poate cel mai bun. Acum ai devenit un *liability*.

— O, îl corectă Romano.

— Poftim?

— O *liability*, parcă sună mai bine.

Işfănuţ se uită la el cu un aer perplex. Tocmai îl dădea afară, iar lui îi ardea de pedanterii lexicale.

— Înţeleg prin ce treci. Încă o dată, îmi pare rău. O să vorbesc mâine la HR, să facem hârtiile.

Mai schimbară câteva banalităţi, după care Romano ieşi din biroul lui Işfănuţ şi se duse în redacţie, unde îşi lăsase câteva lucruri. Pe coridoare i se păru că fiecare dintre cei cu care se intersecta îl privea într-un fel ciudat. Cunoştea bine reacţia asta. Nu de alta, dar o avusese şi el. Când treci pe lângă cineva despre care ai aflat că a fost zburat din schemă, te dai un pic într-o parte, ca nu cumva să te freci de el. Ca şi cum concedierea ar fi ceva contagios.

Fusese un *asset*, aşa îl consolase Işfănuţ. Romano se abţinuse să-i spună că el, în schimb, fusese şi rămăsese un *ass*. Sau un *asshole*. Sau poate o. O *asshole*. Naiba să-l pieptene.

Aşa *asset* cum era, i se întrerupsese colaborarea cu Omega TV. În schimb, combatantul ezoteric principal (corect şi complet definit), de care Romano îşi aminti în drum spre ieşire, nici gând să păţească aşa ceva, deşi ai fi putut spune multe despre el, numai că era un *asset* nu. Era adevărat, în acelaşi timp, că postul la care se dădea combatantul în spectacol de patru ori pe săptămână nu-şi pusese niciodată problema prestigiului. Romano îşi aminti de înregistrarea de la Sanctitas TV, de aversele verbale ale părintelui Calomfir Niculiu şi de încercările neizbutite ale sfinţiei sale de a dezlipi ochii invitatului de pe televizorul de la jumătatea coridorului. Îşi dădu seama că aceea fusese ziua în care începuse s-o ia în jos pe tobogan. Atunci avusese primul moment de slăbiciune şi tot atunci uitase pentru prima oară să-şi ia pastilele. Vezi ce se întâmplă când râzi de cele sfinte? se întrebă Romano în gând, chiar dacă nu el fusese blasfemiatorul, ci combatantul ezoteric principal (corect şi complet definit). Se vede treaba însă că aveau şi martorii oculari vina lor. Şi trebuiau pedepsiţi.

Ziua ajunsese abia la jumătate, dar veştile proaste nu se terminaseră. Roxana Tomuş, redactorul-şef de la *Absoluft*, nici măcar nu găsi oportună o întâlnire faţă în faţă cu el şi-i comunică întreruperea contractului printr-un sms în romgleză şi fără diacritice. „Incheiem colab. *as of* sapt. viit. Sorry. Urmeaza formalit. si *paperwork*." Contrar propriilor aşteptări, Romano nu avu nici cea mai mică ameţeală după încasarea celor două lovituri de baros în bugetul familiei. Ba chiar se simţi... da, uşurat, într-un fel. Îşi aminti de câte ori îi spusese Mirelei că-l bătea gândul să iasă din carusel şi să ia o pauză. Şi, de fiecare dată când Mirela îl încuraja s-o facă, tot el se răsucea şi rămânea cu gâtul în jug: „E simplu ca bună ziua să pleci, bobocel, dar e al naibii de greu să te-ntorci. Nici n-apuci să ajungi la parter şi ţi-a luat altul locul".

Ştia că avea să regrete colaborarea cu Omega TV şi mai ales cu Tavi Dobrotă, dar deocamdată nu era dispus să-şi facă nici sânge rău, nici griji pentru ziua de mâine. Pentru asta o avea pe Mirela, al cărei radar depista premisele catastrofei până şi în căderea unui fir de păr.

Coborî la metrou şi, în timp ce aştepta pe peron, îşi dădu seama brusc de un lucru: nu avusese momente de slăbiciune sau ameţeli nicăieri altundeva decât în platoul emisiunilor de televiziune. Nici acasă, nici la piaţă sau prin magazine, nici la film, nici la restaurant. Nicăieri, în afara studiourilor TV. Prin urmare, doctorul Carol Cimponeriu putea să-şi ia „începutul de deteriorare cognitivă", despre care-i vorbise cu două-trei săptămâni în urmă în prezenţa Mirelei, şi să şi-l bage în fund. Nu asta era problema lui, ci cu totul alta.

Dar care? Cum se numea? Şi ce soluţii existau? Romano îşi puse întrebările, dar nu găsi răspuns pentru nici una. Acasă, la un pahar de vin, întoarse chestiunea pe toate fețele cu Mirela și nu ajunse nici așa la vreun rezultat. Îi trecu prin cap să intre pe forumuri și, din aproape în aproape, să descopere dacă exista vreo afecțiune produsă de prezența camerelor de televiziune. Sau poate a luminilor din platou. Numai că era tardiv. Contractul cu Omega TV încetase oricum și gustul cu care rămăsese după întâlnirea cu Ișfănuț nu-l stimulă să mai facă vreun demers. În plus, ceva îi spunea că nu era vorba de o manifestare des întâlnită, ci mai degrabă de o bizarerie fără explicații.

Și totuși ce ironie, își zise Marius Romano în creierii nopții, după ce deschise computerul și se apucă să-și recitească paginile din romanul la care lucra. Ce ironie perversă. Să faci franjuri niște impostori într-un text despre televiziune și tocmai televiziunea să-ți vină de hac. Probabil că toți fanții cu urme de păr în briantină și toate vampele cu ventuze în loc de guri simțeau pe limbă dulceața răzbunării.

Odată cu informația reală a amețelilor din platou – pesemne că pe aceleași canale și de la aceleași canalii –, în breaslă apucase să se scurgă și o informație falsă: că Romano avusese momentele acelea de vertij din cauză că uitase să-și ia pastilele. Nu conta că asta se întâmplase doar de două ori. Nici că Romano le spusese câtorva foști colegi că „începutul de deteriorare cognitivă“ era o bazaconie cu dop. Nu, acum toată lumea știa că fostul colaborator al *Absoluftului* și invitat la emisiunile de la Omega TV avea grave probleme de memorie. Și că uitarea pastilelor acasă se materializa în tot felul de sincope și de accidente în direct.

Lucrurile virară neprevăzut din seara când Pleiada TV, principalul rival pe piață al lui Omega TV, difuză în reluare, la o emisiune de noapte, momentul în care Romano își pusese capul pe masă în emisiunea lui Tavi Dobrotă, luând pe nepregătite pe toată lumea, în frunte cu operatorii. La măsurătorile de audiență din zilele următoare, se dovedi că publicul gustase cu frenezie momentul, fie el şi în reluare. Pleiada TV încercă marea cu degetul şi difuză o nouă reluare după două zile, cu aceleaşi rezultate. Era limpede, oamenii salivau la răul altora, fără să se fi inspirat din Montaigne şi din panseul lui, cum că „fericirea e suma nenorocirilor de care n-ai avut parte“. Le plăcea pur şi simplu să-şi vadă semenii în situaţii delicate, stânjenitoare sau penibile. Romano se întrebă cât mai trebuia să aştepte până la transmiterea unui viol sau a unei execuţii în direct. La cum arătau lucrurile şi la cât de adânc dormea CNA-ul, probabil că nu foarte mult.

Încă din săptămâna când Pleiada TV difuză, în reluare şi în reluarea reluării, momentul neplăcut din emisiunea lui Dobrotă (fără să se simtă ameninţat de perspectiva unui proces pe bani mulţi cu Omega TV), Marius Romano începu să primească invitaţii peste invitaţii de la tot felul de posturi TV. Realizatori cu care nu schimbase o vorbă sau pe care nu-i văzuse niciodată în viaţă îl pofteau în emisiune. Producători cu nume rostite în grabă la telefon îl peţeau de dimineaţa la nouă până seara la zece. Teleaşti scăldaţi în lumina gloriei îl chemau să se înfrupte împreună din adoraţia fanilor. Tema de discuţie nu conta. Dintr-odată, Marius Romano se trezi îmbiat, pe tonuri care pendulau între solidaritate complice şi patos senzual, să ia parte la emisiuni în care se vorbea despre condiţiile din spitalele de provincie, noul acord cu FMI, barajul de promovare în Liga Naţională de Volei, problematica şeptelului în zonele subcarpatice, însingurarea omului contemporan, devenit robul gadgeturilor, Târgul Internaţional de Carte de la Beijing şi naşterile în apă.

Interesant era că nici un post TV nu-i propunea să *realizeze* o emisiune, ci doar să participe în calitate de invitat. Precauţiile referitoare la prestigiul instituţiei funcţionau la fel peste tot. Nimeni nu era dispus să angajeze un realizator sau un moderator care risca să cadă fulgerat în plină emisiune sau să dea ochii peste cap. Invitatul, în schimb, era liber (ba chiar implorat în gând) să i se facă rău. Acul ratingului atât aştepta ca să zvâcnească.

La început, Romano se amuză pe seama invitaţiilor şi le respinse. Pe urmă însă hotărî să abandoneze politica refuzului net şi să ceară bani pentru participare. Jucatul la două capete i se păru o idee bună: ori nu acceptau să-l plătească, şi atunci măcar îl lăsau naibii în pace, ori acceptau, şi atunci Romano îşi astupa o parte din gaura din buget provocată de afurisitele alea de ameţeli. Preţ de o clipă, se văzu în ipostaza absurdă de invitat la o emisiune alături de combatantul ezoteric principal (corect şi complet definit) şi hohoti într-un fel care o alertă pe Mirela şi-o făcu să intre valvârtej în camera de zi din bucătăria unde pregătea o tartă cu prune sub patronajul zgomotos al personajelor din *Güneş*.

Mirat, dar nu din cale-afară, Marius Romano constată că televiziunile acceptară condiţia şi-i propuseră diverse onorarii pentru participarea la emisiuni. Una dintre ele tatonă chiar pista unui contract de exclusivitate, repliindu-se după ce Romano menţionă o sumă în schimbul căreia i-ai fi putut aduce în concert pe Carla's Dreams, Smiley şi Horia Brenciu. Cu toate acestea, spirala invitaţiilor continuă, iar într-o bună zi, după ce încheie discuţia cu un producător, Romano îl auzi spunându-le colegilor din regie, înainte să-şi închidă telefonul:

— Poate-şi uită dracului pastila.

Cicălit corespunzător de Mirela, ba uneori şi de fete, cărora mama le transmisese fără greutate ştafeta pisălogirii, Romano nu mai plecă niciodată de acasă fără să înghită setul matinal de patru pilule. Însă momentele lui de *blackout* nu ţinură cont nici de medicamente, nici de foamea de rating a televiziunilor, lăsându-se guvernate întru totul de hazard. Aşa că unii moderatori se dovediră norocoşi, iar alţii nu. Paradoxal, Romano ameţi la participările pe bani puţini şi se comportă fără cusur în emisiuni pentru care i se promiseseră sume mari în schimbul unui vertij cu sau fără prăbuşire. (Dacă ar fi stat cineva să calculeze, ar fi constatat că micile accidente de platou se petrecuseră la aproape o treime din numărul total de emisiuni la care fusese chemat să ia parte.) Şi mai era un paradox. Romano apărea pe ecran mult mai des acum, când era considerat bolnav, decât înainte, când fusese sănătos tun, deşi Omega TV îi întrerupsese contractul tocmai fiindcă avea manifestări de om bolnav.

La cinci luni de la primul moment de slăbiciune, petrecut în studioul de la Sanctitas TV, Marius Romano începu să primească invitaţii să apară la ştirile de la ora 19.

— E o propunere ameţitoare, îi spuse el ironic femeii care asigura producţia ştirilor de seară la Simbioza TV.

— Trimit o maşină să vă ia? întrebă femeia, de pe mintea căreia poanta alunecase ca apa de pe gâscă.

Romano declină oferta. Îşi cristalizase deja o tactică a acceptării şi refuzului, aşa că îşi zise că nu era cazul să accepte din prima. Mai ales că Simbioza TV nici măcar nu se sinchisise să-i facă o propunere de onorariu. Acceptă în schimb alte invitaţii – de obicei, pe sume decente, iar de câteva ori, mari de-a binelea. Erau oameni care plăteau derapajul în direct, indiferent de forma pe care o lua. Nici o armă nu era interzisă în bătălia pentru audienţă. Sigur că, după oameni vârâţi în tomberon, după femei ieşite din sicriu, după încăierări între septuagenare lihnite după sex şi partenerii lor cvadrigenari şi alcoolici, după concursuri nocturne în care diverse tinere pitite după o perdea transparentă erau puse să recunoască penisul partenerului dintr-o serie de şase, vertijul în direct părea ceva aproape banal. Dar era tot o formă de-a vinde bine ceva rău.

Postul TV care câştigă ceea ce începuse deja să circule în breaslă sub numele de „loteria vertijului“ se dovedi – o formă de justiţie divină – tocmai Omega TV, al cărei coordonator de programe decise într-o bună zi recuperarea parţială a pagubelor. Romano făcuse un rating oarecare ca invitat al lui Tavi Dobrotă, dar explodase în măsurătorile de audienţă de când începuse să ameţească pe la alte posturi. Prin urmare, percepu invitaţia la ştirile de seară de la Omega TV ca pe un lucru perfect logic şi în acelaşi timp profund neetic. Cu toate acestea, acceptă.

Cristina Stoleru, calina crainică a ştirilor, anunţă titlurile ediţiei şi apoi îşi prezentă invitatul ca pe un vechi combatant pe frontul obiectivităţii şi deopotrivă ca pe un talent silit de soartă să întrerupă comunicarea cu publicul. Îmbrăcat mai sobru decât de obicei şi machiat cu grijă, Marius Romano răspunse laudelor în al treilea minut al ştirilor căzând de pe scaunul invitatului şi întinzându-se cât era de lung în platou. Se trezi din leşin după trei ore şi îşi dădu seama că nu ajunsese în rai: era într-un pat de spital, iar Mirela stătea pe marginea patului şi-i ţinea mâna stângă într-ale ei. Era plânsă şi nu spunea nimic.

— Banditul ăla de Işfănuţ a bătut concurenţa la fundul gol, murmură Romano înainte de-a închide ochii din nou – de data asta nu din cauza vertijului, ci pur şi simplu fiindcă i se făcuse somn.

Dormi pe săturate şi se trezi după un vis în care se făcea că, nu se ştie cum, combatantul ezoteric principal (corect şi complet definit) preluase postul Omega TV şi-i propusese să facă o emisiune pe teme religioase în care să-l aibă invitat permanent pe părintele Calomfir Niculiu.

Să te ia cu ameţeală şi mai multe nu.

Come Meet Our Zombies

Nouvorba se baza pe limba engleză aşa cum o ştim noi, deşi multe propoziţii în Nouvorbă, chiar dacă nu formate cu cuvinte nou-create, cu greu ar fi înţelese de un englez din zilele noastre.

— GEORGE ORWELL, *O mie nouă sute optzeci şi patru*

Alin Dumitriu se sui în taxi cu sentimentul că îşi trădează un principiu. Încă de acum opt ani, când ajunsese pentru prima dată în Bucureşti şi nimerise peste un şnapan care-i adulmecase inocenţa provincială şi-l plimbase zece kilometri de la gară până la Ministerul Transporturilor, în loc să-i spună cinstit că avea de mers două sute de metri pe jos, îşi promisese să nu mai cotizeze nimic în folosul unei meserii cu o incidenţă atât de ridicată a escrocilor. Cum însă aderenţa la principii se verifică în situaţii limită, tânărul licenţiat orădean în managementul vânzărilor cedă în faţa vremii vitrege şi a crizei de timp în care îl împinsese neputinţa de a adapta ritmurile vieţii marginale la trepidaţia dizolvată a centrului. Oricât i-ar fi displăcut, trebuia să scoată o sută de mii din buzunar şi să-şi semneze capitularea. Pe de o parte, fiindcă altminteri ar fi întârziat peste limita admisă. Pe de alta, fiindcă nu se făcea să apari într-un local de cinci stele cu pantofii stropiţi sau cu pardesiul împroşcat de noroi. Admiţând că portarul l-ar fi lăsat să intre, invitaţii la recepţie l-ar fi luat la ochi imediat. Cu atât mai mult cu cât ştiau că noul lor coleg avea să fie prezentat la un moment dat în toiul petrecerii, urmând să înceapă lucrul cot la cot cu ei chiar de a doua zi.

Tânărul se dădu jos din Dacia galbenă exact când o pală de vânt îi ridică poalele pardesiului şi-i răvăşi freza pusă la punct cu atâta grijă înainte de-a pleca din locuința de serviciu oferită de firmă. Se înfioră ușor, scoase din buzunar invitația, pe care huiduma de la intrare aruncă un ochi neglijent, află unde se ținea petrecerea celor de la Sales Unlimited și se îndreptă spre restaurantul dinspre care îi ajungea deja la urechi zumzetul inconfundabil al zecilor de oameni convocați de patronat să se simtă bine împreună cu un prilej aniversar. Alin Dumitriu știa că angajarea lui coincidea cu sărbătorirea a cinci ani de când Sales Unlimited opera pe piața românească, devenind – după cum susțineau ziarele – „un model de urmat în materie de cultura companiei".

— Știți ce-i ăla deviaționist?

— Nu.

— Unul care-o ține drept, în timp ce partidul o ia la stânga sau la dreapta.

— Ha, ha, ha. Bună.

— Ce se-ntâmplă dacă te vorbesc oamenii pe la spate?

— Habar n-am. Ce?

— Înseamnă că le-ai luat-o înainte.

— Hi, hi. Mișto.

— Dacă vrei să fii realist, ce trebuie să ceri?

— Cinci la sută?

— Imposibilul.

— Ho, ho, bravo. Tare, tare de tot.

Dumitriu văzuse scena de o mulțime de ori. Atâta doar că de data asta nu mai era un martor detașat, ci un participant în toată puterea cuvântului, chiar dacă periferic. Toaletele comandate la corifeii vestimentari ai momentului, vorbele de duh scoase de la naftalină pentru ocazii speciale, dentițiile dezvelite în surâsuri de fațadă, gesturile premeditat familiare, antrenul obligatoriu, și totuși fals, bufetul suedez vizitat de gurmanzi care își stăpâneau cu greu pulsiunile asediatoare, cupele de şampanie cu urme de ruj, scrumierele golite pe nevăzute de nişte năluci cu sacouri albe şi papion, muzica de café-concert în surdină, veghea somptuoasă a candelabrelor de cristal, toasturile doldora de banalităţi, micile linguşiri ale şefului ierarhic – totul era montat într-un carusel în al cărui vârtej junele amploaiat ştia că trebuia să se lase prins, ca o concesie indispensabilă tuturor nesăbuiţilor capabili să schimbe calmul curat al Crişului pe putoarea stătută şi mâloasă a Dâmboviţei. Zâmbindu-le celor cărora le era introdus de o tânără fardată violent, pusă probabil să-l piloteze din ordinul directorului de personal, Dumitriu îşi dădu seama că nu simţea nici urmă de trac, ci mai degrabă un soi de nerăbdare faţă de ceea ce avea să urmeze cu începere de a doua zi dimineaţă. Se uită de câteva ori în stânga şi-n dreapta, luă un pahar cu vin alb şi îşi propuse să se integreze cât mai bine în mediu, indiferent dacă bruneta cu buze sângerii şi faţa tencuită avea sau nu să-i ţină companie mai departe.

La şapte dimineaţa, când stridenţa deşteptătorului făcu să vibreze pereţii camerei, tânărul era deja treaz. Stătea în capul oaselor în pat, rezemat de perna ridicată, cu scrumiera în care scutura cea dintâi ţigară a zilei aşezată grijuliu pe pântec şi cu faţa luminată de un zâmbet binedispus. Îl trezise soarele, pe care nu spera să-l mai vadă cu atâta limpezime după o săptămână de ploi neîntrerupte, şi deschisese ochii în explozia portocalie a frunzişului unui copac ale cărui crengi i se legănau cuminte în dreptul ferestrei. Se anunţa o zi pe cinste, prima de muncă în marele oraş. Inspiră adânc, mulţumit de cele văzute şi simţind că avea să-şi înceapă cariera sub auspicii cum nu se poate mai favorabile.

Jovialitatea nu-i dispăru nici când zări, la intrarea în clădirea placată cu sticlă reflectorizantă unde se afla sediul firmei, un automat bancar deasupra căruia cineva lipise un afiş pe care se putea citi: „BANCOMATUL DISPENSEAZĂ DOAR BILLS-URI DE MARE DENOMINAȚIE". Departe de a vedea în păsăreasca aceea ridicolă un motto al absurdului citadin sau o aşchie din trunchiul de necuprins al noii limbi de lemn care, de ani buni, ataca pe toate fronturile, Dumitriu se mulţumi să râdă în sinea lui şi să se grăbească spre lift. Chit că nu pricepea ce rost avea să spui – printre altele – „bills-uri" în loc de „bancnote".

— A, bună, Alin, intră. Hai, curaj. Ia loc, te rog, îl întâmpină un ins înalt, scheletic, cu ochelari şi cu gulerul pudrat de prima mătreață a săptămânii. Sunt Lucian Harabagiu, eiciaremu' firmei.

Dumitriu tresări ca pişcat de un țânțar. Ici haremu'? Poate că n-ar fi fost rău să se uite mai atent la ce scria pe uşă. Interlocutorul lui sesiză la timp impasul şi continuă:

— Mă rog, sau haşremeu'. Human resource managerul. Dă-mi voie să-ţi urez bun venit la Sales Unlimited. Sper c-o să colaborăm bine. Şi, fiindcă timpul – ia să vedem, ce face timpul? –, timpul costă bani, sigur că da, o să te las să te uiţi pe schedula pentru azi înainte să te briefez puţin, cum fac cu fiecare nou recrut.

Absolventul de management luă foaia de hârtie întinsă de Harabagiu, având încă înainte de-a o parcurge confirmarea suspiciunii că una dintre chezăşiile succesului la Sales Unlimited era stăpânirea dezinvoltă a romglezei. Se gândi preţ de o clipă la părinţii rămaşi la Oradea – ambii profesori de română, ambii sideraţi şi neputincioşi în faţa avalanşei de barbarisme şi calchieri sub care fragila limbă maternă risca să se sufoce –, iar apoi îşi coborî privirile şi citi.

9.00–10.00: Meeting cu staff-ul
10.00–11.30: Brainstorming despre stakeholderism

11.30–13.00: Briefing cu salesforce-ul
13.00–14.00: Break
14.00–15.30: Emergența noilor market-uri. Debate
15.30–17.30: Promotion-ul brand-ului. Panel

Dumitriu căzu pradă unui acces furibund de tuse, prin care se strădui, cu un histrionism aplaudabil, să mascheze râsul gâlgâit căruia își dădea seama că nu i se mai putea opune multă vreme. Harabagiu îl privi îngrijorat, neștiind dacă era cazul să-i ardă o palmă între omoplați. Nou-venitul se potoli într-un târziu, se șterse la gură cu o batistă până atunci imaculată și își impuse să nu se mai uite nici în ruptul capului pe hârtia aceea care fusese cât pe-aci să-l compromită la nici jumătate de oră de când pusese piciorul în premieră la Sales Unlimited.

— Așa. Ți-am asesat atent CV-ul, îl informă Harabagiu. Văd că ai graduat chiar în vară. Între noi doi, Alin, pe o scară de la 1 la 10, la ce nivel crezi c-ai putea să performezi?

Proaspătul angajat avea deprinderea autoevaluării încă din gimnaziu, așa că nu trebui să stea mult pe gânduri. Totuși, întrebarea directorului de personal îl puse într-o relativă încurcătură. Dacă spunea 10, risca să i se impute lipsa de modestie, pe când țintirea oricărei alte trepte l-ar fi putut trece în disprețuita categorie a defetiștilor.

— La nivelul așteptărilor, oricare ar fi ele, răspunse el în cele din urmă.

— Ha, politician trebuia să te faci. Procrastinările astea o să ne vină de hac, o spun de ani de zile. Oricum, nițică diplomație nu strică, indiferent de background. Și, mă rog, cam de ce crezi c-ai avea nevoie ca s-ajungi un success story?

Dumitriu deschise gura, hotărât să-i arate hașremeului că nu punea mare preț pe gargara asta, dar că, la nevoie, nu-i era greu nici lui să bată apa în piuă. Din fericire însă, uşa biroului se deschise chiar în clipa aceea şi o secretară îmbrăcată într-un *deux-pièces* sobru anunţă pe fugă:

— Hai în conference room. Începe meetingul.

Când păşi în sala de şedinţe, însoţit de Harabagiu, tânărul dădu cu ochii de zece oameni aşezaţi la o masă de consiliu, în capul căreia trona o blondă între două vârste, tunsă scurt, costumată în negru şi cu privirile aţintite asupra câtorva hârtii cărora le schimba locul în permanenţă. Femeia gesticulă scurt în direcţia celor doi, îi aşteptă să se instaleze pe scaune şi să deschidă mapele pe care le aveau în faţă, după care tuşi uşor, îşi împreună palmele şi luă cuvântul.

— Încep prin a-l saluta formal pe ultimul venit în companie, Alin Dumitriu. Trag nădejde că va şti să emuleze în aşa fel încât să ne putem mândri cu el cât mai mult, iar el să-şi găsească la noi oportunitatea de carieră pe care s-a focusat imediat după terminarea facultăţii.

Dumitriu schiţă un gest discret de mulţumire, nebăgat în seamă de vorbitoare şi încredinţat în fine că nimeni de la Sales Unlimited nu se putea sustrage importurilor lingvistice, oricât de bizar şi caraghios ar fi sunat.

— Avem o agendă extrem de încărcată şi, dacă nu prioritizăm cum trebuie, pierdem bani şi clienţi. Azi mai mult ca oricând e nevoie să ne customizăm relaţiile şi să ne punem toate skills-urile în slujba challenge-ului pe care l-am identificat: creşterea market share-ului şi implicit a turnover-ului, minimizarea riscurilor şi dezvoltarea performanţei. Pentru asta ne sunt necesare mai multe lucruri: expertiză, drive, commitment, dedicaţie şi gestionarea targetului. E o chestiune de eficientizare şi de standing. Nu putem fi principalii jucători din business environment dacă ignorăm updatarea şi dacă nu reuşim să ne fidelizăm clienţii. Bănuiesc că şi tânărul nostru coleg s-a gândit la toate astea când a aplicat pentru un job în compania noastră. Aşa e, Alin?

— Perfect adevărat, confirmă Dumitriu, chinuit lăuntric de aceeaşi irepresibilă poftă de-a hohoti din toţi rărunchii.

— Aici nu e nici showbiz, nici modelling, nici entertainment, continuă blonda, mutându-şi privirile de la un angajat la altul şi constatând cu satisfacţie că toţi aveau nişte mutre pătrunse şi preocupate, de parcă şi-ar fi pregătit lansarea într-o aventură fără egal. Aici e o junglă în care nici dintre cei puternici nu supravieţuiesc chiar toţi. E un fel de all-star game unde fiecare vrea să fie MVP. În fond, e nu atât o problemă de feeling, cât mai ales de striving. Aşa cum driverii scuderiilor trag cu monoposturile la pit stop-uri din motive tactice, aşa cum tenismenul vine cu backhand-ul slaisat pentru efectul de surpriză, aşa cum boxerul alternează punch-ul cu jab-ul ca să-l prindă descoperit pe celălalt, şi noi trebuie să ne modificăm gradual look-ul, ca să putem evita deadlock-urile şi să ne consolidăm poziţia în branch. Trendurile actuale sunt critice, fireşte. Dintre ele, unul este feedback-ul la condiţionalităţi. Un altul, elaborarea planurilor de contingentare. În fine, un al treilea, diseminarea verticală. Piaţa nu aşteaptă pe nimeni, domnilor. Cine nu prinde trenul rămâne pe peron, ăsta-i bottom line-ul.

Cu ochii pe graficele colorate din mapă, Alin Dumitriu îşi muşcă buzele până în pragul sângerării. Dincolo de „diseminarea verticală“, care i se părea o formulă neobişnuit de sexy şi îndrăzneaţă pentru o firmă de vânzări, nou-venitul începu să simtă o alienare tot mai puternică de la o clipă la alta. În anii de liceu părinţii îi explicaseră capcanele poporanismului cu suficient umor ca să-l edifice definitiv asupra fenomenului. Era, bineînţeles, o tâmpenie să înlocuieşti cravata cu gâtlegăul şi sutienul cu ţâţarniţa. Însă de aici la commitment-ul în faţa challenge-ului era cale lungă.

— Şi mare atenţie la mindset-uri, avertiză blonda, aprobată cu mişcări energice din cap de trei sferturi dintre cei prezenţi. E vremea să ne configurăm activitatea în pattern-uri cu adevărat profesioniste, şi pentru asta trebuie să ştim să schimbăm tot frame-ul. Să citim corect benchmarking-ul, să nu ne temem de canvassing şi să adresăm problemele strict în ordinea importanţei. Dacă ţineţi minte, exact pe asta am insistat la ultimul meeting cu project managerii, cu reprezentanţii pick-up point-urilor şi cu senior consultant-ul. Pe asta şi pe respectarea cu orice preţ a deadline-urilor.

Delirul ambiguu al vorbitoarei mai dură vreo douăzeci de minute, timp în care Dumitriu desenă o barză care ducea în cioc o altă barză care ducea în cioc o a treia barză, transcrise de la coadă la cap versurile din *The Sounds of Silence*, fumă o ţigară cu ochii minţii (un exerciţiu complicat, care sfârşea de obicei prin a-l destinde pe el şi a-i irita pe cei din jur), iar la un moment dat îl întrebă în şoaptă pe Harabagiu cine era blonda şi ce voia de la viaţa lor.

— Unit manager-ul, susură conspirativ haşremeul. Şi lasă odată hârtiile alea. Îţi pierzi focusul şi involvement-ul. Iar dacă n-ai involvement, n-ai nimic.

Dumitriu înghiţi perdaful fără să scoată o vorbă, decis să nu-l mai provoace de-acum încolo la dialog pe Harabagiu decât când nu avea încotro. Altfel, era pierdut. La cel mai mic stimul, directorul de personal riposta printr-o rafală de cuvinte trăşcălii pe care probabil că le vehiculase atât de des, încât ajunsese să le adore. În plus, dacă superiorul vorbea în dodii, şi subalternul trebuia să facă la fel. Pesemne că aşa se traducea corectitudinea politică la Sales Unlimited.

La sfârşitul şedinţei de dimineaţă, pe când tânărul orădean încerca să se oţelească în vederea sesiunii de brainstorming despre stakeholderism care-l aştepta, pronia cerească interveni în favoarea lui, inculcându-i gândul cel bun lui Harabagiu. Acesta vorbi un minut la telefonul mobil, iar pe urmă se întoarse binevoitor spre Dumitriu.

— L-am apelat pe CEO ca să-l întreb ce fac cu tine mai departe. O să relaționezi puțin cu restul staff-ului și o să vezi cum se lucrează la desk-uri. De mâine încolo socializezi de unul singur și e bine să ai un pic de know-how.

În mintea lui Dumitriu se declanșă brusc un beculeț de alarmă. Retorica hașremeului începuse să nu i se mai pară atât de caraghioasă, ceea ce nu putea decât să-l îngrijoreze. Era o formă de imunizare împotriva căreia noul angajat își dădu seama că trebuia să lupte prin orice mijloace. Dacă se acomoda, în două săptămâni îi ajungea din urmă pe ceilalți, lucru cu totul inacceptabil.

Într-o oră și jumătate, cât dură turul companiei, Dumitriu se întâlni cu publisher-ul și senior editor-ul newsletter-ului intern, brokerage analyst-ul, head dealer-ul, copywriter-ul, art director-ul, chief accountant-ul, business consultant-ul și assistant manager-ul. În mintea lui pusă deja la grea încercare își făcură loc câteva ponturi de bun-simț referitoare la joint-uri, overdraft-uri, liabilități, dumping, deal-urile de marjă și pachetele de relocare. Introducând o bine-venită componentă umană în miezul discuțiilor, Harabagiu își informă angajatul că pericolul lay-off-urilor în firmă nu era foarte mare, ceea ce nu trebuia nicidecum să ducă la efasarea disciplinei. Nu de alta, dar cu trei luni în urmă un vendor de mare succes fusese expelat fiindcă harasase o colegă.

Când reveni în sala de ședințe, Dumitriu se așeză pe același scaun pe care-l ocupase și mai devreme și își aranjă nodul cravatei cu un gest mai degrabă derutat decât nervos. Plimbarea prin companie îl făcuse circumspect nu atât față de „briefing-ul cu salesforce-ul“ care urma, cât mai ales față de felul cum își vedea viitorul la Sales Unlimited. Probabilitatea de a se transforma dintr-un june stenic şi solar într-un zombi imbecilizat nu putea fi nesocotită. Pus în situaţia de a alege între firma de vânzări unde fusese admis ulterior interviului şi fabrica dickensiană din *Timpuri grele*, mai mult ca sigur că Alin Dumitriu ar fi dat cu banul. Iar întâlnirea cu următoarea categorie de personal nu-i atenuă în nici un fel presimţirile de rău augur. Dimpotrivă.

Forţa de vânzări îşi făcu apariţia în sală aidoma unui comando trimis să potolească tulburările iscate de nişte băştinaşi inconştienţi. Ochi ficşi, haine şi tunsori identice, mape bleumarin cu logoul firmei, mers cadenţat şi neşovăielnic, câte un indicator luminiscent în mâna fiecărui agent şi un chef de viaţă egal cu rata şomajului pe Insula Sahalin. Dumitriu îi privi şi i se puse un nod în gât. Câţi izbuteau să redevină oameni normali după ce terminau programul la Sales Unlimited? Câţi ştiau să refuze robotizarea? Şi câtor dintre ei li se extirpase fibra intimă care le permisese, anterior angajării, să trăiască la temperatura specifică vârstei? Din nefericire, trezit la realitate de glasul metalic al unui tânăr roşcovan, cu faţa năpădită de pistrui, Dumitriu nu avu vreme să se abandoneze întrebărilor.

— După cum a reiterat chairman-ul board-ului, în semestrul actual avem un target multiplu. Anvizajăm în primul rând căile de replicare a celor mai bune practici, în al doilea identificarea de soluţii pentru problemele din teritoriu şi în al treilea dispersia riscurilor. Toate acestea circumscrise, bineînţeles, conceptelor de optimizare şi eficientizare. În folderele cu business planuri aveţi câteva hand out-uri pe care sper că v-aţi uitat. Conţin grafuri de vânzări, spreadsheet-uri şi cash flow-uri updatate. Haideţi să explorăm împreună oportunităţile de enhancement al vânzărilor, mai ales că patru dintre voi tocmai v-aţi întors de la un training. Da, Marga, te ascultăm.

Dumitriu își mută privirile spre tânăra căreia îi predase ștafeta roșcatul și nu regretă. Din câte își dădea seama de la distanță, părea singura componentă a forței de vânzări care conservase un sâmbure uman ferit de influența aneantizantă a mediului de lucru. Asta până când deschise gura.

— Cred că trebuie să rerutăm puțin discuția și să punem totul în perspectivă. Adică să legăm saleskills-urile de trendurile de emergență ale market-ului. Aceste skills-uri folosite corect ne pot da un awareness superior al frame-ului general și ne obligă la o implementare modernă. Ceea ce înseamnă că nu vom mai fi reactivi și vom începe să ne manifestăm proactiv. În contextul restrâns al vânzării, va fi nevoie de un check-up efectuat prin activități de outreach, precum și de un follow-up corespunzător. Modalitatea optimă a check-up-ului este samplingul randomizat, indiferent dacă obiectul vânzării este un deodorant antiperspirant, un kit de instalare pentru un home appliance sau un set de tutoriale de web design. Nu uitați, nu vindem doar produse, ci și concepte. În altă ordine de idei...

Precaut, Dumitriu lăsă în plata Domnului cealaltă ordine de idei chiar în clipa când o auzi pe Marga pomenind de item-urile de upgradare a drive-ului, dispus să îndure o nouă mustrare a lui Harabagiu, a cărui vigilență în observarea noului angajat nu slăbise câtuși de puțin de când ieșiseră împreună pentru prima dată din biroul directorului de personal. Scăpă pixul pe jos și, aplecându-se să-l ridice, se uită pe furiș la ceas. Nici când era în școala primară și se străduia să pătrundă cu privirea pe sub fustele fetelor care se aflau în capul scării, în timp ce el se găsea undeva mai jos, nu se simțise atât de vinovat. Dacă l-ar fi surprins în flagrant, hașremeul probabil că l-ar fi dojenit. Sau, mă rog, reprimandat. Piei, drace, își zise el, văzând că începuse – fie și în glumă – să imite exprimarea călăuzei lui prin labirintul de coridoare de la Sales Unlimited.

Vestea bună – căci exista şi aşa ceva – era că pauza de prânz se apropia încet, dar sigur. Dumitriu o aştepta cu fervoarea unui pelerin poposit la Medina cu covoraşul la subsuoară pentru incendiul matinal al răsăritului. În clipa când îşi văzu colegii (în fond, erau totuşi colegii lui) părăsindu-şi locurile, se încheie la haină, îşi trase mânecile în jos cu un gest reflex, îl anunţă pe Harabagiu că iese să ia o gură de aer şi părăsi clădirea fără să se uite în urmă. În secunda când uşile automate i se deschiseră în faţă, se simţi ca Robert De Niro la ieşirea din închisoare în *Cape Fear*. Lumea de afară îi deveni brusc simpatică pentru că forfotea în treaba ei şi mai ales fiindcă nu bătea câmpii. Se amestecă printre trecătorii care înnobilau trotuarele care cu o flegmă, care cu un muc de ţigară strivit în grabă, care cu un ghemotoc de hârtie şi încercă o enormă uşurare. Îi veni să chiuie „Din nou printre oameni!“, însă îşi aminti că graţierea dura mai puţin de o oră, după care avea să cadă încă o dată victimă agresiunii psihice a lui Harabagiu şi a celorlalţi.

După o plimbare de câteva minute, intră într-un bistrou cochet, cu gândul să mănânce un sendviş la repezeală şi să bea un nectar. Numai că nu era singurul căruia îi venise ideea. Abia apucă să comande şi se trezi pe cap cu Marga, din a cărei cameră a torturilor tocmai scăpase. Mai ştii, poate că în particular e o fată de treabă, se iluzionă tânărul, dispus să-i acorde o a doua şansă în ciuda logoreei chisnovatice de dinaintea pauzei.

— Bună. Te superi dacă şeruim masa?

— ??!

— Pot să stau şi eu?

— Ăăă... da. Sigur.

— Thanks. Oops, era să-ţi dărâm tumbler-ul. Am dat o fugă şi mi-am cheşuit un cec. Cum e, ai început să te minglezi în peisaj?

Dumitriu mușcă din sendviș ca un leu care sfâșie coapsa unei antilope-liră. Cu puțină muncă, Marga ar fi putut publica un dicționar în premieră absolută, fără rival pe piață.

— Încet-încet, mă acomodez. Știi cum e în prima zi, emoții...

— Emoții? Superemoții. Păi țin minte când am ajuns eu la Sales, eram megafleașcă.

Dumitriu prelucră atent informația. Interesant.

— Șefii cum sunt? De treabă?

— De treabă? Superdetreabă. Iar Dida Penciu, GM-ul, e megamarfă. Bine-ar fi să se ia și altele după ea.

— Ceva distracții?

— Distracții? Superdistracții. Uite, chiar în weekendul ăsta vine Bosquito la noi la un megaparty. Supershow, pe bune.

Tânărul clipi superultramegades. La fiecare tic augmentativ al colegei lui avea impresia că mai încasează un pumn în cap. Conversația lor, întreruptă când și când de câte-un clefăit viguros, nu dură cine știe cât, dar Dumitriu tot avu timp să afle că programul de lucru era ultrariguros, pachetul salarial hipermotivant, colegii superfocusați, iar concediile însoțite de câte-o megasurpriză. Înainte de-a cere nota de plată, Marga se simți obligată la o avanpremieră succintă a activităților de după pauza de prânz.

— O să-ți placă, pronostică ea. Mai ales c-o să vină și Robert de la IT ca să vorbească despre downloading-ul performant și maximizarea outcome-urilor.

— Parcă era ceva și cu piețele, zise Dumitriu, mai mult ca să nu tacă.

— A, și asta. Plus c-o să aibă și Tina o prezentare despre setarea display-urilor de la showroom-uri. Cred c-o să facă și o analiză SWAT. Sau un studiu de caz. Dacă nu cumva și una, și alta.

După ce își plăti fiecare consumația, Marga și proaspătul ei coleg ieșiră din local și făcură cale-ntoarsă spre sediul firmei.

— Aoleu, era să uit, spuse Dumitriu la jumătatea drumului. Știi ce, du-te singură și apar și eu cât pot de repede. Trebuie să rezolv o chestie la poștă. Nu te supăra.

— Nici o problemă. Dar nu întârzia. Să nu-l antagonizezi pe boss.

Dumitriu se duse la primul ghișeu al micului oficiu poștal din centru, ceru o foaie de hârtie, un plic și un timbru loco, scoase un pix din buzunar și se puse pe treabă. Harabagiu, Marga, Robert de la IT, Dida, Tina și toți tâmpiții de la Sales Unlimited îl văzuseră pentru prima și ultima oară. Numai un dement s-ar fi eternizat într-o asemenea companie. Regretă doar că nu avea timp pentru o scrisoare elaborată, prin care să se descarce plenar și nestăvilit. Se concentră, se uită din nou la ceas – de data asta fără să se ascundă – și i se adresă în scris directorului de personal.

Stimate HRM,

Supozez că acknowledgement-ul acestor rânduri vă va confuza. Deși market research-ul, tehnicile de merchandising, deployment-ul asset-urilor și concedarea incentivelor cu endorsement-ul employer-ului sunt matter-uri foarte trendy, mă văd compelat să resignez din job-ul care mi-a fost asignat. Vă greetui și vă flitui,

Alin Dumitriu

Împături foaia și o vârî în plicul pe care, după ce scrise adresa și destinatarul, îl timbră și-l puse la cutia poștală din fața oficiului. În mod normal, Harabagiu trebuia să primească scrisoarea a doua zi dimineață. Dumitriu nutri speranța fugară că avea să-și verse cafeaua în poală la citirea celor câteva rânduri. Pe când se întorcea la Sales Unlimited mai mult ca să-şi recupereze servieta decât ca să asiste la sesiunea de după-amiază, tânărul absolvent îşi ridică privirea spre cerul blând al toamnei, îl salută cu pioşenie pe Ienăchiţă Văcărescu şi-i transmise telepatic nu doar întreaga lui compasiune, ci şi felicitări pentru inspiraţia de-a se fi săvârşit din viaţă cu mult înainte de înfiinţarea firmelor profesioniste de vânzări. Zâmbetul împăcat i se transformă într-un râs imposibil de cenzurat când, după cura de romgleză al cărei cobai fusese, Dumitriu trecu prin dreptul unei uşi de cinematograf şi dădu cu privirea de un carton pe care scria cu litere mari, strălucitoare: PE ACEASTĂ INTRARE DECÂT SE IESE.

Smirdarul și bulbucul

Campionatul se întrerupsese din nou, ca să joace naționala. Era un lucru care se întâmpla de câteva ori pe an, producând multe zâmbete satisfăcute și puține încruntări. Amicalul cu Republica Moldova trebuia pregătit cu grijă, chit că era doar un meci de palmares. Da, dar tocmai pe baza palmaresului se făcea clasamentul Coca-Cola. Și în funcție de clasamentul ăsta își umpleau federalii teșchereaua. În plus, una era să te bată Raúl sau Morientes, și alta să râdă de tine Catănsus, Botgros, Barbăroș și Ciupercuță.

Ploaia se pornise după ce trecuse cam un sfert de oră din antrenament. Țârâia mărunt, sâcâitor, fără speranță. Stropii fini cădeau din înalturi în lumina nocturnei ca o armată de musculițe în picaj după contactul cu un spray letal. Deși era destul de frig, nimeni dintre cei de pe margine nu se dădea dus. Printre zecile de gură-cască veniți să sprijine gardul la antrenament se afla și un grup ai cărui componenți ieșeau din tiparul suporterului obișnuit. Erau singurii care își permiteau critici sau sfaturi acide la adresa fotbaliștilor. Ceilalți îi mâncau din ochi și se visau în locul lor. Le râvneau nevestele, conturile în bancă, mașinile. Îi adulau cu fiecare respirație, dar i-ar fi înlocuit în pat sau la volan cu prima ocazie. Le așteptau nerăbdător autografele și în același timp își înjurau vârtos părinții, învățătorii şi destinul, reproşându-le conspiraţia în urma căreia ajunseseră sudori, taximetrişti, studenţi sau ingineri – de toate, numai fotbalişti nu.

După obişnuitele ture de teren şi o porţie de stretching, antrenamentul continuă cu un joc-şcoală, cu antrenorul pe post de arbitru. Pentru mai multă transparenţă, selecţionerul acceptase prezenţa spectatorilor de ocazie şi lucrase cu porţile deschise. O bilă albă în ochii ziariştilor, scutiţi în fine de coşmarul interviurilor de la distanţă şi al fotografiilor efectuate din copacii gospodăriilor învecinate. Meciul începu şi, la scurt timp după aceea, apărură primele atenţii din partea celor optsprezece spectatori cu drepturi speciale.

— Stelică, pune-i toarte, tată, dacă nu poţi altfel, îi aruncă un ins scund, îndesat şi tuciuriu portarului, după ce acesta scăpase o minge uşoară printre mâini.

— Bă, fiţi atenţi la „Brili“, s-a speriat că i s-a udat tricou'. Stai liniştit, bre, e de la ploaie, amendă o matahală blondă apatia vârfului de atac, spre hazul celorlalţi.

— Costele, mai uşor, vere, că le paradeşti ăstora Airbusurile, îl sfătui un hâtru cu mâinile cât două cazmale pe mijlocaşul la închidere, văzând că balonul şutat de el decolează spre Otopeni.

Puştii care se insinuaseră în jurul celor optsprezece începură să chicotească şi să schimbe ghionturi şi priviri complice. „Ce texte are, să moară Stalin.“ „Megavrăjeală, bă, la marea meserie.“ „Sânge-n el cât apă-n ciorbă.“ Personal, pe nici unul dintre ei nu-l tenta să formuleze o cât de mică obiecţie faţă de evoluţia favoriţilor. Ar fi fost o probă de sminteală, de curaj inconştient. În schimb, cu barosanii din mijlocul lor era cu totul altă mâncare de peşte. Erau cunoscuţi, puternici şi influenţi.

Nimic mai adevărat. În plan fotbalistic, duzina şi jumătate de limbuţi privilegiaţi de pe margine era un fel de stat în stat. Componenții ei nu erau președinți de club, arbitri sau oficiali ai Federației. Nu luau bani de la buget, nu ofereau sponsorizări suspecte și nu aveau carte de muncă. Consumau masiv și riscau puțin. Nu aveau nume (sau poate că aveau, dar foarte puțină lume le știa), legându-și celebritatea de porecle. Pe scurt, erau șefi de galerie.

Ciocolată, Gardone, Butelie, Dingo-Bingo, Pârnaie, Guadalupe, Calibanu', Toni Șmen, Garderobă, Dentistul, Măslină, Salvador, Stan Bostan, Fură Zoli, Mișu Clanță, Cultu', Lecitină, Rică Ventuză. Așa se prezenta nominal galeria șefilor de galerie. Un catalog pitoresc, deși „catalog" e un cuvânt impropriu în condițiile în care, puși cap la cap, anii de școală ai celor optsprezece nu depășeau cu mult un ciclu complet de douăsprezece clase. Foarte puțini tatonaseră o meserie, majoritatea optând pentru o viață de azi pe mâine. Mai o bătaie la cârciumă, mai un bairam la prieteni, mai un furtișag, mai un dolar schimbat la negru – în linii mari, cam din așa ceva se alcătuia existența fiecăruia.

Asta până când fotbalul se transformase din sport în industrie. Din clipa aceea, se înscriseseră cu toții pe o orbită care-i propulsase în fruntea unor grupuri – mai mici sau mai mari – ce păreau să aștepte exact așa ceva: o prezență deopotrivă mesianică și cartieristă, cu pumni de fier, limbaj frust și autoritate incontestabilă, un șef de ceată capabil să conducă și să incite, un ferment mobilizator care să nu se teamă nici de bulanele polițiștilor, nici de rigorile legii și cu atât mai puțin de violența omologilor. Cine le trecea în revistă poreclele le pricepea fără eforturi proveniența. Ciocolată, Măslină, Salvador și Guadalupe împărțeau același pigment, Cultu' făcuse doi ani de culturism, Pârnaie stătuse un an și jumătate la răcoare pentru furt, Toni Șmen devenise celebru prin țepuirea unor naivi cărora le fusese lene să meargă până la casa de schimb, Dentistul avea în palmares cinci adversari trimişi la stomatologie prin plasarea aceleiaşi directe de dreapta în figură, Garderobă venea la fiecare meci cu un tricou sau un pulover nou în culorile idolilor, Lecitină te urmărea şi-n gaură de şarpe dacă trebuia să-ţi plătească o poliţă, fără să te uite vreodată, Mişu Clanţă avea un glas care acoperea un parc auto, Stan Bostan mânca zece pungi de seminţe de dovleac pe zi fără să-l supere ficatul, Dingo-Bingo nu ştia exact cum se numea jocul de la Antena 1 fiindcă era analfabet, Rică Ventuză avea un nas cât un borcan de iaurt, modelat în felul ăsta cu prilejul unei gale pugilistice ad-hoc, Gardone mituise cândva doi comisari ai Gărzii Financiare cu câte trei navete de Garrone contrafăcut, iar Butelie avea o circumferinţă cât stejarul din Borzeşti.

O menţiune specială meritau Calibanu' şi Fură Zoli. Porecla primului era un hibrid între Calibalu' şi Talibanu', pe altoiul involuntar al numelui unui personaj din Shakespeare. Cel care o scornise îl văzuse cu ochii lui pe destinatar demolând un ţigan care încercase să-i spargă maşina şi îl auzise declarând în gura mare: „Ai noroc că eşti baragladină, bă, altfel te făceam pastă de mici şi te haleam cu bere". Etimologia lui Fură Zoli era la fel de bizară. „Te bat de-o să te bage doctorii pe perfuzii cu furazolidon", îl ameninţase respectivul pe un şmecheraş care orchestrase un puci în interiorul propriei galerii. FU-RA-ZO-LI, scandaseră ulterior fanii încântaţi de riposta şefului şi preluaţi ironic la un meci în deplasare de către suporterii adverşi, care crezuseră că un oarecare Zoli era îndemnat să fure. A se feri de foc. Aşe, Feri, dă foc. Cam aşa ceva.

Cei optsprezece nu se întâlniseră întâmplător pe marginea terenului de antrenament de la Săftica. Nici n-ar fi avut cum, dat fiind că unii veniseră de la sute de kilometri depărtare. Fuseseră convocaţi de un vicepreşedinte al

Federației și de un înalt oficial al Ligii Profesioniste. Primul trebuia să le înmâneze biletele solicitate de fiecare galerie din Divizia A pentru meciul decisiv cu Spania, care urma să se dispute peste două săptămâni. Al doilea voia să poarte cu ei o discuție francă și lucidă despre acele aspecte ale campionatului intern unde influența lor s-ar fi putut face simțită: ritualurile de măscărire a adversarului, violența pe stadioane, încăierările aproape tradiționale dintre anumite galerii, armele albe găsite tot mai des de forțele de ordine cu ocazia percheziţiilor de la intrarea la meciuri, cuantumul cotizațiilor și – în fine – tendința unor șefi de a-și depăși atribuțiile și de a încerca să impună antrenori la echipă sau, dimpotrivă, să-i îndepărteze pe cei existenți. Șefii de galerie acceptaseră cam cu jumătate de gură. În mod normal, ar fi mustăcit nemulțumiți și probabil că mulți s-ar fi eschivat. Însă capii Federației și ai Ligii fuseseră suficient de abili ca să amâne repartizarea biletelor până după dezbaterea lămuritoare.

Antrenamentul se încheie sub aceeași ploaie agasantă. Uzi leoarcă și plini de noroi, jucătorii plecară în grabă la dușuri, părând să nu dea atenție nici elogiilor, nici micilor împunsături ale asistenței. Selecționerul ieși ultimul de pe teren, discutând preocupat cu secunzii, fără să se arate întru totul edificat asupra formulei de început pentru partidele oficiale. Mai era destul de mult de lucru. Sesizându-i zbuciumul, cei optsprezece se abținură de la comentarii. Îl căutară din priviri pe Minel Fotache, reprezentantul Ligii, dornici să se pună odată la adăpost de vremea câinoasă și să vadă ce doreau șefii cei mari de la ei.

— Băieți, înc-un sfert de oră și-o luăm din loc. Am puțină treabă la vestiar. Sau știți ce? Duceți-vă voi înainte, că vă prind din urmă. Mergem la Național, la sala de conferințe. Hai că nu durează mult. Mersi.

Aferat şi unsuros, Fotache ştia ca nimeni altul să fie mare cu cei mici şi mic cu cei mari. Fost contabil la gospodăria de partid, avusese timp să memoreze slăbiciunile celor din jur, gata să le fructifice oricând cu maximum de eficienţă. Sub masca de băiat bun, de-ai noştri, se ascundea un tip calculat, rob al interesului şi al ciupelii. Rar i se întâmpla să lipsească de pe listă la vreo ieşire din ţară a lotului naţional sau a vreuneia dintre echipele tari, şi mai rar să aibă cineva o diurnă mai consistentă. Oficial, era al treilea om în ierarhia Ligii, însă mulţi bănuiau în el pe adevăratul decident în materie de fotbal intern.

Şefii de galerie se risipiră pe la maşini. După câteva minute, convoiul se încadră pe şoseaua Bucureşti–Ploieşti, cap compas Stadionul Naţional. Guadalupe era singurul prăpădit care conducea o Škoda Fabia, dar asta fiindcă tocmai îşi vânduse BMW-ul ca să-şi achite nişte datorii mai vechi. În rest, paradă în toată regula: Audi-uri, Mercedesuri, Opel-uri, jeep-uri peste jeep-uri şi un Alfa Romeo care încheia coloana. Mai putea să se supere cineva pe Hagi fiindcă avea Mitsubishi, dacă Dingo-Bingo şi Pârnaie îşi plimbau kilogramele în câte-un 4 × 4 cu banchete de piele şi sistem de navigaţie?

Ajunşi la sala de conferinţe a Complexului Naţional, cei optsprezece constatară că erau aşteptaţi de un veritabil comitet de primire: preşedintele Ligii, şeful Comisiei Centrale de Arbitri, omologul lui de la Comisia de Observatori, un colonel de la Poliţia Capitalei, inevitabilul vicepreşedinte al Federaţiei, venit probabil să le împartă biletele, şi un ins uscăţiv, cărunt şi cu o frunte ridată, pe care acum îl vedeau pentru prima dată. Măslină şi Calibanu' se priviră surprinşi. La rândul lor, Lecitină, Toni Şmen şi ceilalţi îşi luară nişte mutre nedumerite. Ce mama naibii pusese la cale Fotache? Te pomeneşti că de asta nu venise cu ei, ca să nu-i sară nimeni la beregată. Chiar atunci însă, de parcă le-ar fi citit gândurile, tartorul Ligii li se adresă în stilul atât de savurat de presă.

— Zmeilor, luaţi ceva tare-n cur şi haideţi să-i dăm bice. Hai, repejor, că se-nchide metrou' şi rămânem dracu' aicea.

Mişu Clanţă râse stentorial, semn că se prinsese. Dacă ei, nişte pârliţi, aveau asemenea scule de maşini, probabil că nea Sică îşi trăsese Concorde.

— Băi, uite de ce v-am adunat, continuă Sică Stanomir, împingându-şi ochelarii la jumătatea nasului. Tre' să rezolvăm chestia asta cu scandalurile. Urlă ziarele de cafturile şi porcăriile voastre. Dacă deschizi *Ziua* sau *ProSportu'*, te ia cu frig. Dom'le, nu zic că tot ce scriu ăştia prin fiţuicile lor e de-adevăratelea. Una, că vor să-şi vândă ziaru'. A doua, că pă mulţi i-am făcut oameni şi-acum trag în mine cu ce le vine la mână. Mă rog, asta-i altă gâscă-n altă traistă. Da' şi dacă jumate din ce spun e pă bune, tot e groasă, fraţilor. Ce naiba, mă, numa' grija voastră pân tribune n-o aveam. Nu-i etapă să nu se lase cu buşeli. Internări pân spitale, bătăi cu jandarmii, ochi scoşi, oase rupte, balamucu' dă pă lume. Păi şi-aşa ne iau toţi la ochi şi ne-ntorc spatele. Că dreptu' la proprietate, că handicapaţii, că copiii străzii, că securizarea graniţelor, că munca la negru. Măcar la fotbal să ne scoatem, fraţilor, că la ălelalte s-a dus în gâtu' mă-sii. Când colo, nu mai poţi să mergi cu nevasta la meci decât dacă-i surdă, dom'le. Altfel îţi crapă obrazu', să moară ce-am mai scump. Uite, aveţi cablu acasă. Aţi văzut aşa ceva la olandeji, la broscari, la engleji? Nu, tată, meciu-i meci, henţu-i henţ, faultu-i fault, da' în rest nu ţi-e, dom'le, târşă, pă cuvântu' meu. Adică franţuzu' poa' să se ducă la stadion cu fata, cu amanta, cu mama-soacră, că nu riscă nimic. Aici, ieşi cu gagica la iarbă, ăla eşti. Roşeşte iaurtu' când vă aude, bă. Şi voi sunteţi cei mai vinovați. Da, da, 'geaba dați din ridichi. În loc să-i potoliți pe-ăia de sub voi, le cântați în strună. A scos unu' de la Dinamo o porcărie, iese și-ăla de la Steaua cu două. Vine Rapidu' cu cinci bannere nașpa, apare și Craiova cu zece. Și p-ormă ne mirăm că ne-arată lumea cu degetu'. E mai mare jena, tată. Ascultați la mine, c-am îmbătrânit în fotbal. Ca la noi la nimenea.

Tirada lui Stanomir dură peste un sfert de oră, însoțită sporadic de gesturile aprobatoare ale celor care i se așezaseră la stânga și la dreapta. Liderii galeriilor ascultau cuminți. Ar fi avut ce să-i răspundă, dar preferau să n-o facă. Dacă se întorceau fără bilete, nu își îndeplineau mandatul. Cine știe ce mai ieșea de-aici? Tentativa de puci din galeria lui Fură Zoli le rămăsese tuturor în minte ca un avertisment și un îndemn la vigilență. Mai ales că peste tot pândeau șulfe care așteptau primul pas greșit ca să-i uzurpe pe titulari și să se proclame șefi.

— Ia ziceți, bă, vă angajați aicea, cu martori, să vă faceți curățenie printre oameni și să nu ne mai dați bătăi de cap? întrebă Stanomir în cele din urmă, rotindu-și ochii bulbucați de la unul la altul. Sunteți oameni serioși, sau cârlige de rufe?

Cei pe care-i viza întrebarea se foiră în scaune, se priviră între ei și scoaseră niște murmure nedeslușite, incapabili de o replică fermă. Într-un târziu, când liniștea din sala de conferințe deveni stingheritoare, Garderobă se făcu purtătorul de cuvânt al grupului.

— Păi nu prea se poate, domnu' preș. Nu știți ce-nseamnă să conduci o galerie. Fiecare o ține pe-a lui, iar tu tre' să le rezolvi problema la toți. Nu cred...

— Muceo, dacă nici eu n-am condus în țara asta, n-a mai condus nimeni, întrerupse „domnu' preș", luându-și o mină severă. Reține ce-ți spun, n-a mai condus nimeni.

Ce mare filozofie să le bagi minţile-n cap unor golani? Îi tai de la porţie la deplasări, îi pui să-şi cumpere bilet şi să vezi cum se dau pe brazdă. Ce dracu', bă, tre' să vă-nvăţ eu?

— Da, şefu', da' vine bulangiii ăilalţi... schiţă timid un gambit şi Stan Bostan.

— Vezi cum vorbeşti, moşule, se zborşi Stanomir. Grijă mare, că nu eşti la tine-n groapă. Băi, uite care-i treaba. Nea Florin o să vă împartă biletele pentru meciu' cu spaniolii, iar eu vă dau termen o lună de zile. Dacă peste-o lună mai aud de vreo galerie care-a făcut deranj, v-am ars. Să nu ziceţi că nu v-am spus. Adio, gratuităţi, adio, plecări, adio, înscrieri în partid. Şi nu mai lucrăm moca. Clar? Clar, bă? repetă Stanomir, îmbrăţişând încă o dată cu privirea grupul celor optsprezece.

— Gata, şefu', încercăm, acceptă Butelie cu o undă de resemnare în glas, susţinut de o nouă serie de mormăieli ale celorlalţi. Nu băgăm mâna-n foc c-o să fie bine, da' vedem ce iese.

Stanomir le mai reţinu atenţia cu câteva probleme administrative, după care îi făcu un semn din cap vicepreşedintelui Federaţiei. Florin Amza îi chemă pe rând în faţă pe cei optsprezece şefi de galerie, înmânându-i fiecăruia un teanc de bilete, proporţional cu numărul de membri cotizanţi. Fidelă principiului „jumuleşte ca să nu fii jumulit", Federaţia încasa un procent din cotizaţii, chipurile pentru a le permite membrilor reprezentativi ai galeriilor să însoţească naţionala la diverse meciuri afară, cu toate cheltuielile acoperite. Amza nu avea nici verva, nici dezinvoltura de bulevard a lui Stanomir. După împărţirea biletelor, îşi drese vocea şi li se adresă şefilor de galerie, dând impresia că trasează sarcini de serviciu.

— Treaba voastră ce faceţi miercuri cu Moldova. Dar vedeţi că miercurea ailaltă vine Spania. Aveţi grijă cum strigaţi şi mai ales cum cântaţi imnul la început. Aştept să ne răsplătiţi încrederea. Vrem să-i batem pe spanioli jumătate pe teren, jumătate în tribune. Să simtă şi băieţii ăştia că au pe cineva lângă ei, încheie el chiar în secunda când pe uşa sălii de conferinţe intră Minel Fotache.

Nou-venitul şuşoti ceva la urechea superiorului ierarhic, îndoit din şale şi cu mâinile la spate. Stanomir se încruntă fugitiv, după care anunţă cu o furie abia reţinută:

— Chelu' ăla de Popescu a dat pe prima pagină un articol la care-i zice „Moarte şi muie". Ia ghiciţi despre cine e. Îhî, despre voi. Numa-n *Adevăru'* n-ajunseserăm. Noi şi Sidexu'. Ne râd şi curcile, bă, reţineţi ce vă spun. Şi curcile ne râd.

Întrevederea şefilor de galerie cu mai-marii fotbalului autohton luă sfârşit pe acest ton de insatisfacţie acută. Din fericire pentru alde Guadalupe şi Dentistul, ceilalţi oficiali nu avură nimic de adăugat, rolul lor fiind, probabil, pur decorativ. Sau, mai ştii, poate că Stanomir îi adusese acolo pentru timorarea comandoului adunat de la peluze. N-ar fi mirat pe nimeni; paleta de tactici a şefului Ligii era un inepuizabil rezervor de surprize.

Îndreptându-se în dezordine spre parcare, cei optsprezece comentară succint şi deloc amabil episodul ai cărui protagonişti fuseseră.

— Sanchi, ne arde. Ne ia mânecile de la vestă, asta ne face, rosti vexat Rică Ventuză, ferindu-se să apeleze la imagini mai naturaliste, fiindcă nu ştia cine l-ar fi putut auzi.

— Să-şi vadă de blaturile lui, nene, în loc să ne frece pe noi la icre. Păi eu mă bag peste ei când bate Astra în Ghencea? licită Ciocolată, enervat peste măsură de ingerinţa lui Stanomir.

— Să ne lase să ne facem treaba, bre, ce atâta gargară. Ce mă-sa vrea, să spunem poezii la meci? Ce, suntem la serbare? se zbârli la rândul lui Mişu Clanţă.

— Mâine-poimâine face ședință cu părinții dacă nu suntem cuminți, prognoză ironic Salvador.

Tot bombănind, șefii de galerie ajunseră la mașini. Chiar dacă unii dintre ei trăiau într-o rivalitate patologică, în fața dușmanului comun trebuia luptat umăr la umăr. Iar acum se lămuriseră că erau puși în fața unui caz de – cum îi zicea Ceașcă? – amestec în treburile interne. Stanomir se băga unde nu-i fierbea oala, ceea ce era inadmisibil. Până aici, păreau să avertizeze căutările dușmănoase ale liderilor. Înainte de-a se instala la volan, cei optsprezece ținură un sfat scurt și deciseră unanim în favoarea unei politici de nealiniere. Oricum, biletele pentru meciul cu Spania nu li le mai putea lua nimeni înapoi. Cât despre nea Sică, să-i scutească. Prea se credea buricul pământului.

Marea partidă avu loc la o săptămână după ce naționala învinsese Moldova cu 2–1 într-un amical decis în ultimul minut dintr-un penalty inventat de arbitru. În tribunele Naționalului se strânseră peste cincizeci de mii de oameni nerăbdători să-i vadă îngenuncheați pe iberici. Disciplinate și punctuale, galeriile din provincie se prezentară având asupra lor recuzita clasică: steaguri tricolore cu sau fără gaură, cearșafuri cât o zi de post, cu tot felul de înscrisuri patriotard-naționaliste, goarne care chemau la luptă, eșarfe în roșu, galben și albastru. Mulți se vopsiseră pe față; câțiva exaltați se îmbrăcaseră în port popular, convinși că în felul ăsta Morientes și Helguera aveau să se piardă cu firea și să capoteze psihic. Tribuna a doua vuia încontinuu, vestindu-le spaniolilor iminenta apocalipsă de pe gazon. Fanii din capitală se grupară la cele două peluze – într-o parte cei ai Stelei și ai Naționalului, în alta cei ai lui Dinamo și ai Sportului –, cu excepția rapidiștilor, care aleseră o zonă neutră de la tribuna întâi. Fură Zoli îi căută din priviri pe suporterii veniți din Spania ca să-i ia la omor. Nu văzu picior de străin, ceea ce nu făcu decât să-i crească iritarea. Butelie avu nevoie de multă diplomaţie ca să-şi convingă aprigul confrate că expresia lui Amza – „să-i batem jumătate pe teren, jumătate în tribune“ – fusese o figură de stil, şi nimic mai mult. Fură Zoli se calmă cu greu, dilatându-şi vindicativ pupilele şi sperând în sinea lui să repereze doi-trei spanioli fie şi în ceasul al doisprezecelea. La peluza cealaltă, Ciocolată puse mâna pe un megafon şi începu să li se adreseze direct jucătorilor, cu gândul să-i monteze şi mai bine pentru următoarea oră şi jumătate. „Didi, năsosu' ăla cu 9 a zis că-i place de nevastă-ta.“ „Ai grijă de creţu' ăsta de pe stânga, Guriţă, din cauza lui n-aţi prins Liga Campionilor astă-vară.“ „Paule, cântă la meniscu' lor, tată, că şi tu ai stat pe bară şase luni.“

Cu tot optimismul debordant al publicului, la pauză era 2–0 pentru spanioli. Consecventă şi fidelă, galeria provincialilor îşi făcu datoria până la capăt, încurajându-şi neobosit răsfăţaţii, chiar şi pe cei care jucau lamentabil, străduindu-se să-i dopeze moral şi fluierându-i copios pe adversari la fiecare atingere de balon. Arbitrul îşi avu, fireşte, porţia lui şi se văzu potopit de un şuvoi de înjurături pe care, din fericire pentru toată lumea, nici nu le pricepu şi nici nu le deduse. Conformându-se regiei comune a lui Gardone, Măslină, Cultu', Dingo-Bingo şi Calibanu', moldovenii, dobrogenii, bănăţenii, ardelenii şi oltenii veniţi la meci iscară în câteva rânduri valul bucuriei, chit că nu aveau nici un motiv, scandară prenumele favoriţilor – titulari şi rezerve – fără să primească nici măcar o fluturare grăbită a mâinii, se unduiră în contratimp (un rând la stânga, cel de deasupra la dreapta), cum văzuseră la galeria lui Liverpool, alegându-se doar cu priviri circumspecte din partea jandarmilor, şi însoţiră cu urale fulminante fiecare combinaţie reuşită a băieţilor. Totuşi, scorul rămase 0–2.

În țara unde văzuseră lumina zilei Adi-gol, Moldo-gol, Clau-gol, Danciu-gol, Guși-gol, Radu-gol și Șumi-gol, nimeni nu izbuti să perforeze măcar o dată poarta ibericilor. În schimb, călcând cu ghetele peste tradiționala ospitalitate carpato-danubiano-pontică și ignorând flagrant eforturile de integrare ale nației, Javi Moreno, cel alintat „Trompetă" și „Nasotti" de spectatorii șugubeți, prinse câte o torpilă în fiecare vinclu și rezolvă problema.

Dacă provincialii primiră dușul rece cu demnitate, galeriile reunite ale capitalei schimbară urgent macazul. Din câteva mii de guri țâșni simultan o puzderie de insulte la adresa învinșilor. Din eroi și idoli, tricolorii se metamorfozară – sub verbul caustic al lui Toni Șmen, Pârnaie, Fură Zoli, Butelie și Ciocolată – în rapandule, găozari, leoarbe, balaoarțe, sifiloni și jagardele. Ploaia de invective nu-i lăsă insensibili pe protagoniști. Liberoul își dădu șortul jos și le arătă plătitorilor de bilet ce părere avea despre ei, portarul le propuse contestatarilor un număr de sex în grup, cu degetul mijlociu întins în sus până la ultimul nerv, vârful retras azvârli două doze de Coca-Cola în tribuna de unde aterizaseră, iar căpitanul echipei ceru să fie înlocuit și plecă la vestiar măcinând o avalanșă de cuvinte imposibil de găsit prin dicționare. Depășiți de situație, selecționerul aflat pe bancă și oficialii cocoțați la protocol asistară blazați la ultima parte din recitalul galeriilor bucureștene, care, pierzându-și interesul pentru meciul intertțări, își amintiră de campionatul intern. Din colțul dinamovist se auzi, brusc și sacadat, un refren nepieritor: „Oli, ola, să moară C.C.A." Falanga stelistă ripostă în trei secunde: „Ahe, aho, să moară Dinamo". Odată depășit preludiul, cele două galerii se concentrară metodic asupra inamicului comun de lângă Podul Grant. Deasupra întregii suflări din Balta Albă pluti preț de câteva clipe incantația sacră, ineludabilă și pătimașă a fiecărei etape: „Muuuuuuie Rapiiiiiid, laaa infiniiiiiit, / Muuuuuuie Rapiiiiiid, laaa infiniiiiiit". Așezat lângă președintele Federației, acționarul principal al giuleștenilor surâse dezolat. Ce oameni! Câtă răutate! Ce lipsă de educație!

Colac peste pupăză, la proxima etapă de campionat căzu, odată cu gardul de protecție al stadionului din Suceava, și recordul național de spitalizări per eveniment, precum și cel al arestărilor în grup. Scandalizat și împins cu voioasă inconștiență dincolo de geamandurile răbdării, starostele Ligii îi convocă la o nouă ședință pe șefii galeriilor (inclusiv pe provinciali) la exact zece zile de la apăsătorul fiasco spaniol.

Și de data asta tot Minel Fotache jucă rolul maestrului de ceremonii. Atâta doar că întâlnirea nu mai avu loc la complexul Național, ci la sediul Ligii. Cele optsprezece căpetenii ale stadioanelor dădură încă o dată ochii cu Stanomir, flancat de uscățivul care fusese prezent și la ultima întrevedere și de Florin Amza, vicepreședintele Federației. Invitat să participe, consilierul pe probleme sportive al președintelui declinase în ultima clipă, invocând chestiuni ce nu suportau amânare, deși cam toată lumea bănuia că omul prefera jocurile Nintendo ciocnirilor de idei cu Stan Bostan și Lecitină.

Sică Stanomir își luase un aer opărit, semn că interpretase totul ca pe o jignire personală. De fapt, nimeni nu avea chef de glume – bătând la București, Spania se calificase pentru turneul final al europenelor și ne lăsase la mila barajului –, iar palidele tentative de înveselire a atmosferei din partea lui Fotache ricoșară dezagreabil și-l siliră pe al treilea om al Ligii să-și înfigă nasul în niște hârțoage, sub sfredelul din privirile șefului.

— Înainte de-a discuta și de-a vă comunica măsurile pe care le-am decis, începu *ex abrupto* Stanomir, incomparabil mai protocolar ca de obicei, îi dau cuvântul domnului profesor universitar Maximilian Ionașcu de la Facultatea de Psihologie. Dânsul o să vă prezinte un material care sper că o să vă ajute să vă dați seama de ce vă purtați așa. Domnu' Ionașcu, vă rog.

Uscățivul își cercetă auditoriul cu o privire albă, nepărând deranjat că, în locul candidelor studente pasionate de psihologia lacaniană și de behaviorism, trebuia să se producă în fața lui Guadalupe și Măslină. Își drese vocea discret, își pipăi nodul de la cravată cu un gest reflex și începu.

— Domnilor, vă voi vorbi despre incidența și prevalența actelor de violență în grup asupra segmentelor populaționale expuse aleatoriu impactului. Voi aduce în discuție atavismele, impulsurile gregare, spiritul de turmă în accepția lui Gustave Le Bon, precum și propensiunea individului contemporan spre radicalizarea discursului și spre derapajul atitudinal. Voi decela rațiunile pentru care grupul uman la apogeul surescitării preferă identificarea cu anumite ordine ale regnului animal și voi amenda teoria potrivit căreia revanșardismul latent are neapărată nevoie de un dublu stimul, senzorial și extrasenzorial, pentru a răbufni. În fine, vă voi propune o soluție de pacifizare pe termen scurt și mediu în condițiile date, în care atenuarea componentelor rebarbative ale intrinsecului fiecăruia comportă o marjă de eroare de 2,48%.

Optsprezece perechi de ochi luciră maladiv și dobândiră concomitent o fixitate dătătoare de fiori. Revenindu-și primul din șoc, Ciocolată se cutremură scurt, ca într-o ultimă convulsie orgasmică, și se întoarse prudent spre Garderobă, aflat chiar lângă el. Acesta rămăsese cu gura căscată, siderat de torentul ininteligibil pe care-l auzise revărsându-se dintre buzele subțiri ale maestrului Ionașcu. Undeva la margine de rând, Mișu Clanță tresărise imperceptibil la auzul cuvântului „propensiune". Intuind că era vorba de o pensiune a PRO TV-ului, fusese cât pe-aci să-l întrerupă pe universitar ca să-l întrebe cât costa o noapte şi dacă micul dejun era inclus. Din fericire, Gardone prinsese mişcarea la vreme şi îşi convinsese printr-un gest ferm colegul să renunţe şi să îndure mai departe în tăcere.

În timp ce Ionaşcu îşi susţinea recitalul jargonautic, câţiva dintre cursanţii de ocazie se uitară intrigaţi la Stanomir. Pe chipul lui lătăreţ se citea o satisfacţie perversă, de rafinat al supliciilor. Preşedintele Ligii se mai întorcea din când în când spre Amza, cu care schimba impresii, însă fără a-i pierde de sub observaţie pe cei optsprezece şefi de galerie zăpăciţi deja de verbiajul devastator al profesorului.

— Unul dintre stereotipurile cu gradul cel mai ridicat de recurenţă al contemporaneităţii este agresivitatea nucleelor umane – grupuri, grupuscule, comunităţi – aflate în interactivitate directă. Contextul social, frustrările personale, condiţiile pedoclimatice şi instinctul de supravieţuire îl obligă pe actant la reacţii dominatoare, menite să-l legitimeze hegemonic în ochii rivalilor. Extrapolând de pe palierul individual pe cel al grupului organizat, constatăm prezenţa aceloraşi tipare asumate inconştient şi operaţionalizate până la reuşita finală.

Crisparea şefilor de galerie se apropia vertiginos de punctul critic. Butelie se uită la ceas pe furiş, sperând să scape teafăr. Dentistul îşi îndesă pumnul drept în căuşul palmei stângi şi repetă gestul de câteva ori, ca pentru a exorciza răul care i se cuibărise în gând cu douăzeci de minute în urmă. Dingo-Bingo, Salvador şi Rică Ventuză oftară zgomotos de două-trei ori, fără să-l înduioşeze pe orator. La un moment dat, până şi Minel Fotache se scărpină nervos în creştet, nesigur pe propria rezistenţă la o asemenea demonstraţie de forţă.

— Verificată de atâtea ori, disponibilitatea pentru conflict, pentru înfruntarea făţişă, este unul dintre elementele de coagulare şi la nivelul galeriilor, continuă Ionaşcu, ajungând în cele din urmă la chestiunea spinoasă a violenţei. Am vorbit de identificarea actanţilor organizaţi în grupuri cu diverşi prădători, cu sălbăticiuni deprinse să facă legea, să distrugă şi să supună. Aceşti actanţi ajung să dezvolte raporturi de simbioză cu modelul comportamental pe care l-au preluat, modificându-şi propriile determinări până la imitarea lui cvasitotală. Energiile remanente ale fiecărui component al grupului trec printr-o cataliză potenţială de antipatie faţă de celălalt, faţă de oponentul pe care îl doreşte aneantizat, înfrânt, demis din toate funcţiile pe care le deţine. În universul lui atitudinal, suporterul copiază fidel tehnicile de atac şi de repliere ale acelui animal transformat în matrice de apartenenţă pentru întreaga galerie. Nu întâmplător preferinţele grupurilor de suporteri se îndreaptă spre felide, acvilide, falconide şi alte ordine de răpitoare, fie ele terestre, acvatice sau aeriene. Am compilat pentru dumneavoastră o listă cu titulatura celor optsprezece galerii din Divizia A. Vă rog să o parcurgeţi şi veţi infera, mai mult ca sigur, una dintre explicaţiile comportamentului deviat de la normă al susţinătorilor echipelor respective.

Fotache trecu repede printre rânduri şi aşeză sub ochii increduli ai celor optsprezece o foaie de hârtie pe care se afla un fel de tabel nominal. În capul listei stătea scris ANEXA 1, iar dedesubt se putea citi:

LEII ALBAŞTRI	URŞII GRENA
LUPII GALBENI	PUMELE ALBE
VULTURII VIOLEŢI	LINCŞII AURII
CÂINII ROŞII	RECHINII BORDO
TIGRII NEGRI	ACVILELE VERNIL

LEOPARZII VERZI	JAGUARII GRI
COBRELE ARGINTII	HIENELE ROZ
ŞOIMII ORANJ	PANTERELE TURCOAZ
GHEPARZII VIŞINII	ŞACALII KAKI

— Ce mă-sa-n cur e asta? explodă Ciocolată, neputând să se mai abţină. Vă bateţi joc de noi? Bun, am călcat pe bec, am feştelit-o, asta e. Amendaţi-ne, suspendaţi-ne terenurile, faceţi ce vreţi, da' lăsaţi-ne dracului în pace, scrâşni el, mutându-şi privirile de la Sică Stanomir la impasibilul Ionaşcu şi înapoi.

— Are dreptate, domnu' preş, îi sări în ajutor Toni Şmen. Care-i problema? Nici cu nume de animale nu-i bine? Acu' doi ani v-aţi luat de amărâţii ăia din Timişoara, cu noi ce mai aveţi?

Episodul evocat aşternu o umbră pe chipul vicepreşedintelui Amza. Din exces de zel, cu două sezoane în urmă un oficial al Federaţiei obligase galeria lui Poli să-şi schimbe numele, sub ameninţarea unor măsuri punitive drastice. „Ce-i aia, domnule, cum poţi să-ţi iei numele de la un comando care-a violat o curvă de lux în partea de sud a oraşului?“ se burzuluise federalul, informat tardiv că de fapt Comando Viola Ultra Curva Sud însemna cu totul altceva.

Sesizând pericolul, Stanomir preluă frâiele discuţiei.

— Băi, domnu' profesor a vrut să spună că din cauză că v-aţi pus numele astea aţi dat cu mucii-n fasole. Aşa e? întrebă el, semipivotând spre dreapta şi aşteptând confirmarea din partea lui Ionaşcu.

Universitarul încuviinţă din cap, câtuşi de puţin frapat de imagistica lui Stanomir.

— Păi bine, dom' şef, şi-atunci ce facem? Nu mai mergem la meciuri? se alertă Lecitină.

Preşedintele Ligii negă printr-un ţâţâit al buzelor.

— Nu, dragă, vă schimbați numele. Gata cu leii, tigrii și gheparzii, că numai de boacăne v-ați ținut. Ducă-se. Și, ca să nu ziceți că nu vă vrem binele, ne-am pus mintea la contribuție și v-am produs o alternativă. Minele, bagă.

Fotache se execută conștiincios, pasându-i fiecărui șef de galerie o nouă foaie de hârtie, intitulată ANEXA 2. Cei optsprezece o studiară în tăcere. Era tot o înșiruire de animale și animăluțe, nearticulate și lipsite de data asta de determinantul cromatic al jivinelor din ANEXA 1.

IEPURI	FLUTURI
DELFINI	MIERLE
ANTILOPE	RÂNDUNICI
LEBEDE	LEMURI
ZEBRE	BURSUCI
CASTORI	ORNITORINCI
GAZELE	SOMNI
CANGURI	CIMPANZEI
KOALA	ȚÂNȚARI

Cei optsprezece își ridicară încet privirile de pe foi, implorând parcă pe cineva să le spună că totul era o farsă. Văzând însă expresia împlinită de pe fețele lui Stanomir, Fotache și Amza, începură să evalueze amploarea dezastrului.

— Iepurii Albaștri, testă sceptic Salvador. Cum, Doamne iartă-mă, să apar cu așa ceva pe Dinamo? Mă bagă ăia la Urgență, că-i aproape.

— Dar, vezi tu, și galeria lui Dinamo o să aibă alt nume, îl liniști Amza. De pildă... Lebedele Roșii.

Ciocolată, șeful galeriei din Ștefan cel Mare, se uită de la unul la altul ca lovit cu leuca. Dădu să spună ceva, numai că Stanomir i-o luă înainte.

— Dom'le, aici e-o chestie. Să mai vedem cu lebedele astea, poate găsim altceva. De când cu nasulelile de prin

Austria, cu mâncători de lebede şi mai ştiu eu ce, nu mai poţi să te gândeşti la lebede, că se interpretează.

— Lemurii Vişinii, rosti sumbru Pârnaie. Nu merge, mânca-v-aş, nu merge, şi pace. Dacă le zic la băieţi, e belea.

— Ţânţaru' e tot animal? se interesă Calibanu'.

— Nu, e legumă. Cred şi io că-i animal, ce-ai vrea să fie? Uite, voi, ăştia de la Faru', puteţi să vă spuneţi ţânţari, şi-aşa sunteţi trei sferturi machedoni, sugeră Stanomir.

— Ţânţarii Turcoaz, zise de probă Măslină. Ca nuca-n perete.

— Ce să-ţi spun, ce bine sună Câinii Roşii. Sau Vulturii Violeţi, contracară enervat Amza.

Discuţiile în contradictoriu durară aproape o jumătate de oră, fără să se ajungă la un acord. Simţind că prezenţa lui nu mai era necesară, Maximilian Ionaşcu se retrase, petrecut de înjurăturile în surdină ale celor optsprezece. Cât timp Stanomir polemiză cu Dingo-Bingo şi Stan Bostan, Fotache şi Amza puseră la punct ANEXA 3, pe care o supuseră atenţiei de îndată ce li se dădu prilejul.

BEGONIILE ALBASTRE
PANSELUŢELE GALBENE
LALELELE VIOLETE
CRĂIŢELE ROŞII
MARGARETELE NEGRE
GAROAFELE VERZI
PETUNIILE ARGINTII
GLADIOLELE ORANJ
MIMOZELE VIŞINII
MUŞCATELE ALBE
VIOLETELE GRI
ALBĂSTRELELE AURII
FREZIILE BORDO

DALIILE VERNIL
BRÂNDUȘELE KAKI
NARCISELE ROZ
ANEMONELE TURCOAZ
LĂCRĂMIOARELE GRENA

ANEXA 3 produse efecte din sfera catatoniei printre cei optsprezece, fără ca asta să-l impresioneze în vreun fel pe întâi-stătătorul Ligii. Primul care își depăși momentul de perplexitate fu Cultu', care formulă o obiecție imbatabilă.

— Cum adică „albăstrelele aurii", bre? Păi ori e albăstrele, ori e aurii.

— Valabil și pentru „violetele gri", plusă decis Guadalupe, sesizând o breșă în armura până atunci de nepătruns a inamicului.

— Astea-s cioace, bă, se ambală Stanomir. Stați de vorbă între voi, le mai suciți, le mai învârtiți și pân' la urmă vă-nțelegeți cumva. V-am dat o idee, n-aveți decât să vă potriviți singuri plantele și culorile.

— Adică noi suntem plante, șefu'? tatonă mâhnit Calibanu'.

— Uitați ce e, interveni Fotache. Cum a zis și domnu' președinte, luăm măsura asta ca să vă facem un bine. Dacă galeriile voastre o să aibă nume pașnice, o să se comporte în consecință. Până acum ați fost câini și-ați mușcat, ați fost rechini și-ați terorizat, ați fost pantere și-ați atacat, ați fost lupi și-ați hărtănit. Gata, nu se mai poate. E nevoie de ceva nou. De o schimbare de etichetă, care să provoace o schimbare de atitudine.

— Cred că trebe și-o schimbare de sex, nea Minele, se pronunță Fură Zoli.

— De ce?

— N-ați văzut că toate florile alea e de genu' femelin? Păi avem noi fețe de panseluțe și anemone?

Observaţia lui Fură Zoli îi făcu mat pe oficiali. Aceştia parcurseră încă o dată ANEXA 3 şi se recunoscură înfrânţi. Vagabondul ăsta cu şcoala vieţii la seral avea dreptate. Pe ditamai lista nu se afla nici măcar un masculin. Mai mare râsul.

— Un bob zăbavă, zmeilor, insistă Stanomir, adresându-li-se apoi lui Amza şi Fotache: Ce mama dracului făcurăţi, băi? Vă arde de caterincă? Scuipaţi-mi opşpe bălării masculine în cinci minute, că, dacă nu, v-am ras. Reţineţi ce vă spun. Să le văd pe hârtie. Executarea.

— ANEXA 4, oftă vlăguit Amza, privindu-şi colegul de suferinţă. Trebuia să ne luăm atlasul botanic cu noi. Domnu' preşedinte, da' dacă nici asta nu le convine, n-avem ce face.

— Asta-i ultima, Florine, pe-onoarea mea. Le place, nu le place, treaba lor. Cu ea defilează. Hai, la muncă.

Şefii de galerie aşteptară în linişte cel de-al patrulea tabel cu opţiuni, care nu întârzie să apară. Fotache le mai împărţi nişte foi (mai puţine de data asta, fiindcă îl durea mâna de-atâta scris), trăindu-şi condiţia sisifică într-o tăcere care ascundea gânduri de răzbunare.

CLOPOŢEL	FRĂSINEL
TRANDAFIR	BULBUC
MAC	ROZMARIN
BREBENEL	LILIAC
CRIN	CORIANDRU
GHIOCEL	STÂNJENEL
TOPORAŞ	CACTUS
BUJOR	LAUR
SMIRDAR	BUSUIOC

— Dacă aveţi întrebări, spuse Fotache după ce şefii galeriilor se mai afundară cu un pas în nisipurile mişcătoare ale ridicolului federal.

— Cum ceapa mă-sii desenez io un smirdar pă steag? ceru lămuriri Gardone.

— Pui mâna pe carte şi te uiţi, îl sfătui pedagogic Fotache. Altcineva?

— Ce-i ăla bulbuc? vru să ştie Dentistul.

— Da' nu vă e ruşine, bă? tună Stanomir. Sunaţi la Informaţii pentru prostiile astea. Dacă aveţi întrebări serioase, puneţi-le. Dacă nu, adio şi-un praz verde.

— Bostane, auzi, bă, praz verde. Ăsta-i bun pentru voi, juveţii, speculă oportun Măslină. Oricum, e mai ca lumea decât ghioceii albaştri.

— Am eu o-ntrebare serioasă, domnu' preş, se aventură Garderobă. Ce se-ntâmplă dacă nu suntem de acord?

Stanomir ieşi la atac, cu figura încinsă de un zâmbet perfid.

— Mă băiatule, stai că nu pricepi. Aici nu-i vorba de nici un acord. Faceţi cum v-am spus, sau sunteţi pe făraş. Simplu. Reţine ce-ţi spun. Am vorbit cu preşedinţii de cluburi şi mi-au dat dreptate. Pân-acu' v-am pompat bani întruna. Ba pentru deplasări, ba pentru confetti, ba pentru tobe, ba pentru spray-uri, ba pentru mai ştiu eu ce aiureli. Şi-n schimb voi ce faceţi? Paradiţi scaune, daţi cu fumigene pă teren, îi porcăiţi pă observatori şi furaţi de pân pieţe. Iar dacă se lasă cu mardeală la stadion, cine plăteşte? Voi? Aş, clubu', adică taman ăştia pă care-i mulgeţi de mălai. Ia ziceţi, e corect? Nu e, tată, ascultaţi la mine. Să vă fie clar: ori vă alegeţi frumuşel nişte nume de-astea cumsecade şi-nvăţaţi ce-i aia o galerie adevărată, ori schimbăm foaia. Ciuciu bani, canci excursii cu echipa. Priceput?

O tăcere densă urmă apostrofelor lui Stanomir. Cei optsprezece şefi de galerie ajunseseră pe ultima treaptă a consternării. Avuseseră timp berechet să-şi dea seama că preşedintele Ligii voia efectiv să-i facă de râs, să-i compromită fără putinţă de reabilitare. Căci în ce fel puteai alege între două variante la fel de neconvenabile? Aceasta era întrebarea căreia Butelie, Dingo-Bingo şi ceilalţi îi căutau zadarnic răspunsul. Treptat, înţeleseră cu toţii că situaţia era fără ieşire. Redenumirea părea inevitabilă.

Ca prim rezultat al măsurii dictate de Stanomir, ziarele de sport de a doua zi îşi dublară tirajul şi – în consecinţă – încasările. Câţiva preşedinţi de club conchiseră că asanarea morală a ambientului fotbalistic începuse, aşteptând încrezători următoarea etapă de campionat pentru confirmare. Ofiţerul de presă al naţionalei aplaudă iniţiativa lui nea Sică şi văzu în ea o garanţie a fair-play-ului viitor. Până şi ministrul de resort trimise o telegramă de felicitare, în care îl invită totodată pe preşedintele Ligii la fermitate şi consecvenţă. Totul părea pregătit pentru un fotbal jucat printre albatroşi şi nuferi.

Cu atât mai mare fu nedumerirea lui John Turcu, un român stabilit la Winnipeg, când navigă pe internet o săptămână mai târziu şi citi în principalul cotidian de sport din Bucureşti comentariul la meciul disputat de echipa cu care ţinea din fragedă pruncie. Ceea ce-i reţinu atenţia fu îndeosebi finalul articolului:

> Din păcate, partida a fost umbrită de duelul celor două galerii, care şi-au dat în petic după ultimul fluier al arbitrului. Aripa dură a „stânjeneilor roşii“ a atacat grupul „cactuşilor galbeni“ masaţi la peluza nord, distrugându-le steagurile şi incendiindu-le bannerele. Prezent la meci, preşedintele Ligii Profesioniste, Sică Stanomir, a declarat unui reporter al postului naţional de televiziune: „Ăştia nu-s oameni, dom'le, sunt animale! Reţineţi ce vă spun! Fiare, asta sunt! A avut dreptate cine le-a zis câini şi lupi.“

Șapticemie

Eu sunt Gabriel. *Call me Gabriel*, vorba tipului cu balena. Am treizeci și patru de ani, gastrită și încă cincisprezece ani de rate la apartament. Stau la etajul 7, ultimul al unui bloc de care primăria nu s-a sinchisit și nu se va sinchisi niciodată. Vara te lichefiezi, iarna te pietrifici. Vara miroase a șobolan mort, iarna a varză murată. Primăvara miroase ca vara, toamna miroase ca iarna. Niciodată toamna nu fu mai murată sufletului nostru bucuros de varză.

Locuiesc singur fiindcă n-am încotro. Asta nu înseamnă că nu am relații cu sexul căruia i se spune ba „frumos“, ba „opus“, și căruia eu îi spun „advers“. Ba da, am. Mici aventuri de o noapte, de o săptămână sau, cu un pic de noroc (iar uneori de ghinion), de un trimestru. Fără sentimente, fără implicare, fără dramolete de doi lei. *Fuck buddies*, după cum mi-a deslușit o nepoată ceva mai precoce decât o bănuiam.

Am avut și o pisică.

Am avut și o cățea.

Nu le mai am.

Fiecare a murit pe șapte a șaptea. Pisica în 2007, cățeaua în 2017. Nimereli numai bune de analizat pe la emisiunile cu numerologi. E o blondă clorotică la un post de nișă care mi-ar pitagoriza cele două decese până s-ar întoarce vaca de pe câmp. Noroc că nu știe de ele. Nu știe nici că, la cimitirul animalelor de lângă autostradă, amândouă au nimerit, la zece ani distanță, pe lotul 7. Atât i-ar fi trebuit.

Trebuie totuși să divulg o coincidență stranie. Chiar în ziua când mă întrebam dacă nu cumva e prea mult 7 în viața mea, am deschis televizorul pe postul la care mă uit de obicei tocmai când începea o emisiune de numerologie aplicată. Realizatorul, un ins cu ochi umezi și cu expresia unei morse cataleptice, se uita la mine la fel cum mă uitam și eu la el. Iar când l-am auzit, deși vorbea la plural, am fost convins că mi se adresează exclusiv.

— Un lucru este cert, dragii mei. Cifra 7 ne guvernează viețile fără să ne dăm seama. Există, după cum știți, șapte minuni ale lumii antice: Farul din Alexandria, Colosul din Rhodos, Piramida lui Keops, Grădinile suspendate ale Semiramidei, Templul Dianei din Efes, Statuia lui Zeus din Olimp și Mausoleul din Halicarnas. Există, de asemenea, alte șapte minuni ale lumii noastre: Cascada Victoria, Marele Recif de Corali, Muntele Everest, Marele Canion din Colorado, portul Rio de Janeiro, vulcanul Paricutin și Aurora Boreală. Iar cifra 7 apare în cele mai diverse conjuncturi. De exemplu: curcubeul are șapte culori, păcatele capitale sunt șapte la număr, există pe glob șapte continente, Dumnezeu a creat lumea în șapte zile, aceste șapte zile ale săptămânii sunt denumite după tot atâția zei romani, în mitologia japoneză se vorbește despre „cei șapte zei ai norocului", cine va sparge o oglindă va avea șapte ani de ghinion, cine visează cifra 7 își va întâlni sufletul-pereche, cultura budistă face referire la cele șapte chakre sau puncte energetice, Buddha a făcut șapte pași imediat după ce s-a născut, pisica are șapte vieți în folclorul iranian și își duce puii de șapte ori în șapte locuri diferite, intrarea în templul lui Solomon avea șapte trepte, Roma a fost ridicată pe șapte coline, există șapte perioade ale elementelor în tabelul chimic, portativul are şapte note muzicale, apa pură are ph-ul 7, capul omului intră de şapte ori în înălţimea corpului, membrele superioare dispun de şapte articulaţii, iar gărgăriţele au şapte puncte negre.

— Echipa cu care ţin a făcut şapte puncte tot campionatul. Iar în ultima etapă a pierdut cu 7-0, am spus cu voce tare, chit că nu avea cine să mă audă.

Prea mult şapticism? Risc de şapticemie? OK, atunci e momentul trecerii la uşa de alături.

El e Michael. *Call him Michael*, vorba tipului cu balena. Din moment ce e vecinul meu, iar eu stau la şapte, e la mintea cocoşului – galic sau falic – că şi el stă tot la şapte. Michael nu e nici englez, nici american. A venit aici tocmai din Aarhus, semn că e ceva putred în Danemarca. În ziua când a trecut pe la nea Şoptelea, administratorul, ca să-şi marcheze instalarea în blocul ăsta cu câte două apartamente pe palier, acesta a făcut o observaţie de ascuţime biblică: „Hă hă, etajul arhanghelilor". Într-o română fără cusur, Michael i-a întors-o lui nea Şoptelea: „Pe dumneavoastră vă cheamă Gheorghe. De unde ştiţi că nu sunt balaurul? Şi că n-am venit să rescriu marea carte?" Administratorul a rămas cu gura căscată, fiindcă nu se aştepta ca Michael Kieft din Aarhus să vorbească o română atât de nuanţată. La drept vorbind, nici eu nu mă aşteptam. Şi de altfel nimeni de pe scara blocului ăstuia unde vecinii îşi leagă cu lanţuri plantele ornamentale pe care nu mai au loc să le ţină în casă, ca să nu li le fure invidioşii de la scara de alături. Michael a avut o profesoară de română foarte bună, asta e explicaţia. O profesoară care, la pachet cu limba română, i-a predat şi un copil făcut după prima noapte pasională şi l-a convins, se poate doar bănui prin ce mijloace, s-o însoţească în România şi să se stabilească aici.

O chema Carmela, lucrase într-o fabrică de îngheţată şi aflase un lucru elementar despre Michael: că avea un fel înduioşător de-a cădea cloşcă. Îndrăgostit, Michael Kieft era în stare să umble în patru labe după aleasă, să nu-i observe nici un mare defect şi să-i dilate micile calităţi, să-i facă toate poftele, să se preschimbe în covor pentru pasul ei, să devină un breloc, o amuletă bună de atârnat la ceas sau la brăţara de pe mâna stângă. Cuvântul Carmelei – calin în prima săptămână de relaţie, ferm în a doua şi răstit-poruncitor de la a treia până la sfârşit – era lege pentru Michael. Iar printre cuvintele cu putere de lege s-a numărat şi „Carmelo“, numele pe care mama a decis, într-un puseu de imaginaţie latină, să-l dea fiului conceput cu Michael. Pămpălăul din Aarhus ar fi vrut să-i spună copilului Jan, Martin sau Olaf, dar glasul Carmelei i-a dat de înţeles că, pentru el, opţiunea nu era o opţiune. Aşa a venit pe lume Carmelo Kieft, rod al iubirii pe pământ scandinav dintre Carmela Toaşcă, o ieşeancă plecată la muncă în Danemarca, şi Michael Kieft, robul propriei mătărângi, al propriei inimi şi al propriei bunătăţi.

Ornată cu tropăitul, zbieretele şi urletele lui Carmelo, coabitarea dintre Carmela Toaşcă şi Michael Kieft a durat puţin peste o jumătate de an, timp în care am avut mereu impresia că, stând perete în perete cu ei, fac parte din viaţa şi din microinfernul lor. Scenariul traiului de cuplu era în general uşor de urmărit: Carmela dicta, Michael se conforma. În rarele situaţii când omul Michael propunea, Carmela se dădea peste cap, se făcea Dumnezeu şi dispunea. Adică îl trata cu refuz. Prima consecinţă a acestui tip de relaţie a fost nivelul tot mai ridicat de ostilitate în cuplu. Carmela se acrea de la o zi la alta, printre altele şi din cauză că Michael încă avea momente de emancipare şi de revoltă inconştientă, în care trăia cu impresia că părerea şi cuvântul lui aveau vreo importanţă cât de mică. Nu i se îngăduise lui Michael aşa ceva nici măcar în Danemarca, darămite aici, în eterna şi fascinanta Românie, cu toate că apartamentul era pe numele lui, aşa că ar fi putut oricând să-i facă vânt în jos pe scări Carmelei, neuitând să i-l pună în braţe pe istericul de copil. La rândul lui, Michael se ofilea văzând cu ochii, la răscrucea a două certitudini: că relaţia începută la Aarhus cu Carmela fusese felul Celui de Sus de a-şi bate joc de el şi că nu va avea niciodată curajul să-şi evacueze iubita transformată atât de repede în agent al persecuţiei. Docil în faţa monologurilor mitraliate oţărât de Carmela, Michael Kieft mai avea o singură speranţă: să nu prindă de veste şi administratorul. Nea Şoptelea ar fi râs cu poftă, vezi bine, când şi-ar fi amintit – fiindcă precis ar fi făcut-o – că, departe de-a fi un arhanghel, Michael îi spusese că era de fapt balaurul venit să răsucească povestea biblică. Ei bine, dacă balaur cu siguranţă nu era, Michael Kieft începea să fie tot mai bine echipat pentru postura de mucenic.

Anunţată încă din prima săptămână de viaţă comună la etajul şapte al blocului nostru din Bucureşti, ruptura s-a produs într-o zi ca oricare alta, când soarta a catadicsit în fine să-i facă cu ochiul lui Michael. Carmela plecase să-şi vadă o verişoară care stătea în celălalt capăt al oraşului şi-i trasase danezului o listă de îndatoriri pe care trona, cu majuscule de foc, obligaţia de-a se ocupa cu devotament de Carmelo, de a-l învăţa ba una, ba alta şi mai ales de a-l hrăni la ore fixe, conform meniului prins cu un magnet pe frigider. Revolta a scos din nou capul prin sternul lui Michael – şi nu singură, ci însoţită de tentaţia sfidării. La nici o oră după plecarea Carmelei, Michael mi-a sunat la uşă şi m-a invitat să vedem un film la el în apartament.

— Şi copilul? am întrebat prudent.

— Îl bag în mă-sa. A mâncat, a băut, s-a pişat – gata. Capitol încheiat.

— Acum ce face?
— L-am închis la el în cameră. I-am dat liber la somn.
— Și? Doarme?
— Pe dracu'. Nu-l auzi? Urlă ca galeria lui Millwall.
Într-adevăr, pe ușa deschisă a apartamentului lui Michael ieșea un alai sonor căruia nimeni nu putea să-i întrevadă capătul.
— Păi, dacă vine Carmela...
— Nu vine, stai flexat. N-o lasă vară-sa să plece. Abia are pe cine să toace la cap. Gata, te aștept. Nu tândăli.
Câteva minute mai târziu, când m-am instalat pe unul dintre fotoliile delabrate din apartamentul lui Michael, aveam deja în față o bere de la gheață. Între noi stăteau un bol cu alune și altul cu caju. Ce mai, arhanghelii o făceau lată. Iar pentru o lățime impresionantă, ce film putea fi mai bun decât unul cu mulți bărbați și puține femei? Ce declarație de orgoliu viril mai potrivită?
Ne-am uitat fără să vorbim aproape deloc la *Cei șapte magnifici*. Am băut bere după bere și am tăcut. L-am simțit pe Michael lipit cu sufletul de versiunea nouă a magnificilor, ieșită cu vreo trei ani în urmă și aureolată de prezența lui Denzel Washington. Am dat glas unei nedumeriri după câteva minute – „Nu țin minte să fi fost vreun negru în scenariu" – și am fost pus imediat pe cojile de nucă ale rasismului.
— Tot așa ai făcut și la *Dosarul Pelican*? Nici acolo ziaristul nu era negru în carte. Sau ai ceva cu Denzel?
Nu aveam, mai ales că Michael era la pertu cu el, așa că am văzut filmul până la capăt ronțăind alune și bând bere. La el în cameră, Carmelo părea să se joace de-a tornada, și chiar avea talent de imitator. Se auzeau tot felul de trosnete și bufnituri, numai că Michael, mimând imunizarea în fața hărmălaiei, părea decis să nu-i dea atenție.

La sfârşitul filmului, binele a făcut ce aşteaptă de obicei din partea lui americanii: a învins. Banditii au fost răpuşi, liniştea s-a reinstalat printre ţărani, lucrurile au intrat la loc în albia firescului. Ar fi trebuit să-i mulţumesc lui Michael pentru trataţie şi să plec la mine-n apartament, dar ceva m-a împins să mai deschid gura o dată.

— Cam multe concesii, totuşi.

— Poftim? s-a întors spre mine Michael, care tocmai strângea bolurile golite între timp.

— Nu mai ai loc de-ntors de corectitudinea politică.

— Pe asta de unde-ai mai scos-o?

— Păi fii atent. Chisolm ăsta, de-l joacă nen-tu Denzel, e negru. Ălălalt de-l joacă Ethan Hawke, Robicheaux sau cum mă-sa îl cheamă, se rupe-n figuri de gay.

— Ai luat-o razna, Gabi. De unde gay, Robicheaux?

— Mă rog, eu asta am văzut. Dar îmi spui şi mie ce nume-i ăsta? Plus că *trebuia* să fie şi-un Vásquez, *trebuia* să fie şi-un Denali. Mă mir că n-au băgat şi-un senegalez şchiop sau un mozambican pe ajutoare. Stai, pe atunci nu erau ajutoare.

Michael m-a privit cu ochii mari.

— Nu pot să cred că vorbeşti serios.

— Ba să crezi. PC-ul ăsta a tâmpit deja juma' de glob şi-a trecut la jumătatea cealaltă. Ai văzut interviul cu regizorul care nu mai poate preda ore de teatru fiindcă-l acuză studenţii de hărţuire dacă-i atinge ca să le corecteze poziţia pe scenă? Tot din America. Da' povestea cu Twain o ştii? Cu nenea profesoru' universitar care voia să scoată cuvintele rasiste din *Huckleberry Finn*, din cauză că a citit fiică-sa cartea şi a buşit-o plânsu'? Concesii, Michael, concesii peste tot. Şi-aici, în film. Ţi-am zis doar două, dar sunt o grămadă.

— Păi şi nu ţi-a plăcut chiar nimic? Nici Vince D'Onofrio? Nici Chris Pratt?

— A, tot filmul e jucat și regizat la mare artă, dar nu l-aș da nici în ruptul capului pe vechitura mea din 1960. Cu totul altceva.

— Ăla e un film din comuna primitivă, Gabi.

— Da, dar o comună primitivă cu Yul Brynner, Steve McQueen, Charles Bronson, James Coburn și Eli Wallach. O comună primitivă în care nu mânca nimeni căcat...

— Ia te rog, s-a aprins Michael.

— Ce mă rogi, mă? Ce mă rogi? Păi, dacă tot m-ai întrebat ce cred...

— Nu te-a-ntrebat nimeni. Ai început singur să-mproști mizerii.

— Vezi că eu nu te-am jignit. Și e păcat să stricăm căruța din cauza unei...

— Unei...?

— Unei... aiureli, na.

— Aiureală? După tine, Antoine Fuqua regizează aiureli? Și, mă rog, știi câte premii a luat „aiureala" asta?

De aici încolo, am început să vorbim unul în același timp, unul peste celălalt, cu aprige ridicări de ton și gesticulație furibundă. Parcă eram Maddie și David de pe vremea când Bruce Willis avea păr. Discuția se preschimbase într-o suprapunere de lătraturi, și nimeni nu era dispus să lase de la el. Cel mai deștept cedează doar în situația în care pe scenă nu ai exclusiv tâmpiți.

Așa ne-a găsit Carmela, care oricum mă privea ca pe ultimul derbedeu. Era deja seară când a deschis ușa și ne-a găsit zborșindu-ne unul la altul și nevrând să recurgem la *audiatur et altera pars*. Și asta încă nu era nimic, dar disputa necordială în care ne-nfundaserăm făcea inadmisibil abstracție de adevăratul centru al universului: Carmelo. Copilul nu era în cameră, lucru pe care maică-sa l-a scos în evidență cu un glas melodios ca o freză stomatologică.

Abia când Michael şi cu mine am tăcut s-au auzit, din camera copilului, nişte zbierete care au făcut-o pe Carmela să dea fuga într-acolo, nu înainte de-a ne arunca priviri asasine. Carmelo nu se mai juca de-a tornada. Urla în gura mare, şi abia atunci mi-am dat seama cât de tare ne aprinseserăm după terminarea filmului. Nu-l auziserăm pe copil nici măcar o secundă.

Carmela şi copilul au plecat a doua zi, după nişte scene începute seara şi continuate la micul dejun, ca un meci de tenis care se întrerupe din cauza întunericului şi se reia pe lumină de zi. Multe şi-a auzit bietul Michael în acel ultim monolog al unei Carmele asistate de un băieţel căruia parcă i se administraseră tranchilizante, într-atât era de potolit. Din fericire, mama şi copilul n-au avut de luat altceva decât hainele, încălţările şi articolele de toaletă. Convocată de urgenţă, verişoara la care fusese Carmela a aşteptat-o cu maşina la scară şi a ajutat-o la transport. Unde? Michael nu ştia, pe mine nu mă interesa, iar Carmela a considerat că e preferabil să nu anunţe. Cert este că, în ziua aceea, jumătatea docilă de la etajul arhanghelilor a simţit din nou în nări, după multă vreme, aerul tare al libertăţii.

— Mie trebuie să-mi mulţumeşti, i-am spus lui Michael. Dacă nu mă luam de Chisolm şi Robicheaux, cine ştie cât ai mai fi avut de îndurat.

— Da, dar cine a avut ideea să vedem *Cei şapte magnifici*? mi-a întors-o Michael.

Nu se ştie care înţelept a stabilit că viaţa în prezenţa cuiva de sex opus este *une montagne russe*. Michael Kieft a avut ocazia să testeze valabilitatea enunţului după două-trei luni de acalmie şi de recuperare post-Carmela. În apartamentul, în inima şi în gândurile lui a intrat, într-o bună zi, Letiţia Bigan, laborantă într-un institut de cercetări, pe care Michael a cunoscut-o în uşa unei farmacii din care ea ieşea şi în care el se pregătea să intre. Letiţia plângea, iar Michael, fire impresionabilă, s-a interesat de cauza tristeţii. Când, după câteva zile, mi-a povestit întâlnirea, mi-a venit greu să-mi stăpânesc râsul.

— Nu-i păcat de ziua asta frumoasă? a întrebat-o atunci Michael, pândit de riscul unei înaripări romantice.

Letiţia şi-a tras nasul şi s-a smârcâit de câteva ori. Ochii i s-au umplut la loc de lacrimi.

— O fi frumoasă pentru tine, pentru mine nu e.

— Bine, dar ce te supără? a insistat cavalerul scandinav.

Letiţia i-a arătat obiectul cumpărat de la farmacie.

— Ce-i ăla?

— Un test de sarcină.

— Păi şi de ce plângi?

— Cum adică?

— Încă nu ţi-ai făcut testul. De unde ştii rezultatul?

Copleşită de combinaţia dintre logică şi insensibilitate, Letiţia a mai tras o porţie de plâns. Pe Michael făptura vulnerabilă din faţa lui l-a mişcat şi l-a făcut să simtă ceva greu identificabil. Nedându-şi seama că risca o viaţă (sau măcar o parte a ei) sub ameninţarea inundaţiilor, i-a propus să vină la el, să bea un pic de apă şi să se calmeze. Letiţia a acceptat, cu intuiţia femeii care simte că invitaţia poate fi începutul unei frumoase prietenii, dacă nu chiar mai mult, pentru ca în clipa când a intrat în apartament să dea cu ochii de o eşarfă uitată în grabă de Carmela şi să se pună din nou pe plâns.

— Eşti la hohotarele iubirii, i-am spus după câteva zile lui Michael, care îmi sunase la uşă spre a-mi mărturisi începutul de depresie.

— Din lac în puţ, a răspuns Michael, neuitând să practice româna colocvială.

— Mai degrabă în ocean, am ricanat. Oricum, dac-ai avea de ales între Carmela şi Letiţia...

— Aş fugi în lume, m-a întrerupt vecinul de arhanghelie. Una-două, apă la şoareci. Se sparge o ţeavă, lacrimi. Se anunţă o vijelie în Sălaj, lacrimi. Se fac disponibilizări la o uzină din Lahore, lacrimi. Câteodată am impresia că face un tratament cu pastile de plâns.

— „Tratament“ e cuvântul-cheie, Mikey, ascultă-mă pe mine. Fata trebuie dusă la psiho. Nu-i de glumă. Şi nici de râs.

— A, mie-mi spui? E de plâns.

Întinsă pe deja clasica durată a şapte luni, povestea de iubire dintre Michael şi Letiţia a început şi s-a încheiat cu o jelire în batistă. Dacă episodul inaugural s-a consumat în faţa unei farmacii, sfârşitul a fost – cum altfel? – o pecete. Mai precis, a şaptea. Şi mai precis, *A şaptea pecete* a lui Ingmar Bergman. Cuibărită lângă Michael pe canapea, cu capul sprijinit pe umărul lui, Letiţia a avut o scurtă perioadă de acalmie lacrimală. Însă, când a văzut ce (de fapt, cine) îl aşteaptă pe nobilul cavaler Antonius Block şi când a înţeles că pe plajă nu i se înfăţişează iubita înfrigurată, ci Moartea însăşi, gata să-l ia, a podidit-o un plâns cosmic, de sfârşit de lume. Iar când cavalerul i-a propus Morţii să joace şah ca să aibă o şansă de a-şi prelungi viaţa, deasupra televizorului s-a ivit, ca un abur, chipul lui nea Şoptelea, administratorul, cu trăsăturile schimonosite de îngrijorare la gândul că noua iubită a lui Michael ar fi putut provoca igrasie la etajul şapte.

— *Love means never having to say you're sorry*, i-am citat replica din *Love Story* lui Michael, la obişnuita sesiune de debobinare sufletească.

— Pe dracu', a răspuns cătrănit danezul.

— Şi până la urmă de ce-a plecat?

Michael şi-a dat ochii peste cap şi şi-a turnat un pahar.

— Fiindcă i-au stricat simbolurile mintea.

— Poftim?

— Da, da. Nici n-am văzut filmul până la capăt. A buşit-o plânsul fiindcă a tras concluzia că *A şaptea pecete* a fost felul meu subtil de a-i da papucii. Moarte, şah, plajă pustie, sfârşit de viaţă şi de destin, sfârşit de relaţie – cam asta a fost în capul ei. E prea mult, Gabi. Până şi pentru mine e prea mult. Şi Dumnezeu mi-e martor c-am iubit-o. Şi pe ea.

— Nu mă tem eu că rămâi în pană de iubire, omule. Mă-ntreb doar cine o să urmeze.

A urmat, după alte două luni de pauză amoroasă, ceva care răspundea la numele de Antonia Podeanu. Totul în alcătuirea acestei contabile roşcate de treizeci şi şase de ani, cu un corp amintind de lotul feminin de lupte libere al Poloniei, sugera o greşeală de încadrare. Antonia ar fi trebuit să fie, de bună seamă, băiat. Părea capabilă să care singură frigiderul în sus pe scări şi să tragă după ea un TIR cu o funie prinsă între dinţi. La întrecerile galeze de cărat în cârcă partenerul prin mocirlă ar fi câştigat fără emoţii. Făcea sex viforos, ofiţereşte, bucuroasă că poate rosti la urechea lui Michael măscări prinse în zbor te miri de unde, dar nedându-şi seama că uneori, la auzul lor, mădularul scandinav îşi cam pierdea din fermitate. Pe lângă aspectul de torţionar cu sâni, Antonia se mai lăuda cu două lucruri: o curiozitate patologică şi o gelozie la nivelul curiozităţii. Din prima zi de relaţie, bietul Michael a devenit victima vigilenţei de cuplu, iar vigilenţa a urcat la cote paroxistice după ce îndrăgostitul (căci, da, prostul o iubea până şi pe gestapovista asta roşcată) a încasat o promisiune fără urmă de fior liric: „O dată dacă te prind că mă-nşeli, ţi-o tai şi ţi-o dau la raţe“. A venit la mine şi mi s-a destăinuit speriat. Teama nu i-a dispărut nici măcar când i-am spus că nu avem rațe pe scară și că nea Șoptelea n-ar admite așa ceva nici în ruptul capului.

— Tu precis știi diferența dintre propriu și figurat? m-a întrebat, ca de la arhanghel la arhanghel.

Relația dintre Michael și Antonia mi-a dovedit, cu fiecare zi, cât de igienică era concepția mea despre lume, viață și mai ales femei. Era genul de relație în care balanța stă în echilibru doar în primele clipe. Antonia răspundea iubirii cuminți a lui Michael prin filaj, bănuieli și izbucniri de gelozie. Nu era clar ce anume îl califica pe danez pentru postura de fustangiu, câtă vreme își pierdea din ochi jumătatea – o performanță cu totul remarcabilă, date fiind dimensiunile ei. Ceva însă – poate urmările unui trecut contorsionat, poate dezamăgiri recente – surpase rezervele de încredere ale Antoniei și-o făcuse să vadă în fiecare privire a lui Michael uvertura unui adulter și în fiecare gest de politețe la adresa altei femei o invitație la rut.

— Dac-aș avea atâtea cuceriri câte uși am ținut deschise, aș fi peste Casanova, Don Juan și Cristian Borcea, am încercat să-l consolez pe Michael.

— Cine e Cristian Borcea?

— Cineva care e peste Casanova și Don Juan.

Trăită în cheia geloziei, idila dintre Michael și Antonia s-a sfârșit într-o seară când danezul s-a întors acasă mai vesel decât ar fi fost prudent după atâtea ore departe de aleasa inimii. Roșcata a mirosit imediat că nu-i a bună. Și s-a interesat, cu o licență de exprimare provocată, fără doar și poate, de tensiunea momentului:

— Unde vii la ora asta?

În loc să răspundă „Acasă, în apartamentul meu, pentru care plătesc rate de-mi iese părul prin căciulă“, Michael a ales blândețea justificativă:

— Am fost la film cu gașca. Doar ți-am spus de ieri.

— Cu gașca? Eu te-aștept la masă, și tu te duci „cu gașca"? Și, mă rog, cum o cheamă pe gașca asta? Câți ani are? Eu o cunosc? Ia să-mi spui. Imediat.

— Toni, draga mea...

— Hai, hai, nu mă lua cu de-astea. Toarnă imediat cu cine-ai fost.

Michael a persistat în sinceritate, sperând că și această criză de gelozie va avea soarta precedentelor 74.

— Ți-am spus de ieri că merg la film cu trupa. Poate-ai fost atentă la altceva, poate... nu știu.

— Și la ce film, mă rog?

— *Se7en.*

— Aha. Să știi că poți să spui și-n română, mai termină cu snobismele.

— Așa rulează, cu titlul ăsta.

Simțind momentul favorabil, Antonia și-a jucat cartea-surpriză. A scos o fotografie din buzunarul de la piept al bluzei și-a aruncat-o pe masă.

— Și asta cine-i? Cu ea ai fost la film? Ea e... gașca?

Michael s-a uitat la fotografie și a făcut ochii mari. În fotografie se vedea o blondă cu părul lung, în profil și dezbrăcată. Un sân i se zărea prin evantaiul pletelor.

— Unde-ai găsit-o? a întrebat-o pe Antonia.

— Într-o cămașă, m-am uitat să văd dacă n-ai ceva prin buzunare. Am pus la spălat.

Într-un moment de iluminare, Michael și-a dat seama că nu avea cum să conteste evidența. Așa că a ridicat mâinile și s-a recunoscut învins. Încercase, vezi bine, să țină toată povestea departe de ochii Antoniei, însă eșuase lamentabil. Iar ea nu degeaba îl bănuise încă din prima săptămână. Asta era, și nimic mai mult: un porc ordinar, căruia i se scurgeau ochii după tot ce avea o crăpătură între picioare.

Şi, fiindcă tupeul lui nu cunoştea limite, în loc să-i cadă în genunchi, uite-l că se repede să culeagă fotografia de pe masă. Antonia i-a luat-o înainte, a rupt fotografia în bucăţele şi i le-a aruncat în faţă.

— Să-mi spui imediat cum o cheamă, altfel nu mai ai trai cu mine.

— Asta nu pot să fac, a îngăimat Michael.

— Zi-mi cum o cheamă pe curva asta cu ţâţele pe afară, sau nu ştiu ce-ţi fac.

— N-am cum, îmi pare rău.

Ce a urmat nu a fost nici ceartă, nici discuţie, ci un monolog isteric de o jumătate de oră. Pe durata lui, Michael a aflat despre el însuşi grozăvii care nu i-ar fi trecut niciodată prin cap. Era limpede că viaţa lor împreună nu avea viitor şi că despărţirea era iminentă. Danezul s-a declarat totuşi mulţumit în sinea lui că Antonia nu-l luase la bătaie. Diferenţa de gabarit dintre ei l-ar fi expus unei descleieri rapide şi dure. Oricum însă, duse erau scârboşeniile murmurate în timp ce făceau sex, dus era borşul de curcan pe care-l gătea Antonia o dată pe săptămână, dus era mersul împreună la mall, când ea bătea magazinele, iar el, cafenelele. Antonia Podeanu, întruparea feminină a lui Vasili Alekseiev, şi-a împachetat lucrurile, i-a mai tras o săpuneală lui Michael şi s-a făcut, oricât ar părea de greu, nevăzută.

Am început „discuţia de după“ muncit de o curiozitate năprasnică.

— Cum să laşi, mă, poze cu femei goale în buzunare? Ţi-au fugit ţiglele de pe casă? Ai uitat cu cine trăieşti?

Michael a dat din umeri, iar eu am continuat.

— Barem mai ai vreo poză cu ea?

— Nu, asta era singura.

— Şi-acum ce faci?

— O iau de la capăt, ce să fac?

— Cum? O suni şi-i mai ceri o poză? Dacă te-ntreabă ce-ai făcut cu prima, ce-i zici? C-a mâncat-o câinele? Apropo, eu o cunosc pe tipa asta?

— Cred că da, a răspuns Michael cu mugurii unui surâs care m-a pus pe gânduri.

— Cum o cheamă? am întrebat.

— Gwyneth.

— Şi mai cum?

— Paltrow.

Am tăcut câteva secunde şi m-am uitat fix la Michael. Danezul mi-a întors privirea cu o inocenţă adamică, după care ne-a apucat râsul pe amândoi.

— De unde ai poza? l-am întrebat.

— Se vând albume cu actori şi actriţe în ipostaze sexy pe la chioşcuri. Am cumpărat poza ca să fac un ban. Pusesem un pariu cu un coleg. Ăla că nu există poze goale cu ea, că are clauză antinuditate în toate contractele şi tot aşa. Eu ştiam precis că a jucat şi a pozat dezbrăcată, dar nu aveam dovada. Ce-i drept, între timp am rămas fără ea.

— Da' cum mama dracului n-a recunoscut-o? am întrebat după două-trei minute.

— Păi tu nu ştii că n-a văzut cinci filme-n toată viaţa ei? Mi-a spus-o de la obraz. Eram de câteva zile împreună şi am vrut s-o duc la film, să vedem... ceva, nu mai ştiu ce. Nici n-a vrut să audă. „Eu nu le am cu astea." Norocul meu c-am băgat la cap.

— Cum e să dai peste o poză cu Gwyneth Paltrow goală tocmai când prietenul tău se întoarce de la *Se7en*?

Michael s-a gândit o clipă şi a răspuns fără umbră de ghiduşie:

— Păi cum să fie? Aş spune că e providenţial.

La trei săptămâni după ce Antonia şi-a făcut bagajele şi a plecat de la Michael, locul i-a fost luat de o brunetă înăltuță și frumușică. Adevărat, diminutivele dau de înțeles că nu era nici înaltă, nici frumoasă. Dar nu asta era problema noii iubite a danezului, ci numele din buletin. Ei bine, da, o chema Umbreta Foiaș, ceea ce putea să-ți declanșeze reacții bruște în momentul când făceai cunoștință cu ea. Eu, unul, țin minte că tocmai ieșeam din apartament și țineam în mână o umbrelă cu care să mă apăr de ploaia de afară. Michael și bruneta urcau chiar atunci, cu prietenul și vecinul meu având chipul luminat de un surâs mulțumit.

Când Michael mi-a spus cum o cheamă, am înțeles mai întâi „Umbrela“ și imediat după aceea „Subreta“. Și de ce nu? mi-am zis. Câtă vreme există părinți care își botează copiii Viforaș, Trăbănțel, Pardaillan, Tyson, Expertiza și Arierata, „Umbreta“ părea normal și poetic prin comparație. Am aflat apoi chiar din gura femeii că-și datora numele unei fantezii geografic-sentimentale: se născuse la Marsciano, în inima Umbriei, într-un orășel doldora de români, iar numele ales de părinți fusese un fel de omagiu pentru partea aceea a Italiei. Și, la fel cum fiecare maniac are o fixație, fiecare iubită a lui Michael avea o ciudățenie. A Umbretei, absolventă de sociologie și angajată o vreme ca referent într-un institut de statistică, viza contabilitatea erotică și consta în notarea într-un carnețel cu coperte lila a tuturor partidelor de amor care îmbogățeau zestrea fonică și afectivă a apartamentului de alături. În plus, Umbreta găsise de cuviință să consemneze, în dreptul fiecărei partide, cine juisase primul. Michael nu și-a putut stăpâni consternarea și a venit să-mi spună că se simte ca un armăsar căruia i se testează parametrii pentru montă. Am încercat să-i spun că Umbreta nu era singură pe lume.

— Cum adică?

— Uite, știu doi fotbaliști de la noi din campionat care-și scriu într-o agendă numele adversarilor cărora le trec mingea printre picioare.

— Şi?

— Şi, dacă nu ştiu cum îi cheamă, se duc şi-i întreabă.

— Şi?

— Şi... atât. Am crezut că te-ajută.

— Gabi, dementa asta îşi trece-n carnet de câte ori o compostez, tu-nţelegi?

M-am scărpinat în cap, în speranţa c-o să-mi vină ideea salvatoare. Am încercat ceva, dar fără strălucire şi panaş. Mai mult ca să nu tac.

— Ameninţ-o că-ţi notezi şi tu de câte ori sforăie.

— Păi nu sforăie.

— Dar n-are de unde să ştie, corect?

Michael a făcut un gest de lehamite şi a dat glas, după câteva secunde de tăcere, unui gând alarmist:

— Oare chiar mi-e scris să nu am nici o iubită normală?

M-am abţinut să-i răspund. M-am abţinut cu greu. Chiar ţin la el.

Bineînţeles că la un moment dat aţa s-a rupt şi în povestea asta. S-a întâmplat, după cum mi-a povestit Michael, într-o seară când el şi Umbreta au primit vizita unei perechi (soţ–soţie) cu care se împrieteniseră la ziua de naştere a cuiva. Televizorul mergea fără să fie nimeni atent în mod special la el. Rămăsese pe un post care difuza filme vechi, pentru cinefilii paseişti al căror rafinament suprem era pelicula alb-negru. Nu digitalizată, nu masterizată, nu transformată în film color, ci alb-negru, cum fusese din capul locului. Într-o pauză de sporovăială şi de băut, Michael şi-a dat seama că filmul serii era *Şapte mirese pentru şapte fraţi* şi că scena la care se uita din întâmplare era a unui dans cu schimb de parteneri. Poate nişte sinapse în neregulă sau poate paharele în plus l-au făcut să propună ceva ce în mod normal nu i-ar fi dat prin cap: un număr de *swinging*. Când s-a trezit vorbind era deja tardiv: trei perechi de ochi îl priveau cu un amestec de consternare și silă. Dintre ele, ochii Umbretei aruncau niște fulgere care l-au pironit pe Michael de canapea.

— Să-nțeleg că vrei să i-o tragi nevesti-mii? a întrebat prietenul musafir, și s-a ridicat amenințător de la masă.

— N-n-nnn... a bâiguit neconvingător Michael.

— Tu auzi ce spui? s-a înfiorat Umbreta, aflată la prima bănuială că danezul afectuos și calm cu care se cuplase nu era chiar ce părea să fie.

— Stai, draga mea, n-am vrut să...

— Ce n-ai vrut, bă, ce n-ai vrut? i-a tăiat-o prietenul ultragiat. Crezi că dacă suntem din Est nu știm ce-i ăla *swinging*? Că te iau acum la-ncins de nu te vezi. Ete-al dracu' țap.

— Îmi pare rău, m-am exprimat...

— Bă, tu crezi că dacă vii de unde vii poți să-ți permiți orice? La voi așa o fi, trăiește fiecare pe rând cu fiecare. Am citit prin ziare că v-o puneți și cu animalele. Dar să umbli cu mizerii de-astea, fără pic de jenă...

— Gata, Jenele, termină.

În sfârșit vorbise și Sonia, soția prietenului. Părea singura neafectată de propunere, cu toate că se vedea că n-ar fi marșat nici muiată în acid sulfuric.

— Hai, mai bine mergem acasă. Și-așa am stat destul.

Jenel și-a descleștat pumnul pe care avea de gând să i-l repeadă în cap lui Michael și s-a îndreptat spre cuier. Încă fierbea, ca de altfel și Umbreta. Nu s-a închis bine ușa în urma lor, că bruneta a anunțat fără ezitare:

— Mâine îmi fac bagajele. Cu tine nu se poate trăi.

Testat atât de intens și de variat, Michael și-a ieșit în fine din pepeni. Cumpătarea scandinavă i s-a făcut deodată franjuri.

— Cu mine nu se poate trăi? CU MINE??? Păi cine stă cu carnetul pe noptieră și-și notează ziua și ora de corocoțumbulus? Cine ține scorul orgasmelor? Cine scrie ce poziții am încercat şi ce poziţii nu? Cine-ntrerupe pe cine şi-i spune să se dea un pic mai încolo, să-ncăpem cu totul în oglindă? Aud? Cine? Eu, sau tu? Ca să nu mai zic că nici n-am intrat sub duş şi, hop, pui mâna pe pix şi mâzgăleşti în carnet. Auzi la ea, nu mai poate trăi cu mine. Ştii ce? Poţi să-ncepi de-acum cu bagajele. Dacă vrei, te-ajut şi eu.

Din ce mi-a povestit vecinul, Umbreta s-a clătinat. Îşi închipuise probabil că Michael avea să-i cadă în genunchi şi o s-o roage fierbinte să-i mai dea o şansă. A încercat s-o dea la întors, dar lui Michael i se cam acrise. Îi părea foarte rău că scăpase porumbelul cu *swinging*-ul, dar până la urmă a conchis consolator că tot răul era spre bine. Insistenţele, replierile şi promisiunile brunetei au întâlnit o inimă pe care Michael Kieft avusese grijă să şi-o îmbrace în cremene. Chiar dacă doar conjunctural. Prin urmare, *exit* Umbreta Foiaş.

Locul n-a rămas liber multă vreme. În bloc, în cvartal şi în cartier se răspândise vestea că la etajul şapte al singurului bloc nereabilitat trăia un ciudat care abia aştepta să pună capăt unei relaţii ca să înceapă o alta. Zvonul cocheta doar vag cu adevărul, ceea ce n-a părut să-l supere pe Michael, intrat fără să vrea în posesia reputaţiei de crai. Aşa l-a găsit Despina Ignatov, vânzătoare într-un magazin de pantofi de lux, o blondă de aproape treizeci de ani tunsă perie, rivală în tatuaje cu Zlatan Ibrahimović şi dornică să-şi trăiască ultima parte a tinereţii la frontiera incandescenţei. Pe lângă asta, Despina se mândrea cu toate instinctele animalului de mall. Rar trecea o zi fără cumpărături de firmă şi fără popasuri în localurile pe unde-şi făceau veacul păpuşicile filate de paparazzi. Azi aşa, mâine la fel. Michael se mobilizase suficient încât s-o iubească până şi pe zurlia asta fără astâmpăr, care i se prezentase din capul locului în tonurile cele mai crude: „Nu gătesc, nu spăl, nu calc, nu fac curat. Să fie clar. Ai femeie la curățenie, nu?" Michael nu avea, dar nevoia l-a învățat. A găsit o menajeră după ce-a dat trei-patru telefoane, însă n-a avut prevederea elementară s-o întrebe pe Despina în ce anume ar consta aportul ei la frumusețea și la armonia vieții în doi. Dac-ar fi făcut-o, ar fi aflat că hobby-ul Despinei era tocatul banilor – cu condiția să nu-i aparțină. Blonda era o adevărată devoratoare de portofele, iar mottoul ei de viață părea decupat dintr-un cântec al lui Daddy Fizz, alias Bob Taylor: „Am mai multe carduri / Decât mă-ta farduri".

Într-unul dintre turneele prin mall-uri, unde avea grijă să nu-și ia niciodată portofelul, Despina și-a amintit de existența la șoldul ei stâng a lui Michael și a făcut ce făcea de obicei în situații din astea: i-a cerut cartea de credit. Danezul s-a conformat fără o vorbă și s-a instalat apoi într-o cafenea, unde s-a apucat să-și verifice e-mailurile și să vadă ce mai era nou pe Facebook. N-au trecut zece minute și Despina l-a informat prin sms că avea să întârzie mult prin magazine, dându-i astfel de înțeles că așteptarea urma să fie mai lungă decât de obicei. Michael a stat puțin pe gânduri și a ajuns la concluzia că singura variantă acceptabilă pentru el era intratul la film. Nu era un obișnuit al multiplexului, ceea ce nu l-a împiedicat să scaneze în grabă oferta. Unicul film care stătea să înceapă la ora aceea era *Șapte secunde*, un thriller cu Wesley Snipes și o blondă cu un nume ciudățel, Tamzin Outhwaite. Michael și-a luat bilet cu puținii bani gheață pe care-i avea la el, a intrat în sală, și-a dat telefonul pe mut, s-a cufundat în scaunul din ultimul rând al sălii de proiecție și s-a lăsat în voia acțiunii. Și-a dat seama repede că *Șapte secunde* era un film de doi bani, turnat parțial la București și în care toată lumea juca mizerabil, inclusiv Wesley Snipes. Cum însă nu avea ce să facă, a stat până la sfârșit și a urmărit pățaniile cusute cu ață albă ale hoțului profesionist Jack Tulliver, filmate lângă Sala Palatului și în alte locuri din centru. Cu un scenariu mizerabil și o imagine submediocră, *Șapte secunde* nu i-a oferit nici un strop de satisfacție lui Michael, spre deosebire de ceilalți zece spectatori din sală, înveseliți brusc, din motive care danezului îi scăpau, de apariția unui personaj pe care-l chema Grapini.

La terminarea filmului, luminile s-au aprins în sală, iar Michael Kieft s-a grăbit să scoată telefonul și să vadă cât era ceasul. Atunci a constatat că Despina îl sunase de vreo zece ori și-i trimisese un sms pe jumătate ofuscat, pe jumătate panicard: „Cardul e gol. Vino repede cu altul". Trecuse peste o oră de la sosirea sms-ului, ceea ce n-a avut darul să-l liniștească pe Michael. Și, da, acum își aducea aminte, pe card nu mai era aproape nimic – tot prin strădania Despinei, care avusese grijă să-l golească până la ultima lețcaie. Partea proastă era că nu mai avea nici un alt card la el, ceea ce urma să-i comunice și blondei tunse perie. Numai că, din ce se părea, nu mai era nevoie de întăriri. A găsit-o pe Despina singură pe o bancă, în fața magazinului care se închisese cine știe de când. Fără nici măcar o pungă lângă ea, ceea ce se întâmpla pentru prima dată de când se cunoșteau.

— Îți bați joc de mine? l-a luat tare Despina. De ce nu-mi răspunzi la telefon?

— Am intrat la film și l-am dat pe silent. Mi-ai zis că durează.

— Tu-ți dai seama cum m-am simțit când mi-a zis boarfa aia de la casă „fonduri insuficiente"? Te poți pune în locul meu?

— Păi și ce vină am? a întrebat-o Michael, propunându-și să lucreze cu menajamente. Cardul ăsta a stat mai mult la tine decât la mine. Nu știu dacă mi-am cumpărat trei perechi de șosete cu el.

— Acu' ce faci, îmi scoţi ochii? s-a răţoit Despina.

— Nu, dar...

— Nici un dar. Ai văzut că nu mai erau bani pe card, trebuia să bagi alţii. Nu să mă laşi să mă fac de căcat cu atâta lume de faţă. Tu cum te-ai fi simţit? Tare-aş vrea să ştiu.

Prost de bun cum era, Michael a găsit totuşi resurse de răzvrătire, fie ea şi molatică.

— Hai, că eşti tare. Eu sunt de vină că tu eşti mână spartă, nu?

— Ia uite la el, s-a aprins Despina, dând imediat la iveală mahalaua care stătuse ascunsă până atunci. Păi bine, bă, săracule care eşti tu sărac, aşa te porţi cu femeia care-o iubeşti? Atâta eşti tu în stare să faci pentru ea, zdreanţă care eşti? Sărăcia sărăciilor, chitrosu' pământului care eşti. Uite cu cine-mi pierd eu tinereţea, care m-am luat după promisiunile tale.

— Nu ţi-am promis nimic, a protestat Michael.

— 'ţi-ar sărăcia de râs. Dar nu-s io proastă? Io, fată cu studii şi cu pedigri de familie? În loc să ies cu băieţii ăia care roiesc în juru' meu, eu n-am ce face şi mă leg la cap cu cel mai zgârcoman dintre zgârcomani, cu un Estragon...

— Harpagon.

— Gura, acum vorbesc eu. Cu un... mama dracu'. Din ăştia-mi eşti, da? Mă faci de râsu' lumii, mă faci să-mi crape obrazu' de ruşine la casă, cu toate lucrurile alea de le-am ales, şi pe urmă te dai lebădă-n lighean. Eheeei, gata, pân-aici ţi-a fost. Dacă nu eşti în stare să ai grijă de-o femeie înseamnă că n-o meriţi. Şi că femeia tre' să-şi găsească pe altu' care s-o merite.

— Vezi că s-au făcut nişte liste la primărie cu toţi ăştia care merită femei, a bombănit Michael. Aud că se afişează săptămâna asta. Să fii pe fază.

Singurul regret al despărţirii lui Michael de Despina a fost că nu apucase să vadă cum i se mărea şi i se micşora la loc tatuajul care-i împodobea un loc strategic în timp ce făceau sex. În rest, pagubă-n ciuperci. Ba chiar l-am simţit destins când a venit să mi se destăinuie – uşurat nu doar de bani, ci şi de presiunea de-a fi mereu la înălţimea unor exigenţe de statut pe care se vede treaba că nu era capabil să le onoreze. Pe lângă asta, avea bani destui. Nu pe cardul pe care i-l golise Despina, pe altele. Michael îşi permitea să trăiască aici din ce agonisise în Danemarca, fără să-l viziteze gândul găsirii unui serviciu.

Au urmat aproape trei luni de pauză şi de abstinenţă amoroasă. Michael părea resemnat la gândul că Aleasa lui nu locuia în România. A început să-şi petreacă tot mai mult timp cu mine şi cu alţi câţiva prieteni pe care şi-i făcuse de când se stabilise aici. Ieşeam la terase, petreceam uneori până spre dimineaţă, ba chiar am fost în câteva excursii de două-trei zile prin locuri pe care nici măcar eu nu le văzusem, darămite el. Într-o după-amiază când zăpuşeala se lăţise peste Bucureşti, Michael mi-a povestit că a intrat să se răcorească într-o bisericuţă din centru, unde nu părea să mai fie nimeni. Abia după ce i s-au obişnuit ochii cu semiîntunericul din bisericuţă, a observat că nu era singur. La câteva rânduri de scaune în faţa lui stătea nemişcată o femeie cu părul lung, care-şi ţinea capul în mâini. Din locul unde se găsea, Michael nu-şi dădea seama dacă femeia se simţea rău sau pur şi simplu îi plăcea să stea în poziţia aceea. Nu ştia ce să facă. Ar fi vrut să se aşeze lângă ea, dar ezita. Cine ştie cum ar fi fost percepută mişcarea? Nu voia să dea buzna în intimitatea femeii şi să-i destrame firul gândurilor, însă pe de altă parte îl rodea curiozitatea. Era tristă? Trecea printr-o perioadă grea? Voia pur şi simplu să se reculeagă şi să fie lăsată în pace? Michael s-a chinuit de pomană să găsească răspunsuri convenabile la întrebările care-i săgetau mintea. Şi tocmai se pregătea să renunţe şi să iasă pe nesimţite, când femeia şi-a ridicat capul dintre mâini, s-a îndreptat de şale şi a întrebat fără să se întoarcă:

— Ştii ce spunea monahul Agapie Criteanul?

Michael nu ştia nici măcar că exista cineva cu acest nume, darămite să citeze din el.

— Nu, nu ştiu. Ce spunea?

Femeia s-a întors în fine spre el. Avea ovalul feţei alb, sprâncene groase şi ochii de o culoare incertă.

— Spunea că toate nelegiuirile noastre, oricâte-ar fi, intră într-una dintre următoarele şapte categorii: mândrie, iubire de argint, curvie, mânie, lăcomia pântecului, zavistie şi lene.

— A, cele şapte păcate de moarte, s-a dumirit Michael, simţindu-se totuşi dator să ceară lămuriri: Ce-i aia „zavistie"?

— Nu ştii?

— Nu... nu sunt român.

— Hm, n-ai fi zis. De unde eşti?

— Din Aarhus, Danemarca.

— „Zavistie" înseamnă mai multe lucruri: invidie, gelozie, ură, discordie, uneltire. Dar aici are sensul de „invidie". Mai zice-aşa monahul: „Ne dau război trei vrăjmaşi mari şi de moarte: trupul, lumea şi diavolul. Trupul ne îndeamnă, ne sileşte şi ne trage, aruncându-ne în curvie, în lăcomia pântecului şi lene. Lumea ne trage spre iubirea de argint şi pofta nesăturată a lucrurilor celor pământeşti. Şi diavolul ne împinge la mândrie, la mânie şi la zavistie. Diavolul, măcar că este pricină la toate fărădelegile, încă mai mult se nevoieşte să ne arunce în mândrie, ca să ne facem lui imitatori şi următori".

Michael a dat să se închine. Nu fiindcă l-ar fi lovit brusc evlavia, ci fiindcă femeia din faţa lui nu părea în toate minţile. Începuse să-şi spună că era preferabilă arşiţa de afară acestei companii stranii, când femeia s-a ridicat, s-a apropiat de el şi i-a întins mâna:

— Izabela. Prietenii îmi spun Iza.

— Michael, a zis danezul, vag surprins că o asemenea făptură putea să aibă prieteni. De unde aplecarea asta spre...?

A lăsat întrebarea neterminată fiindcă se temea să nu sune aiurea.

— De la taică-meu.

Michael a dat din cap.

— Eşti fată de preot?

— Nu, de securist.

Cuvântul a sunat straniu sub bolţile bisericuţei, dar asta n-a părut s-o deranjeze pe Izabela. Mai ştii, poate că voia să-şi sidereze interlocutorul. Ce-i drept, Michael avea un aer nedumerit, de om care pare victima unei emisiuni cu camera ascunsă.

— Nu-nţeleg.

— În fiecare săptămână intru în câte-o biserică şi mă rog la Dumnezeu să nu cumva să-l ierte. Ar trebui să aibă un cazan cu pucioasă numai pentru el în iad, jigodia.

— Stai, fă-mă să-nţeleg. Vorbim de tatăl tău?

— Doar eu vorbesc. Tu asculţi şi te minunezi. Dar, dacă vrei, putem să continuăm afară. Am terminat pe ziua de azi.

La un nes frappé băut în răcoarea unui bar cu aer condiţionat şi muzică în surdină, Michael a aflat povestea Izabelei. Femeia vorbea fără patetism, însă glasul ei căpăta uneori tăişul unui brici. Taică-său nu era doar un fost securist reconvertit în diplomat – nici o mirare aici, doar erau atâţia. Problema gravă era alta şi ţinea, în limbajul monahului Agapie Cutărescu, de păcatul curviei. Mai pe şleau, Michael a aflat de la Izabela că taică-său încercase să se culce cu ea și, neîmpăcat cu refuzul, îi propusese o sumă frumușică. Din fericire pentru ea, la puțin timp după incident fusese trimis la post într-o țară cu ieșire la Mediterana, unde nu pierduse vremea și avusese câteva aventuri picante, dacă te luai după ce scria prin ziare. Michael încă se întreba dacă nu cumva i se vindeau gogoși, când Izabela i-a spus:

— Tot mergând dintr-o biserică în alta și gândindu-mă la ce spunea monahul Agapie, am ajuns să mă uit la oameni încercând să ghicesc păcatul sub care stau. Sigur, fiecare dintre noi are mai multe păcate, însă pe fiecare îl definește unul singur. De când am pățit ce-am pățit, aproape că nu mai pot să văd lumea altfel. Cum întâlnesc pe cineva, cum încerc să-i lipesc eticheta unui păcat. Asta a făcut nemernicul ăla din mine, nu l-ar mai răbda pământul.

— Și păcatul meu care-ar fi? a întrebat-o Michael.

— Al tău? Nu-mi dau seama, e prea devreme. Dar poate c-o să am timp să-l descopăr.

Promisiunea din cuvintele Izabelei a rodit în zeci de plimbări prin cartierele vechi din București, câteva ieșiri la restaurant, două-trei piese de teatru și tatonări timide din partea ambilor. Nici Izabela, nici Michael nu se grăbeau să facă vreun pas apăsat pe drumul unei relații intime. Amintirea tatălui abuziv ajunsese să se instaleze asupra ambilor și să le gripeze elanurile. Treptat însă, Michael a intrat în jocul Izabelei și a început să ghicească alături de ea păcatele dominante ale oamenilor – mai întâi ale celor pe care-i cunoșteau, apoi ale celor pe lângă care treceau pur și simplu pe stradă.

După cinci luni în care singurele îndrăzneli au fost câteva sărutări de noapte bună, Izabela și Michael au ajuns cum-necum în pat. Desfrânarea, lăcomia, neîngrijirea sufletului, pofta nesăturată și tot ce mai era prin rastelul păcatelor și-au dat mâna pentru ca dreapta împreunare să se facă după rânduială. Altfel spus, o cină banală, pe care nici Izabela, nici Michael n-au văzut-o drept romantică, a deraiat după ce bruneta cu părul lung a băut de una singură o sticlă și jumătate de vin și, montată în consecință, s-a suit pe Michael în cel mai spectaculos număr de escaladă de care avusese parte danezul în ultima vreme. Pesemne că monahul Agapie Criteanul ar fi țâțâit dezaprobator din buze dacă ar fi fost de față, ceea ce nu i-a mai interesat nici cât negru sub unghie pe ocupanții patului. Izabela și Michael nu au sărbătorit doar o primă noapte petrecută împreună, ci mai ales debarasarea de fantoma securistului pervers.

Michael a constatat că Izabela nu glumise când îi povestise despre itinerarul ei bisericesc prin București. Într-adevăr, bruneta își găsea timp măcar un sfert de oră pe zi să intre într-un lăcaș al Domnului și să I se roage pentru neiertarea păcatelor trecute, prezente și viitoare ale tatălui ei. Lui Michael obiceiul i se părea că frizează patologicul, dar s-a abținut de la comentarii. Nu avea de unde să știe cât de adâncă fusese urma lăsată de asalt în sufletul Izabelei. E-adevărat, i-ar fi plăcut totuși să renunțe la obiceiul ăsta, mai ales că, dacă tot intrai în biserică, n-o făceai ca să pui contrapile și să te îngrijești de chinurile veșnice ale celui care-ți greșise. Așa că s-a bucurat când, într-o după-amiază de miercuri, după ce venise de la agenția imobiliară unde era angajată, i-a propus să meargă împreună la film.

— Te gândești la ceva anume? a întrebat-o Michael.

— E un ciclu de filme vechi la Cinematecă. Diseară rulează ceva care se cheamă *Șapte păcate*. Ai auzit de el?

— Am auzit, dar nu-i ce crezi.

— La el mergem, prea se potrivește.

— Tocmai, că nu...

Izabela i-a pus un deget pe buze, cu un gest sută la sută cinematografic, după care l-a anunțat că intră la duș. Michael a clătinat din cap şi s-a dus să-şi toarne un păhărel. Ca să prindă curaj.

Au ieşit de la film pe la zece şi jumătate seara şi fără să schimbe o vorbă. După un sfert de oră de tăcere, Michael a încercat să facă o glumă.

— Am numărat atent păcatele alea. Mi-au ieşit mai mult de şapte.

Izabela a continuat să meargă privind drept în faţă şi nescoţând o vorbă. Se vedea de la o poştă că era lezată.

— Iza, am vrut să-ţi spun...

Tăcere.

— Chiar am încercat...

Tăcere.

— Puteai să te uiţi şi tu pe net...

Tăcere.

— De unde să ştiu c-ai vrut să vezi un film religios? Toată lumea ştie că *Şapte păcate* e cu încăierări şi cu o cântăreaţă alungată din localuri fiindcă peste tot pe unde cântă se lasă cu scandal. Asta-i bună, ce vină am eu?

Izabela a tăcut cu străşnicie până au ajuns acasă la Michael, unde a trecut direct la făcutul bagajelor. Michael fusese deja părăsit de suficient de multe ori în România încât să nu se mai mire. Atâta doar că i se părea, mai mult decât în alte rânduri, că i se făcea o nedreptate. O parte din el voia să se arunce la picioarele Izabelei şi s-o implore să-i mai dea o şansă. O parte îl trăgea înapoi şi-l sfătuia să-şi vadă de treabă şi s-o îndemne şi pe ea să facă la fel. După un meci echilibrat şi palpitant, această din urmă parte a avut câştig de cauză, iar Izabela a fost lăsată să-şi continue circuitul prin bisericile din Bucureşti, de acum încolo (din nou) singură. Cu câte-o valiză în fiecare mână, s-a întors spre Michael în uşă şi l-a făcut să se teamă de o nouă rafală din monahul Agapie Criteanul. În loc de asta, Izabela s-a uitat la el ca la un vierme şi i-a zis de la obraz:

— Regele Solomon spune în *Cartea Proverbelor* că „şase lucruri urăşte Domnul, şi chiar şapte Îi sunt urâte". N-are rost să ţi le spun, n-ai înţelege. Dar o să-ţi răspund la întrebare.

— Ce întrebare? s-a mirat Michael.

— Aia pe care mi-ai pus-o la început: „Păcatul meu care-ar fi?" Ei bine, nu-mi dau seama dacă e păcat sau fel de-a fi, dar eşti un porc. Asta eşti. Un porc, şi nimic mai mult. Adio.

Tristeţea acestei noi despărţiri a fost răvăşitoare în prima săptămână, după care s-a atenuat. De data asta a fost, îmi place să cred, şi meritul meu. Iată de ce. Michael ajunsese să ştie atât de bine româneşte, încât i-am propus, la câteva zile după plecarea Izabelei, să înfiinţăm un fel de cerc de critică literară. De fapt, ce spun eu „cerc"? Eram doar noi doi, adunaţi din când în când în jurul unor condensate de impostură cărora li se spunea, în lipsa unui termen mai bun, „cărţi". Ideea îmi venise după ce descoperisem în bibliotecă un volum dintr-o trilogie dedicată lui Fuego. Da, da, lui Fuego. Citisem prefaţa (bineînţeles că avea prefaţă şi bineînţeles că autoarea era membră a Uniunii Scriitorilor din România), iar apoi mă încumetasem la câteva pagini pe sărite. Râsesem atât de tare, încât Michael mă auzise prin peretele comun şi venise să-şi reclame porţia de bună dispoziţie. Pusese mâna pe carte (*Gara Centrală*, pentru curioşi), o deschisese la nimereală şi citise:

Inima începu să-mi bată din nou năvalnic, şi din clipa aceea am ştiut că familia mea s-a mărit, că în sufletul meu şi-a găsit locul cel de-al treilea fiu, cel mijlociu, care cu cântecele lui îmi va mângâia dorul pentru băiatul cel mare, Doru, şi îmi va alina tristeţea pentru fiul cel mic, Alin, amândoi plecaţi departe în căutarea propriei identităţi pe drumul destinului hărăzit de Dumnezeu.

Cu pupilele dilatate şi cu un gâlgâit în fundul gâtlejului, Michael întorsese pagina şi mai sorbise o frază:

În sufletul meu, atât de încercat de-a lungul vieții, orice bătălie s-a dat, ori prin câte chinuri am trecut, niciodată nu m-a părăsit speranța că mâine este o nouă zi, că Dumnezeu nu mă va uita... şi că niciodată nu este prea târziu să-mi împlinesc măcar un vis tăinuit în ascunzişurile nevăzute ale ființei mele.

Pe urmă mă privise implorator:

— Vreau eu cartea asta.

— Pofta-n cui.

— Măcar un xerox.

— Asta se rezolvă. Auzi, dar ce-ar fi să facem nişte minicenacluri tematice? Am o groază de bazaconii de-astea în bibliotecă. Le grupăm pe teme: iubire, moarte, familie şi tot aşa. Le citim amândoi, fiecare la el în apartament, facem schimb şi pe urmă le discutăm. Serios, cu argumente critice, tot tacâmul. Poate facem şi nişte live-uri pe Facebook. Ce părere ai?

Clorotica Alberta Ținteş a deschis pentru prima şi penultima oară uşa apartamentului lui Michael după ce sunase din greşeală la mine şi o orientasem corespunzător. Se fâstâcise, mi-a povestit mai târziu Michael, şi arăta exact ca mireasa din *Călin (file din poveste)*: „Îi foşnea uscat pe frunze poala lung-a albei rochii, / Fața-i roşie ca mărul, de noroc i-s umezi ochii“. A nimerit între al şaselea şi al şaptelea minicenaclu în care forfecam capriciile grafomane ale unuia şi altuia. Episodul şase fusese rezervat criticii literare de încumetrire. Episodul şapte urma să se ocupe de ceea ce numiserăm împreună „beletristica de spital“: cărți scrise cu picioarele despre viața din aşa-numitele

„uzine de sănătate“ (*brrrr!*) sau despre fericirea de-a da naştere, vorba lui Dumitru Graur, „unei superbe fiinţe omeneşti“. Singurul lucru complicat aici era să alegi cele mai mari imbecilităţi dintr-un morman oricum impresionant. Până la urmă, finalistele au fost un roman cu copertă galbenă al unei doamne cu nume de poetă şi un alt roman scris de un cetăţean al cărui prenume era Onel şi pe care-l citisem prima dată, din greşeală, Onanel. Cartea lui era în studiu la mine, cartea doamnei avea aceeaşi soartă alături, la Michael. Meticulos din fire, danezul frânsese cotorul romanului şi se apucase să marcheze fragmentele pe care urma să le propună spre veştejire la minicenaclu. Peste unul dintre ele au căzut ochii Albertei, la puţin timp după ce musafira s-a aşezat pe un fotoliu, lângă măsuţa de cafea.

— *Ai fost muza mea, iubito.*

— *Felicitări, iubitul meu drag, mă bucur foarte, foarte, foarte mult! Şi mai sunt ceva, îi spuse Coralia.*

Vlad fu luat prin surprindere şi se opri, neînţelegând ce vrea să spună. Aşteptă, dar ea nu mai continuă. Doar zâmbea. Era îmbujorată puternic la faţă şi emana o senzualitate şi o feminitate pe care Vlad le simţi puternic, chiar dacă ei nu se aflau în aceeaşi încăpere. Zâmbetul Coraliei deveni şi mai larg, ochii îi străluceau de fericire şi cu privirea îl ţinti pe Vlad, până când mesajul îi fu transmis. Iar Vlad îl recepţionă!

— *Iubita mea, voi fi tătic???*

— *Daaaa! Avem un puiuţ de şase săptămâni! Se va naşte undeva în jurul datei de şaptesprezece octombrie.*

— De ce-ai marcat partea asta? l-a întrebat Alberta pe Michael, ronţăind un biscuit găsit pe o farfurioară.

Michael i-a spus povestea minicenaclurilor noastre ironice, ba chiar a intrat în detalii, fără să observe că la un moment dat ochii viorii ai femeii se umeziseră. S-a oprit abia când a auzit-o spunându-i cu o voce gâtuită:

— Doar un om fără suflet ar face aşa ceva.

— Poftim?

— Doar un om fără suflet şi-ar bate joc de dorinţa unei femei de-a avea copii.

Michael a clătinat din cap şi s-a aplecat spre Alberta.

— Stai, că nu pricepi. N-am nimic cu dorinţa femeii. Poate să fie şi mamă eroină, din partea mea. Nu asta e problema, ci cât de prost e scrisă cartea. Noi aici facem critică de apartament, să ştii. Nu proiecţii demografice.

Buzele rujate ale cloroticei Alberta au prins să tremure ca sub biciul crivăţului. Femeia voia să transmită un mesaj, era limpede. Iar în cele din urmă mesajul a decolat sub forma unui vaier acompaniat de nişte precipitaţii lacrimale care i-au evocat-o preţ de câteva clipe lui Michael pe nimeni alta decât pe melancolica Letiţia, cu testul ei de sarcină neefectuat:

— ŞI EU VREAU SĂ FIU MAMĂĂĂĂĂĂĂĂ!!!! HĂĂĂĂĂĂĂ!!!! ASTA VREAU ŞI EEEEEEEEEU!!!! SĂ FIU MAMĂĂĂĂĂĂ!!!! SĂ AM UN COPIIIIIIIIL!!!! HĂĂĂĂĂĂ!!!!

Lui Michael Kieft din Aarhus i-ar fi prins bine nişte statistici despre româncele care plâng aiurea-n tramvai încă de la prima întâlnire. Neavându-le, s-a străduit s-o consoleze pe Alberta cum l-a tăiat capul: mângâindu-i părul lins, turnându-i un pahar cu lichior de cacao, luând-o pe după umeri, pupând-o pe creştet şi, în cele din urmă, cerându-şi iertare pe un ton care se voia de căinţă sinceră. Însă Alberta părea intratabilă. Abia după parlamentări îndelungi Michael a priceput că singura şansă de iertare era dacă ar fi ieşit cu ea la film.

— Hai să vedem ce rulează la mall, i-a propus el cu jumătate de gură, fiindcă avea chef de ieşit din casă ca măgarul de fugă.

Au căutat împreună, iar Alberta s-a decis după nici jumătate de minut:

— La ăsta mergem. Hai, rezervă biletele.

— La *Şapte ani în Tibet*? Eşti căzută-n cap după Brad Pitt?

— Nu, nu de asta. De Tibet e vorba. E visul meu, dorinţa mea cea mai puternică, obsesia mea. Simt că m-aş purifica în locul ăla. Simt că mi s-ar schimba viaţa, toată viaţa. Vreau să ajung acolo.

— Aşa a zis Helmut Kohl mai demult, că are de gând să înveţe esperanto fiindcă vrea să ajungă acolo.

Alberta nu s-a amuzat câtuşi de puţin, ceea ce l-a cam pus pe gânduri pe Michael. Poate că nu fusese atentă, a încercat el să se consoleze.

Filmul a trecut greu pentru Michael din trei motive: îl mai văzuse o dată, nu-i plăcea Brad Pitt şi ajunsese să se sature până peste cap de industria iniţierii tibetane, care produsese milioane de kitsch-uri în literatură, în film şi în general oriunde găsea un debuşeu. În schimb, clorotica Alberta a sorbit filmul de la cap la coadă cu ochii ei viorii şi a suspinat de câteva ori la scenele în care a descifrat simboluri care i-au schimbat feng shui-ul. Dacă preţul împăcării sunt cele 136 de minute din *Şapte ani în Tibet*, fie, şi-a spus Michael. În fond, biata Alberta merita să fie tratată cu menajamente, chit că nu părea să aibă nici umor, nici multe gămălii de fosfor.

Cu atât mai mare a fost surpriza lui Michael când s-a trezit a doua zi dimineaţă singur în pat. Din câte-şi aducea aminte, mâncaseră la un restaurant cumsecade, băuseră un pahar de vin, făcuseră dragoste după unu noaptea şi adormiseră mulţumiţi.

— Şi-atunci? l-am întrebat când mi-a bătut la uşă pentru depanare sentimentală şi concluzii.

— De la minicenaclurile noastre mi s-a tras. De la cartea care era la mine în studiu.

— Îţi arde de bancuri?

Michael a clătinat din cap.

— Sunt serios ca AVC-ul.

— Păi şi de unde ştii?

— Am găsit un bilet pe măsuţa pe care lăsasem cartea. Cu două rânduri: „Voi ajunge în Tibet şi voi fi o mamă fericită. Chiar dacă râzi de mine". Iar alături cartea fusese deschisă la alt fragment din alea pe care-aveam de gând să le luăm la tocat. Uite-aici.

Am luat cartea şi am citit fragmentul marcat de Michael abia ţinându-mi râsul. Mi-era milă să-l văd atât de dezumflat, dar ştiu precis că mi-ar fi fost şi mai milă dac-ar fi rămas măcar cinci luni cu Alberta cea clorotică.

Ridică ochii şi se uită prin vitrina mare a restaurantului, inspirând adânc, atât aerul puternic, dar mai ales spiritualitatea acelui loc. Chiar în momentul acela, prin faţa ferestrei trecea însuşi Sfinţia Sa Dalai Lama! Privirile li se întâlniră preţ de câteva secunde, dar fu suficient! Coralia simţi că i s-a acordat toată iubirea de care avea nevoie. Binecuvântarea divinului îi învălui fiinţa. Sfinţia Sa murmură ceva ce Coralia interpretă ca fiind un fel de rugăciune la adresa ei. Acela fu momentul cel mai reprezentativ din toată viaţa trăită până în acea clipă de tânăra domnişoară Coralia Roşu. În minutele imediat următoare, rămase nemişcată. Voia să rememoreze fiecare gest al lui Dalai Lama, întipărindu-l în memorie, pentru totdeauna.

Dat fiind că idila dintre Michael şi Alberta durase doar o zi, m-am aşteptat la o reacţie de orgoliu din partea lui. Spre mirarea mea, danezul a tatonat îndelung, ca unul care și-a dat în sfârșit seama că, fript cu ciorbă, ești silit măcar de înțelepciunea populară, dacă nu și de instinctul de conservare, să sufli în iaurt. A trecut o lună, au trecut două, au trecut trei și... nimic. Din două, una: ori Michael ridicase ștacheta exigenței la o înălțime peste care nu mai putea să treacă nimeni, ori ajunsese la concluzia că a avea o relație cu o femeie din București era un sport epuizant, când nu sângeros de-a binelea.

Dacă-mi părea rău? Sigur că-mi părea. Însă nu doar pentru el, ci și pentru minicenaclurile noastre împotriva imposturii editoriale. Despărțirea fulgerătoare de Alberta îi inhibase elanul critic lui Michael, iar asta l-a împiedicat să participe la judecarea romanului lui Onel-Onanel. Și ce frumusețe de fragment alesesem pentru disecție. Tot cu „uzina de sănătate" (și tot *brrrr!*).

Ce-mi faci? E a patra oară, să nu-ți fie rău, iubitul meu! Știu, știu că-ți place să intri în femei, știu că până s-o cunoști pe colega mea, Sorina Matei, erai un tip abstinent din cauza meseriei căreia te dedicai și partea aceasta cea mai frumoasă din viață, care este dragostea, ai neglijat-o, cu toate că aveai în jurul tău numai personal feminin ce nu cred că te-ar fi refuzat. Mă gândesc la sora ta șefă, Cătălina, care este de o frumusețe rar văzută de mine. Și am văzut că mereu intră în cabinet la tine. Dar tu, cum ai făcut o singură dată sex cu Sorina, gata, i-ai și promis c-o iei de nevastă. Stai, că nu este așa! Trebuia să mai ai răbdare, că doar nu trăgeau turcii cu tunul, și să vezi o noapte-două ce defecte are, sforăie, vorbește în somn, se preface că-i este bine când faci sex cu ea, mai are și alți amanți și te trezești că-ți bat în geam?

Cum să nu-ți fie ciudă? Și cum să n-o bombăni retroactiv pe Alberta, cu toată despletirea ei tibetană? Bietul

Michael. Să fie părăsit după o zi şi, umilinţa de pe urmă, să fie silit să revadă *Şapte ani în Tibet*. Uite, abia asta era o penitenţă cum scrie la carte.

N-au trecut şapte ani în Tibet, ci şapte luni în Bucureşti până să-l revăd pe Michael în compania unei femei. În tot acest timp, viaţa mea sentimentală nu fusese viaţă şi nu fusese sentimentală, dar nu mă plângeam – printre altele, fiindcă nu prea aveam cui, dat fiind că Michael era suficient de marcat de propriile eşecuri ca să mai aibă resurse de empatie faţă de mine. Când am răspuns la sonerie într-o după-amiază de joi caldă şi vântoasă, l-am văzut pe Michael însoţit de o şatenă înaltă şi bine făcută, cu ochi verzui, buze care păreau să muşte din aer ca din friptură şi piele de caramel.

— Hai noroc, vecine. Sărut-mâna, Claudia. Mă bucur să te cunosc. Intraţi, intraţi.

— Ha? Ce-i asta? s-a mirat Michael, mutându-şi suspicios privirile de la mine la femeia de lângă el. De unde ştii că o cheamă Claudia?

La rândul ei, femeia s-a chinuit zadarnic să-şi mascheze stupoarea. În ce mă priveşte, am încercat să nu zâmbesc superior, dar am impresia că n-am izbutit.

— Zi-mi o chestie, omule, i-am spus apoi lui Michael. Te-ai gândit vreodată la toate iubitele de care te-ai despărţit cum te-ai despărţit? Nu te-ai gândit. Te-ai gândit vreodată la povestea aia cu „cifra 7 ne guvernează vieţile fără să ne dăm seama“? Nici vorbă. Te-ai gândit vreodată că joci într-o piesă şi că un sufleur îţi dictează replicile fără să te prinzi nici măcar o secundă? Aiurea.

— Nu cumva o iei pe arătură? a mârâit Michael, pierzând ceva din jovialitatea obişnuită. Ştiu că-i greu fără aer condiţionat, dar nici aşa.

— Oho, drăguţule, nu ştiu care din noi o ia pe arătură. Oricum însă, eu am harta vieţii tale – tu nu.

— Bun, şi ce legătură are asta cu... ea? m-a întrebat Michael, şi s-a uitat un pic îngrijorat la noua iubită.

Femeia a tăcut mai departe. Pesemne că voia totuşi să afle cum naiba îi ghicisem prenumele.

— „Să le numărăm, coane Fănică." Asta e din Caragiale, de care nu ştiu dac-ai apucat să auzi.

— Am auzit, dar n-am citit.

— O s-o faci cândva, nu mă-ndoiesc. Bun, hai să-ţi luăm iubitele la numărat, din ziua când ai pus piciorul în Grădina Maicii Domnului. Ai venit din Aarhus remorcat de jandarmeriţa Carmela, care, cu tot numele ei muzical-zaharos, ţi-a turnat, ca să zic aşa, doar sare amară în cafeaua vieţii, dacă-mi permiţi formularea. A urmat văicăreaţa Letiţia, *la pleurnicheuse*, despre care mi-ai spus cândva, dacă mai ţii minte, că urma un tratament pe bază de pastile de plâns. După ea a venit Antonia cea cotrobăitoare şi voinică – îţi aminteşti că, de câte ori vă vedeam împreună, vă spuneam „Antonia şi Cleopatru"? Părea bărbatul tău, la fel cum tu păreai femeia ei. Următoarea la rând a fost Umbreta, trista victimă a unei vesele iniţiative onomastice, deşi cât de imbecil poate fi cineva care îşi botează fata după o regiune diminutivată a Italiei nu mai e cazul să lămuresc. Pe culme s-a ivit apoi, ca o nouă zână a melopeelor – asta e dintr-un poet, n-ai de unde s-o ştii –, Despina celor douăzeci de tatuaje, care a avut bunătatea să te lepede după ce te-a întors ca pe un buzunar gol şi n-a mai găsit nimic care s-o facă să zăbovească. I-a urmat Izabela: fiică de securist, citate din tot felul de părinţi şi monahi, viraje de viaţă care-ţi luau aerul şi un temperament de ghepard întărâtat. În fine, ultima pe listă a fost Alberta, clorotica ahtiată după Tibet şi dornică să fie mamă.

Michael a ridicat din umeri şi mi-a aruncat o căutătură nedumerită.

— Aşa, şi?

— Tot nu pricepi? l-am întrebat.

— Nici să mă pici cu ceară.

V-am mai spus că vorbeşte o română şnur, nu?

— Nici tu nu vezi tabloul? am spus, întorcându-mă spre Claudia.

Fata a clătinat încet din cap, convinsă că ajunsese în apartamentul unui nebun şi încercând să calculeze cât de repede ar putea s-o zbughească la nevoie.

Am oftat teatral – un suspin prefăcut, de actor fără talent – şi m-am uitat pe rând de la Michael la noua lui prietenă.

— Sunt trei potriveli aici. Prima: prenumele fiecăreia dintre iubitele tale are şapte litere. Numără, dacă nu crezi. Pentru a doua potriveală, te invit să pui cap la cap prima literă a fiecărui prenume, în ordinea apariţiei în şi a dispariţiei din viaţa ta a iubitelor ăstora. Ia să vedem. C de la Carmela, L de la Letiţia, A de la Antonia, U de la Umbreta, D de la Despina, I de la Izabela, A de la Alberta. Rezultat? Claudia. A treia potriveală: logic, şi Claudia are tot şapte litere. Pam-pam.

S-au uitat amândoi la mine ca loviţi de dambla. Am profitat de uluiala lor şi mi-am plasat avertismentul din vârful buzelor, înainte de a-i invita la un pahar:

— Aveţi grijă ce film vedeţi.

Filoclub

— La ce etaj?

— Doi din şapte, maică. Baie mare, bucătărie aşa şi-aşa. Gresie, faianţă. Balcon închis. Televizor cu cablu, telefon, tot tacâmul.

— Aproape de metrou?

— Un minut, maxim două. E zonă bună, liniştită. Oameni cumsecade.

— Probleme cu apa sau cu gazele?

— Aş, nici vorbă. A fost odată. A, doar aşa, la revizie, da' asta-i peste tot. Şi nu durează mult. Nu mai e ca pe vremuri.

— Se mai ia curentul?

— Deloc. Poţi să-ntrebi pe la vecini.

— Şi suma e bătută-n cuie?

Coana Stela oftă adânc şi făcu un calcul contracronometru. Putea să mai lase o sută de mii, hai două, însă în nici un caz mai mult. Pensia era ca vai de ea, şi se anunţau vremuri grele. Medicamente scumpe, indexări simbolice, întreţineri colosale – ce mai, nu avea încotro. Dacă o rata pe fătuţa asta, cine ştie când mai prindea un client. Mai bine să cedeze acum şi să recupereze mai târziu. Noroc cu dolarul. Puteai oricând să dai vina pe el. Şi pe nemernicii de la Banca Mondială.

— Mă rog, mai negociem, da' nu prea mult.

— Aha, făcu tânăra, socotind şi ea de zor. Păi când pot să vin s-o văd?

— Când vrei, mămică, şi-acuma dacă ai timp. Numa' să-mi spui, să stau pe-acasă.

— Bine. Ajung cam într-o oră.

— Te-aştept. Ţii minte adresa, da?

— Sigur, nici o problemă.

Reprezentantele cererii şi ofertei închiseră simultan. Uşurată, Anca Dragoslav, studentă în anul întâi la engleză după două eşecuri la ATF, sună de două ori în provincie ca să-şi anunţe părinţii şi prietenul că spinoasa chestiune a cazării fusese rezolvată. Mămica şi tăticul uguiră satisfăcuţi, spre deosebire de Mugur, jumătatea ei spirituală, care simţi nevoia să pună lucrurile la punct de la distanţă.

— Pisi, da' sper că babeta nu stă cu tine, nu?

— Nu, ţuţuraş, fii sobru, îl linişti Anca.

— Că, vorba aia, mai vine băiatu' la o parolă, la o cafea...

Pe tânără o trecu un fior pasager. Ştia ca nimeni alta (sau cel puţin aşa îi plăcea să creadă) ce însemnau parola şi cafeaua pentru Muguraşul ei.

— Şi, dacă poţi, plăteşte-i pe tot anul, că altfel îţi creşte preţul de la lună la lună, o mai sfătui acesta. Plus că după trei luni găseşte pe unu' care-i dă cu un leu mai mult şi te zboară din cuib. Eu zic să faci şi contract.

— Se aranjează. Dar mai întâi stai să văd unde mă duc. Dacă nu-mi convine, mai caut.

— Caută, pisi, caută, da' vezi c-acuşi încep cursurile. Hai că mai vorbim. Ai grijă de tine. Piţili-miţili.

— Miţili-piţili.

În timp ce amorezii îşi luau acest rămas-bun cifrat, Steliana Milcu, alias babeta, alias coana Stela, îşi împărtăşea succesul locativ câtorva vecine de scară vizitate şi ele de tentaţia închirierii. Micile artificii lucrative erau la modă în cartier. Scoteai un ban neimpozabil şi-l puneai deoparte. Altfel, te mâncau păduchii până terminau ăştia reforma. Areopagul domestic din care făcea parte coana Stela mai cuprindea patru surate: Mela, Ela, Nela şi Gela, în ordinea crescătoare a etajelor. Toate văduve, toate dăruite cu o curiozitate fără margini, în virtutea căreia nimic nu se întâmpla în cvartal fără ştirea lor. Mintea lor era o bază de date de la care, printr-o întrebare bine ţintită, aflai la orice oră cine şi-a mai luat frigider, care neisprăvit şi-a bătut nevasta, cine a mai divorţat, ce culoare are gresia angrosistului de la parter sau câte spoturi sunt în baia inspectorului alimentar de la şase. Bârfa era sosul dens al vieţii lor de zi cu zi, curgând leneş printre câteva repere inconturnabile: cafeluţa de la zece, compotul de după prânz, calupul de seriale de după-amiază şi ştirile serii. Astăzi ca şi ieri, mâine ca şi azi.

— Ia zi, Stelo, iei un milion jumate pe lună? îşi chestionă Nela de la patru vecina de la doi, inaugurând sesiunea de debriefing.

— Trag nădejde. Orişicât, sub unu trei sute nu scad un leu. Suflă vântu' prin buzunare.

— E grea văduvia, soro, filozofă Gela de la cinci.

— Grea, mie-mi spui? Păi când trăia al meu nu ne lipsea nimic. Fleica fleică, brânza brânză, ba mai ronţăiam şi-o ciocolată. Ronţăie acu' dacă poţi.

— Sau dacă ai cu ce, completă Mela de la unu, ştirbă din iunie 1990, de când un ortac cu mintea întunecată de alcool o confundase cu o intelectuală.

— Barem să fie fată de treabă, rosti Ela de la trei, singura care i-o luase înainte Stelei şi momise cu două săptămâni în urmă o studentă la drept. Uite, a mea nici că iese din casă după opt seara. Stă şi citeşte, mititica de ea. Câteodată mai că-mi vine să mă duc şi să-i dau eu brânci afară.

— Da' de unde ştii, Elo, că doar nu stai cu ea? se miră coana Stela.

— Nepotu-meu ăsta la care m-am mutat stă chiar vizavi şi are un... un de-ăla de te uiţi la om în casă.

— Telescop?

— Lunetă?

— Ochean?

— Binoclu?

— Ei, că eu mai ştiu cum îi zice. O ţeavă lungă pe-un suport, ca aparatele de fotografiat de pe timpuri. Cum mă uit pe ţeavă, cum o văd pe Florica mea cu cartea-n mână.

— Şi nepotu'? Nepotu' nu se uită? se interesă Mela, strunindu-şi anevoie înclinaţia spre aluzii frivole.

— Asta-i bună, că altă treabă n-are.

— Atunci de ce şi-a mai luat telebinoclu? La ce se chiombeşte? La vrăbii? La stele?

Desprinsă momentan de conversaţia pe care o purtau cele patru vecine, coana Stela îşi îngădui un suspin de mulţumire. Ceva îi spunea c-o să bată palma cu... Anca? Parcă aşa o chema. Avea toate motivele să fie mândră. Se descurcase de fiecare dată. Toată lumea o invidia fiindcă ştia să scoată bani din piatră seacă. Oricât de grele ar fi fost condiţiile, reuşise întotdeauna să se ridice pe creasta valului, să improvizeze genial în momentele de criză, să tragă lozuri câştigătoare când sorţii păreau potrivnici. Îşi aminti cu nostalgie de perioada de la mijlocul anilor '80, când înfiinţase ceva ce astăzi s-ar fi numit un S.R.L. de stat la cozi. Dacă te gândeşti bine, nici măcar nu era mare filozofie. Totul era să-ţi vină ideea. Iar coanei Stela îi venise.

Vedea de parcă ar fi fost ieri uluirea de pe chipurile neamurilor când le propusese afacerea. „Cum adică, fato, să stăm la rând în locul altora? Pe bani? Nu ţi-e bine?" Contracarase toate puseurile de scepticism cu un surâs abia schițat și o explicație de bun-simț. „Are lumea timp de pierdut la rând? N-are. Oamenii au serviciu, familie, probleme. Ar zice bogdaproste să stea altcineva la coadă în locul lor. La patruzeci de lei, cât e kilu' de porc, ar mai da cinci lei ca să fie siguri că apucă. Ce mare lucru? Îl trimiți pe nepotu' ăl mai mic la ultimul de la coadă și-l pui să întrebe: Nene, vrei să fii al zecelea și să prinzi carne? Cinci lei și te-am făcut om. Să-l văd eu pe ăla care nu bagă mâna-n buzunar ca să nu se ducă acasă la copii cu traista goală." Simplu. La mintea cocoșului, ca mai toate inițiativele geniale. Coana Stela mobilizase energiile unei familii mult mai numeroase pe atunci, atrăgând în schemă și un contingent de pensionari obișnuiți să se posteze zilnic la ușile magazinelor înainte să se crape de ziuă. Criza de produse, un blestem pentru toată lumea, devenise pentru ea o mană cerească. Ajunsese să se roage ca lucrurile să meargă prost în continuare. Și merseseră, spre deplina ei încântare. Cinci lei de colo, cinci lei de dincolo – nu era rău. Firește că, după ce operațiunea își luase avânt, taxa crescuse la opt lei, iar mai târziu la zece. Nu-i vorbă, merita osteneala. La sfârșitul fiecărei luni, după ce le plătea o cotă celor care stăteau efectiv să-i ardă soarele sau să-i bată vânturile și ploile, coana Stela se alegea – la banii de atunci – cam cu o mie două sute de lei, stârnind invidia piezișă a inadaptaților care fie nu știau, fie nu aveau curajul să transforme un handicap într-un atu. Flexibilă sau bățoasă la comandă, Steliana Milcu își exersase spiritul întreprinzător ani în șir, de conivență cu vânzătorii care ajunseseră să-i recunoască rețeaua de subalterni și prevestind parcă ingineriile la care fachirii actuali ai economiei subterane recurgeau nestingheriți. Fără să știe, coana Stela privatizase statul la cozi și făcuse operă de pionierat în materie de atragerea resurselor.

Dacă însă își putea permite să privească înapoi cu mândrie, Stela se crispa ori de câte ori revenea în prezent. Catastrofa din 1989 îi stricase ploile. Ceea ce părea un mecanism fără cusur capotase deplorabil chiar din ziua când se deschiseseră depozitele gospodăriei de partid. Sub ochii ei triști, necazurile prinseseră să se țină lanț: portocale la liber, carne fără os, lapte praf din import, cafea pe toate drumurile. Iar astăzi... astăzi coșmarul își trăia apogeul. Zece feluri de măsline, mezeluri Campofrio, fistic arăbesc fără coajă, parfumuri originale, o mie de Fante și Cole, magazine Levi's, KFC-uri, McDonalds-uri, baruri irlandeze, restaurante chinezești și – insulta supremă – un ditamai mallul ridicat taman pe locul unui fost templu al foamei. Unde, dacă istoria n-ar fi fost o curvă, oamenii s-ar fi călcat în picioare pentru un tacâm de pui sau un salam Victoria. Și unde, într-o lume nesmintită, plutonul ei de soldați ai cozilor ar fi făcut furori.

— Tu mai stai, Stelo?

Trezită din reverie, coana Stela se uită pe rând la cele patru vecine și apoi clătină din cap. Era bine la Nela, că avea ventilator, însă intrase în criză de timp.

— Nu, nu mai pot. Trebuie să vină fata să vadă garsoniera.

— Ai grijă că peste-un sfert de oră începe *Frumoasa Emilia*.

— Ce să fac? Las' că-mi povestiți mâine la cafea.

Anca Dragoslav sună la ușă la zece minute după ce Stela se întoarse acasă. Era o tânără nurlie, nu foarte înaltă, cu gropițe în obraji, ochelari și niște haine care evocau anacronic perioada flower power. Căra după ea o geantă sport și o valiză. Pe cap avea o bandană portocalie. Se bronzase intens peste vară (semn bun, părinții câștigau frumușel) și nu semăna câtuși de puțin cu provinciala timorată la care se aştepta proprietara garsonierei. La un prim impuls, coanei Stela îi veni să urce preţul, dar până la urmă cumpătarea învinse. Avea destule mijloace s-o tapeze de bani de-acum încolo. Mai un dereticat prin casă, mai un împrumut nereturnat, găsea ea ceva.

— Şi de unde zici că eşti, maică? îşi întrebă musafira după ce o pofti înăuntru şi-i arătă locuinţa care, dacă mergea totul bine, avea să-i aparţină cel puţin până vara viitoare.

— Din Simeria, răspunse scurt fata, scoţându-şi bandana şi trecându-şi o mână prin părul şaten.

— A, am fost şi eu o dată acolo, ehe, demult, m-am plimbat cu al meu. Mai aveţi parcul ăla termo... dermo... ăla cu copaci mari?

— Parcul dendrologic? Sigur, păi cine să-l ia?

— Chiar aşa. Şi ai venit cu trenul, nu? Aoleu, şi unde-ai dormit? De cât timp eşti în Bucureşti? Ţi-o fi foame, ai mâncat ceva? De unde m-ai sunat?

Din mimica Ancăi reieşi limpede că nu vedea cu ochi buni întrebările în rafală şi că ar fi vrut să discute despre cu totul altceva.

— Uitaţi, doamnă...

— Stela. Coana Stela, aşa mă ştie lumea.

— Stela şi mai cum?

— Milcu.

— Doamnă Milcu, hai să-ncepem cu începutul. Preţ, condiţii, drepturi şi îndatoriri. Ca să ştim o treabă.

Coana Stela se conformă. Nu prea îi convenea tonul studentei, dar nu avea încotro. Între sentimentele personale şi banii peşin, ultimii aveau prioritate. Ce, era primul om din lume care se trezea cu un chiriaş arogant? Nu era. Iar dacă fetei îi plăcea să umble cu nasul pe sus, treaba ei. De obicei, chestiile astea se plăteau în viaţă. Când îţi era lumea mai dragă.

Cele două negociară cam o jumătate de oră, timp în care, în schimbul unei dulceţe de cireşe amare, Anca îşi informă gazda la ce facultate intrase, îi mărturisi că îşi lăsase prietenul acasă („dar din când în când o să mai dea o fugă pân-aici“) şi acceptă fără să crâcnească interdicţia de a organiza petreceri şi de a asculta muzică tare. Coana Stela o anunţă că vinerea era zi de curăţenie („nu veni mai devreme de şase, găseşti totul cu fundu-n sus“), îi lăsă un rând de chei şi-i făgădui discreţie deplină. Cine o cunoştea cât de cât şi-ar fi râs în barbă la auzul acestei promisiuni. Discreţia se afla într-o profundă incompatibilitate cu toate cele cinci văduve de pe scară şi în mod special cu Stela.

Din clipa când ieşi din garsonieră, aceasta se gândi la un singur lucru: la ziua de vineri, când avea să-i umble prin lucruri tinerei fără s-o deranjeze nimeni. Era cu neputinţă să nu descopere ceva povestibil soborului. Un jurnal intim, câteva scrisori de dragoste, niscai biluţe din cele pe care le vedea la televizor în reportajele cu drogaţi, vreo carte mai deocheată. Coana Gela ţinuse nu demult în chirie o sfioşenie de fată care se îmbujora şi când bătea vântul, dar într-o bună zi îi găsise un vibrator sub pernă. Ea de ce n-ar fi avut noroc?

Vineri dimineaţă Anca Dragoslav bău o cafea, fumă trei ţigări, se uită peste nişte hârtii şi plecă la cursuri fără să dea impresia că ar fi suspectat că Stela de-abia aştepta să-i deschidă uşa garsonierei şi, sub pretextul curăţeniei, să declanşeze o percheziţie ca-n filme. Fremătând de nerăbdare, gazda refuză să ia în calcul posibilitatea ca tânăra să se întoarcă mai devreme din cauza unei migrene sau – şi mai grav – să lase anumite semne greu de observat (clasicul fir de păr, de exemplu) care să-i indice dacă i se cotrobăise prin lucruri. Din fericire pentru coana Stela, investigaţia decurse fără oprelişti. Din nefericire, rezultatul ei nu se dovedi nici pe departe spectaculos. După o explorare gospodărească, metodică, a tuturor posesiunilor tinerei, proprietăreasa se îndreptă din şale, îşi puse o mână în şold, îşi şterse fruntea asudată cu dosul celeilalte şi se resemnă în faţa nemiloasei realităţi: Anca Dragoslav era o persoană absolut normală, care nu avea nimic de ascuns. Nici un element despre vreun secret inavuabil, nimic care să denote un caracter dubios. Haine, pantofi, farduri, articole de toaletă, cărţi, un walkman şi nişte casete, o iconiţă, o agendă telefonică şi cam atât. Coana Stela răsfoi două-trei volume prin sondaj şi întoarse câteva pagini din agendă. Degeaba. Cenzurându-şi o înjurătură suculentă, chit că n-o auzea nimeni, femeia căzu pradă unei decepţii grele. Cum Dumnezeu avea să se prezinte în faţa vecinelor fără nici o picanterie? După-amiază aveau s-o aştepte toate ca pe un cireş copt, cu cafeaua aburind în ceaşcă, iar ea avea să le ofere un zero tăiat în patru. Nu era drept. Coana Stela bombăni ceva dezaprobator la adresa tuturor studentelor neexploatabile epic şi se pregăti să se apuce de curăţenia propriu-zisă. Abia atunci observă că Anca lăsase paginile pe care se uitase mai devreme pe masa din bucătărie. Se aşeză pe un scaun şi, mai mult din respect pentru zeul curiozităţii, se puse pe citit.

Ceea ce avea sub ochi era o povestire intitulată *Târfa din Mensa*, scrisă de un individ pe nume Woody Allen, care nu-i spunea nimic coanei Stela. Deşi cunoştea doar doi posesori ai acestui prenume – o ciocănitoare antipatică şi un actor care juca mai ales roluri de scelerat –, femeia îşi luă inima-n dinţi şi parcurse foile dactilografiate până la ultimul rând. După o jumătate de oră de efort intelectual fără precedent, pe figură i se lăţi un zâmbet victorios. Ce-i drept, năzdrăvăniile relatabile vecinelor lipseau. Dar ceea ce citise îi sădise instantaneu în minte sămânţa unei noi idei sclipitoare.

Nu gustase umorul veninos al povestirii, nu apreciase tipologia personajelor, nu vibrase la calitatea dialogului, nu sesizase schimbările de ritm narativ, nu aplaudase calambururile de virtuoz ale lui Woody Allen şi nu se simţise câtuşi de puţin tentată să reia vreun paragraf. Se fixase exclusiv asupra subiectului, cântărindu-l cu ochii minţii şi gândindu-se deja ce urmări ar fi putut avea transpunerea literaturii în viaţa de zi cu zi. În *Târfa din Mensa* era vorba de un bordel clandestin pentru intelectualii subţiri care, dincolo de reglarea fluxului de testosteron, simţeau şi nevoia unei conversaţii sofisticate. Truditoarele stabilimentului erau studente la filologie – aici în mintea coanei Stela se aprinse imediat un beculeţ –, iar în funcţie de pretenţiile clienţilor şi de alonja lor pecuniară puteau vorbi dezinvolt despre metonimiile lui Wallace Stevens, suflul antiprozodic al lui Whitman, alegoriile lui Melville sau analiza mentalităţilor din romanele târzii ale lui Hawthorne.

Pentru coana Stela însă, toate astea erau deocamdată amănunte nesemnificative. Conta iniţiativa în sine, şi atât. Iar iniţiativa era măreaţă. O casă de toleranţă ticsită de prospături cu diplomă. Şi pe deasupra policalificate. Formidabil. Un loc unde singuraticii, neînţeleşii, perverşii sau complexaţii îşi puteau folosi cu egală vigoare ambele capete. O oază a plăcerilor trupeşti şi spirituale deopotrivă. Un spaţiu propice pentru o *felatio benevolentiae* în folosul universitarului scorţos şi încliftat cu care aveai examen peste o săptămână. O academie a desfrâului unde fetele puteau fi simultan lingviste şi limbiste. Un mediu apetisant pentru cunoscătorii capabili să se delecteze nu doar cu o coapsă tânără, ci şi cu o şuetă elitistă. O, da, este minunat. Şi – bineînţeles – atât de simplu.

În clipa aceea, beculeţul care se aprinsese în mintea coanei Stela clipi insistent, anunţând o întrebare care, nedesluşită până atunci, se limpezi brusc, ca o dimineaţă de toamnă după ridicarea ceţii. Oare faptul că Anca Dragoslav era studentă la engleză şi neglijenţa cu care abandonase paginile dactilografiate la vedere erau simple coincidenţe? Sau camuflau un mesaj pe care, perspicace nativ, îl decodase fără cine ştie ce osteneli? Să fi fost posibil ca fătuţa asta din Simeria să deţină gena unui întreprinzător în devenire şi să-i propună, ocolit, o afacere în tandem? Coana Stela se scărpină în fund cu cheia de la intrare şi clătină din cap. Şi dacă bătea câmpii? Dacă erau aiureli de-ale ei, şi nimic altceva? Asta-i bună. Atunci ce rost ar fi avut lăsarea textului ăluia pe masa din bucătărie? Studenta nu părea distrată. Stela reţinuse stilul pragmatic al primei lor discuţii faţă în faţă. Nu putea fi vorba de nici o coincidenţă, prezenţa fetei la ea în garsonieră deschidea perspective nebănuite şi nebănuibile cu o săptămână în urmă. Oricum însă, cel mai bine era s-o întrebe. Direct, fără să se ascundă pe după piersic. Şi asta cât mai repede. În mod normal, ar mai fi lăsat să treacă două-trei săptămâni înainte s-o abordeze. Totuşi, se temea să nu rateze un prilej de care nu putea fi sigură că avea să i se ofere şi altă dată. Bate fierul cât e cald, fato, se îndemnă coana Stela în gând, decizând ca, după curăţenie, să îşi mai facă de lucru prin garsonieră şi să-şi aştepte chiriaşa.

Anca Dragoslav se întoarse pe la şapte seara, însoţită de o blondă înăltuţă, tunsă scurt şi pistruiată, care clămpăni din tocuri pe gresia din bucătărie ca un dansator de flamenco hărţuit de o albină sub lumina reflectoarelor. Nu păru surprinsă la vederea coanei Stela. Aceasta, în schimb, nu se arătă entuziasmată constatând că studenta nu venise singură. Anca făcu prezentările în bucătărie, îşi aprinse o ţigară, trase în piept, expiră prelung, scoase o cutie de Santal din frigider, le întrebă din priviri pe celelalte două dacă sunt amatoare, le înregistră absentă refuzul, își turnă într-un pahar și se duse în cameră, urmată de Sanda Comșa, colega ei, și de coana Stela. Tinerele se așezară pe câte un fotoliu, iar proprietăreasa rămase în picioare, ca și cum s-ar fi pregătit de plecare. Îi aruncă o privire încărcată de regrete Ancăi și își înăbuși anevoie un oftat.

— Maică, eu am terminat. Am băgat aspiratorul, am șters praful, am făcut bucătăria și baia lună, am frecat covorul, am spălat gresia în balcon și ți-am decongelat frigiderul. N-am crezut c-o să mă prinzi aici, dar m-am luat cu treaba. Aoleu, să vezi că-ncepe iar să mă supere spatele. Deh, bătrânețea. Cică dacă după cincizeci de ani nu te mai doare nimic înseamnă c-ai murit și nu ți-ai dat seama.

— Așa zicea și Mark Twain, rosti Anca înțelegătoare.

— Ăsta cine-i?

— Un scriitor.

— Și ce zicea?

— Că de la șaptezeci de ani încolo se ducea în fiecare dimineață să-și cumpere ziarul, citea rubrica de decese și, dacă nu-și vedea numele, punea de ceai.

— Aha, murmură nedecis coana Stela. Păi cam asta ar fi, mămică. Mai vorbim. Ai nevoie de ceva?

Anca Dragoslav o privi fix pe deasupra ochelarilor, care îi alunecaseră la jumătatea nasului, și zâmbi indulgent.

— De ce m-ați așteptat de fapt, doamnă Milcu?

— Ha?

— Știu și eu cât timp ia curățenia într-o garsonieră. Haideți să vă-ntreb altfel: v-a plăcut povestirea lui *good old Wood*?

— Ce 'seși? se minună proprietăreasa.

— Foile alea cu textul lui Woody Allen. Pline de tâlc, nu?

Coana Stela furișă o privire îngrozită spre colega Ancăi, însă chiriașa ei făcu un gest liniștitor cu mâna și se hotărî să prindă ea taurul de coarne.

— Nu vă faceţi griji, Sanda e de încredere. În plus, poate să ne dea o mână de ajutor.

— La ce, fata mamii?

De data asta, Anca râse cu toată gura.

— Haida-de, să nu-mi spuneţi că nu v-a dat prin cap ce mi-a dat şi mie.

— De unde-ai luat blestemăţia aia?

— Dintr-un volum în engleză. Am tradus-o cu mâna mea şi pe urmă am căzut pe gânduri. Drept să vă spun, de-aia am adus-o şi pe Sanda. Ca să ne sfătuim.

Coana Stela îşi făcu trei rânduri de cruci în grabă şi tocmai se pregătea să-şi scuipe în sân, când vocea rece şi neutră a Ancăi o opri la jumătatea gestului, într-o poziţie caraghioasă, vrednică de milă.

— Doamnă Milcu, vreţi să înfiinţaţi un bordel cultural? Da, sau nu?

Stela renunţă ca prin farmec la atitudinea ultragiată de până atunci şi se aşeză pe un taburet, care protestă scârţâind sub greutatea ei.

— Vreau, 'tu-i viaţa mă-sii, cum să nu vreau? Dar de unde, Doamne iartă-mă...

— Uşurel, uşurel, o potoli Anca. Toate la timpul lor. Hai să nu punem întrebări în plus, bine?

Coana Stela dădu cuminte din cap, încercând din răsputeri să urmeze sfatul tinerei, însă descoperind cât de greu îi venea să evadeze din propria stupefacţie şi să nu se mai gândească la explicaţii plauzibile pentru felul cum i se ghiciseră intenţiile. Oricum, de un lucru se convinsese. Anca Dragoslav nu era nicidecum ceea ce părea să fie. Stăteau mărturie naturaleţea cu care amintise de ideea bordelului, precum şi viziunea articulată asupra planului de afaceri care trebuia pus la punct. Cele două fete vorbiră cam o jumătate de oră, pasându-şi de mai multe ori ştafeta.

Ajunsă la momentul când se cereau împărțite răspunsurile, studenta cu bandană portocalie se aplecă în față spre cele două interlocutoare și le privi pe rând, străduindu-se parcă să le smulgă prin hipnoză ultimul dram de nehotărâre din suflet.

— Uitați cum facem. Sanda se ocupă de racolarea și trierea fetelor.

— Crezi c-o să aibă ce tria? întrebă coana Stela, neputând să tacă.

— Oho! N-aveți idee ce face studentul român în tranziție pentru un ban. Așa, consider că nu m-ați întrerupt. Eu o să am grijă de promovare și-o să iau legătura cu niște domni profesori dispuși să testeze cunoștințele candidatelor. O să trebuiască să-i cointeresăm cumva și pe ei. Poate le oferim servicii gratuite un semestru, vedem noi. Dumneavoastră, doamnă Milcu, aveți de făcut două lucruri. Să ne găsiți niște camere în care să funcționăm și să conduceți afacerea. Cu ajutorul meu, bineînțeles.

Perspectiva matronatului îi surâse coanei Stela, însă fără să-i distragă atenția de la cealaltă însărcinare.

— Păi de unde camere, maică, păcatele mele? În asta stai tu, iar eu m-am mutat la soră-mea ca să te las singură, cum ai vrut. Altceva n-am avut, nu am și nici n-o să am vreodată. A, să nu uit. Dacă vine bibiloiu' tău pe-aici și vede în ce te-ai băgat?

— Cine, Mugur? O să zică mersi când o să vadă că are de unde alege. Nu vă faceți probleme, e inofensiv. Mai bine puneți-vă mintea la contribuție și dibuiți niscai camere libere. Cam într-o lună ar fi bine să ieșim pe piață.

— Începutul contează enorm, rosti axiomatic Sanda Comșa, completându-și colega și stingând la rândul ei o țigară în scrumieră.

Discuția celor trei declanșă energii consumate febril și spornic. Sanda își luă misiunea în serios chiar din ziua următoare, sondând cu sârg terenul printre studentele din anii trei și patru și întocmind la final o listă de opt tinere care păreau să dea satisfacție la toți parametrii: discreție, bust, igienă, orizont literar, voce plăcută, dezinhibiție totală și simț al aventurii. Membrele octetului își asumară fără nazuri o nouă identitate, convinse că era preferabil să despartă apele și să nu lase două lumi paralele să facă nici cel mai mic efort de suprapunere. În afara amfiteatrelor și a sălilor de curs le chema Sherry, Apricot, Peach, Plum, Orange, Pear, Strawberry și Tangerine. Ideea de a le atribui nume de fructe fusese a Ancăi.

La rândul ei, aceasta dovedi un curaj vecin cu inconștiența când se apucă să bată la ușile mai multor catedre filologice și să solicite întrevederi cu o serie de universitari sobri și preocupați, chipurile pentru verificarea neoficială a nivelului de pregătire al câtorva colege alături de care ea, Anca Dragoslav, plănuia să înființeze o revistă interdisciplinară. Stratagema izbuti, deși fetei îi fu imposibil să-și dea seama dacă onorabilii mirosiseră ceva sau, dimpotrivă, își păstraseră intacte candorile juvenile. Așa stând lucrurile, cele opt studente susținuseră prima și ultima serie de examene din viața lor de care nu mai depindeau bursele sau ierarhiile finale, ci angajarea fermă în solda coanei Stela și definitivatul în ipostaza de preotese ale corpului și ale minții. Universitarii nu făcură rabat de la calitate, examinând conștiincios, cu o rigoare teutonă și o inflexibilitate spartană. Lui Apricot și celorlalte li se ceru, bunăoară, să analizeze contrastiv *Meșterul Manole* de Blaga și *Turla* de Golding, să stabilească similitudini tematice între *Așteptându-l pe Godot* și *Deșertul tătarilor*, să lege *Huckleberry Finn* de *Changi* și să distingă nuanțele tuturor traducerilor românești din Villon și Baudelaire. Trecerea de la literatura comparată la teoria literaturii fu un calvar. Era un spectacol fascinant şi totodată lacrimogen s-o vezi pe Tangerine, o roşcată minionă, cu rotunjimi capabile să producă furnicături în degetele unui călugăr cistercian, dându-şi cu părerea despre semem ca text virtual, despre caracterologia monadică şi interpretanţii complecşi sau despre izotopiile discursive transfrastice cu disjuncţie paradigmatică. Era o încântare s-o urmăreşti pe Sherry etalându-şi bogăţiile indicibile ale decolteului şi turuind despre eroarea intenţionalităţii, topologiile culturale, modalităţile de transcendere a imanenţei sau hipercodificarea retorică şi stilistică. Era un deliciu s-o asişti pe Strawberry aşezându-se picior peste picior în fustiţa care îi acoperea un tatuaj din trei şi pronunţându-se în legătură cu poetica lui Jakobson, ambiguităţile lui Empson, fabula lui Eco, simbologia lui Todorov sau mecanismul hermeneutic al lui Steiner. Stresul fu atât de puternic pentru noul val de hetaire, încât plonjonul în apele artelor figurative li se păru o joacă de copii. Pear construi o argumentaţie convingătoare pe marginea obsesiilor zoomorfice ale lui Gaudí, Apricot enunţă principiile pointilismului, Plum teoretiză creaţia timpurie a lui Giacometti, iar Orange încheie apoteotic, cu o trecere în revistă *hors concours* a categoriilor estetice ale lui Burke. La capitolul muzică nu avu loc nici o testare, dat fiind că fetele demonstraseră pe parcurs că puteau conversa cu partenerii exigenţi şi despre *Muzica apelor*, şi despre *The Wall*, nefiindu-le străine nici tensiunile wagneriene, nici discografiile complete Ten Years After, Bad Company, Yngwie Malmsteen sau Jefferson Airplane. Una peste alta (la figurat, fireşte), cele opt graţii erau pregătite. Şi chiar nerăbdătoare.

Între timp coana Stela avu parte de o misiune la fel de spinoasă. Femeia chibzui câteva zile de una singură, fără să ceară ajutorul nimănui. Nu era o chestiune de viaţă şi de moarte, ci ceva mult mai serios: o chestiune de bani.

Combinația în care era pe punctul de-a intra, alături de Anca Dragoslav și Sanda Comșa, nu putea să aibă succes în absența unui spațiu ferit de ochii clevetitorilor. Stela știa prea bine ce virus redutabil era străvechea bârfă românească, motiv pentru care măsură de zece ori înainte să taie o dată, ca să evite din capul locului regretele tardive. În cele din urmă, după ce stătu cu picioarele în apă rece și răsuci mai multe variante pe toate părțile, ajunse la concluzia de care simțise deja că nu avea cum să scape: trebuia să ceară concursul celorlalte patru vecine din cercul văduvelor. Era, neîndoios, cea mai bună soluție.

— Steluțo, ai înnebunit? fu prima reacție a coanei Gela trei zile mai târziu, când femeia decise să le invite pe toate la un coniac în garsoniera preluată de Anca, plecată la cursuri de la opt dimineața.

— Făi, femeilor, ce-i cu voi, v-ați supărat pe bani? se înfurie Stela, deranjată de miopia vecinelor și de neputința lor de a gândi pe termen lung. Pân-acu' boceați că nu v-ajungeți cu pensiile, iar când vă iese norocu-n cale îi dați cu piciorul'. Ia judecați nițel, să vedeți ce frumos o să se aranjeze lucrurile.

Complicea Ancăi Dragoslav le schiță planul de bătaie în cât de puține cuvinte putu, insistând asupra originalității ideii și asupra viitorului tihnit care se întrezărea dacă aveau să meargă toate conform graficului.

— Vă dați seama, n-a mai existat așa ceva la noi, se inflamă ea, împrumutând ceva din forța de persuasiune a tinerei sale chiriașe. Ia să v-aud, cine se duce la curve? Șoferu' de TIR, ăla care n-are pe ce pune mâna acasă și ăla c-o nevastă urâtă ca un film turcesc. A, și străinii care agață pițipoance prin hoteluri. Ștoarfele de pe centură sau borfeturile de la „Dunărea“ sau „Inter“, cu atâta ne lăudăm. Și uite că deodată apare ceva nou. Ceva unde să te simți bine şi înainte să dai la pompă, şi după, nu doar în timpul. Ceva stilat, mă, fetelor, ceva cu ştaif, cum n-a mai văzut Bucureştiu' ăsta nenorocit de când se ştie. Vine omu', îi faci un pic de conversaţie, îl laşi să bată câmpii, te mai încontrezi cu el, da' blând, nu ca la tocşouri, mai schimbi o idee, mai bei o cafeluţă şi, dacă între timp i se face şi de cotoi pe varză, îl serveşti. Da' nu cu banii pă noptieră, ca la Crucea de Piatră. Nu, îl iei cu binişoru', îl drăgăleşti, te pisiceşti, mai rupi o vorbă-două pă franţuzeşte, îi mai faci un masaj, îi mai sugi un deget, mă rog, să le-auziţi pe fete, sunt maestre emerite, ce mai.

— Să-l văd io p-ăla lu' care-i mai arde de discuţii când şi-o pune o nurlie poalele în cap în faţa lui, bombăni mefientă Mela. Ăstora le e gându' la una şi bună, Stelo, ascultă-mă pe mine.

— Nu vorbi aşa, fato. Păi tu crezi că primim pe oricine? Vrei să ne ia peştii de pe Magheru la ciomege? Nu, soro, n-avem treabă cu ăştia care-nvârt covrigu' sau cu chinezii din angrouri. Clienţii noştri sunt oameni finuţi, ce naiba.

— „Clienţii noştri"? se miră Ela. Da' văd că te-au băgat astea mici în horă. Bravo, n-am ce zice. Femeie bătrână şi cu frica lui Dumnezeu.

— Numai cu frica lui Dumnezeu mori de foame, dragă. Iar eu, dacă pot să mai scot un ban, scot, mă ştii doar. Dar uite că vreau să vă fac şi vouă un pustiu de bine. Ce ziceţi, puneţi coteţele la bătaie?

— Păi bine, Steluţo, şi pe fătuţa mea de la drept unde-o trimit? întrebă Ela derutată.

— Ia vezi, nu-i rea de muscă?

— Aoleu, da' spurcată eşti. Nu ţi-am spus că-i cu ochii-n cursuri de dimineaţă până seara? Doar n-oi vrea s-o amesteci şi pe ea în ciorba asta.

— Atunci fă-i vânt. Inventează ceva, orice. Hai, că te pricepi.

— Poate mă dă naibii-n judecată. La câte legi îi trec prin mână, precis găsește vreo șurubărie și mă leagă de gard.

— Fii serioasă, Elo. Te descurci, n-am eu grija ta. Voi ce ziceți, suratelor? Vă băgați?

După consultări tumultuoase, Nela, Mela și Gela conchiseră că propunerea vecinei lor merita riscul. Bineînțeles, cu condiția să n-o facă gratis, lucru pe care coana Stela avu grijă să-l lămurească imediat. În primele săptămâni, poate chiar luni, nu aveau să încaseze mare lucru. Așa era la început, trăgeai targa pe uscat. Însă după ce se puneau pe picioare aveau să le vină și banii. Mai întâi sume nesemnificative, apoi din ce în ce mai mult. Pe principiul pașilor mărunți. Iar dacă totul mergea bine, într-un an puteau să închirieze un spațiu în centru, să-l amenajeze cum scrie la carte și să-și reia garsonierele în primire. Până atunci... pe la prieteni sau pe la neamuri, n-aveau încotro. Era grea văduvia, ce-i drept, dar depindea de ele s-o facă rentabilă.

În primele zile ale unui noiembrie neașteptat de însorit și vesel, scara de la bloc a cvintetului domestic se transformă cu adevărat în templu al deliciilor intelectuale și trupești. Garsoniera coanei Stela deveni dispecerat și sală de primiri, în vreme ce Ela, Gela, Nela și Mela se mutară provizoriu și le făcură loc celor opt curtezane repartizate pe perechi, în funcție de afinități: Sherry cu Orange, Peach cu Tangerine, Plum cu Apricot, iar Strawberry cu Pear. Odată organizat sistemul și efectuată o reclamă discretă, întreprinzătoarelor le rămase de făcut un singur lucru, poate cel mai greu în momentul acela: să aștepte. Să aștepte și să se roage să nu-și fi stors creierii degeaba.

Cel dintâi client se dovedi a fi un asistent universitar de la română, măcinat de frustrările acumulate ani de zile în compania unei soții gen jandarm cu fustă, în fața căreia deschidea gura doar ca să ceară voie să ducă gunoiul sau să plimbe pudelul. Coana Stela preferă să rămână în umbră și, pitită în dosul ușii de la baie, să fure meserie de la Anca Dragoslav. Studenta cu bandană portocalie își tratá musafirul cu o cafea la ibric și o bomboană, îl lăsă să le savureze și să se acomodeze cu decorul și, abia după ce se convinse că tracul momentului fusese depășit, începu să-i deducă preferințele. Asistentul era un cinefil împătimit, însă nu avea cu cine să discute despre recitalurile actorilor favoriți sau despre operele de referință ale diverșilor regizori. Și, vorba aia, vedea filme serioase, nu *Die Hard* sau *Aliens*. Cât despre o fată anume, îi era totuna. Important era să găsească pe cineva dispus să-și deschidă urechile, nu picioarele. Anca Dragoslav îl aprobă întru totul, știind însă că Peach, de pildă, le putea face pe amândouă cu același succes.

— Am înțeles că te-ar interesa un tur de manivelă, stimate domn, îl abordă aceasta cinci minute mai târziu, pe tonul unei deferențe jucate, sub care palpitau promisiuni amețitoare. *My name is Peach, I love the beach, but I ain't no bitch.*

Asistentul o privi curios și relativ timorat. Nu pricepea boabă de engleză, însă vocea joasă a fetei și costumația ei interbelică, de vampă întreținută de un *capo mafioso*, îl convinseră să se apropie de canapeaua de sub fereastră.

— Bună... bună ziua. Mă numesc...

— Nu vreau să știu, îl întrerupse Peach cu blândețe. Poți să fii Bogie și eu Laureen. Poți să fii Paul și eu Joanne. Poți să fii o umbră tarkovskiană sau un monstru wendersian. Poți să fii omul invizibil sau omul-elefant. Hai, așază-te, tinere prinț, și spune-mi ce vânt te-aduce.

— Păi... voiam... să vorbim, bâigui stins asistentul.

— Asta și facem, Rambo, asta și facem deocamdată. Ah, văd că te-ai crispat. Nu te dai în vânt după Sly, nu? Drept să-ți spun, nici eu. Iartă-mă. Și despre ce vorbim, domnul meu? se interesă suav Peach, aşezându-se picior peste picior şi lăsând să i se vadă o gambă şi un început de coapsă, de care privirea universitarului se lipi ca marca de scrisoare.

— Despre fi-filme, se poticni tânărul, gândindu-se probabil cum avea să-şi justifice întârzierea în faţa Brunhildei cu mâinile în şold care-l aştepta acasă.

— O, ce incitant, oftă ademenitor Peach, şi se cuibări pe canapea alături de el. Ce bine ne potrivim. Şi eu aş păpa cinema pe pâine, zău dacă nu. Dimineaţa, la prânz şi seara. Slavă Domnului că există HBO-ul, măcar poţi să vezi un film cap–coadă, fără să te piseze cu reclame.

— Decodarea fracturată a mesajului se poartă peste tot în ultima vreme, generaliză asistentul, pe care Peach află că-l chema Sorin Silistraru. Şi în literatură, şi în teatru, chiar şi în pictură.

— Hm, ai dreptate. Dar parcă fractura filmică e cea mai penetrantă. Şi planurile paralele, şi flashbackurile sunt la ele acasă. Uită-te la Truffaut, uită-te la René Clair.

Abilă şi acomodantă, tânăra izbuti să combine conversaţia cinefilă cu apropierea fizică de partener. Disecă toate capcanele în care căzuse Jacqueline Bisset în *Noaptea americană* şi-i îndepărtă un fir de păr de pe sacou. Îi evocă pe fraţii Lumière şi-i desfăcu nodul de la cravată. Elogie virtuţile imaginii din *Regula jocului* şi-i deschise nasturii cămăşii, dinspre ale cărei subsuori venea un iz amestecat de deodorant ieftin şi transpiraţie provocată de emoţie. Silistraru nu rezistă mult. După cinci minute de tachinări libertine vru să se descheie la curea şi să-şi dea jos pantalonii, numai că Peach îl blocă fermă, continuând să surâdă, uitându-se ca hipnotizată la umflătura care i se vedea în poală şi sperând că sfiosul asistent universitar să nu facă atac de cord în faţa ei.

— Stai, avem tot timpul. Nu vrei un strugure? Putem să-l mâncăm împreună şi să citim o cronică a Eugeniei Vodă.

Sau să comparăm *Hamlet*-ul lui Olivier cu al lui Branagh. Îți vine să crezi că am avut orgasm după ce l-am văzut pe Welles în *Othello*?

Silistraru roși violent și își coborî privirile. Nu era obișnuit cu acest tip de confidențe. Își dădu seama că era pândit de dilema măgarului lui Buridan. Voia la fel de mult s-o tăvălească pe păpușica asta neobrăzată și să discute despre toate filmele care-i veneau în minte. Și, în fond, chiar dacă i se îndeplinea doar una dintre dorințe, tot era bine.

Numai că Peach era generozitatea întruchipată. O jumătate de oră mai târziu, aceasta își culcă musafirul într-un 69 care îi crescu pulsul la cota maximă, după care îl întinse cu fața în sus, crucificându-l cu săruturi care îi marcau apăsat carnația, și îl răsfăță cu un masaj ce-l aduse în pragul exploziei. Silistraru fugi cu gândul la *This Is America* și la episodul spălătoriei de mașini unde angajatele frecau parbrize cu sânii și cu fesele. Știind că nu se mai putea abține, vru s-o ridice pe fată deasupra lui și să se lase călărit la nemurire.

Peach prinse mișcarea. Printr-un artificiu specific meșteșugului, își temperă clientul și-l făcu să amâne descărcarea, izbutind totodată să reînchege discuția pe teme cinematografice.

— Care-a fost comedia care ți-a plăcut cel mai mult? se interesă ea, scormonindu-i cu limba în ureche.

— *Gol... pușcă.*

— Și cea mai proastă?

— Cred că *Dogma*. Da, *Dogma*. Categoric. Abia după aceea aș pune *Tăntălăul și gogomanul*. Iar pe trei... *Cactus Jack*.

— Da? se miră Peach. Bine, dar e prima comedie-pastișă de după perioada romantică. Tot ce vezi acum, de la *Formidabilul* la *Ace Ventura*, de-acolo se trage. E pentru prima dată că Hollywoodul își conștientizează hibele. Un caz excepțional de exorcizare a răului prin râs. America autoironică, a opta minune a lumii, nu găsești? Iar Kirk Douglas a fost de basm.

— Păreri și păreri, acceptă pe jumătate asistentul. Din punctul meu de vedere, cel mai bun actor din toată aiureala aia a fost calul.

— Apropo de actori. Dacă s-ar turna un remake după *Bucuria vieții*, pe cine-ai vedea în rolul lui Van Gogh?

Silistraru nu răspunse imediat. Îi mozoli cu sârg unul dintre sfârcuri lui Peach, îi sărută în treacăt pântecele cald și își plimbă o mână pe sânii ei cu o atenție de merceolog care controlează un lot de export pentru Elveția.

— O să râzi. Pe Willem Dafoe. Famelicul malefic.

— Mda, e o idee. Îhî, ai dreptate. Încerc să mi-l imaginez. Păi... să știi c-ar merge. Ar merge bine. Dar de Geoffrey Rush ce zici?

— Îi lipsește demența din priviri.

— Kevin Bacon?

— Are prea multă.

— Tom Hanks?

— Ăsta cine mai e?

Peach râse neprefăcut și își ferici musafirul cu un sărut interminabil, care îi antrenă pe cei doi într-o nouă rundă de acrobații erotice, la capătul cărora Silistraru clipi des și se frecă la ochi, nevenindu-i să creadă. Nu se mai simțea ca Mickey Rourke în *Nouă săptămâni și jumătate*, ci mai degrabă ca Randy West în *Pe la spate – III*. Mai zăbovi în patul lui Peach aproape o oră, timp în care exploră cu ea, pe lângă părțile ascunse ale propriilor corpuri, influențele occidentale din filmele lui Mizoguchi, descriptivismul frust al lui Oliver Stone, dubla conștiință la Bergman și somptuozitatea eșecului la Antonioni. Fata deplânse criza de idei a lui Polanski („de la *Tess* încoace nu știu să mai fi scos ceva ca lumea“), iar asistentul filozofă pe tema actorilor care, sub povara gloriei, nu mai puteau intra în pielea personajelor fără să facă apel la condiția lor de vedetă. („Vezi tu, în *Propunere indecentă* Redford nu joacă un miliardar, ci pe Redford însuși încercând să joace un miliardar.“)

Înainte de-a pleca, Silistraru făcu un duș prelungit și avu elementara înțelepciune de-a refuza o mână de ajutor din partea lui Peach. Se săpuni vârtos, se clăti de câteva ori, dădu jetul la maximum și speră din tot sufletul lui de bărbățel prigonit că vigilenta doamnă Silistraru nu avea să miroasă nimic. Nici la propriu, nici la figurat. Se îmbrăcă fără grabă și, după ce își aranjă cravata, dădu să vâre mâna în buzunar. Fata simulă o jenă fără margini și-l lămuri că banii erau un lucru prea meschin pentru sufletul ei avid de prietenie („sentimentele sunt intarifabile, nu?“), pentru corpul ei dornic de noi și noi experiențe („ești tânăr, domne, tânăr“) și pentru spiritul ei înnobilat de discuțiile despre Toshirō Mifune și Hilary Swank („Dar de Tom Cruise în *Rain Man* ce părere ai? Stă sau nu lângă Hoffman? Aud?“). În schimb, apăsă pe un buton aflat la capătul patului, iar după două minute se auzi o bătaie în ușa în al cărei cadru se ivi silueta Ancăi Dragoslav. Studenta cu bandană îl conduse pe asistent în garsoniera coanei Stela, pentru rezolvarea părții prozaice a lucrurilor, în timp ce Peach dădea fuga la baie, râzând de data asta în gura mare. Un etaj mai jos, Silistraru achită la coana Stela în persoană.

— Trei sute de mii în plus, maică. Jumate pentru conversație, jumate fiindcă a fost fără prezervativ, decretă femeia, informată deja despre conținutul sesiunii.

Cu mâna pe clanță și petrecut îndatoritor de Anca, tânărul universitar se întoarse și întrebă șoptit:

— Am un prieten burlac, topit după rhythm and blues și soul. Se poate?

— Cum să nu, mămică, sigur că se poate. Este pentru toate gusturile, spuse coana Stela ca o precupeață nerăbdătoare să vândă tot ca să n-o prindă întunericul în piață.

— Oricum, dați un telefon pentru programare, adăugă Anca. Fetele sunt disponibile de după-masa până noaptea târziu. Totuși, preferăm să știm din timp.

În aceeași seară, două garsoniere de pe scara unde locuia cvintetul văduvelor cunoscură o animație aparte. La etajul patru, acasă la Nela (unde actualele ocupante erau Plum și Apricot), vecinele se văzură la o dulceață și-un lichior, nerăbdătoare să afle din gura coanei Stela sub ce auspicii avusese loc debutul lui Peach în noua ei îndeletnicire. Cele opt curtezane, plus Anca Dragoslav și Sanda Comșa, se întâlniră în garsoniera-dispecerat a Stelei, unde comandară prin telefon trei pizze și două baxuri de bere, gata să sărbătorească evenimentul. Însă nici nu se îndepărtă bine Tangerine de casetofonul la care pusese ultimul Everything but the Girl, că se auzi zbârnâitul telefonului. Anca ridică receptorul imediat, convinsă că era coana Mela, care avea s-o roage să dea muzica mai încet.

— Da?

— Pisi? Eu sunt. Aoleu, ce-i gălăgia asta? Faci nuntă?

Era Mugur, alias țuțuraș, alias bibiloiul. Deprinsă din fragedă pruncie să mintă cursiv și convingător, Anca îi motivă pe dată plusul de decibeli.

— Sunt cu niște colege. E ziua uneia și n-a avut unde să și-o serbeze. Ce faci, pe unde ești?

— Acasă, unde? Ziceam că poate-ajung luni sau marți pe la tine. La o parolă...

— ...la o cafea, continuă studenta în locul lui. Știi care-i chestia, peste două săptămâni avem un parțial nasol și trebuie să tocesc. Hai s-o lăsăm pe mai încolo, te superi?

— Nu, pisi, când vrei tu.

— Te sun eu. Nu-i exclus chiar să dau o fugă acasă. Se duc banii ăştia, ceva de groază. În rest, toate bune?

— Ţac-pac. M-am băgat la jandarmi. De lunea trecută.

— Zău?

— Păi ce să fac? Altundeva n-am găsit, şi m-am săturat să frec menta. Aşa măcar mai iau ceva mălai.

— Bravo. Presupun că de-acum trebuie să te salut cu „să trăiţi".

— Eşti numai bună de instrucţie, pisi. Abia aştept să-ţi dau culcaturi, grohăi salivând ţuţuraşul.

Anca se strâmbă la receptor, stârnind râsetele lui Sherry şi Strawberry, iar după două-trei minute îşi expedie interlocutorul şi se întoarse în mijlocul fetelor chiar în clipa când Sanda Comşa le propunea să găsească o denumire pentru întreprinderea la care aveau să lucreze de-acum încolo.

— Naked Truth, îndrăzni Plum.

— Aş, e preţios, obiectă Anca. Pe lângă asta, dac-o pui pe madam Stela să pronunţe, îi cade proteza.

— Sexperience, zise Orange.

— Fumat. Şi nu-i obligatoriu să fie ceva englezesc.

— La zeama bordeleză, sugeră Apricot.

— Hai, că eşti scârboasă.

— De ce, mă? De la „bordel".

— Filoclub, rosti Peach.

— Poate Faloclub, ricană Tangerine.

— Nu, nu. Filoclub nu-i rău. Poate să-nsemne orice, îşi dădu cu părerea Sanda, aprobată din cap de Anca Dragoslav. Ce ziceţi, rămâne Filoclub?

Fetele acceptară fără mari împotriviri. N-avea nici un rost să despice firul în patru şi după aceea să mănânce pizza rece şi să bea bere caldă. Cât despre Anca, îşi notă în gând s-o mediteze niţel pe coana Stela la bunele maniere. Cuvântul de ordine în toată povestea era „stil". Nu puteai să i te adresezi unui cadru universitar cu „maică“ și nici să-i arunci în față că-l taxai suplimentar fiindcă făcuse sex neprotejat. Cizelarea unei țațe care se scărpina cu cheile te miri pe unde era o misiune anevoioasă, dar trebuia dusă la îndeplinire. Cu orice risc.

În câteva luni, afacerea înflori încet și sigur. La început răzleți și întâmplători, clienții deveniră treptat fideli și din ce în ce mai mulți. Combinația preparată de trioul coana Stela–Sanda Comșa–Anca Dragoslav și servită de octetul studențesc era pe cât de tentantă, pe atât de rară. În câte locuri te mai puteai bucura de un asemenea dozaj? Unde mai găseai pe cineva capabil să asorteze baletului sacadat al copulării un comentariu la misterele eleusine sau o dezbatere despre motivul reinserției ontologice în romanul sud-american contemporan? Cine se mai mândrea cu niște vestale ale plăcerii de pe buzele cărora culegeai nu doar făgăduiala unor dulci nebunii, ci și gânduri despre semnificantul lui Saussure? Câți erau privilegiații care își rezolvau concomitent excesul de hormoni și dilemele culturale?

Conform anticipărilor, după un an și trei luni de provizorat, coana Stela strânse suficient capital ca să închirieze un spațiu cu vad mai bun, aproape de kilometrul zero. Cum era normal, fiecărei fete îi fu repartizată o cameră numai a ei, amenajată cu farmec, discreție și bun-gust. Tinerele erau în general mulțumite. Câștigau frumușel, se mai și amuzau din când în când, iar promovarea examenelor încetase să fie o problemă din clipa când doi dintre profesorii cei mai severi descoperiseră o lume nouă la pieptul lui Apricot sau între pulpele lui Pear. Micile insatisfacții erau discutate lunar, de față cu Anca, Sanda și coana Stela, și în majoritatea cazurilor rezolvarea lor nu întârzia să se producă. În linii mari, totul mergea ca pe roate, spre sincera invidie a cuibului de văduve: „A dracu' Stela, s-a scos și de data asta". Recompensate onorabil cât timp își oferiseră garsonierele, cumetrele se fereau să bată toba, știind prea bine că orice scurgere de informații le putea pune în situația de a da declarații la poliție. Veniturile, atâtea câte erau, circulau departe de ochii Fiscului, iar statul ar fi fost șocat să descopere ce forme curioase ajunsese să îmbrace evaziunea.

La parterul imobilului, coana Stela deschise o florărie cochetă și intimă. Ideea fusese a Sandei Comșa. Fata gândise spațiul cu pricina ca pe un preludiu înmiresmat al întâlnirilor de taină de la cele două etaje și fusese de acord să pozeze în vânzătoare. Clienții stabilimentului aveau un cod numai al lor: intrau în florărie și cereau două garoafe albe, chipurile pentru o înmormântare. După ce plăteau, primeau florile unite printr-o foiță de staniol în care era ascuns un pătrățel metalic pe care era gravat numărul camerei unde erau așteptați. Alegerea partenerei nu mai era opțiunea lor, ci a Ancăi Dragoslav, care ținea evidența așa-numitului grafic de ocupare. Pe de altă parte, succesul ședinței de amor intelectual era garantat indiferent dacă în spatele ușilor capitonate se afla Sherry sau Tangerine, Strawberry sau Peach. În atâtea luni de rodaj, fiecare dintre cele opt studente se instruise suficient ca să acopere cu egală dezinvoltură și competență întreaga plajă a subiectelor de discuție.

La un moment dat, coana Stela sesiză o diversificare măgulitoare, dar totodată riscantă a clientelei. Deși reflexul dubitativ nu o caracteriza, femeia începu să se întrebe dacă nu cumva întrecuse măsura. Nu de alta, dar pe ușa florăriei intrau de la o vreme nu doar universitari, ci și vedete rock, plasticieni, câțiva ziariști (puși să jure că nu aveau să divulge nimic în presă) și chiar doi-trei politicieni, a căror viață personală era oricum subiectul preferat al tabloidelor. Fetele făcură față fără emoții, ba chiar nutriră sentimentul că standardul valoric al conversației scăzuse odată cu lărgirea gamei de oaspeți. Orange nu reuși să convingă un membru al Comisiei pentru cultură din Senat că Augusto Roa Bastos nu avea un frate producător de țigări, Sherry îl surprinse pe unul dintre arhitecții cu firmă ai capitalei confundându-l pe Cat Stevens cu Shakin' Stevens, iar Strawberry află din gura unui textier de muzică ușoară că în Chile și Paraguay se vorbea latina. Totuși, astea erau mofturi. Filoclubul avea vânt din pupa și nu mai stătea nimeni să caute nod în papură.

Dacă i-ar fi spus cineva coanei Stela că, după aproape doi ani de strădanii, proiectul ei avea să se ducă pe apa sâmbetei din cauza unui accident aviatic, mica întreprinzătoare i-ar fi râs în nas. Într-un sfârșit de mai cu vreme caldă și cer senin, pilotul unui elicopter militar făcu infarct în timpul unui zbor în care avea la bord trei capi de la comandamentul trupelor de jandarmi și se prăbuși cu aparatul într-o pădurice de la marginea Bucureștiului. Tragedia ținu prima pagină a gazetelor doar o zi, până când comisia de anchetă stabili că nu fusese vorba nici de sabotaj, nici de o eroare umană. Familiile îndoliate primiră condoleanțele a doi miniștri, dublate de promisiunea ca de obicei neonorată a sprijinului financiar, în timp ce fiecare județ își trimise doi reprezentanți la funeraliile ce urmau să aibă loc la Ghencea Militar.

Când află că trebuia să plece la București împreună cu un coleg din Deva, sergentul-major Șotângă Mugur nu jubilă defel. Ca pe mulți provinciali, capitala îl perplexa și-l punea nu de puține ori în situații stânjenitoare. Deplasările precedente – tot mai puține la număr – se datoraseră în totalitate Ancăi Dragoslav. În ultima vreme însă, studentei cu bandană portocalie parcă nu-i mai ardea de țuțurașul ei. Pe lângă asta, n-o mai prindea niciodată singură. Ba dădea peste băbătia care-i închiriase garsoniera, ba peste o arătare blondă, asexuată și nesuferită, care fuma ca o șerpoaică și-l privea de sus, cu sprâncenele arcuite într-un circumflex amuzat, de parcă ar fi văzut un dromader pe rotile. În sinea lui, bibiloiul avusese din capul locului anumite îndoieli cu privire la rezistența în timp a relației cu Anca. Vraja corupătoare a capitalei putea să subjuge și naturi mai robuste decât fata unor funcționari din Simeria. Așa stând lucrurile, nu era de mirare că o găsea mai schimbată de la o întâlnire la alta. Și poate că era normal ca la un moment dat să-și uite prietenul de acasă. Eventual să dea peste altcineva. Era în firea lucrurilor. Dacă se gândea bine, Mugur nici măcar nu regreta armonia inefabilă a unor visuri comune, ci doar sporadicele sesiuni amoroase în decursul cărora – putea să bage mâna-n foc – Anca îi oferise delicii de negăsit la vreo altă fată din oraș.

Înaintea înmormântării, sergentul-major trecu pe la comenduirea garnizoanei, unde lăsă cumpărăturile făcute pentru cei de acasă, urmând să le ridice în drum spre gară. Cum colegul din Deva avea la rândul lui niște probleme de rezolvat, cei doi stabiliră să se întâlnească direct la cimitir. Țuțurașul dădu să coboare la metrou, însă la jumătatea drumului își aminti că nu cumpărase flori. Nu-și putea permite să apară la mormânt cu mâna goală, îl mai raporta cineva la unitate și dădea de bucluc. Nu-i cunoștea pe răposați și nu aprinsese nici o lumânare pentru sufletul lor. Totuși, convențiile trebuiau respectate.

Împinse ușa de la intrarea în florărie, dar nu văzu pe nimeni înăuntru. Așteptă câteva secunde, făcu doi-trei pași printre aranjamentele florale, tuși aluziv, iar în cele din urmă, de după o draperie lila apăru o tânără cu părul strâns la spate, care bombăni agasată „Unde naiba o fi Sanda asta?“, înainte de a i se adresa cu o umbră de jenă în glas:

— Bună ziua. Spuneți, vă rog.

— Săru' mâna. Două garoafe albe, domniță.

Fata se aferă cam o jumătate de minut dincolo de tejghea, cu spatele la jandarmul căruia îi întinse apoi cele două flori prinse cu staniol.

— Treizeci de mii.

Țuțurașul plăti cu bani potriviți, își vârî portofelul în buzunar și preluă garoafele din mâna tinerei. Simți ceva tare în locul unde se găsea foița argintie de staniol. O desfăcu atent, se uită la plăcuța pe care era gravat un 8 compus din două cerculețe suprapuse și, ridicându-și privirile, văzu că vânzătoarea îl îndeamnă cu un gest discret să se piardă în spatele draperiei. Ce chestie, intri prin față, ieși prin spate, își zise sergentul-major, convins că măsura – absurdă, după părerea lui – fusese luată într-una dintre zilele aglomerate pentru florărese (de pildă, de sfinții Constantin și Elena), pentru fluidizarea fluxului de clienți. Bine, bine, dar ce era cu optul ăla? Se ținea vreo tombolă? Sau fusese al optulea cumpărător al zilei? Tocmai se pregătea să-și răspundă la întrebări, când observă că la parter nu se mai afla nici o ieșire și că era obligat să urce o scară în spirală. Sui treptele cu un pas vioi și imediat pe dreapta văzu o ușă pe care se găsea un 8 care semăna leit cu cel de pe plăcuța ascunsă în peticul de staniol. Ciocăni prevenitor, mirându-se de toată șarada, iar pe urmă apăsă pe clanță și intră.

— Fii bine-venit, tinere ostaș. Ce faci, îl salvezi pe soldatul Ryan?

Bănuind că avea parte de un nou cinefil, Peach se decise pentru o abordare mai vivace. Se ridică de pe sofaua pe care o surprinsese intrarea jandarmului, se apropie de el cu buzele întredeschise, mimând bucuria produsă de prezența eroului neînfricat, și i se aruncă în brațe, frecându-și pieptul de vestonul lui aspru și călcat. Scăpat teafăr dintr-un sărut de generic, Mugur Şotângă îşi înfrânse candorile şi înţelese – mai lent decât s-ar fi cuvenit – că florăria era un paravan, şi nimic altceva. Uimirea i se acutiză abia când de pe coridor răzbătu în cameră un glas încărcat de reproş şi, vai!, atât de cunoscut, care îşi încheie apostrofa pe un ton ce nu admitea replică: „Am spus clar, în afară de mine nu-i repartizează nimeni pe clienţi. Ce Dumnezeu, am vorbit cu pereţii?“ În clipa următoare uşa se deschise şi în alcovul rafinat al lui Peach năvăli Anca Dragoslav în persoană. Cu un ultim efort, ţuţuraşul izbuti să-şi mai dilate pupilele cu un centimetru, înainte de-a şuiera excedat:

— Ce cauţi aici, pisi?

— Da' tu? ripostă studenta cu bandană portocalie, probând o admirabilă stăpânire de sine. Nu ţi-am zis să suni înainte să vii la Bucureşti? Ţi-am zis, sau nu ţi-am zis? De unde dracu' ai aflat de chestia asta? Şi ce crezi, că dac-ai venit în uniformă o să cadă lumea pe spate? Asta crezi? Sau vrei reducere?

Nedorind să asiste la ceea ce părea să fie începutul unei discuţii cât se poate de dezagreabile, Peach se scuză şi ieşi din cameră. Foştii amorezi rămaseră singuri şi continuară ostilităţile la do de sus până când Orange, care se afla alături, le bătu în perete şi le ceru să umble la potenţiometru. Amărâtei îi căzuse pe cap un diplomat indian care nu numai că o gâdila cu mustăţile, dar voia să converseze despre raportul dintre imnurile vedice şi filozofia limitei la existenţialişti. Exact tărăboiul lor îi lipsea.

Două ore mai târziu, la câţiva paşi de mormintele celor patru victime ale accidentului aviatic, sergentul-major de jandarmi Şotângă Mugur încă nu reuşise să scape de golul care i se căscase în suflet. Prietena lui, Ancuţa lui mică şi zburdalnică, plecase la facultate şi ajunsese la bordel. Nu era studentă, ci codoaşă. Şi în toate lunile astea îşi bătuse joc de el ca de ultimul tâmpit. Îl minţise cu neruşinare. Ce-o să zică oamenii din Simeria când o să afle? se întrebă ţuţuraşul pradă deznădejdii, în timp ce două lacrimi izvorâte dintr-o ciudă fără margini i se prelingeau simetric pe obraji. Ce tânăr simţitor, îşi ziseră neamurile dispăruţilor, aflate în imediata lui apropiere. Bietul copil, plânge după nişte oameni pe care nu i-a văzut în viaţa lui. Ce inimă largă. Şi ce lucru mare, solidaritatea ostăşească.

Întors acasă, bibiloiul avu de luat o decizie simplă. Între a lăsa timpul să cicatrizeze rana şi a forţa citarea pe ordin de zi pentru denunţarea unui atentat la bunele moravuri, el optă pentru cea de-a doua variantă, deşi nu ştia că, în acest fel, nu se răzbuna doar pe Anca Dragoslav, ci şi pe pramatia bătrână care-i închiriase camera. Filoclubul îşi închise porţile chiar în ziua divulgării, provocând tristeţea anevoie camuflată a câtorva sute de beneficiari ai răsfăţului început în patru garsoniere şi continuat deasupra micii florării din centru. Şi totuşi, în vreme ce iniţiatoarele şi animatoarele proiectului se pregăteau să dea piept cu justiţia, Mugur Şotângă chibzui o vreme şi conchise că, în ciuda pocinoagelor, ideea Ancăi nu fusese rea deloc. Motiv pentru care, după trei luni de expectativă, puse mâna pe telefon şi îşi sună un fost coleg de liceu din Hunedoara.

— Luţă, sunt Mugur. Auzi, bă, neamţu' ăla al tău care voia să bage bani într-un minihotel mai e pe felie? Vreau să-i propun o afacere.

Să invadăm cu Emilian Bădoiu

It was a time when strangers were welcome here,
Music would play, they tell me the days were sweet and clear,
It was a sweeter tune
And there was so much room
That people could come from everywhere.
Now he arrives with his hopes and his heart set on miracles,
Come to marry his fortune with a handful of promises,
To find they've closed the door,
They don't want his anymore,
There isn't anymore to go around.

—NEIL SEDAKA, *The Immigrant*

Stăteau şi aşteptau înfriguraţi, tun fotografic lângă tun fotografic, aidoma unor trupe cufundate în ceaţă înaintea bătăliei şi puse acolo de mâna unui regizor de film istoric. În spatele fotoreporterilor, câteva zeci de gură-cască tropăiau ca să se încălzească şi înjurau scrâşnit la fiecare pală de vânt. Aeroportul Luton nu mai cunoscuse o asemenea afluenţă din 2004, când se dăduseră în folosinţă şapte noi porţi de îmbarcare. Porţile se adăugaseră celor şaisprezece existente deja, iar inaugurarea lor prilejuise un concert al lui Paul Young, născut la şapte-opt kilometri de „uzina drumurilor aeriene", cum botezase o mediocritate din presa locală aeroportul. Clădirea lui semăna cu cutia de rezonanţă a unei viori şi adăpostea barurile, magazinele şi locurile de fumat pe care le găseşti de la o vreme cam pe oriunde, de la München la Roma şi de la Lisabona la Amsterdam.

Aburul dimineţii geroase de ianuarie ieşea din sutele de guri sau perechi de nări. Fiind prima zi a anului, fotografii şi reporterii s-ar fi cuvenit să doarmă sau cel mult să-şi trateze mahmureala post-revelion. Căscătorii de guri, aşijderea. Când colo, iată-i strânşi la aeroport pentru ceva ce ziarele anunţau de câteva săptămâni cu surle şi tobe. Şi cu titluri alarmiste, bineînţeles. Teribil de alarmiste. Fiecare cu semnul lui de exclamare.

PĂZEA! PĂZEA! PĂZEA!
PERICOL DE AVALANŞĂ ESTICĂ!
ANGLIA ÎN FAŢA ASEDIULUI!
DE MÂINE, SUB CARAPACE!
PENTRU EI, JOBURI! PENTRU NOI, FLASH-MOBURI!

Motivul de nelinişte era simplu şi producea scenarii care mai de care mai panicarde. Cu începere chiar din ziua aceasta în care se adunase atâta lume la aeroport, Marea Britanie decisese să ridice restricţiile de muncă pentru nouă state membre ale Uniunii Europene, printre care – oroare! – Bulgaria şi – oroarea ororilor! – România. Măsura fusese primită cu ovaţii în cele nouă ţări invitate să profite şi cu un amestec de teamă şi repulsie în Anglia. Englezii, în frunte cu o parte din oamenii politici, credeau că dezastrul era pe cale să se producă. Tot felul de viziuni coşmareşti prindeau contur în editoriale alarmiste pentru englezi şi jignitoare pentru cititorii din cele nouă state, care nu stăteau tocmai rău cu limba engleză. Motivul străinului care vine să fure şunca din fasolea britanică emoţiona cu atât mai mult cu cât englezii stăteau bine şi cu şunca, şi cu fasolea. În ce-i priveşte pe români, ei atrăgeau mai multă ostilitate decât ceilalţi cotropitori prezumtivi la un loc din cauza confuziei dintre „român“ şi „rom“, care le evoca englezilor tabloul unei populaţii în care toţi bărbaţii purtau pălării cu boruri largi şi mustăţi pe oală şi fiecare femeie avea pe ea câte şapte fuste.

Deşi lucrurile nu stăteau chiar cum scria prin ziare, un subcurent de nelinişte începu să se facă simţit pretutindeni în Anglia. Şi în oraşele mari, dar mai ales în localităţile mici, unde oferta locurilor de muncă era subţire, iar apariţia unui străin îi scotea pe oameni din case şi din pepeni. Zugravii din Oswaldtwistle, tâmplarii din Burscough Bridge, frizerii din Chorlton-cum-Hardy, taximetriştii din Knowsley, instalatorii din Failsworth şi electricienii din Meadowbank se adunau la fel de des la cârciumă ca şi până atunci şi beau la fel de mult, numai că temele lor de discuţie nu mai erau transferurile lui Burnley şi ultima finală de Charity Field, ci metodele cele mai brutale de timorare şi descurajare a nou-veniţilor care mâncau lebede şi furau bucăţi de cale ferată, şi care aveau să profite de tâmpenia nătărăilor din Parlament. Şi, da, da, trebuia spus şi asta, se vorbea aprins de fiţele curviştinei ăsteia prefăcute pe nume Uniunea Europeană.

Prin anii 1960 rulase peste tot în lume – inclusiv în Anglia, inclusiv în România – un serial intitulat *Invadatorii*. Inginerul David Vincent, jucat de Roy Thinnes, un actor expresiv ca o găleată cu ciment, intra întâmplător în contact cu locuitorii unei alte planete, care arătau şi se comportau exact ca oamenii. Străinii veneau, bineînţeles, să colonizeze Terra şi trebuiau contracaraţi. Pentru asta însă era nevoie să fie depistaţi, iar lucrul care-i dădea de gol era felul cum îşi ţineau degetul mic al mâinii drepte separat de celelalte, cam cum face ţoapa când îşi duce ceaşca de cafea la buze. Nici reperarea invadatorilor coborâţi din cursa low-cost cu plecarea din Bacău şi aterizarea la Luton n-ar fi trebuit să fie mai complicată, îşi spuneau cei veniţi la aeroport în acest scop. Probabil că semnul lor distinctiv erau cele trei-patru sacoşe din rafie de persoană.

Oricât de gravă ar fi fost situaţia, iar unii englezi o considerau îngrijorătoare până la frison, ipocrizia protocolului trebuia respectată. Peste tot în lume, gazdele îşi întâmpină oaspeţii. Sigur, e un pic nepotrivit ca tu, ditamai Anglia, să aşterni covorul roşu în faţa unor invadatori veniţi de la graniţa dintre lumea a doua şi a treia, însă există rigori peste care nu se poate trece. Prin urmare, autorităţile locale şi conducerea aeroportului amenajaseră o zonă delimitată de cordoane roşii, deasupra căreia fâlfâia un banner pe care scria WELCOME. Dătătorii de buznă din România aveau să se grupeze aici şi să ia un prim contact nu doar cu iarna din Anglia, ci şi cu făţărnicia declarativă a supuşilor ei, în cadrul unei ceremonii în care doi membri ai Parlamentului britanic aveau să-i îmbrobodească zdravăn şi să le recomande următoarele: să nu citească ziarele (doar se ştie că nu publicau adevăruri, ci numai invenţii), să nu pună botul la populismele euroscepticilor care bruiau seară de seară dezbaterile politice, să nu se ia după atitudinea rece a englezilor de pe stradă şi să nu bage în seamă huiduielile muncitorilor masaţi chiar aici, la Aeroportul Luton, dincolo de şirul de fotoreporteri. Mai pe scurt, să se simtă bine-veniţi, chiar dacă nu-i suporta nimeni.

Când vrei să convingi pe cineva că laptele e negru şi că plouă de jos în sus, e nevoie să te comporţi profesionist. Adică să recurgi la serviciile unui panglicar de vocaţie. Parlamentul britanic se lăuda cu o mulţime de doctori în fardarea realităţii, dar parcă nimeni nu minţea atât de fluent şi de convingător ca onorabilii domni Keith Vaz şi Mark Reckless.

Nigel Keith Anthony Standish Vaz era cel mai vechi parlamentar englez cu origini asiatice. Preşedinte al Comisiei pentru Afaceri Interne şi fost ministru pentru Europa, Vaz se născuse în sudul Yemenului de astăzi, în ceea ce era pe atunci colonia Aden, iar părinţii îi veniseră pe lume în statul indian Goa. Înainte să intre în politică fusese avocat, ceea ce-l ajutase să obţină o imagine detestabilă în ochii multor englezi. Combinația dintre politică și avocatură poate face ravagii peste tot în lume, lucru pe care Vaz avusese suficiente prilejuri să-l ilustreze sclipitor. Cu toate acestea, autoironia nu-i lipsea. Și poate că tocmai ea îl făcuse să-și înrămeze și să-și pună pe peretele biroului de avocat (și apoi de parlamentar laburist) o glumă pe care o auzise cu douăzeci de ani în urmă, la un schimb de experiență desfășurat la Boston: „Întrebare: ce diferență e între cadavrul unui sconcs și cadavrul unui avocat-politician de pe o autostradă? Răspuns: urmele de frână din dreptul sconcsului".

Faptul că onorabilul catolic Keith Vaz nu era tocmai onorabil fusese dovedit în multe ocazii. Cea mai cunoscută dintre ele – și cu ecourile cele mai profunde – fusese cea din martie 1989, când Vaz, pe atunci parlamentar laburist pentru Leicester East, se pusese în fruntea câtorva sute de musulmani din Leicester și mărșăluise prin oraș, cerând interzicerea *Versetelor satanice* ale lui Salman Rushdie. În seara aceleiași zile, Vaz declarase unui post de televiziune englez că trăise „una dintre cele mai mărețe zile din istoria Islamului și a Marii Britanii". Asta încă n-ar fi fost nimic dacă parlamentarul nu l-ar fi sunat pe Rushdie cu doar câteva săptămâni mai devreme, ca să-i spună prin viu grai că era „întru totul de partea lui" și că *fatwa* pronunțată împotrivă-i de teocrații de la Teheran, cu ayatollahul Khomeini în frunte, era cu totul și cu totul oribilă. *Absolutely appalling, my dear chap, absolutely appalling.*

Nici Mark Reckless nu era, Doamne ferește, vreo icoană. Nu era de mirare, câtă vreme fusese și el tot avocat înainte să intre în politică – ba chiar cochetase la un moment dat și cu munca în poliție. Ca o ironie, Reckless ținea morțiș să trăiască la nivelul numelui și reușise, remarcabil de repede, să devină unul dintre cei mai rebeli politicieni conservatori din ultimele decenii. În iulie 2010 prezentase scuze publice după ce lipsise de la votul pentru aprobarea bugetului din cauza unei beţii care-l lăsase literalmente sub masă. Asta nu-l împiedicase ca, două zile mai târziu, să ceară expulzarea predicatorului fundamentalist Abu Hamza al-Masri, imam al moscheii londoneze din Finsbury Park, şi a salafitului iordanian bănuit de relaţii cu diverse reţele teroriste Abu Qatada al-Filistini, pentru ca după alte cinci zile să se lanseze într-o critică devastatoare la adresa Curţii Europene a Drepturilor Omului, căreia îi imputase că erodează libertatea şi democraţia britanică. Pesemne că toate acestea, inclusiv beţia, i-l făcuseră simpatic pe Mark Reckless lui Nigel Farage, şeful UKIP, care începuse să-l curteze cu asiduitate şi să-i promită marea cu sarea dacă se muta din barca tot mai şubredă a conservatorilor în şalupa hotărâtă a naţionaliştilor. Pe de altă parte, Rochester and Strood nu i se mai părea o circumscripţie atrăgătoare lui Reckless, iar perspectiva unei nominalizări pentru South Wales East îi surâdea din ce în ce mai îmbietor.

Nimeni nu ştia de ce hotărâse onorabilul Parlament să trimită doi eurosceptici vociferanţi în întâmpinarea hoardei de năvălitori români, mai ales sub ochii lacomi ai presei. Dacă totul ar fi fost o chestiune de simţ al umorului, alegerea ar fi fost optimă. Cum însă miza era ceva mai mare decât un concurs de bancuri, opinia publică rămase cu impresia că Vaz şi Reckless fuseseră desemnaţi cu bună ştiinţă ca să facă atmosferă proastă şi să învenineze şi mai mult aripa dură a sindicaliştilor laburişti din Trade Union Congress. TUC ameninţase să scoată în stradă un sfert din cele 6,2 milioane de membri din Marea Britanie în cazul în care Parlamentul nu producea rapid un set de legi care să pună la adăpost forţa de muncă internă, mai cu seamă în oraşele şi în regiunile monoindustriale.

— Vrei să începi tu, bătrâne? i se adresă aproape clănţănind Vaz lui Reckless, deşi conservatorul era cam cu doisprezece ani mai tânăr decât laburistul.

— Ar fi o nesăbuinţă, zâmbi subţire Reckless. Începe tu, iar eu vin din urmă şi înfig spada. Am alonjă şi ştiu cum se face.

Keith Vaz se încruntă uşor. De obicei avea umor, dar acum, în gerul primei dimineţi a anului, nu prea îi ardea de glume.

— Ai grijă, Mark. Şacalii ăştia sunt cu ochii şi urechile pe noi, spuse el, şi făcu un semn uşor din cap spre fotoreporteri.

— Am glumit, Keith. O să fiu cuminte, nici n-o să mă recunoşti.

Emilian Bădoiu nu era la curent cu viermuiala de la sol şi nici cu uraganul xenofob din presa engleză. Avusese atâtea pe cap în ultimele zile, că numai de internet nu-i mai arsese. Cu vată în urechi şi cu căciula trasă peste frunte, când alţii transpirau şi-şi făceau vânt, Bădoiu stătea cuminte pe locul cumpărat la low-cost şi se întreba cât mai avea de zburat până la Luton. Nu de alta, dar începuse să-şi cam piardă răbdarea. Asta după ce îşi petrecuse prima oră de zbor gândindu-se la ce lăsa în urmă, în afara unei iubite care-l ameninţase de câteva ori că avea să-l părăsească şi să se întoarcă la părinţi dacă nu-şi găsea ceva din care să facă bani mulţi. La drept vorbind, lăsa destule lucruri de care n-ar fi vrut să se despartă nici în ruptul capului. Iar unul dintre ele era rezervorul inepuizabil de umor involuntar din patria lui eternă şi fascinantă.

Bădoiu ajunsese la treizeci şi unu de ani fără să asedieze bibliotecile sau Ateneul. Prefera oricând un şpriţ cu prietenii sau un Concordia Chiajna–FC Botoşani unui roman, fie el și de aventuri, și mai degrabă ar fi spălat Palatul Parlamentului cu periuța de dinți decât să asculte un concert de vioară. Când fusese întrebat, la ultimul interviu de angajare înainte de-a se hotărî să plece din România, care i se părea întrebarea fundamentală a vremurilor noastre, se scărpinase un pic pe vârful nasului și zisese: „De ce se acoperă cu mac doar o treime din covrig?"

În treacăt fie spus, cu toate defectele lui, Emilian Bădoiu avea un apetit pentru comic care-l făcea să privească mereu România cu un amestec subtil de afecțiune, neîncredere și duioșie. Era țara lui, și chiar n-ar fi părăsit-o dac-ar fi avut încotro. Numai că nu avea, așa că fusese silit să plece. Făcând asta, își dădea el seama acum, pe când stewardesa pistruiată și cu un fir dus la ciorapul negru își anunța pasagerii că începeau coborârea spre Luton, trebuise să se decupleze de la conducta de inepții care irigau în permanență sacrul sol al patriei. Iar printre năstrușniciile tărâmului carpatin, cele referitoare la nume ar fi provocat hohote chiar și saturnienilor neîmpăcați.

Mai deschise o dată ziarul pe care-l cumpărase la șase dimineața din aeroport și citi lista de nume caraghioase pe care-o întocmise un redactor pentru una dintre paginile de divertisment din ultima secțiune. *Dacă așa arată umorul involuntar*, își zise Emilian Bădoiu, *zău dacă mai e nevoie de umor intenționat*. Asta fiindcă pe listă se aflau următoarele creații ale geniului onomastic indigen: Modest Struț, Rândunel Pisică, Rozeta Rupturească, Supplaxa Memoranda Onac, Steluța-Luminița Întuneric, Exacustodian Păușescu, Amorel Vătămănescu, Marcelon Bunică, Fridolin Boacșă, Artaxerxe Bubulac, Tailor Căcărează, Rudolf Pufulete, Rămurel Pastramă, Andaluzia Poșircă, Geniloni Sfeclă și William Brânză. Redactorul știa și chiar consemnase, într-o paranteză de trei rânduri, că domnul Sfeclă o sfeclise la un moment dat într-o afacere legată de bazarul din Suceava şi că domnul Brânză nu făcuse mare brânză la alegeri. Pesemne însă că era prea tânăr ca să-şi mai amintească de Genică Boieră, Triţă Făniţă şi Culiţă Tărâţă, dar, în fond, pentru asta exista memoria, ca s-o pui la treabă. Iar Emilian Bădoiu avea memorie, nu glumă.

Deşi avionul începuse să se hâţâne, Bădoiu râse în gura mare când ochii i se mai opriră o dată pe numele Rozetei Ruptureanu. La ce te ducea cu gândul un nume ca ăsta? La un film porno turnat într-un şopron? La inocenţa imbecil-adamică a celui care alesese prenumele? La un puseu de sadism onomastic? Ce vârstă avea draga de Rozeta? Şi cum se simţise la şcoală, când se strigase catalogul? Dar la serviciu, printre colegi gata oricând de bancuri proaste? Dar în vreo ocazie când trebuia să întindă mâna şi să se prezinte?

Pe când avionul cobora prin plafonul gros de nori spre Aeroportul Luton, Emilian Bădoiu se apucă să confecţioneze mici poveşti de carieră şi de viaţă pentru fiecare dintre cei de pe listă. Păcat că-i venise atât de târziu ideea şi că aterizarea avea să-i întrerupă demersul. Lângă el, un blond cu căştile pe urechi se descălţase ca în personalul de Olteniţa imediat după decolarea din Bacău şi pufăia şi acum fără grijă, cu ochii închişi. În partea cealaltă, o bătrânică zbârcită stătea cu palmele împreunate şi cu privirea fixată undeva în faţă şi se ruga.

Sigur, mica istorie de viaţă scornită de pasager în cursa Bacău–Luton nu se putea potrivi de fiecare dată cu traiectoria reală a personajului de pe listă. Când ajunse la Tailor Căcărează, de exemplu, Emilian Bădoiu îşi închipui un cioban cu pielea măslinie, numit aşa fiindcă umbla toată ziua, bună ziua printre căcăreze de oaie care i se lipeau de încălţări şi-l însoţeau pe cărări în sus şi-n jos. În realitate,

Vasile Tailor Căcărează era un interlop timişorean din specia marilor evazionişti, care primise spre administrare, din partea distinsului clan Cârpaci, după o serie de manevre mai mult decât suspecte, o clădire în care se aflase cândva un spital. Cum ajunsese clădirea în posesia clanului Cârpaci era o altă poveste, iar investigaţiile în direcţia asta se sistaseră după ce doi procurori şi un ziarist muriseră în accidente de maşină în care şoferul dispăruse de la locul faptei fără să i se dea de urmă. Nici forajele în viaţa şi opera lui Vasile Tailor Căcărează nu continuaseră, după ce reporterul de investigaţie care se ocupa de interlop primise, în timpul unui simpozion despre clădirile de patrimoniu, un bileţel în care i se aducea la cunoştinţă că urma să-i fie răpită fata şi violată soţia dacă nu se astâmpăra.

Emilian Bădoiu vedea pentru prima dată majoritatea numelor din ziar, fără ca asta să-l împiedice să brodeze mici decoraţiuni existenţiale pentru fiecare.

Supplaxa Memoranda Onac – fiica unui profesor de istorie fascinat de Şcoala Ardeleană şi de îndrăzneala episcopului orădean Ignaţie Dărăbanţ în faţa împăratului Leopold, tocilară şi acneică, fără iluzii şi fără partener.

Artaxerxe Bubulac – administrator de bloc care făcuse rugbi în tinereţe şi căruia, din această cauză, locatarii îi spun cu afecţiune „Bulumac" în loc de „Bubulac".

Marcelon Bunică – acordeonist tandru şi sentimental, care plânge la nunţi şi este invitat în fiecare an la „Zilele culturii alternative din Mehedinţi".

Andaluzia Poşircă – gestionară cu piept generos şi gene lungi, pe care o agăţaseră trei golani la Vama Veche, iar unul dintre ei o lăsase gravidă.

Exacustodian Păuşescu – prim-violonist al unei filarmonici ardelene, deprins să mănânce pui fript de la Mega Image şi să i se închine seară de seară lui Onan.

Rudolf Pufulete – fost chelner îmbătrânit în bacşişuri mici, ajuns şef de sală la un restaurant italienesc şi gata oricând să le facă trampa clienţilor cu fetiţe dulci ca-n Bucureşti.

Steluţa-Luminiţa Întuneric – urmaşa oarbă a unei ghicitoare care avusese proces cu o divă a momentului şi fusese condamnată pentru înşelătorie.

Modest Struţ – traducător de literatură cu venituri mici, unghii îngrijite şi o pisică tărcată, de aceeaşi culoare cu draperia din birou.

Amorel Vătămănescu – merceolog homosexual la o întreprindere poluantă din Baia Sprie.

Fridolin Boacşă – speranţă în curs de ratare a fotbalului din Călugăreni, ajuns cândva în aceeaşi echipă cu o vedetă expirată, care declarase că „maşina care mi-am luat-o m-am sfătuit cu mine însăţi".

Rândunel Pisică şi Rămurel Pastramă – angajaţi fictivi ai Circului de Stat, în realitate doi prozatori de mare insucces cu aceleaşi iniţiale.

Pe când roţile avionului atingeau pista Aeroportului Luton, în aplauzele şi chiuiturile pasagerilor, Emilian Bădoiu mai avu timp să-şi spună că un alt lucru pe care avea să-l regrete, odată ajuns în Anglia, era imposibilitatea de-a mai târcoli statuia împăratului Traian de pe treptele Muzeului de Istorie Naţională. Ţinea minte ca ieri prima întâlnire cu cezarul căruia i se pusese în braţe lupoaica aceea cu cap de pitbull şi cu colţii dezgoliţi. Aproape că-i ieşiseră ochii din cap – şi nu numai lui, ci şi celorlalţi zece-cincisprezece oameni opriţi în dreptul statuii, pradă stuporii. După „Biscuitul" din Piaţa de Gaulle şi „Tepuşa" de vizavi de Biserica Kretzulescu, primăria amplasase încă o ofensă vizuală cu efecte brutale asupra şoferilor care, absorbiţi de urâţenia alcătuirii, tamponau maşinile din faţă sau treceau pe roşu la semafor şi încasau amenzi de la agenţii plasaţi strategic ceva mai încolo şi convinşi că bieţii oameni de la volan nu aveau cum să circule corect în asemenea condiţii. Bădoiu ţinea la fel de bine minte că, la două-trei zile după dezvelirea statuii, începuseră să apară pe internet tot felul de făcături în care, în locul lupoaicei, împăratul Traian, gol şi cu o erecţie respectabilă, le ţinea în braţe pe Oana Zăvoranu, Daniela Crudu, Ramona Gabor sau Sânziana Buruiană. Încurajaţi de apatia de bronz a cezarului, bucureştenii prinseseră în acelaşi timp să se plimbe pe lângă statuie şi fie să-şi facă selfie-uri cu ţâţele cam lăsate ale lupoaicei, fie să se lase pozaţi de prieteni ţinându-şi în braţe câinele de acasă, pisica sau, într-un caz, un crăpcean a cărui fixitate a ochiului dădea fiori. Şocaţi de statuie, şi mai ales de animalul din braţele împăratului, câţiva componenţi ai „Lupilor Galbeni", galeria Petrolului, veniseră cu o maşină la Bucureşti la adăpostul întunericului şi agăţaseră de gâtul lupoaicei o eşarfă galben-albastră pe care era scris cu majuscule negre A ÎNNEBUNIT LUPUL! Asta în timp ce o ziaristă niciodată în pană de ironii acide se întrebase într-un articol care adunase sute de comentarii favorabile: „Care-o fi mesajul? Împăratul e gol? Fiecare Traian cu Lupeasca lui? Sau homo homini lupoaica est?"

Emilian Bădoiu puse piciorul pe pământ englez la o oră şi şapte minute de la ridicarea oficială a restricţiilor de pe piaţa muncii. Alături de el coborâră din cursa low-cost Bacău–Luton alţi o sută treizeci şi nouă de pasageri români: tineri şi vârstnici, bărbaţi, femei şi copii, căsătoriţi sau divorţaţi, văduve sau burlaci. Avionul nu fusese plin, iar asta produse o mică nelinişte în rândurile comitetului de primire a invadatorilor, ai cărui membri se aşteptaseră la mai mulţi pasageri. În plus, o bună parte dintre cei sosiţi nu păreau la prima descindere în Anglia. Cam pe fiecare îl aştepta cineva, un prieten sau o rudă, care să-l suie în maşină şi să-l ducă unde avea treabă. Felul cum se îndreptau pasagerii spre controlul actelor de identitate şi pe urmă spre benzile de bagaje trăda dezinvoltură şi chiar indiferenţă. Nimic din şovăielile celui aflat la cea mai importantă răspântie a vieţii, nici urmă de nesiguranţă, nici strop de reţinere. Nu, pasagerii din cursa Bacău–Luton erau oameni care îşi făcuseră deja un rost în ţara de adopţie. Zona delimitată de cordoane roşii pe care autorităţile o rezervaseră „invadatorilor" era dezolant de goală, iar bannerul de întâmpinare nu părea să-şi găsească destinatar. Şirul pasagerilor se subţia de la un minut la altul. Unde mama naibii erau invadatorii? începură să se întrebe clănţănind fotoreporterii. La rândul lor, cei doi politicieni se simţeau aproape la fel de ridicol ca atunci când mângâiau copii pe creştet, strângeau mâini şi cerşeau voturi. După alte câteva minute în care tropăiră pe loc şi scoaseră aburi mai ceva ca două locomotive, Nigel Keith Anthony Standish Vaz şi Mark John Reckless se hotărâră să plece din apropierea cordoanelor roşii şi să se încălzească puţin în salonul principal. Fotoreporterii prinseră mişcarea şi le urmară exemplul. *Mai ştii?* îşi ziseră ei. *Or fi aflat ceva.* Nemulţumiţi că nu aveau pe cine să huiduie, englezii care veniseră la aeroport ca să-i descurajeze pe invadatori plecară care-ncotro mestecându-şi supărarea şi înjurând munciloreşte. Sau laburist. Era încă prea devreme pentru cârciumă. Nu fiindcă n-ar fi putut să bea la ora aceea, ci fiindcă nu deschisese.

Cu căciula pe urechi, descheiat la geacă şi ţinând o geantă sport pe umăr, Emilian Bădoiu ieşi din zona de bagaje, se opri câteva clipe şi se uită în jur. Părea vag nelămurit, ca unul care nu mai fusese în viaţa lui cu avionul şi nu ştia ce să facă după ce-şi recupera catrafusele. Câţiva bărbaţi ţepeni ţineau ridicate foi de hârtie pe care erau scrise cu majuscule tot felul de nume, nici unul românesc. Probabil că aşteptau pasageri ai altui zbor. Din câte văzuse Bădoiu, nimeni din cursa de Bacău nu arăta a altceva decât a român. Bădoiu se plimbă agale prin salonul aeroportului, cu geanta sport pe umăr, şi în cele din urmă se opri la tejgheaua unei cafenele. Se uită la denumirea localului. Costa Coffee. Hm, aveau aşa ceva şi în România. *Vezi, asta înseamnă globalizare*, îşi zise el. *Să zbori juma' de continent ca să găseşti în Anglia ce-ai lăsat la Bacău.*

Bădoiu aflase că preţurile din aeroporturi erau duble faţă de cele din oraş, dar dacă nu-şi pompa câteva cafele în organism nu era om. Se trezise la trei noaptea ca să prindă avionul. Scoase nişte bani din buzunar, dar barmaniţa îi făcu semn să se aşeze la o măsuţă şi-i dădu de înţeles că avea să i se ia comanda de acolo. Bădoiu îşi târşâi picioarele până la măsuţa cea mai apropiată, îşi lăsă geanta sport pe care scria Aerostar Bacău–România pe un scaun şi se aşeză pe cel de alături. Stătea în continuare cu căciula de lână pe cap, chiar dacă în aeroport erau cu treizeci de grade mai cald ca afară. Lupta împotriva curentului era sfântă în România şi trebuia dusă chiar şi după ce părăseai ţara. Drept consecinţă, Bădoiu nu renunţă nici la vata din urechi. Şi din cauza asta n-o auzi prea bine pe barmaniţa venită să-i ia comanda, după ce scosese din nou revista şi se apucase să rezolve un rebus.

— *Hey, mister. HEY, MISTER!!!*

Bădoiu îşi ridică în sfârşit capul şi, după un schimb anevoios de replici, izbuti să ceară trei espressouri lungi.

— *Three?* se minună barmaniţa, ridicând trei degete.

— Îhî, *yes*, confirmă în ediţie bilingvă Bădoiu.

Se cufundă la loc în complicaţiile rebusului (Stela Rusu – S.R.; cureluşă de meşină – ir; paradis – rai; între sol şi si – la; usturoi – ai;), pentru ca după câteva clipe să audă iar o gâjâială difuză prin vata din urechi. Ce naiba mai voia femeia aia? Ce nu pricepuse? Nu știa să numere până la trei, sau ce?

Își ridică din nou capul, dar în locul barmaniței văzu doi cetățeni în costum și cravată, mult prea protocolari pentru o dimineață petrecută la aeroport.

— *May we?* întrebă cel mai scund dintre ei, care părea pescuit dintr-un teritoriu emancipat de sub tutela Coroanei.

— Sigur, *sure*, zise Bădoiu, păstrându-și căciula pe cap, cum făcuseră și strămoșii noștri daci în fața trufașilor romani.

Cei doi se așezară de o parte și de alta a lui Bădoiu, care simți nevoia să-și ia geanta sport de pe scaunul de alături și să și-o fixeze jos, între picioare. Indivizii nu arătau a hoți de bagaje, dar era bine să fii în gardă. Bondocul smead vru să mai spună ceva, dar pleșuvul cu ochelari și cu un cap mai înalt i-o luă înainte.

— *Do you speak English by any chance?*

Emilian Bădoiu dădu din cap. Vorbea, ce-i drept, dar nu cu accentul sclifosit al celui din fața lui. Engleza lui avea un *sound* proletar, un cocktail de Ion Iliescu și Simona Halep.

— *Do you need an interpreter? Because we have one, you know.*

Bădoiu își puse din nou capul la contribuție – de data asta, ca să clatine din el. Nu, n-avea nevoie de interpret. La câte filme cu Jim Carrey și Bruce Willis văzuse în România, se descurca bine mersi și fără.

— *I couldn't help noticing your bag. It's from Romania, isn't it?* continuă lunganul.

— *It is, yes*, răspunse Bădoiu, certificând proveniența carpatină a sacoșei. *Why?*

— *I wouldn't be wrong in inferring you come from Romania as well, would I now?*

Nici Sherlock Holmes n-ar fi dedus mai bine. Da, îi spuse Bădoiu lui Reckless. Nu doar geanta mea e din România, şi eu vin tot de-acolo. Asta da perspicacitate. Bravo, felicitări. Da, am venit să-mi caut de lucru la voi. Nu, nu vreau să sparg parcometre şi bancomate. Da, de asta am venit, fiindcă aţi ridicat restricţiile de pe piaţa muncii. Şi fiindcă aici pot să câştig zece lire pe oră, pe când acasă făceam zece euro pe zi. Sigur, sper să-mi găsesc repede ceva. Chiar am o promisiune. Nu, nici vorbă, nu vreau să rămân aici. Stau trei-patru ani, pun un ban deoparte şi mă întorc. Vreau şi eu să circul pe dreapta, ca tot omul. Să mănânc chestii care nu sunt fierte. Şi să merg la pescuit cu prietenii.

— Totuşi, nu-nţeleg un lucru, se miră Vaz, care începuse să se simtă exclus din discuţie.

Bădoiu se întoarse spre el, gata să-i risipească nedumerirea.

— Aşteptam câteva sute de-ai voştri doar azi, în prima zi, vorbi mai departe laburistul. Ziarele – le am aici, dacă te interesează – au scris toate despre o invazie. S-a creat ceva între panică şi isterie. Au venit o mulţime de muncitori să urle la voi să vă-ntoarceţi cu primul avion. Nu vreau să par indiscret, dar... unde sunteţi?

Pasagerul sorbi zdravăn din a doua cafea (pe prima o terminase la trei-patru minute după ce-i fusese adusă) şi ridică din umeri.

— Eu sunt eu şi sunt aici, răspunse el. Despre ceilalţi nu ştiu. Dar să nu vă miraţi dacă nu mai e nimeni în afară de mine.

— O invazie cu un om? făcu Reckless, ridicând o sprânceană şi încercând să se menţină serios.

Întrebarea conservatorului era logică pentru cineva care ţinea la sensul corect al cuvintelor. Însă, dac-ar fi ştiut româneşte şi ar fi trăit o vreme în ţinutul de unde venea

Emilian Bădoiu şi care doar ramolitului ăluia de prinţ Charles putea să i se pară mirific, cei doi parlamentari ar fi conchis că existau, vezi bine, locuri pe planetă unde nu doar invazia putea fi o chestiune individuală, ci şi linşajul. Vaz şi Reckless nu aveau de unde să ştie, iar dac-ar fi ştiut nu le-ar fi păsat nici cât negru sub unghie, însă destui români ajunseseră să vadă în linşaj un sinonim ceva mai elegant al bumbăcelii, al snopirii sau al căpierii în bătaie – de unde şi formulele auzite fie în scara blocului („mi-a zis vecinu' că, dacă-i mai scutur preşu' deasupra la balconu' lui, urcă la mine şi mă linşează"), fie la şcoală („spune-i ăleia de mate că, dacă se mai ia de hainele tale, vin la şcoală, o scot din clasă şi-o linşez"), fie la buletinele de ştiri sportive („Serena Williams a linşat-o în două seturi pe Garbiñe Muguruza"). Sigur, nu era singura chiflă a noii limbi vorbite de compatrioţii lui Emilian Bădoiu. Fără a fi un iniţiat în subtilităţile lexicului, chiar invadatorul care stătea acum de vorbă cu cei doi parlamentari îşi spusese că titlul de pe manşeta unui ziar de sport văzut la punctul de presă din aeroportul băcăuan („Filip i-a decimat piciorul lui Tănase") ar fi putut să arate mai acătării. Pe de altă parte – *truth be told*, cum se spunea pe aici –, nici englezii nu stăteau rău la producţia de gogomănii. Nu mai departe de luna trecută, un fost fotbalist recalificat în comentator atrăsese atenţia telespectatorilor că „Forţa şutului i-a decapitat mâna portarului".

În loc de răspuns, Emilian Bădoiu mai ridică o dată din umeri. Dacă trebuia să poarte singur răspunderea invaziei, fie. Cât despre Vaz şi Reckless, începeau amândoi să aibă un tot mai pronunţat sentiment al inutilităţii. Veniseră să ţină stavilă hoardei şi, când colo, hoarda avea două picioare, două mâini şi o geantă sport.

Oricum, odată depăşite preliminariile, discuţia decurse bleg, fără scântei şi fără poticneli, spre insatisfacţia ziariştilor şi fotoreporterilor, care şi-ar fi dorit ceva suculent, dacă tot plecaseră de acasă pe frig şi întuneric, după ce abia dacă apucaseră să petreacă o jumătate de revelion. Ar fi fost în stare să-i mituiască pe cei trei pentru nişte replici contondente sau pentru nişte gesturi nelalocul lor. Barem să-i verse sălbaticul ăla cu căciula pe cap o cafea în poală ochelaristului. Măcar atât, pentru numele lui Dumnezeu. Dacă nu se întâmpla nimic neobişnuit, ce aveau să transmită în redacţii? Cine naiba mai cumpăra ziarul dacă-i dădeai veşti bune?

— Din discuţiile purtate cu o parte dintre oamenii care au venit aici, am constatat că mulţi dintre ei sunt oameni care s-au întors în Anglia, care lucrează aici de-o vreme. S-au întors după ce şi-au petrecut Crăciunul acasă, deci nu vin aici pentru prima oară, îi declară peste umăr Keith Vaz unui reporter care aplecase un microfon spre el mai mult ca să se consoleze că nu bătuse drumul degeaba.

Laburistul observă apoi că lângă el, Reckless şi Bădoiu se aşezase – pesemne că neinvitat – un individ îmbrăcat destul de îngrijit, dar cu o figură de răufăcător, care, aparent fără să-l cunoască pe român, îi ură succes.

— Trăieşti aici, sau eşti doar în vizită? îl întrebă Mark Reckless pe nou-venit, în timp ce Bădoiu bea apă minerală dintr-o sticlă de plastic.

Bărbatul cu figură de spărgător, care părea trecut de patruzeci de ani şi avea verighetă, dădu din mână cu un gest de o anume neglijenţă.

— M-am stabilit de mult în Anglia. Sunt dentist. Şi ca mine sunt mulţi, dar ziarele voastre scriu numai despre lucrurile rele pe care le fac românii. Să ştiţi că facem şi lucruri bune. Nu că englezii voştri ar fi nişte sfinţişori. Ca să nu mai vorbesc de englezoaice. Am tratat câteva şi ştiu ce spun.

Conservatorul înghiţi găluşca, pentru ca, imediat după aceea, din cercul de fotoreporteri care împresuraseră masa unde stăteau parlamentarii şi românii să se desprindă o brunetă dornică să demonstreze că ziariştii erau în stare, la o adică, să pună şi întrebări geniale.

— Ce ne mai puteţi spune? îi descusu ea pe cei doi politicieni, fără să i se adreseze vreunuia anume şi clipind pasional.

— Port 44 la picior, am un Airedale Terrier pe nume Oberon şi... începu Reckless, dar Vaz îi tăie macaroana şi-i aruncă o privire asasină:

— Am aflat că avionul din care a coborât domnul Badoit...

— Bădoiu, rectifică scurt pasagerul, care, deşi bea apă minerală, nu dorea să fie confundat cu ea.

— Badoiu, *sorry*. Am aflat că avionul avea o sută optzeci de locuri, dar că din el au coborât doar o sută patruzeci de pasageri. O să mai vină un avion după-amiază şi alte şase mâine din România aici, la Luton, aşa că s-ar putea ca numărul românilor sosiţi să-şi caute de lucru să crească spectaculos. Din punctul meu de vedere, situaţia aşa cum arată acum e atipică. Şi nu, insist, *nu* se poate spune că ne-am speriat degeaba, fiindcă *nu* aşa se pune problema.

Pentru cineva care chiar *aşa* pusese problema cu doar trei zile în urmă, şi nu oriunde, ci în Parlament, Nigel Keith Anthony Standish Vaz minţea destul de convingător.

Discuţia de la masă mai dură vreo zece minute, după care cei patru se ridicară ca să-şi vadă de-ale lor. Lucrurile se animară brusc. Un reporter îi ţinu calea dentistului, alţi şapte se repeziră pe urmele celor doi parlamentari, care se îndreptau grăbiţi spre maşinile în care aveau să se ducă acasă, iar cinci făcură zid în faţa lui Bădoiu. Românul văzuse însă destule episoade de acest gen la televizor ca să ştie care erau cuvintele ideale într-o asemenea situaţie:

— *No comment.*

Luaţi prin surprindere, reporterii se dezmeticiră greu, iar când o făcură, Emilian Bădoiu era deja la coada de bilete pentru autobuzul de Londra. Din păcate pentru el, Invadatorul Singuratic, cum avea să-l poreclească încă de a doua zi presa tabloidă din capitală, subestimă tenacitatea presei engleze şi tendinţa membrilor ei de-a reveni pe fereastră la scurt timp după ce fuseseră daţi afară pe uşă.

Bădoiu nu-l minţise pe Reckless când îi spusese că spera să-şi găsească de lucru repede fiindcă avea o cunoştinţă care-i promisese ajutor. Chiar avea. Şi cunoştinţa chiar îl ajută. Sigur, nu era cel mai bun loc de muncă din lume, însă Bădoiu îşi dorea doar să aibă un punct de plecare. Oricum, serviciul era în Londra, aşa că Invadatorul Singuratic scăpa inclusiv de navetă – ceea ce era cu atât mai bine, ţinând cont că nu auzise lucruri grozave despre ea.

Se apropia pauza de prânz a primei zile de muncă a lui Emilian Bădoiu la spălătoria auto Harvey's Clean din West Drayton, când Romeo Cădariu, prietenul care-i făcuse rost de slujbă şi-i pusese o vorbă bună pe lângă patron, se apropie de el cu un licăr în priviri.

— Te caută o piţi. Cică-i de la nu'ş ce ziar.

— Ce vrea?

— Hm, tu ce crezi? Un interviu, normal.

Bădoiu se strâmbă fără chef, dar Cădariu îl îndemnă să stea de vorbă cu ziarista.

— Şefu' nu-i aici, du-te liniştit. Poate-ţi iese şi de altceva. E bunăciune, rânji el libidinos.

— Hai, mă, termină.

— Păi eşti vedetă, *Mil boy*. Plus că eşti şi invadator, nu? Ai văzut? Poate apuci s-o invadezi şi pe ea. Măcar aşa, un pic.

Mai mult de gura lui Romeo, Bădoiu se hotărî să profite de absenţa lui Harvey. Se spălă pe mâini, dar îşi păstră pe el salopeta pătată şi intră în băruleţul pe care patronul îl construise la cinci metri de spălătorie. O urâtă cu aspect cabalin și cu părul rar îl aștepta la una dintre cele patru măsuțe și își verifica reportofonul. Bădoiu își notă în gând să i-o plătească lui Romeo pentru momeala cu „bunăciunea". Abia pe urmă îi trecu prin cap că ziarista ar fi putut fi „bunăciune" prin comparație cu altele mai respingătoare, dar izgoni repede gândul. Până la urmă, era preferabil ca Romeo să-și fi bătut joc de el.

— *Hi. Sheila Hastings, nice to meet you.*

— *Hello, I'm Emilian. Mil, if you prefer.*

— *I wonder if I could ask you a few questions, Mil.*

— *OK. What do you want to know?*

Lui Bădoiu discuția cu Sheila Hastings, care avea un fel aproape agresiv de-a zâmbi cu toți dinții ăia mari și îngălbeniți de tutun, i se păru continuarea celei de la aeroport, cu onorabilul Vaz și onorabilul Reckless. Întrebările, sau măcar o parte dintre ele, erau de rutină, așa că nu-i veni greu să răspundă. Bădoiu află, fără să-și propună și fără să poată evita, că Sheila lucra de cinci ani la *Shit Shat*, era căsătorită cu un arhitect invalid, nu avea copii și se implica într-o mulțime de cauze umanitare. Invadatorul Singuratic simți gheara remușcărilor după aproape zece minute de conversație. *Așa se întâmplă când îi judeci pe oameni după cum arată*, își zise el jenat. *Când pățim noi chestia asta, nu ne convine.* Abia se abținu să-i ceară iertare Sheilei pentru ce gândise despre ea și pentru gluma proastă a lui Romeo Cădariu. Iar după încheierea interviului (Sheila uită să-i lase o carte de vizită sau un număr de telefon, dar nu conta) se trezi așteptând cu nerăbdare numărul de a doua zi din *Shit Shat*, în ale cărei pagini de mijloc avea să apară interviul. Primul lui interviu din presa engleză, cu două-trei fotografii însoțitoare, pe care ziarista le făcuse cu dezinvoltura unui veteran al breslei. Dacă i-ar fi spus cineva că avea să fie atât de ușor, nu l-ar fi crezut. Glasul blând al

Sheilei, în contrast cu figura ei neatrăgătoare, şi lejeritatea dialogului îl făcuseră pe Bădoiu să nu pună la suflet încruntătura lui Harvey, care se întorsese la spălătorie mai devreme decât era aşteptat, intrase în băruleţ şi-şi văzuse proaspătul angajat sporovăind cu o femeie în loc să se ocupe de maşini.

Nu mică-i fu mirarea – ba nu, nu mirarea, ci revolta – lui Emilian Bădoiu în dimineaţa următoare, când deschise exemplarul din *Shit Shat* pe care-l luă de la colţul străzii şi văzu cum se metamorfozase interviul pe care i-l luase Sheila Hastings cu nici douăzeci de ore mai devreme. Titlul însuşi era un afront al nou-venitului pentru cei care-l găzduiau la ei în ţară: ELE BEAU ŞI EI SE ÎMBATĂ. Nici subtitlul nu era mai prejos: *INVADATORUL MĂTURĂ PE JOS CU INVADAŢII.* De aici încolo, blânda şi empatica Sheila Hastings răstălmăcise sau schimbase de-a dreptul cea mai mare parte a răspunsurilor lui Bădoiu şi făcuse din el un ingrat incapabil să-şi reprime ironiile de cele mai multe ori grosolane. Ziarista ştia foarte bine ce efect urmau să aibă frazele măsluite ale românului asupra unui public care învăţase de la grădiniţă că musafirul n-are voie să-şi critice gazda. Mai cu seamă când gazda era aristocratică, iar musafirul, plebeu. Invadatorul Singuratic încercă să obţină o explicaţie despre răutatea „bunăciunii“ de la Romeo Cădariu, dar acesta dădu din umeri.

— Ăştia-s angajaţii de la tabloide, n-ai ce să le faci, spuse el. Aici, acasă, în Franţa, la nemţi, la broscari, peste tot. Poţi să te-aştepţi la orice. Altădată cască bine ochii şi nu te mai arunca.

— Păi tu mi-ai băgat-o pe gât, bre, sări Bădoiu, gata să-l ia de guler.

— Am zis că-ţi fac un bine. A, să nu uit. Grijă mare, şefu' e cu ochii pe tine. Nu i-a plăcut deloc ce-a citit în fiţuică, îl preveni Cădariu, şi se duse la veceu.

Nu mă mir, își zise Bădoiu cătrănit. În pauza de masă înfulecă în grabă două sendvișuri, bău o sticlă de apă, deschise exemplarul din *Shit Shat* la mijloc, netezi paginile cu mâna și reciti atent o parte din interviu, de parcă acum, la a doua lectură, răspunsurile contrafăcute ar fi dispărut și în locul lor s-ar fi ivit ceea ce spusese de fapt Invadatorul Singuratic.

— Cum te simți, după prima noapte dormită în Anglia?

— *Sincer, am dormit puțin și prost. Niște cretini au făcut chef perete în perete cu mine, au răcnit și au urlat până pe la patru dimineața. Auzisem și de la alții că englezii au obiceiuri din astea. Acum m-am convins.* (Răspunsul real: **Foarte bine. Și gata să iau totul de la capăt.**)

— Ce aștepți de la primul loc de muncă?

— *Nimic, ce să aștept? Ce-aș putea să aștept de la o spălătorie de mașini? Ziua de salariu. Sau, mă rog, zilele. Am înțeles că-s patru pe lună, una pe săptămână.* (Răspunsul real: **Sper să fac o impresie bună și să fie toată lumea mulțumită de mine. Și vreau neapărat să-i mulțumesc lui Harvey fiindcă a avut încredere și m-a primit la el. Țin să nu-l dezamăgesc.**)

— Cum ți-ai petrecut seara?

— *Am fost într-un bar și am ras câteva beri. Lângă mine erau trei parașute cu varice și bete rangă. Au vrut să mă agațe, norocul meu că m-am ținut tare. Una a borât pe barman, alta, pe un polițist care intrase acolo să se ducă la closet. A treia s-a ținut până pe stradă. E un pic cam ciudat aici, la voi. Bărbații beau și femeile se îmbată.* (Răspunsul real: **M-am plimbat cam o oră pe străzi și m-am întors destul de devreme. Voiam să fiu odihnit dimineața. M-aș fi uitat puțin la televizor, recunosc, dar prietenul care mi l-a promis n-a avut timp să mi-l aducă.**)

— **Te gândeşti să te stabileşti în Anglia după ce-ţi faci un rost? Eventual să-ţi aduci şi familia?**

— *Doar dacă-mi ia Dumnezeu minţile. Stau până vă iau banii şi după aia vă pup. Ce să caut aici? Ploaie, ceaţă, mâncare proastă, femei grase şi urâte. Nu, mersi. Trag tare cât e nevoie, fac mâna greblă şi la aeroport cu mine. N-are rost să mă conduceţi, vă spun de-acum.* (Răspunsul real: **Aş fi tentat să spun „nu", cum am făcut-o deja când am vorbit cu domnii parlamentari la aeroport. Dar e prematur. Cine ştie ce-o să se întâmple peste o lună sau un an? Dacă mă adaptez şi îmi fac un rost, poate rămân aici. Nu ştiu, chiar nu ştiu.**)

— **Cu ce echipă de fotbal ţii? De-aici, din Anglia, vreau să spun.**

— *Echipe de fotbal găseşti în Spania, Italia, Germania şi poate Franţa. În Anglia sunt doar nişte bancomate cu patroni ruşi sau arabi. Aş fi ultimul caraghios să ţin cu Arsenal, de exemplu. Aş fi un loser mai mare ca ei.* (Răspunsul real: **Poate c-o să te mire, dar ţin cu Tottenham. De vreo câţiva ani, de pe vremea când jucau Bale şi Modrić la ei.**)

Bădoiu se întoarse în spălătorie cu umerii lăsaţi. Ar fi vrut să-i explice toată tărăşenia lui Harvey, dar expresia lui îl descurajă. Se hotărî să amâne explicaţia pentru altă zi, când spera să-l prindă în toane mai bune. Spre ghinionul lui, ocazia nu se mai ivi, fiindcă în ziua următoare se trezi cu o altă ziaristă mânată de ambiţia de a-i lua un interviu Invadatorului Singuratic. Harvey, care oricum avea fitilul destul de scurt, apăru de la el din birou şi-i puse în vedere lui Bădoiu să-şi facă bagajele şi să-şi caute de lucru în altă parte.

— Te-am angajat pentru spălat maşini, nu pentru conversaţie. Asta-i bună, n-ai tras trei pârţuri aici şi eşti vedetă.

Gata, de mâine nu mai vii. Ba nu, ia-o din loc chiar acum. Hai, dă-i drumu'.

Bădoiu simţi cum îi pulsează o venă, dar încercă să se stăpânească.

— Bine, dar ce vină...

— Fă paşi până nu chem paza.

Bădoiu nu văzuse picior de agent de pază la Harvey's Clean – probabil că patronul auzise replica în vreun film şi-i plăcuse.

— Iar data viitoare când îmi mai aduci aşa ceva, zbori şi tu, se întoarse Harvey spre Romeo Cădariu, care se apropiase din spate, nedumerit de tonul ridicat al discuţiei. Nu numai că stă şi-o freacă, dar a şi lăsat-o pe tâmpita aia să-mi pozeze spălătoria. Crezi că am nevoie de reclamă proastă?

— Ţine cu Arsenal, îi explică în şoaptă Cădariu Invadatorului.

Emilian Bădoiu îşi dădu seama din nou că invadarea nu era treabă uşoară, mai ales dacă o făceai de unul singur. Cădariu îi împrumută nişte bani ca să se descurce o săptămână-două, până îşi găsea altceva de lucru. Numai că-i veni destul de greu să-şi caute serviciu – mai ales în primele zile. Porecla Invadatorul Singuratic se dovedi un magnet infailibil pentru presă, mai ales pentru cea de cancan, aşa că în următoarele zile îi sunară la uşă alte patru ziariste cu propuneri de interviuri. Cum Bădoiu încă nu-şi luase un telefon mobil pentru Anglia, singura variantă de contact era deplasarea la domiciliu, pentru a cărui adresă Invadatorul bănuia că presa solicitase informaţii de la Romeo Cădariu. Îi ceru fiecărei ziariste o carte de vizită şi timp de gândire o săptămână. La două zile după plecarea celei de-a patra ziariste, simţind că asta era tot, Bădoiu puse cărţile de vizită una lângă alta pe masa acoperită cu muşama, se uită la ele şi pufni neauzit de nimeni. Nu-şi imaginase că era atât de uşor să ajungi celebru fără să faci nimic. Ce-i drept însă, o celebritate fără telefon mobil era un nonsens, aşa că Invadatorul Singuratic coborî pe stradă şi luă la rând magazinele de profil până găsi ceva cât de cât convenabil pentru banii lui puţini.

Când se întoarse în apartament, se mai uită o dată la cărţile de vizită pe care le lăsase pe masă, ca pe o minipasienţă cancanieră. Darlene Harrington de la *All the News*, Laura Brimley de la *Fame and Fortune*, Mila Sturgess de la *Coffee Break* şi Rowena White de la *London Eye*. Cu ele ar fi urmat să stea de vorbă. Bădoiu dădu să se întrebe de ce nu angajau şi bărbaţi în posturile acelea, dar îşi aduse aminte că şi-n România era la fel. La drept vorbind, nu prea îi venea să mai aibă de-a face cu presa după întâlnirea cu Sheila Hastings. Şi nici nu-şi dorea atâta atenţie. Nu şi-o dorise din capul locului, cu atât mai mult cu cât, după cum observase dentistul de pe Aeroportul Luton, ştirile şi reportajele despre români aveau aceleaşi subiecte ca în urmă cu două decenii: copii ai străzii, cerşetori, handicapaţi, hoţi, spărgători, recuperatori, ucigaşi. Nu se schimbase aproape nimic, nici măcar după intrarea în UE.

Pe vremea când lucra ca electrician în Bacău, Bădoiu văzuse pe Euronews două materiale care-l lămuriseră – iar asta într-o vreme când nici nu se punea problema ca Anglia să ridice restricţiile de pe piaţa muncii pentru estici. În primul material, o anume Felicia Marin, de optsprezece ani, cu domiciliul în Palmerston Road, Acton, stropise cu lapte direct de la sursă (mai precis, din sânul drept, relataseră ziarele) un poliţist care o prinsese când încerca să fure o pereche de pantofi din magazinul Lizard, de pe Hill Street, în Richmond. În al doilea, trei băieţi din Guardia Civil le cereau (inutil, după cum avea să se dovedească) documentele de identitate mai multor şătrari care ridicaseră cortul la margine de Madrid, iar o ţigancă voluminoasă se apropia de ei din altă direcţie, sumeţindu-şi fustele şi urlând cu ochii dilataţi: „*Que pasa*, făăă???“ Cele două materiale şi alte o sută le cimentaseră occidentalilor convingerea că românul e cel mai mare flagel de pe planetă şi vine imediat după SIDA. Asta la destul de puţin timp după ce, la Roma, Nicolae Romulus Mailat o tâlhărise, o violase şi o ucisese pe Giovanna Reggiani, dând naştere unui titlu imbecil în presa română: „E lung pământul, / Ba-i Mailat“.

Bădoiu era conştient că interviul cu Sheila Hastings fusese precedentul care pusese în mişcare morişca tabloidă. Iar asta aproape că-l obliga să accepte şi celelalte propuneri de interviu. Sigur, s-ar fi putut eschiva şi şi-ar fi putut motiva refuzul prin reaua-credinţă a ziaristei de la *Shit Shat*. Pe de altă parte, ştia că ziarele şi revistele de cancan puteau scorni orice fără să păţească mare lucru. Iar dacă adăuga la asta dorinţa de răzbunare a unei femei respinse (colac peste pupăză, de un prăpădit de român), Emilian Bădoiu îşi dădea seama că refuzul nu era cea mai înţeleaptă opţiune. Invadatorul Singuratic întoarse lucrurile pe toate feţele şi în cele din urmă se hotărî să stea de vorbă – pe rând, fireşte – cu tuspatru peţitoarele mediatice. Şi să le primească în apartamentul mizer pe care-l împărţea cu un sârb şi un bulgar, rugându-i pe aceştia să-şi caute de lucru cât timp se desfăşurau interviurile.

Întrebările din interviuri se arătară cam la fel, cu variaţiuni dictate de mărunte curiozităţi reportericeşti. Cu peste două decenii în urmă, îşi aminti Bădoiu, un profesor american declarase unui ziar după vizitarea Castelului Peleş că „de fapt, castelele sunt ca filmele porno: ai văzut unul, le-ai văzut pe toate“. Invadatorul Singuratic începu să aibă cam acelaşi tip de impresii după ce termină al patrulea interviu, cel cu Rowena White. Şi nu numai atât. După ce decupă cu foarfeca interviul publicat o săptămână mai târziu în *London Eye* şi-l puse alături de celelalte, la fel cum făcuse înainte de asta cu cărţile de vizită ale ziaristelor, Emilian Bădoiu constată că atenţia care i se acorda de la sosirea pe aeroport îl făcea treptat să nu se mai simtă invadator, ci invadat. Iar asta era de tot hazul.

Pe de altă parte, la două-trei luni după ce ajunsese la Luton, îşi dădu seama că realitatea şi viaţa din Anglia semănau destul de bine cu varianta *măsluită* a primului interviu, cel pe care i-l schimbase Sheila Hastings. În cârciumile londoneze se bea vârtos, iar femeile făceau mai urât ca bărbaţii. În plus, o strategie elementară le silea să poarte o carte de vizită în buzunarul de la piept, pentru ca şoferii imprudenţi care le dădeau voie să se suie în taxiuri să ştie la ce adresă să le ducă, străduindu-se apoi să le extragă de pe bancheta din spate, să le sprijine de câte-un zid şi să le ia banii pentru cursă din portofel.

La rândul lui, sexul cu o englezoaică era, aşa cum îl asiguraseră deja câţiva păţiţi, o aventură cu şapte grade de trepidaţie peste *Supravieţuitorul*. Bădoiu se convinse de asta când veni o dată mai devreme de la serviciu (monta sisteme de ventilaţie pe trei şantiere de construcţii) şi dădu să intre în apartamentul unde stătea cu chirie. Înainte să deschidă uşa de la intrare, de fapt încă de la etajul inferior, auzi nişte gemete şi nişte îndemnuri la rut care-i ridicară părul pe mâini. Îi fu imposibil să-şi dea seama dacă temerarul care o adusese pe englezoaică în apartamentul comun era sârbul sau bulgarul. Singurul glas care se auzea de dincolo de uşă, un fel de horcăială lubrică şi imperativă, era al unei creaturi care, în lipsa unui termen adecvat, trebuia încadrată la femei. Bădoiu rămase aproape un minut la intrare, pradă şovăielilor. Nu ştia ce să facă. Solidaritatea şi mila creştină îi cereau să intre şi să lupte cot la cot cu vecinul de apartament împotriva monstrului. Teama, în schimb, îl obliga la circumspecţie. Invadatorul Singuratic ascultă ce ascultă în faţa uşii, iar pe urmă se retrase tiptil, deşi, la ce tărăboi era înăuntru, ar fi putut să tropăie în jos pe scări şi tot n-ar fi fost auzit. Se refugie într-un bar din apropiere, unde nimeri peste Laura Brimley, de la *Fame and Fortune*, care îşi făcea de lucru cu un cocktail de o culoare incertă. Ziarista îi observă licărul preocupat din pupile şi-l luă la descusut. Bădoiu făcu greşeala să creadă că Laura Brimley era în timpul liber şi se apucă să-i povestească. Două zile mai târziu, când trecu pe lângă chioşcul de la colţul străzii, în drum spre şantier, văzu titlul mare de pe prima pagină din *Fame and Fortune*: SUNTEM NIŞTE VACI ZGOMOTOASE ŞI NESĂTULE, DECLARĂ BADOIU. Invadatorul Singuratic se abţinu să cumpere ziarul şi să citească mai departe. Dar îşi promise ca din clipa aceea să fie şi mai scump la vorbă ca până atunci. Iar în prezenţa ziariştilor să fie mut de-a binelea.

Din fericire pentru el, avea un şef cumsecade la firma de montat sisteme de ventilaţie, aşa că rămase acolo fără probleme, făcându-şi treaba unde era trimis şi punând ban peste ban. „Dacă nu-ţi baţi joc de tine, în doi ani poţi să-ţi faci firma ta“, îi spuse omul. „Eu nu te-aş lăsa să pleci, dar să ştii că ţi-ar fi mult mai bine ca *self-employed*.“ Bădoiu băgă la cap, o rări de tot cu barurile şi continuă să strângă bani, în ideea că la un moment dat îşi va fi sieşi stăpân. După zece luni, plecă din apartamentul împărţit cu bulgarul şi cu sârbul şi îşi găsi două camere cu o chirie acceptabilă, nu departe de o staţie de metrou. Un an mai târziu, când îi ieşiră actele pentru firma al cărei patron era, Emilian Bădoiu simţi pentru o clipă nevoia să-şi trâmbiţeze succesul sunând acasă, dar se răzgândi la vreme. Londra asta în care se schimba vremea din oră în oră, Londra beţivanilor şi bețivancelor, Londra autobuzelor etajate și a mersului pe stânga, Londra trotuarelor pe care scria *look both ways*, Londra crosurilor de veterani pe ploaie, Londra ceainăriilor în care intrai ca într-un alt secol, Londra tabloidelor agresive și mincinoase, Londra concertelor rock și a fotomodelelor *flashy*, Londra puburilor unde se vedeau meciuri cu mintea înecată în bere, Londra parcurilor unde îți venea să te tăvălești prin iarbă, Londra metroului unde mirosea a de toate, Londra plimbărilor pe malurile Tamisei, ei bine, Londra asta i se vârâse bine de tot sub piele.

La ce bun să reînnoade acum legăturile cu niște oameni care aproape că răsuflaseră ușurați când îl văzuseră la aeroport? Și la ce bun să mai cocheteze cu ideea întoarcerii? Nu, nu, Emilian Bădoiu nu invadase de unul singur Anglia doar ca să arate că putea s-o facă. Viața lui era aici. Nu-l mai lega aproape nimic de țara din care plecase. Aruncase la gunoi până și geanta sport cu care aterizase la Luton și pe care scria Aerostar Bacău–România. Câtă vreme avea internet, nu trebuia să se despartă nici măcar de artezienele românești de umor involuntar din presă. Pe ecranul minții i se aprinseră din nou numele din ziarul cumpărat pe aeroportul din Bacău: Fridolin Boacșă, Rozeta Ruptureanu, Artaxerxe Bubulac, Modest Struț, Geniloni Sfeclă. Cât despre emisiunile-drojdie difuzate în puterea nopții, le avea și aici. Berechet. A nu se crede cumva că rigola mediatică fusese inventată de români. O, nu.

Emilian Bădoiu lăsă să treacă aproape doi ani înainte să accepte un nou interviu – luat, de data asta, de un reporter de la un ziar care se recomanda drept *quality*. Motivul avansării lui Bădoiu pe radarul media fusese intenția unui recrutor din UKIP de a-l încolona în oștirea lui Nigel Farage, ca o mișcare strategică prin care opinia publică să vadă că atât de blamatul șef al naționaliștilor era un om cu scaun la cap, care nu numai că dorea expulzarea străinilor, ci chiar ţinea să-i aibă în preajma lui pe cei mai meritorii dintre ei. Bădoiu refuzase propunerea, dar simplul fapt că atrăsese atenţia conducerii UKIP îl făcuse din nou interesant pentru presă.

La sfârşitul interviului, reporterul, un anume Steve Durning, plasă o întrebare inspirată de primele luni petrecute de Bădoiu în Anglia.

— Englezoaicele vi se par la fel de zgomotoase?

— Nu-mi dau seama, răspunse Invadatorul Singuratic. Am început să surzesc. Riscurile vieţii pe şantier.

Iar pe urmă, după ce se ridică de la masă şi dădu mâna cu Durning, făcu pe furiş un gest pe care şi-l promisese de mult, ca unul care văzuse pe YouTube înregistrarea unui vechi episod din *Invadatorii*. Îşi depărtă degetul mic al mâinii drepte de celelalte.

Bushureşti

Într-un sfârşit de noiembrie neobişnuit de călduros, care urmă unui octombrie neobişnuit de friguros, eterna şi fascinanta Românie primi invitaţia de integrare în NATO, după o întâlnire la nivel înalt, consumată între turlele medievale ale Pragăi. Cum nimic pe lumea asta nu este rodul hazardului, minţile neamnezice de la noi (nu foarte multe la număr) descifrară prompt simbolul capitalei cehe. Căci tocmai din Praga ţâşnise revolta lui Jan Palach, torţa umană care înfiorase conştiinţele europene înainte de a ajunge pe soclul ridicat martirilor autentici. Prin contrast, braşoveanul Liviu Babeş sfârşise în uitare la puţin timp după ce incendiase cu propriul trup o pârtie de schi în Poiană, iar clujeanul Călin Nemeş preferase să se sinucidă constatând că, în timp, sacrificiul din spaţiul mioritic devenise obiect al deriziunii şi prilej de glume nesărate. Pus iarăşi în inferioritate de modelul praghez, românul încasă nonşalant noul bobârnac al istoriei şi se pregăti pentru a sărbători cum se cuvine triumful nord-atlantic. Cu atât mai mult cu cât adaptarea la cerinţele transcontinentale se produsese fulgerător: coloneii deveniseră comisari, iar generalii fuseseră rebotezaţi chestori.

Imediat după anunţarea veştii celei mari, euforia oficială îmbrăcă forme bufe. În faţa camerelor de luat vederi, preşedintele, prim-ministrul, ministrul de externe şi cel al apărării îşi uniră mâinile într-un gest care aminti mai degrabă de salutul familiei Bundy decât de solidaritatea muschetarilor lui Dumas. Şeful statului arboră tradiţionalul zâmbet abia zăgăzuit de lobii urechilor, pe când cel al guvernului nu uită să le amintească predecesorilor că prezenţa lor la putere nu făcuse decât să amâne mult aşteptatul eveniment. Convocat la rându-i, patriarhul elogie jovial ceea ce afurisise până mai ieri, confirmându-şi gena duplicitară şi acoperindu-se o dată în plus de ridicol.

Însă cel care cotiză cel mai mult în beneficiul momentului se dovedi chiar preşedintele american. Preocupat să recupereze afară ceea ce începuse să piardă acasă, popularitatea, George W. Bush îşi anunţă prezenţa la Bucureşti imediat după summitul ceh şi după un intermezzo similar în capitala Lituaniei. Decizia era explicabilă. În ţară, electoratul manifesta un interes de-a dreptul sâcâitor pentru soarta lui Osama bin Laden, care, vânat intens şi inutil după 11 septembrie, trimitea bine mersi comunicate prin intermediul postului Al Jazeera, găsindu-şi timp să arunce în aer hoteluri prin Bali sau Nairobi. Nici intenţia de a stârni o nouă furtună în deşertul irakian, conform brevetului parental, nu se bucura de un ecou lipsit de bruiaje. Pe plan extern, în schimb, George W. Bush repurta destule succese, chiar dacă unele erau doar de faţadă. Şi, cum un colecţionar care se respectă nu cunoaşte oboseala, şeful executivului american decisese să-şi sporească zestrea de îmbrăţişări protocolare. După cele livrate mai de voie, mai de nevoie de ruşi, chinezi, germani, englezi şi saudiţi, venise în sfârşit şi vremea pupăturii româneşti. Atâta doar că timpul costă bani, lucru pe care nimeni nu-l ştia mai bine decât Unchiul Sam. Din acest motiv, între momentul aterizării şi cel al decolării de pe Otopeni nu aveau să treacă decât patru ore. Douăzeci de milioane de români erau siliţi să-şi comprime efuziunile în două sute patruzeci de minute. Scandalos de puţin, dar incomparabil mai mult decât nimic.

Dacă hotărârea se luă în câteva minute, pentru traducerea ei în fapt se cheltuiră energii incomensurabile. Mobilizat de urgenţă, serviciul de protocol de la Bucureşti parcurse pas cu pas, alături de omologii americani, traseul prezidenţial din prima până în ultima secundă a vizitei. Se ştie din filme că orice avion la bordul căruia suie şeful de la Casa Albă devine automat Air Force One. Prin extensie, în sâmbăta descinderii, capitala României avea să se transforme în Bushville. Micul Paris urma să cedeze locul – fie şi pentru o zi – Marelui Georgetown. Iar pentru o asemenea metamorfoză nici o strădanie nu era nelalocul ei.

Conducătorii români primiseră şi în trecut vizita unor preşedinţi americani, iar coordonatele fuseseră în linii mari aceleaşi: o grabă de sprinter din partea oaspeţilor, un carnaval de temenele dinspre gazde, măsuri de securitate pe lângă care paza de la Alcatraz părea un şvaiţer în care s-a tras cu mitraliera şi o vreme când sufocantă, când rece şi ploioasă. În plus, fiecare întâlnire la nivel înalt lăsase cel puţin o urmă de neuitat. Cu ocazia sosirii lui Richard Nixon, un grup de militanţi pentru pace izbutise să-şi facă apariţia pe traseu şi să înalţe câteva pancarte pe care onorabilul oaspete citise tot atâtea îndemnuri laconice şi rimate: YANKEE SCUM OUT OF 'NAM, COME ON, DICK, DON'T BE A PRICK sau USA USA JUST FUCK OFF AND GO AWAY. Nici vizita lui Gerald Ford nu scăpase de teroarea neprevăzutului. Dintr-o supărătoare neatenţie, un inginer de sunet uitase să închidă microfoanele de fond în timpul discursurilor oficiale, motiv pentru care o ţară întreagă auzise dialogul şoptit dintre Elena şi Nicolae Ceauşescu, suprapus frazelor chibzuite ale lui *old Gerry*: „Nicule, unde mi-e poşeta, mă?" „A luat-o unul din băieţi." „Dobitocul. Să-l dai afară. Să-l dai afară, auzi?" În fine, popasul consolator al lui Bill Clinton în 1997, menit să panseze rănile provocate de neinvitarea României la negocierile de aderare de la Madrid, se soldase cu o gafă de care mass-media europeană râsese cu poftă. Impresionat de gestul preşedintelui Senatului, care-i oferise steagul naţional cu vechea stemă decupată, fostul guvernator de Arkansas răspunsese cu nemuritoarele cuvinte: „Mulţumesc pentru poncho".

Însă toate acestea aparţineau trecutului. Acum singurul lucru care conta era buna desfăşurare a vizitei preconizate de George W. Iar condiţia indispensabilă a succesului era, bineînţeles, prestaţia fără cusur a serviciilor de securitate, americane şi române deopotrivă. Ce-i drept, momentul impunea precauţii maxime. La un an şi ceva după coşmarul de la World Trade Center, fusese rândul Washingtonului să-şi ducă zilele cu frica-n sân. Cel mai performant sistem de protecţie de pe planetă fusese ironizat câteva săptămâni de un lunetist care, în sinistra lui leapşă pe-mpuşcatelea, trimisese doisprezece oameni sub pământ şi alţi trei în spital. Panicate, autorităţile recomandaseră locuitorilor să se deplaseze în zigzag ori de câte ori îşi părăseau locuinţele, măsură care declanşase spectacolul aiuritor a milioane de oameni aparent beţi, şerpuind cu spaima în oase din uşa benzinăriei până la maşină sau de la ieşirea de la serviciu până la intrarea în metrou. În cele din urmă, asasinul fusese prins şi identificat în persoana unui scelerat vindicativ, fără legătură cu reţeaua al-Qaida, aşa cum suspectaseră liderii gărzii naţionale. Capturarea se datorase unei bătrânici pitite în spatele perdelei din sufragerie, care observase de la înălţime un bărbat mergând drept în mijlocul unui furnicar de ameţiţi, pusese mâna pe telefon şi vânduse pontul poliţiei. Şi, chiar dacă în România franctirorii – singuratici sau nu – ieşiseră din modă pe la începutul lui 1990, cei din Secret Service instituiseră reglementări draconice în vederea apropiatei descinderi a preşedintelui american la Bucureşti.

Pentru ca totul să meargă nepoticnit, Franklin Mitchum, coordonatorul strategiilor în teritoriu, fixă o întâlnire de lucru cu participarea câtorva reprezentanţi ai SRI, ai SPP-ului, ai Poliţiei, ai Prefecturii şi ai Primăriei Capitalei. Însoţit de mai mulţi experţi cu vechime în domeniu, Mitchum le prezentă planul de bătaie românilor şi detalie de fiecare dată când avu impresia că pe feţele lor se citea scepticism sau stupoare. Cum toţi aceştia vorbeau engleză, nevoia unui interpret de meserie dispăruse de la sine.

— Cam asta ar fi, domnilor, încheie americanul la capătul unui monolog de treizeci şi opt de minute, cronometrat pedant de purtătorul de cuvânt al Primăriei. Dacă aveţi întrebări, vă stau la dispoziţie. Colegii mei, de asemenea. Dacă nu, trecem la măsurile speciale, pe care e de datoria dumneavoastră să le luaţi începând de la prima oră a zilei de mâine.

— Şi, mă rog, care e prima oră? se trezi vorbind adjunctul şefului Poliţiei, însoţit de privirea uluită a superiorului ierarhic.

— Cinci dimineaţa, se auzi vocea cu extract de şmirghel a responsabilului cu securizarea străzilor. E vreo problemă?

Adjunctul clătină obidit din cap. Bine c-a ajuns balaurul ăsta să-mi dea deşteptarea, îşi zise el, reprimându-şi o înjurătură vânoasă. Mâine-poimâine o să-mi spună şi pe ce parte să dorm. NATO ne-a trebuit, NATO avem.

Alături de el, primarul general îşi duse mâna la gură, chinuit de un râs greu de stăvilit. Tocmai îi dăduse prin cap că, potrivit Legii Pruteanu, preşedintele SUA ar fi trebuit prezentat drept Gheorghe Tufiş, ceea ce l-ar fi adus în invidiata postură de a avea același nume cu șoferul personal al întâiului gospodar al urbei. Păcat că yankeii și-au schimbat simțul umorului în cel al omorului, conchise el în gând. Și, oricum, nu se face să glumești cu constipații ăștia. Te trezești că pune vreunul mâna pe ciomag când ți-e lumea mai dragă.

— În regulă, spuse Mitchum, odată elucidat misterul primei ore. Alte întrebări?

— Sâmbătă era programat Crosul Integrării, interveni comandantul Poliției. Plecarea de la troița de la Universitate, sosirea la Statuia Aviatorilor. Ce facem?

— Contramandați, răspunse scurt Mitchum.

— Am înțeles, se conformă comandantul. Contramandăm, sigur. Și când o să ne trezim cu o mie de participanți la troiță?

Coordonatorul strategiilor în teritoriu își îngădui luxul unui prim oftat. Era mai greu decât anticipase. Avusese de-a face cu o sumedenie de capete seci de-a lungul și de-a latul planetei, dar ăsta parcă-i întrecea pe toți.

— Tocmai ăsta e rostul contramandării, să *nu* vă treziți. Anunțați în ziare, la radio, la televiziune – unde știți. Aveți timp. Mai e ceva?

Partenerii români negară monosilabic și schimbară priviri mustind de nedumerire. Presimțiseră din capul locului că întrevederea cu agenții din Secret Service avea să le dea bătăi de cap, însă nu-și imaginaseră că se va ajunge atât de repede la resentimente. Americanii stăpâneau arta de a se face nesuferiți fără urmă de efort. Era suficient să deschidă gura. Cât despre slăbănogul ăla cărunt, cu ochelari cu rame subțiri, avea un fel de-a se uita la tine când îți vorbea care te scotea din sărite. Deși mai era o săptămână până la sosirea lui George W. Bush la București, colaboratorii locali ai serviciilor secrete americane abia așteptau să-l vadă plecat.

Franklin Mitchum întoarse capul spre un negru ras în cap, cu pielea pergamentoasă și niște ochi din care cel mai mic semn de omenie fusese, probabil, extirpat la scurt timp după venirea pe lume. Era insul cu vocea ca de șmirghel, pe a cărui carte de vizită stătea scris că răspundea de securizarea străzilor.

— Homer Braddock o să vă instruiască în legătură cu măsurile pe care trebuie să le dispuneți încă din noaptea asta și să le transmiteți pe cele mai rapide canale cu putință. Homer, te rog.

— Mulțumesc, Frank. Domnilor, știți cu toții că trăim zile speciale într-o lume specială. De aceea, nu trebuie să vă mire lucrurile pe care urmează să vi le cer. Vă asigur că am împuternicirea expresă a președintelui. În primul rând, o să fim nevoiți să umblăm puțin la aspectul general al străzilor și trotuarelor. Colegii mei au cercetat zona centrală a orașului și au ajuns la concluzia că siguranța lasă mult de tot de dorit.

Neștiind ce avea să urmeze, doi oficiali români încuviințară filozofic din cap. Pe urmă unul dintre ei, pe al cărui ecuson scria Protecția Civilă, îl abordă constructiv pe Braddock.

— La ce anume vă gândiți, domnule?

— De exemplu, la coșurile de gunoi.

Primarul general, pe care discuția începuse să-l plictisească până la limita fragilă a picotelii, reveni brusc la viață.

— Coșurile? Ce-i cu ele?

— Sunt un pericol potențial. Trebuie scoase imediat.

— Domnu' Braddock, dați-o-n pisici de treabă, râde lumea de noi. Cum să m-apuc să le spun oamenilor...

— Domnule primar.

Șmirghelul din vocea lui Braddock devenise brusc și mai abraziv.

— Nu uitați că primul lucru de care trebuie să avem grijă este cordonul de securitate din jurul președintelui.

La momentul discursului din piață, n-o să mai existe nici un element de risc care să poată perturba desfășurarea evenimentelor.

Cantonat până atunci într-o tăcere mormântală, reprezentantul SRI se simți obligat să-și dea cu părerea. Își drese grijuliu vocea și se înscrise la cuvânt.

— Totuși, nu văd legătura. Asigurăm traseul, ocupăm dispozitiv pe clădirile înalte, deplasăm efective sporite – de acord. Dar coșurile? Și, oricum, doar n-o să vreți să le scoateți din tot orașul.

Homer Braddock își aprinse o țigară, trase două fumuri vârtoase și se uită la cel care i se adresase cu o privire încărcată de pulsiuni antropofage.

— Domnilor, cred că uitați despre cine e vorba în frază. Oaspetele dumneavoastră nu e directorul de la Coca-Cola, ci cel mai vânat om de pe planetă. Aveți idee câte atentate la viața lui am dejucat în ultimul an? Nouăsprezece. Vi se pare o măsură exagerată? Nu trebuia să ne chemați.

Toți românii prezenți la întâlnire știau că nimeni nu-i chemase pe cei de la Secret Service, dar nu găsiră curajul să le spună verde-n față că, dacă ar fi fost după ei, s-ar fi descurcat pe plan local, fără ajutorul nimănui. Dacă nici ei nu se pricepeau să asigure traseul, nu se mai pricepea nimeni. Singurul care se încumetă să comenteze fu adjunctul prefectului.

— Noroc că n-avem zgârie-nori, probabil că ne-ați fi pus să-i demolăm. Vă rog, nu vă enervați, rosti el, văzând că pielea lucioasă a feței lui Braddock devine neobișnuit de mată, semn că negrul ras în cap era în pragul unei izbucniri nervoase. Totuși, suntem într-o capitală europeană la început de mileniu. Încercăm să fim mai civilizați și să ne integrăm în structuri care se mândresc cu nivelul lor de civilizație. Cum credeți că ar reacționa o populație pe care abia am obișnuit-o să nu arunce ambalaje pe jos dacă s-ar trezi peste noapte că am lăsat-o fără coşurile de gunoi? Nu mai departe de anul trecut am avut o campanie de educaţie publică în care am băgat peste două milioane de euro.

Responsabilul cu securizarea străzilor îşi fumă ţigara până la capăt, aşteptând cu o răbdare aparentă ca adjunctul prefectului să-şi încheie intervenţia. Strivi mucul în scrumieră, îşi împreună mâinile sub bărbie, într-o poză de înţelept tibetan, şi îşi fixă ochii cenuşii asupra portretului preşedintelui român, care îi zâmbea cu premolari cu tot de pe peretele aflat în faţa lui. Pe urmă vorbi rar, apăsat, ca şi cum s-ar fi adresat unei adunături de retardaţi.

— Coşurile de gunoi vor fi demontate în zona dintre sediul Guvernului şi Piaţa Revoluţiei. Şi, fiindcă tot aţi folosit expresia „peste noapte“, vă informez că acţiunea, care se va desfăşura sub directa noastră coordonare, va avea loc în cursul acestei nopţi. Orice alte comentarii sunt de prisos. În aceeaşi ordine de idei, va trebui să procedăm la sudarea tuturor capacelor de canal din zona amintită. Sper că aici nu aveţi obiecţii. Să nu-mi spuneţi c-aţi investit bani în campanii prin care să-i obişnuiţi pe bucureşteni cu viaţa subterană.

Ironia acră a lui Braddock avu drept efect o holbare excedată din partea primarilor de sector şi un râs compătimitor, care se revărsă peste sala de conferinţe, din gâtlejul primarului general.

— Ştiţi câţi amărâţi îşi duc zilele-n canale, domnule? Vă spun eu. Peste două sute de mii. Pentru ei ce propuneţi?

— O să defluiască spre periferii, răspunse netulburat responsabilul cu securizarea străzilor, care dădu impresia că se aştepta la o asemenea întrebare.

Primarul clătină din cap, îl înjură în gând pe negru şi răsfoi o agendă pe care-o avea deschisă în faţa ochilor pe masă.

— Vă felicit pentru că la dumneavoastră în State cei fără casă îşi fac veacul prin parcuri, nu în reţeaua de canalizare.

Numai că aici e România, domnul meu. Suntem în Bucureşti, nu la Washington. Iar viaţa din subterane e o viaţă de câine, trăită după regulile unei vieţi de câine. Dacă o şarlă nimereşte lângă un tomberon sau lângă un bloc unde n-are ce căuta, câinii locului o fac bucăţi. La fel stau lucrurile şi cu aurolacii. Au zonele lor şi nu se calcă pe picioare. Credeţi-mă pe cuvânt.

Braddock începu să bâţâie dintr-un picior şi îi aruncă o privire înfuriată lui Franklin Mitchum, coordonatorul strategiilor în teritoriu. Acesta îi răspunse printr-o ridicare imperceptibilă din umeri. Tradus, gestul voia să spună: e felia ta, descurcă-te.

— Nimeni nu vă contestă expertiza în ceea ce priveşte câinii vagabonzi, domnule primar. Vă cunoaştem palmaresul în domeniu. Dar aici vorbim de vizita preşedintelui Bush la Bucureşti, nu de conflictele dintre maidanezi. În concluzie, luaţi legătura urgent cu cei de la Administraţia Drumurilor şi cereţi-le echipe operative pentru sudarea capacelor. Măsura e necesară şi o s-o luăm, indiferent cât de absurdă vi s-ar părea. Frank?

Mitchum preluă ştafeta de la Braddock cu o dexteritate care denota ani buni petrecuţi în instructaje de acest gen, efectuate oriunde l-ar fi putut mâna paşii pe şeful de la Casa Albă: Rabat, Pamplona, Auckland, Santo Domingo, Abidjan, Vilnius şi aşa mai departe.

— Mulţumesc, Homer. Dacă o să apară şi alte nelămuriri, o să revenim. Domnilor, trebuie să vă mai reţin atenţia cu un aspect. Ce ştiţi despre baia de mulţime?

Primarul sectorului 5, care tocmai îşi luase bacalaureatul, îşi sondă inutil cunoştinţele de geografie. Auzise de Baia de Aramă şi de Baia de Arieş, însă asta era o localitate cu totul nouă şi – din punctul lui de vedere – profund irelevantă pentru vizita preşedintelui american. Spre deosebire de el, reprezentantul SIE plimbă asupra colegilor o privire în care se citea siguranţa omului documentat fără fisuri.

— La sfârşitul fiecărui eveniment de acest gen, are loc o recepţie la ambasadă, unde, în funcţie de vreme, înalţii oaspeţi şi toţi cei prezenţi fac o baie în piscina de la reşedinţa ambasadorului.

Franklin Mitchum icni scurt, de parcă ar fi fost împuşcat de la distanţă cu o armă cu amortizor. Ar fi vrut să râdă şi să-l facă bou pe cel care vorbise, însă uzanţele întâlnirii nu permiteau o sinceritate atât de mare. În schimb, la câţiva metri de el, primarul general se amuză copios, bătându-se cu palmele peste coapse.

— Domnule, vă atrag respectuos atenţia că suntem la sfârşitul lui noiembrie, afară sunt zero grade, plouă şi bate vântul, rosti americanul. Deşi v-ar putea surprinde, nu se pune problema unei bălăceli colective în piscina Excelenţei Sale. Baia de mulţime se referă la minutele de după discursul din piaţă, când preşedintele coboară printre participanţii care vor să-l felicite şi dă mâna cu ei. Este vârful de risc de pe întreaga durată a vizitei, unde cea mai mică neatenţie poate compromite totul.

Coordonatorul strategiilor în teritoriu se lansă într-un lung expozeu despre importanţa măsurilor de precauţie pe care le binemerita momentul strângerilor de mână şi al bătutului pe spate cu privilegiaţii din primul rând al mulţimii. Reprezentanţii români îl ascultară blazaţi, ştiind că orice tentativă de scurtare a discursului avea să eşueze şi cuplându-se fără voia lor la o avalanşă de termeni tehnici şi de formule standard pe care minţilor lor hăituite le fu cu neputinţă să le stocheze. Mitchum izbuti să înviorez cât de cât atmosfera abia când le puse în vedere că, pe durata băii de mulţime a lui George W., preşedintele român avea să fie înlăturat din imediata lui apropiere şi redus la ipostaza unui accesoriu ornamental.

— Cum vine asta, domnule? zise comandantul Poliției. Ce facem, ne batem joc? E șeful statului, nu un muțunache. Unde s-a mai pomenit să-l dați deoparte? Și, mă rog, cu ce deranjează?

Americanul oferi cuvenita explicație, cu o ușoară și deloc reconfortantă încleștare a maxilarelor.

— De la începutul până la sfârșitul băii de mulțime, președintele va avea la stânga, la dreapta și în spate doar agenți ai Secret Service-ului, pe nimeni altcineva. Aceștia vor sta lipiți de el și vor asigura așa-numita protecție la rever. Vor fi atât de aproape de președinte, încât vor putea oricând să-l acopere cu corpurile lor în cazul unui gest nelalocul lui. Orice tentativă de interpunere a unui cetățean român între președinte și primul cerc de securizare va fi sancționată drastic.

— Vi se pare o atitudine democratică? îndrăzni purtătorul de cuvânt al Primăriei.

— Nu încurcați planurile. Și mai ales nu ne dați lecții de democrație, ripostă Mitchum, nedeprins cu arta menajării aproapelui. Miza este prea importantă ca să ne preocupe eticheta.

— Și președintele nostru unde-o să stea? se interesă șeful SPP-ului.

— La doi metri de oricare dintre agenții care asigură protecția la rever, preciză coordonatorul strategiilor în teritoriu.

— Bine, dom'le, și de el cine are grijă?

— Asta deja e problema dumneavoastră.

În timp ce dialogul româno–american pe probleme de securitate stradal-traseistică atingea pe rând, și cu inevitabile opinteli, toate etapele vizitei de sâmbătă, serviciul de protocol își continua demersurile pentru ca evenimentul să fie o reușită deplină. Și aici se iveau o sumedenie de probleme, dar – cu tact și perseverență – se puteau găsi soluții pentru fiecare.

Incertitudinea plană, bunăoară, asupra temei muzicale care avea să anunţe apariţia lui George W. în Piaţa Revoluţiei.

— Trebuie să fie ceva sugestiv, frapant şi cunoscut, recomandă şeful cancelariei prezidenţiale. Ceva care să poată fi fredonat şi pe care lumea să-l recunoască fără eforturi. Propuneri?

— *Yankee Doodle*, se aventură consilierul pe problemele de imagine, ţinând morţiş să-şi probeze familiarizarea cu tradiţiile nord-americane.

— Nu merge, e prea... nu ştiu, prea săltăreţ. Altceva.

— Dac-ar fi după mine, aş băga *Beat It* a lui Michael Jackson, spuse purtătoarea de cuvânt, exasperată deja de consumul nervos provocat de apropierea vizitei.

Şeful cancelariei o privi mustrător. Ai noroc că te place ăl bătrân, altfel ţi-aş scoate pe nas toate bancurile astea de doi bani, îi zise el în gând, reformulând diplomatic cu voce tare:

— Toţi suntem obosiţi, Marga, dar hai să ne suspendăm ironiile până sâmbătă seara. Ai vreo propunere serioasă?

— Nu-mi trece nimic prin cap. Oricum, e nevoie de ceva cu mesaj direct, ceva care să inducă ideea de solidaritate, de front comun. O chestie gen toţi pentru unul, unul pentru toţi.

Şeful biroului de presă o privi luminat.

— Are dreptate. Ce-aţi zice de hitul ăla... uf, am uitat... ceva cu *All for Love*... mă rog, îl cântă trei barosani, l-am auzit într-un film.

— *All for One, All for Love*. Îhî, nu sună rău, încuviinţă şeful cancelariei. Da, e bună ideea. Ne ajutaţi, vă ajutăm. Merge, zău că merge. Şi cine zici că-l cântă?

— Sting, Rod Stewart şi încă unul.

— Bryan Adams.

— Aşa. Aoleu, păi primii doi sunt englezi. Ce facem, o căutăm cu lumânarea? Cum să-l primeşti pe-un american cu melodii cântate de briţi? O să spună că-l luăm în balon.

— Bryan Adams e american.
— Aş, e canadian.
— Tot un drac. Şi băgăm numai prima parte, când cântă el singur. Eventual şi refrenul, dă bine la impresie.

Simţind că prelungirea discuţiei nu ar fi adus nimic bun, şeful cancelariei decise abrupt:

— S-a marcat, rămâne *All for Love*. Bun, trecem la următoarea problemă. Ce facem cu Prima Doamnă?

— E nevoie de ceva special? întrebă consilierul pentru imagine.

— Normal. Sunt câteva perioade în care Bush se desparte de ea. Un aparteu cu prim-ministrul la aeroport, altul cu preşedintele la palat, încă unul tot la palat, când se rostesc alocuţiunile. Trebuie să-i umplem timpul într-un fel.

Şeful cancelariei se simţi pe un teritoriu sigur, pe care păşise de atâtea ori până atunci.

— La aeroport o preia soţia premierului, la palat, a preşedintelui.

— Care tocmai ne-a anunţat să nu contăm pe ea, interveni purtătoarea de cuvânt, declanşând un oftat general.

— Hai, mă, nici acum?

— Domnule, înţeleg, discreţie-discreţie, dar nici în halul ăsta, se burzului şeful biroului de presă. Şi ce-i de făcut?

— O plimbăm prin muzeu. Are ce vedea. Şi pe-urmă îi montăm un moment artistic, ceva cu copilăret mult. Dansuri, cântece. Ştiţi că americanii se dau în vânt după chestiile astea.

— Corect, aprobă consilierul pentru imagine. Eventual aducem nişte amărâţi cu SIDA, am auzit că Prima Doamnă e preşedinta de onoare a unor asociaţii caritabile.

— Ai chef să ne frigă Secret Service-ul la foc mic? izbucni purtătoarea de cuvânt, revoltată de perseverenţa de a călca în străchini a unora dintre membrii anturajului prezidenţial. Pe noi ne ţin ăştia-n analize de când s-a anunţat vizita şi tu vrei s-o virusezi pe Laura Bush?

— Aşa e, povestea cu SIDA pică. Aducem copii normali.

Încet-încet, programul Primei Doamne prinse contur. Fireşte, varianta finală trebuia prezentată spre aprobare părţii americane, dar, dacă totul era gândit cu atenţie, nu puteau să apară modificări substanţiale. Cu atât mai mult cu cât evenimentul nu dura o veşnicie, ci patru ore, în intervalul dintre aterizare şi decolare. După o matură chibzuinţă, organizatorii îşi dădură votul final şi trecură la următoarea problemă de pe ordinea de zi.

— Cum procedăm cu interpretul? întrebă consilierul pentru imagine, ştiind la fel de bine ca toţi ceilalţi că atinsese un punct delicat.

Şeful cancelariei făcu un gest liniştitor cu mâna în care ţinea ţigara, pudrându-şi pantalonii cu o pulbere fină şi cenuşie.

— Îl aduc ei. De fapt, a venit de patru zile. Nu cu mâna goală, cu iubita. L-am cazat la Marriott, l-am plimbat niţel prin ţară, i-am cumpărat nişte icoane din secolul şapteşpe...

— Băi, eşti inconştient? Astea-s obiecte de patrimoniu. Iar ne ies vorbe, obiectă, conform tradiţiei, purtătoarea de cuvânt.

— Stai liniştită, le-au terminat de pictat acum o săptămână. De-abia s-au uscat culorile.

— Vrei să spui că interpretul e american? O să iasă comedie, protestă şeful biroului de presă.

— E un român stabilit în State de aproape douăzeci de ani. Şi, până la urmă, treaba lor. Dacă n-au avut încredere...

— În fond, ai şi tu dreptate. Bun, am bifat-o şi pe asta. De cadouri s-a ocupat cineva?

— A, da, aici stăm bine. Totul e ambalat, poleit, la marea meserie. N-avem emoţii.

— Aţi băgat şi din cărţile lui ăl bătrân?

— Tu ce crezi?

— Dar din ale lui...

— Şi din alea.

Până spre seară, nu mai rămase nimic nerezolvat. Cu sentimentul datoriei împlinite, membrii comandoului român de protocol părăsiră sfatul de taină de la palat, urcară în maşini şi se pierdură în oraşul care avea să treacă printr-una dintre cele mai agitate nopţi din istoria ultimului deceniu. La ora când ultimele autobuze şi tramvaie se retrăgeau în depouri, cerşetorii din metrouri îşi numărau câştigurile de peste zi, oprindu-şi procentul negociat cu liderii de nucleu de pe fiecare magistrală înainte de a preda restul şi vindecându-se miraculos, prin acte de contorsionism halucinant, de beteşugurile cu care îi impresionaseră pe naivi, iar păsările de pradă din hoteluri intrau în producţie, o armată de angajaţi ai Direcţiei Drumuri din cadrul Primăriei coloniză rapid trotuarele din centrul capitalei şi se puse judicios pe treabă. Recurgând la tehnica din dotare, muncitorii oferiră locatarilor din blocurile aflate în raza de acţiune un spectacol inedit, de mult sunet şi puţină lumină, în cursul căruia demontară fără milă coşurile de gunoi pe care tot ei le amplasaseră cu mai bine de un an în urmă, într-un generos efort de a-i salva pe bucureşteni de la înotul în propriile ambalaje azvârlite la nimereală pe jos. Zgomotul ciocanelor aduse instantaneu la geamuri o mulţime de curioşi, care însă nu gustară decât câteva secunde din deliciile vizuale ale meşteşugului. Câţiva roşcovani tunşi perie şi aproape imposibil de diferenţiat adoptară o atitudine vădit belicoasă la adresa lor, duseră la gură tot atâtea megafoane şi se zborşiră scurt oriunde văzură perdele care se mişcau sau capete clătinându-se incredul sub fiorul celor ce se petreceau dedesubt. *GET THE FUCK AWAY FROM THE WINDOWS UNLESS YOU'RE FISHING FOR TROUBLE!* Neiniţiaţi în subtilităţile limbii engleze, câţiva muncitori traduseră din instinct invitaţia la repliere, conştienţi că nesupunerea locatarilor ar fi dus în mod sigur la pagube colaterale: „Plecaţi, mânca-v-aş, de la geamuri, că se pun ăştia cu pistoalele pe voi!“ Marea majoritate a spectatorilor se supuseră somaţiei. Unii dădură televizoarele sau casetofoanele la maximum, ca să se apere de hărmălaia de pe trotuar. Câţiva sunară la poliţie, unde avură parte de un râs amar, neputincios. Unul singur se încumetă să coboare şi să rezolve pe cont propriu. Se întoarse după trei minute în sânul familiei, escortat de o namilă cu facies lombrozian şi purtându-şi cu demnitate vânătaia de sub ochiul stâng.

Concomitent, alte echipe de intervenţie rapidă se ocupară de capacele canalelor, punându-şi operaţiunea sub mobilizatoarea deviză „Sudaţi şi asudaţi“. La auzul primelor zgomote, o parte dintre ocupanţii subteranelor cedară sfintei curiozităţi şi îşi iţiră capetele în plină intersecţie, lângă semafoare sau în staţiile de transport în comun. Contactul cu agresorul străin se dovedi lămuritor. Convinşi că erau pe punctul de-a deveni victime ale unui experiment înrudit cu pogromul, aurolacii o zbughiră care-ncotro şi se opriră din alergat, după ce se loviră de o groază de ţevi şi intrară cu picioarele în băltoace care mai de care mai pline de capcane, abia când ajunseră în zone unde liniştea nopţii nu era destrămată de sunete suspecte. Aici îşi traseră sufletul şi, odată cu el, concluzia inconturnabilă: Au terminat cu câinii vagabonzi şi ne-au luat pe noi la încins. O să scape doar şobolanii. Ăştia scapă întotdeauna.

Orice zi trăită în Bucureşti poartă în ea sâmburele aventurii. Pentru locuitorii capitalei, confirmarea acestui adevăr axiomatic veni încă de la primele ore ale sâmbetei în care preşedintele american urma să aterizeze la Otopeni. Centrul oraşului era greu de recunoscut. Câteva dintre principalele artere de circulaţie – unele cu sens unic – fuseseră închise, silindu-i pe cei nimeriţi cu maşina în zonele respective la ocoluri ample, unde se mergea bară-n bară. Tarabagiii care vindeau cărţi lângă Universitate primiră o zi de concediu forţat, explicându-li-se repercusiunile catastrofale ale comerţului cu Platon, Sábato sau Kundera la o distanţă atât de mică de locul unde George W. avea să li se adreseze românilor.

Singurele exceptate de la îngrădiri se dovediră florăresele din solda mafiei ţigăneşti, semn că până şi Secret Service-ul avea limitele lui. Pietonii colindaţi de proasta inspiraţie de a fuma sau de a mânca eugenii pe trotuar constatară absenţa din peisaj a coşurilor de gunoi şi reacţionară mai mult sau mai puţin previzibil. Conform unui studiu întreprins ulterior de Asociaţia pentru Civilizaţie Urbană, doar 0,23% dintre subiecţi îşi vârâră ambalajele sau resturile în buzunar pentru a le evacua în Titan, Berceni, Dristor, Militari sau Drumul Sării. Ceilalţi împodobiră trotuarele cu tot ce le prisosea şi clădiră mici piramide menajere chiar pe locul unde se aflaseră până atunci cutiile dispărute, ca omagiu adus efemerei lor prezenţe în firescul citadin. Din când în când, mormanele de gunoi erau scormonite prudent de inşi cu o înfăţişare anonimă, care se încăpăţânau să caute grenade-ananas sau bombe cu explozie întârziată şi nu găseau decât bucăţi de staniol, cartoane de pizza, şerveţele îmbibate cu muştar, bilete perforate şi ici-colo câte un tampon cu aspect stânjenitor. Patronilor puţinelor magazine deschise li se impuse să nu vândă strop de alcool şi în general nimic îmbuteliat, sub ameninţarea ridicării autorizaţiei de funcţionare şi a unor întrevederi prea puţin atrăgătoare cu temuţii emisari ai ordinii şi disciplinei de peste Ocean. Mijloacele de transport în comun fură deviate de la traseul normal, iar acolo unde manevra nu era posibilă – cazul tramvaielor –, suspendate temporar. Îmbulzeala şi deruta astfel create obligară mulţi pasageri să gândească pe termen scurt şi să-l suduie pătimaş pe înaltul oaspete, din cauza căruia trebuiau să renunțe la confortul motorizat și să se târască până acasă cu câte două-trei sacoșe în fiecare mână. Ploaia mocănească și vântul pieziș care luaseră în stăpânire orașul încă de la ivirea zorilor contribuiră după puteri la năduful general.

Existau însă și oameni pentru care vremea proastă nu putea fi un impediment, iar obstacolele de circumstanță nu însemnau nimic. Aceștia erau reporterii de televiziune, care își propuseseră să fie la înălțime la figurat, chiar dacă își îndepliniră obiectivul mai mult la propriu. Într-un asalt cu vagi remanențe alpiniste, trimișii speciali – majoritatea femei – se cocoțară pe tot felul de clădiri sau monumente, chircite de frig, biciuite de ploaie și coordonate din studio de domni joviali, care zâmbeau festiv la adăpostul celor douăzeci și patru de grade din platou. O jună se instală victorios pe Arcul de Triumf, o alta cuceri Intercontinentalul, o a treia poposi pe Palatul Telefoanelor, iar cea din urmă se mulțumi cu turnul Televiziunii Naționale. Acolo avură privilegiul de a se întâlni cu niște mascați fioroși, care încă de dimineață priveau lumea prin cuiul cătării și care, deloc impresionați de legitimațiile vânturate prin dreptul ochilor, procedară la o temeinică percheziție corporală înainte de a accepta mustăcind să dârdâie alături de ele și de operatorii aferenți. Odată instalate, fetele transmiseră în căști că totul era în ordine, rugându-se la Dumnezeu să nu fie lăsate de izbeliște după încheierea vizitei și să-și aducă cineva aminte și de ele.

Air Force One ateriză pe pista păzită cu zel, cu săbii de oțel, și de ea, și de el, la fel, cu o precizie de ceasornic elvețian. După câteva tatonări care suscitară ipoteze dintre cele mai diverse – întâi coboară sosia, ba nu, nu s-a trezit purtătorul de cuvânt al Casei Albe, nu, nici asta, Prima Doamnă își verifică machiajul –, George W. apăru în ușa avionului şi purcese la o deconcertantă şi repetată încălcare a protocolului. Ignoră limuzina blindată care-l aştepta şi parcurse pe jos drumul până la salonul rezervat din aeroport. Refuză protecţia umbrelei şi se abandonă stropilor de ploaie. Petrecu mai mult timp strângând mâna ministrului de externe decât pe cea a premierului, pentru a se revanşa după câteva minute şi a-i oferi celui din urmă privilegiul a douăzeci de minute în salon, departe de ochii presei. Decalajul produse mârâieli iritate printre demnitarii împietriţi de frig şi confuzii caraghioase pe traseu. Nepusă la curent cu întârzierea de la Otopeni, reporteriţa staţionată la Arcul de Triumf zări la un moment dat o coloană de maşini apropiindu-se dinspre Casa Presei Libere, se uită la ceas, îşi alungă emoţia din voce şi se puse pe relatat. O ţinu aşa câteva minute, făcând abstracţie de zgomotul asurzitor al elicopterelor apărute pe cerul capitalei şi având timp să deplângă, printre elogiile aduse lui George W., relativa pasivitate a curioşilor de pe trotuar, care, probabil din cauza frigului, nu agitaseră suficient steguleţele celor două ţări. La un moment dat duse o mână la ureche, înţepeni subit, auzind ce i se şoptea în cască, şi arboră un surâs stingher înainte de a-şi informa telespectatorii că maşinile cărora li se dedicase cu atâta patos îi adăposteau de fapt pe antemergători şi că preşedintele, hm, se afla în continuare... ăăă... la, deci, Otopeni.

La Cotroceni, lucrurile se desfăşurară operativ şi armonios. Singura nedumerire a lui George W. şi a Primei Doamne se legă de identificarea soţiei omologului român. Nu foarte atent la lămuririle interpretului, fostul guvernator de Texas îi rezervă această postură purtătoarei de cuvânt, admirând cu un zâmbet afabil trăinicia relaţiei, în ciuda diferenţei de vârstă, în timp ce Laura Bush păru să ia în vizor o doamnă distinsă, îmbrăcată cu un pardesiu elegant, despre care află prea târziu că era directoarea muzeului din palat. Cei doi șefi de stat își rostiră cuvântările în fața unei puzderii de blițuri și de camere de luat vederi, iar după momentul artistic dedicat Primei Doamne și o plimbare relaxată prin sălile muzeului se suiră în mașini și se îndreptară spre Piața Revoluției.

Printre spectatorii de lux care se luptau cu frigul în spatele Sălii Palatului se numărau o sumedenie de figuri monarhice, deși musafirii americani erau reprezentanții republicii *par excellence*. Erau de față regele și regina României, regele fotbalului, regina gimnasticii, regele tenisului, regele demolărilor bisericești, regele ingineriilor financiare, regele comisioanelor, regele creditelor neperformante, regele tabloidelor, regina modei, precum și un contingent de prinți, prințese și prințișori. Așteptarea lor era vegheată de pe imobilele din jur de efective ale trupelor antitero și de zeci de trăgători de elită, care studiau prin lunete tot ce se întâmpla dedesubt, gata să intervină la orice mișcare dubioasă. Deocamdată nu observaseră decât șapte-opt hoți de buzunare, care izbutiseră cumva să pătrundă în piață și să-și exercite măiestria pe socoteala inconștienților care se aventuraseră într-o asemenea aglomerație cu portofelul plin, lăsat neglijent în buzunarul hanoracului. Din punctul de vedere al franctirorilor, n-aveau decât. Atâta timp cât nu șterpeleau pistoale sau spray-uri paralizante, puteau să opereze în voie.

La ora fixată, cei doi președinți își făcură apariția în Piața Revoluției, precedați de ceilalți membri ai alaiului oficial, conform unui protocol în sfârșit respectat. Sosirea lui George W. declanșă isteria printre spectatori, care se manifestau la fel de fierbinte ca în vara lui 1994, când România eliminase Argentina în optimile World Cup. Din boxe se revărsă vocea răgușită a lui Bryan Adams, la auzul căreia puținele fire de păr de pe țeasta purtătorului de cuvânt al

Casei Albe se zbârliră amenințător, Prima Doamnă surâse cu o falsă detașare, iar soțul ei se strâmbă abia perceptibil. Pe lângă că era canadian, rockerul în blugi își declarase în mod repetat simpatia pentru cauza democraților, profitând de interviurile luate ca să-i reproșeze lui Bush senior Războiul din Golf și atrăgându-i atenția juniorului că Irakul nu era poligonul de tragere al Americii. În schimb, ministrul de externe român schiță un dans pe loc în acordurile lui *All for One*, secondat cu o grație aproximativă de colegul lui de la finanțe și imortalizat de toate televiziunile prezente în piață.

Discursul președintelui român trecu aproape neobservat, iar aplauzele complezente ale asistenței nu făcură decât să amâne intervenția ilustrului oaspete, pe care o aștepta de fapt toată lumea. Inclusiv reporterii TV, care îl acoperiră de câteva ori pe vorbitor pentru a comunica în eter că ploaia nu se oprise și că vântul bătea tot mai tare, știind prea bine că o intervenție similară peste cuvintele lui George W. ar fi fost plătită cu postul. Ce-i drept, telespectatorii nu regretară suprapunerea: fibra lemnoasă a limbajului prezidențial rămăsese aceeași, iar febrilitatea gesticulației nu pierduse nimic față de aparițiile anterioare. Și, dacă totuși observatorii atenți ai evenimentului remarcară un plus de entuziasm în verbul septuagenarului, acesta nu putea fi pus decât pe seama prim-planului obținut în fața premierului în ochii opiniei publice. Personajul cunoscut sub numele de cod „Arogantul“ în intimitatea Palatului Cotroceni era nevoit să se limiteze la a ocupa un loc în primul rând al oficialităților, alături de discreția somnolentă a patriarhului, de plictisul mofluz al regelui și de miștourile marinărești ale primarului general.

Invitat în cele din urmă să ia cuvântul, George W. Bush oferi mulțimii imaginea unui om mișcat până la lacrimi de primirea făcută şi se trezi ovaţionat încă înainte de a deschide gura. După ce semnală asistenţei vrăjite prezenţa pe cerul bucureştean a unui curcubeu prin care divinitatea însăşi aviza favorabil intrarea României în NATO, oaspetele trecu în revistă monumentele şi clădirile din Piaţa Revoluţiei, zăbovind asupra fiecăruia pentru a-i marca rostul şi simbolurile. Luat prin surprindere de abaterea de la textul oficial, pe care îl tocise conştiincios în luxul de cinci stele de la Marriott, interpretul deplasat de la Washington confundă dezinvolt statuia lui Maniu cu bustul lui Coposu, Muzeul de Artă cu Biblioteca Universitară şi sediul Senatului cu magazinul Romarta, identificând însă corect – spre cinstea lui – Ateneul Român şi Biserica Kretzulescu. Cei prezenţi râseră sincer, punându-l pe George W. în situaţia de a nu-şi da seama că făcuse o glumă. Pe chipurile angajaţilor din serviciul de protocol al preşedinţiei trecu o nouă umbră, ambasadorul american la Bucureşti se scărpină diplomatic în creştet, Prima Doamnă îşi păstră zâmbetul autocolant, iar preşedintele român îngăimă ceva la urechea vorbitorului, cu figura boţită de un rictus jenat. La câteva sute de metri, strâns cu mic, cu mare în faţa televizoarelor, personalul Ambasadei SUA asistă neputincios la gafele interpretului, ignorând telefoanele care începuseră deja să zbârnâie pentru explicaţii. În apartamentul lui din Banu Manta, Claudiu Stamate, cel care se ocupase de traducerea la microfon a discursului lui Bill Clinton cu cinci ani şi jumătate în urmă, se simţi răzbunat.

Revenindu-şi din nedumerire, preşedintele american vorbi mai departe, îmbrăţişând din priviri mulţimea vie din faţa lui şi lăsându-se întrerupt ori de câte ori sentimentele ei se converteau în aplauze spontane. Singura izbucnire potrivnică ar fi putut veni dinspre un grup de inşi cu pielea smeadă, care se strânseseră undeva în apropierea Bibliotecii

Universitare, plănuind ca, într-o clipă de acalmie, să dea la iveală câteva înscrisuri bilingve, ce scăpaseră la filtrul poliţiştilor, şi să-i comunice de la obraz texanului protejat de un ecran antiglonţ ce părere avea minoritatea arabă din Bucureşti despre politica americană. Tentativa fu dejucată de ivirea ca din pământ a unui pluton de mascaţi care se postară în jurul contestatarilor şi-i fixară cu nişte ochi în care se citea hotărârea de a mătura cu ei pe jos la primul gest inoportun. În cealaltă parte a pieţei, vigilenţa forţelor de ordine îşi găsi debuşeul râvnit în persoana unui student japonez la filologie, care scoase un aparat foto miniatural dintr-un buzunar al jachetei de piele şi vru să-l ridice deasupra capului, cu scopul blajin al unei poze la care să se uite cu duioşie peste ani. Tânărul asiatic nu apucă să-şi concretizeze intenţia. Picioarele lui pierdură ca prin farmec contactul cu solul, subsuorile îi fură prinse în două menghine înmănuşate, iar buzele pe care tocmai voia să înmugurească un protest de bun-simţ recepţionară două directe năprasnice, imposibil de evitat. Sub ochii miraţi ai celor din jur, japonezul părăsi piaţa mai mult pe sus, fără ca opinia publică să aibă curajul unei atitudini solidare.

Departe de incidentul cu pricina, George W. îşi continuă discursul, însoţit de uralele la fel de însufleţite ale mulţimii şi de chixurile semantice tot mai picante ale interpretului. Acesta din urmă smulse un nou hohot asistenţei când traduse formula prezidenţială *we shall work shoulder to shoulder* prin „vom lucra şold la şold", dându-le de înţeles celor prezenţi că invitaţia la muncă susţinută presupunea şi mişcări din registrul lambadei. De data asta, locatarul de la Casa Albă se întoarse spre el preţ de o clipă, cu aceeaşi privire cu care, pe vremea când era guvernator, refuzase graţierea Karlei Faye Tucker, prima femeie executată pe scaunul electric în istoria statului Texas. Interpretul ridică din umeri, vrând parcă să-l convingă pe președinte că el, unul, își făcea treaba ca un profesionist și că vina o purtau exclusiv cei din piață, care râdeau ca proasta-n târg din te miri ce. Între timp, arcul curcubeului își mai pierduse din strălucire, însă conturul lui inversat semăna la fel de mult cu cel al zâmbetului președintelui român, care, molipsit de buna dispoziție a spectatorilor, începu să ia în calcul chichițele constituționale prin care ar mai fi putut obține un mandat. Căci pofta de putere vine mâncând, iar vecinătatea celui mai tare om din lume te poate duce unde nu gândești.

Speech-ul lui George W. Bush se încheie la fel cum începuse: cald, sentimental și optimist. Singura referire care căzu greu la stomacul oficialităților române, înflăcărând în schimb și mai tare mulțimea, viză combaterea corupției. La auzul cuvântului tabu, cei care se simțeau cu musca pe căciulă încercară un frison anticipativ de rău augur, iar o cameră TV fixată întâmplător asupra primarului general îl surprinse șoptindu-i vecinului din stânga: „NATO frântă, că ți-am dres-o". În rest, veselie mare: aplauze care nu se mai opreau, scandări RO-MÂ-NI-A – USA, o mare de stegulețe care înfruntau ploaia ca tot atâtea minicatarge ale unor minicorăbii în furtună, încă o repriză de muzică nord-americană difuzată în boxele din jurul pieței, un președinte român aproape nebăgat în seamă și unul străin spre care se îndreptară efuziunile îndelung suspendate ale publicului. Pe blocuri, trăgătorii de elită știau ce avea să urmeze și făcură mișcarea de pe urmă, lipindu-și arătătorul mâinii drepte de trăgaci. George W. Bush răspunse cum se cuvenea simpatiei populare, după care se întoarse spre tribuna oficială din spate, pentru protocolara trecere în revistă a VIP-urilor. Îl tratǎ cu o politețe rezervată pe rege (deh, republicanul tot republican), dar o plie într-o îmbrățișare voinicească pe Nadia Comăneci. Se întreținu amical cu

Ilie Năstase, fără să știe că, la zece centimetri de el, înghețase bocnă cel mai bun fotbalist român din toate timpurile. Dădu mâna grăbit cu primarul, scăpând însă din marcajul președintelui român pentru a-l gratula pe cel care-l precedase la Cotroceni și despre care unele ziare americane păruseră să nu știe că nu mai era în funcție de doi ani. În fine, o regăsi cu un zâmbet larg pe Prima Doamnă, ca și cum n-ar mai fi văzut-o de-o veșnicie, iar apoi reveni cu fața la public și se pregăti să coboare treptele care duceau spre primele rânduri ale celor din piață.

Ca la un semn, Franklin Mitchum și Homer Braddock își duseră mâna stângă la gură și vorbiră undeva în interiorul manșetei. *Cowboy takes a bath*. În aceeași secundă, George W. se văzu înconjurat de câțiva androizi cu trăsături cioplite cu dalta și cu ochii în patru, pândind pericolul iminent, care ar fi putut veni de oriunde. Desprinși parcă din recuzita unui film de duzină, aceștia îl marginalizară fără vorbe pe președintele român, mai vulnerabil decât fusese vreodată în toți anii de mandat. Expresia „protecție la rever" își ilustră virtuțile dezbrăcate de orice nuanță metaforică: ceea ce mai prinseră camerele de luat vederi din chiriașul Casei Albe se limită la doi ochi care clipeau des, un rid pe frunte și o mână întinsă la nimereală spre a fi atinsă, mângâiată, strânsă și chiar pupată de norocoșii aflați la o distanță convenabilă. Coșmarul Secret Service-ului dură cam un sfert de oră, până când șeful executivului decise că baia de mulțime se putea încheia, iar el era liber să urce la loc în fața tribunei oficiale, pentru un ultim salut adresat mulțimii.

În timp ce George W. Bush părăsea Piața Revoluției, slujbașii mediatici conectați la eveniment se pregătiră să le deslușească profanilor sensul celor văzute. Realizatorii edițiilor speciale ale știrilor se lansară într-o cursă encomiastică la care ar fi aspirat cu invidie toate montajele literar-artistice de pe vremea „geniului Carpaţilor“. Din ecrane răsunară rafale de superlative rostite cu glasuri pătrunse de extazul integrării. Analiştii politici se grăbiră să comenteze doct, având grijă să-şi contrazică punct cu punct opiniile pe care le enunţaseră înaintea vizitei. Unul se încumetă să-l vadă în preşedintele american pe însuşi Mântuitorul, descins pe malul Dâmboviţei spre a lua asupră-i păcatele românilor. Enormitatea smulse un oftat cucernic din pieptul amfitrionului TV, deşi, auzind-o, George W. probabil că s-ar fi cutremurat de râs. Grăbiţi să surprindă pulsul pieţei, reporterii de teren invitară la microfon câţiva oameni de pe stradă, care îşi vedeau liniştiţi de ale lor, departe de tumultul din centru.

— *Care credeţi că vor fi consecinţele vizitei preşedintelui american la Bucureşti?*

— Mamă, să-ţi spun ceva, că eşti ca copilu' meu. Tot crapii ăştia mari îşi vede sacii-n căruţă. De-aia se face cinci mii ou' de Crăciun, c-a venit Bush?

— Păi ce consecinţe? Să trăiască omu' mai bine, că de-aia am murit în decembrie.

— Interesantă întrebare. Nu ştiu, habar n-am.

— Vă spun eu care-s consecinţele, da' parcă văd că nu mă daţi pe post. Dacă intrăm în NATO, ne lasă boanghinele-n pace cu Ardealul şi poate că se-astâmpără şi nenorociţii ăia cu limba lor moldovenească. Da' hai să vă-ntreb şi eu ceva: Vadim de ce n-a fost invitat la chermeză? Aud?

— Ascultaţi-mă, că-s om bătrân şi-am văzut multe. Pericolul e China. Restul sunt aiureli.

— *Ce aţi reţinut din discursul lui George W. Bush din Piaţa Revoluţiei?*

— Că maimuţoiul ăla care traducea e un idiot. Mai bine mă chemau pe mine, măcar nu mă făceam de râs.

— Că, dacă vrem să sugem ochişor, trebuie să roadem şi bătăturică. Era un banc pe vremuri, cu cioara şi puii în cimitir. Adică, domnu' reporter, că trebuie să muncim pe rupte. Uite-aşa, ca ei, ca americanii.

— Că ne ţin ăştia-n loc cu corupţia. N-avem sânge-n noi, dom'le, aici e buba. Italianul ăla după care s-a făcut *Caracatiţa* a băgat două mii de jigodii în puşcărie. La noi ştiţi cum se roagă mahării de la Justiţie? În numele naşului, al finului şi al sfântului NUP.

— Că politica e, pardon, curvă. Îl doare pe Bush de noi cum mă doare pe mine de Eritreea.

— *Ce aţi dori să-i transmiteţi preşedintelui Statelor Unite, dacă aţi avea ocazia?*

— S-o ţină tot aşa. A-nceput o treabă, s-o ducă până la capăt. Şi poate ne pune-o vorbă bună la UE. Merităm, domnule, destul ne-au călărit ruşii. Se mai învârte roata.

— *I love you*, George. A, îl interesează contul molahului Omar? Ştiu un hacker bazat.

— Să vină domnu' preşedinte la noi în Matache şi să-i vadă pe-ăia de la administraţia pieţei ce şpăgi ia.

— Îi mulţumesc din suflet pentru vizita asta minunată şi pentru încrederea care ne-a dat-o.

— Că doamna Laura arată foarte bine.

— Eu? Ce-i transmit eu? Ce să-i transmit? Trăiască regele.

Caraghioase sau absurde, dar în orice caz sincere, răspunsurile celor intervievaţi erau primul semn că, încă înainte de plecarea oaspetelui texan, capitala îşi recupera ritmurile şi trăirile obişnuite. La ora când George W. şi Prima Doamnă urcau scările lui Air Force One pentru a-şi lua rămas-bun de la gazdele române, telespectatoarele impresionabile îşi ştergeau lacrima din colţul ochiului, aurolacii aşteptau ridicarea embargoului subteran, franctirorii îşi ungeau armele nefolosite, politicienii de cartier ieşeau la cârciuma din colţ ca să-şi dea cu părerea, microbiştii bombăneau din cauză că evenimentul îi privase de televizarea a două meciuri importante, iar reporteriţele ajunse cu treisprezece, opt, douăzeci şi două sau şaisprezece etaje mai aproape de cer reveneau pe pământ cu părul vâlvoi, dinţii clănţănind şi mâinile vinete. Singurele de care nu se ocupă nimeni fură coşurile de gunoi demontate cu atâta tărăboi din centru. Absenţa lor prelungită rămase să arate că, într-un sfârşit de noiembrie cenuşiu ca o blană de carpatin stropită cu petrol, Bucureştiul fusese – fie şi pentru douăzeci şi patru de ore – un oraş bushversat.

Aştept să crăpi
şi să-ţi pun cruce

După ce-şi convinse băiatul de opt ani să meargă la culcare, Horia Mancaş deschise fereastra, o cutie de bere şi televizorul – în această ordine. Se instală într-un fotoliu, îşi puse picioarele pe măsuţa de cafea, ceea ce n-ar fi îndrăznit nici în ruptul capului de faţă cu soţia, mama sau soacra, şi dădu volumul un pic mai tare.

— Doamnelor şi domnilor, bună seara, rosti Salomeea Chitic, cu un zâmbet produs de conspiraţia dintre periuţa electrică Oral-B şi pasta de dinţi Lacalut Aktiv. Daţi-mi voie să vă spun bine-aţi venit la prima ediţie a emisiunii *Aştept să crăpi*, pe care postul nostru v-o oferă de acum încolo în fiecare vineri seară, de la ora douăzeci şi două până dincolo de miezul nopţii. Emisiunea e realizată cu sprijinul firmei de ceramică Oale şi Ulcele, specializată în importul şi exportul produselor de olărit.

Mancaş crezu că nu aude bine. *Aştept să crăpi?* Se vede treaba că nici nu apucase să tragă o duşcă şi berea i se suise la cap. Se uită în colţul din stânga sus al ecranului şi primi dovada că auzul nu-i jucase nici o festă şi că nu se cherchelise. „Aştept să crăpi“, asta stătea scris şi acolo, cu litere negre, fără înflorituri, semn că decenţa încă nu fugise în munţi. Mancaş îşi trecu mâinile prin păr şi căută din priviri unul dintre pachetele de ţigări pe care le lăsase împrăştiate prin apartament. Emisiunile cu titluri compuse din verbe nu erau o noutate și atrăgeau atenția mai cu seamă prin numitorul comun al profitului: *Te uiți și câștigi*, *Știi și câștigi*, *Riști și câștigi*, *Câștigi fără să știi* și tot așa. În schimb, *Aștept să crăpi* era, cu siguranță, un produs fără concurență pe piață. Cel puțin deocamdată. Bineînțeles că, la cum mergeau lucrurile, nu s-ar fi mirat nimeni dacă în scurtă vreme ar fi apărut noutăți și în grila altor posturi de televiziune: *(M)ortu' popii* (căci românul e calamburgiu), *Ghici cine moare la cină?* (program vesperal) sau *Cine mierlește și lasă* (cu bocete interpretate de profesioniști). Spre deosebire de aceste produse ipotetice, *Aștept să crăpi* era o certitudine cu un titlu care sugera darabana bătută nervos de fiu pe testamentul părintelui expediat la azil.

— În fiecare ediție vă vom prezenta ultimele zile, poate chiar ore, sau poate chiar minute, din viața unei celebrități despre care am aflat că urmează să se ducă într-o lume mai bună, continuă Salomeea Chitic, cu o tristețe mimată fățarnic. Reporterii noștri se vor deplasa la domiciliul persoanei respective, la spital sau la sanatoriu, de unde vă vor ține la curent cu mersul lucrurilor. Bineînțeles, dacă este vorba de transmisiuni din instituții, ele vor fi înregistrate pe durata orelor de vizită și difuzate ulterior în emisiunea noastră. Dacă persoana se află acasă, vom putea să transmitem în direct – desigur, cu acordul ei sau al familiei. Oricum, vă vom prezenta cele mai noi informații de la căpătâiul acestor oameni: cum se simt, de ce au nevoie, cine i-a vizitat, cine ar trebui să treacă pe la ei, dar îi neglijează, cum se hrănesc, la ce le zboară gândul când rămân singuri, ce părere au despre felul cum și-au trăit viața, care a fost cea mai mare bucurie, ce regretă cel mai mult și așa mai departe.

Mancaș stinse prima țigară fumată după culcarea copilului și, cu ochii ațintiți mai departe asupra Salomeei Chitic, dădu un telefon care nu suporta amânare.

— Te uiţi pe Parabola? se interesă el cu o voce albă, când, într-un târziu, i se răspunse.

— Nu. De ce, ar trebui?

Din ce se auzea în spatele vocii lui Cornel Georgevici, iar dădea o petrecere. Glasuri vesele ciripeau pe deasupra muzicii.

— Dacă te-ntreb, e clar c-ar trebui. Dă drumu' la televizor pe Parabola.

— Am musafiri, Rică, nu pot...

— TRECI DRACU' ÎN ALTĂ CAMERĂ ŞI DĂ DRUMU' LA TELEVIZOR! mugi Mancaş. Vorbim după ce-ţi pleacă ocupanţii. Nu contează ora. Vezi, poate uiţi să mă suni.

Închise înainte să audă răspunsul celuilalt şi se concentră din nou asupra a ceea ce spunea Salomeea Chitic.

— Pentru ediţia de astăzi, ne-am oprit asupra unei mari voci a cântecului popular românesc, o interpretă care nu mai are nevoie de nici o prezentare. Este vorba despre doamna Ecaterina Dimancea, cu ale cărei cântece în grai ardelenesc au crescut generaţii întregi de români. Laureată a numeroase festivaluri şi concursuri interne şi internaţionale, decorată de ultimii doi preşedinţi ai României, fost deputat din partea Partidului Pentru Ţară, doamna Ecaterina Dimancea a fost timp de aproape patru decenii o prezenţă vie pe scenele din ţară şi de peste hotare. A scos, încă de pe vremea vinilului, discuri care s-au vândut în zeci şi zeci de mii de exemplare. A lansat o serie de talente care au vorbit despre ea cu emoţie şi recunoştinţă ori de câte ori au avut ocazia. A înfiinţat, cu sprijinul căminului cultural din Teiuş şi al autorităţilor locale, o Academie de Folclor dedicată în special copiilor, ştiut fiind că acest oraş şi localităţile din jur reprezintă un nesecat izvor de talente.

Telefonul lui Mancaş piui pe braţul fotoliului. Era Georgevici.

— Ți-au plecat musafirii?

— A, nu, nu cred că scap de ei până la două. M-am dus dincolo şi m-am uitat. Dar nu-nţeleg, Rică. E ceva despre-o băbătie care stă să dea colţu'. Şi?

Horia Mancaş îşi ridică ochii spre tavan. Uite cine ajunsese director de producţie. Şi uite cu cine trebuia să colaboreze el ca director general. Un prostovan cu ochelari de cal. Un papă-lapte care nu se pricepea să adulmece nici pericolele, nici chilipirurile. Un mediocru. Un pilos de care nu putea să scape. Colac peste pupăză, un beţivan şi un fustangiu căruia i se dusese buhul pe toate coridoarele de la Hermes TV.

— Scoate-ţi un pic mintea din alcool şi pune-o la treabă, Luşule. De ce face Parabola o emisiune cu viitoare cadavre? Ia să te-aud.

Urmă o tăcere în care Mancaş auzi înfundat vocile pe care cu un sfert de oră mai devreme le auzise ca şi cum ar fi vorbit lângă el în cameră. Pe urmă chibzuirea luă sfârşit şi Georgevici se hotărî să răspundă.

— Nu ştiu, să moară Stalin.

— Fiindcă se uită lumea, de-aia. Pălărie-ntr-un picior. E psihologie elementară, băi băiatule. Fiecare om care vede la televizor sau citeşte în presă că moare cineva o ia ca pe-o victorie personală. „El a mierlit-o, eu am scăpat." Aşa gândeşte talpa ţării, bă. Şi de-aia cască toţi ochii la mortăciuni şi la babete cu perfuzii. „Moartea lui e viaţa mea", asta e-n mintea lor. Ascultă-mă, că mă pricep la oameni.

Georgevici îşi drese vocea şi dădu televizorul mai încet.

— Şi... mă rog... unde vrei s-ajungi?

Mancaş se plesni cu palma peste frunte şi mai dădu o dată ochii peste cap. Mamă, bou era. Ar fi dat orice să-i facă vânt din funcţie, şi asta cât mai repede.

— Ia ghici, unde vreau să ajung? Unde eram până ieri cu măsurătorile, acolo vreau să ajung. Adică vreau să-mi iau înapoi publicul care-o să se mute cu arme şi bagaje la Parabola şi o s-o soarbă din ochi pe blondina asta care, dacă aveai un dram de creier, nu pleca de la noi.

Ce-i drept, Salomeea Chitic fusese până nu demult una dintre momelile cele mai sigure ale publicului de la Hermes TV. Trecuse la Parabola abia după ce Georgevici îi refuzase o creştere de salariu pe care, de altfel, avusese grijă să i-o promită într-un city-break furtunos la Sevilla, pe terasa unui restaurant cu vedere spre Guadalquivir, înainte de-a se întoarce la hotel şi de-a rupe patul cu ea până spre dimineaţă. Ca plată pentru refuzul plăţii, Salomeea împânzise târgul la întoarcere cu zvonul că, în ciuda reputaţiei lui de crai, Georgevici părea zdruncinat de ravagiile disfuncţiei erectile şi abia dacă putea fi adus, cu mari strădanii şi perversiuni, în situaţia de-a presta convingător două minute. Mai mult, irascibila doamnă Maia Georgevici, soţia directorului de producţie, primise, prin amabilitatea unui anonim atent la moravurile semenilor, informaţii cu privire la ce se întâmplase în hotelul andaluz de patru stele, ceea ce-o făcuse să împacheteze fără să stea pe gânduri, să-şi caute o garsonieră cu chirie şi să intenteze ditamai procesul de divorţ. Marin Timofte, patronul lui Hermes TV, aproape că se încovoiase de nervi când văzuse numele lui Georgevici în paginile presei de scandal, şi singurul motiv pentru care nu-i desfăcuse pe loc contractul de muncă fusese acela că fustangiul îi era, ce să vezi?, nepot. Dobitoc, dar din familie.

Sigur, lui Mancaş nu-i păsa nici cât negru sub unghie de şifonarea prestigiului sexual al lui Georgevici. Iar de divorţul lui, cu atât mai puţin. Ceea ce-l interesa era cum să oprească migraţia publicului de la Hermes TV spre emisiunea Salomeei Chitic, care chiar în clipa aceea îşi dezveli dentiţia într-un nou surâs hollywoodian, sporindu-i lui Mancaş regretul că, din cauza lui Georgevici, o scăpase din mână. Ba chiar o făcuse cadou concurenței. La rândul lui, Cornel Georgevici nu avea de unde să știe că, în locul primei de instalare, Liviu Tărchilă, omologul lui de la Parabola, o dusese și el pe Salomeea într-un city-break, dar nu în Andaluzia, ci în romantica Florență, unde pierduse șapte ore și două mii de euro pe Via Tornabuoni, ieșind dintr-un magazin de firmă doar ca să intre în altul. Ce-i drept, generozitatea lui se văzuse răsplătită în camera rezervată la boutique-hotelul de lângă San Miniato al Monte, unde Salomeea Chitic se lansase într-o serie de procedee tantrice care-l lăsaseră pe Tărchilă lat și cu limba scoasă.

— A doua zi după ce a fost externată, rosti acum vedeta, cu o evlavie falsă ca bancnota de șapte euro, doamna Ecaterina Dimancea a fost vizitată acasă de părintele Iosif Pop, care i-a vorbit despre vremelnicia vieții noastre pământene și despre făgăduiala fericirii veșnice. Părintele i-a spus că moartea nu este, citez, „un dușman care trebuie învins, ci un prieten care ne șoptește despre Dumnezeu", am încheiat citatul.

Horia Mancaș își închipui câteva sute de mii de telespectatori adunați seara în fața televizoarelor, după ce abandonaseră concursul culinar de la Hermes TV pentru *Aștept să crăpi*, atrași în egală măsură de titlul emisiunii și de forța de seducție a Salomeei Chitic. Gospodine și frezori, precupețe și taximetriști, vânzătoare la non-stop și mecanici de locomotivă, erau cu toții ușor de prins în mreje mai cu seamă când momeala consta în suferința unui seamăn. Iar dacă în tot cocktailul ăsta sinistru amestecai și câteva citate dintr-un popă, era imposibil să nu ai succes. Mancaș clătină din cap și se gândi mai departe la o soluție salvatoare, în timp ce la televizor Salomeea își rostea frazele cu ochii pe prompter și cu gândul la petrecerea din Centrul Vechi unde își anunțase prezența târziu în noapte.

— Moartea nu este uşa pe care o deschidem, ci apa pe care trebuie s-o trecem, spun înţelepţii. Sfinţii noştri părinţi ne învaţă că moartea este ceea ce stă între noi şi Dumnezeu. Mai mult decât atât, încercăm să ne convingem, mai ales când suntem la ananghie şi simţim că rostul nostru pe pământ se sfârşeşte, că moartea este singura taină de pe lume, taina iubirii dintre noi şi Cel de Sus, iar cele rânduite de Dumnezeu pentru fiecare dintre noi nu sunt străine de această taină şi nu sunt rodul întâmplării. Dar există semeni de-ai noştri – poate cei urgisiţi sau, cine ştie?, dimpotrivă, cei aleşi – care trebuie să treacă prin suferinţă înainte de-a ajunge la taina de pe urmă. Exact de aceşti oameni se ocupă emisiunea noastră. Oameni cunoscuţi, chiar celebri, cum este doamna Ecaterina Dimancea, oameni care s-au cheltuit cu generozitate în folosul nostru, al tuturor. Oameni pe care, din păcate, n-am învăţat să-i merităm.

Mancaş observase încă de la primele fraze că tonul Salomeei şi textul pe care-l recita se potriveau ca nuca-n perete cu titlul agresiv-insolent al emisiunii. Acum însă îşi spuse că era o simplă formă de *captatio* pentru oamenii de vârsta a treia. Şi nu greşi. După ce termină introducerea pe care i-o scrisese un scenarist de la Parabola, blondina trecu la subiect şi cucernicia moale din glas făcu loc fermităţii.

— O echipă a postului nostru a stat de vorbă atât cu doamna Ecaterina Dimancea, cât şi cu unicul ei moştenitor, trompetistul Viorel Dragostin. Cu îndrăgita interpretă am reuşit să discutăm pentru prima dată în rezerva de spital unde şi-a petrecut peste trei luni de zile. Vă propun să urmărim împreună cum a decurs dialogul între doamna Dimancea şi reporterii de la *Aştept să crăpi* Diana Cernat şi Matei Romilă, dar asta după câteva minute de publicitate.

Cât timp rulară reclamele – săpun lichid, medicamente, caşcaval, medicamente, pastă de dinţi, medicamente, Coca-

Cola, medicamente, ultimul model de Renault, medicamente, şampon, medicamente, credit doar cu buletinul, medicamente, iPhone 7, medicamente, „pentru o viaţă sănătoasă, evitaţi excesul de sare, zahăr şi grăsimi“ –, Horia Mancaş se mută în birou şi căută nişte informaţii pe laptop. Deschise câteva site-uri, îşi notă ceva într-un carneţel de care nu se despărţea nici la closet şi se întoarse în camera cu televizorul, nu înainte de-a trece pe la frigider şi de a-şi mai lua o bere.

— Doamnelor şi domnilor, se auzi vocea înfăşurată în compasiune a reporterului Matei Romilă, se fac o sută de zile de când celebra interpretă de muzică populară în grai ardelenesc Ecaterina Dimancea a fost internată într-o rezervă a Spitalului Fundeni. Am vizitat-o astăzi împreună cu colega mea, Diana Cernat – săru' mâna, Diana –, şi am găsit o femeie suptă de boală, dar demnă. O femeie slăbită, însă iertătoare. O femeie fără nici un rinichi şi conectată la aparate care-i înlocuiesc funcţiile organelor lipsă, dar gata să treacă peste toate cumpenele de care a avut parte în cursul îndelungatei ei cariere şi mai cu seamă în ultimii doi ani. Sărut-mâinile, doamnă, şi vă mulţumesc în numele telespectatorilor noştri pentru înţelegere şi pentru amabilitatea de-a ne primi aici, în locul unde soarta vă sileşte să rămâneţi, iată, de mai bine de trei luni.

— Şi unde voi n-aveţi ce să căutaţi, hiene scârboase ce sunteţi! răcni Mancaş din fotoliu, la un pas să-şi trezească băiatul din somn. Cine mama dracului v-a dat autorizaţie să filmaţi într-o rezervă de spital? Cu cât aţi şpăguit pe-acolo? Şi de ce mă-sa nu aveţi nici măcar amărâtele alea de halate pe voi?

Ocupat cu apostrofarea reporterilor de la *Aştept să crăpi*, Mancaş nu prinse primele cuvinte rostite din rezerva de spital de marea doamnă a cântecului popular în grai ardelenesc. Pesemne însă că nu fuseseră foarte multe.

— Am fost şi ieri la doamna Cati, prelua ştafeta Diana Cernat, cu ochii în lacrimi şi în cameră. I s-a scos şi al doilea rinichi, aşa că organismul dânsei funcţionează doar cu dializă, de care are nevoie de trei ori pe săptămână. Este o procedură destul de complicată, care însă n-a reuşit să-i slăbească moralul doamnei Cati. Dumneaei nu mai are energia de altădată, e normal, dar şi-a păstrat umorul şi, mai ales, şi-a păstrat cumpătul. De aceea ne pare foarte bine şi suntem foarte fericiţi că avem ocazia să stăm de vorbă cu dânsa, după mai bine de trei luni de absenţă din spaţiul public. Ne pare la fel de bine că doamna Cati are o natură robustă. În felul acesta, cu ajutorul medicilor şi mai ales al lui Dumnezeu, sperăm că va trece şi peste momentele astea. Acum, când staţi de vorbă cu noi, cum vă simţiţi, doamna Cati? întrebă duios Diana.

De data asta Mancaş tăcu și, făcând asta, filozof rămase. În plus, el izbuti să desluşească un firicel de voce ieşind din gura bolnavei, care, ridicată în capul oaselor şi sprijinită de perne, îngăimă stins:

— Mor, mamă. Mor, mă duc...

Horia Mancaş aproape că auzi simfonia batistelor stoarse de lacrimi din atâtea mii de case de pe cuprinsul ţării. Să vezi tu că nenorociţii de la Parabola dau lovitura, mai ales dacă taie profi interviul, îşi zise el. Şi, cum odioşenia era înregistrată, nici nu riscau să le moară bolnava sub ochi. Cel puţin, nu în prima parte. Deşi, dacă te gândeai bine, o emisiune cu cadavre ar fi parcă şi mai tentantă pentru prostime. Iar ratingul ar urca până la cer.

— Moartea lui – mă rog, a ei – e viaţa mea, repetă el în şoaptă panseul cu iz de motto pe care i-l spusese lui Georgevici mai devreme.

Nici nu termină Mancaş de repetat această prezumtivă mantră a succesului şi puse iar mâna pe telefon. De data asta directorul de producție răspunse repede, semn că îi cam trecuse cheful de petrecere, chit că zumzăiala invitaților se auzea în continuare prin telefon.

— Mâine la nouă ești la mine-n birou, Lușule. Avem treabă. Multă.

— S-a făcut, s-a făcut. La zece e târziu?

— NOUĂ! răcni Mancaș, și închise.

— Îmi spuneați înainte să începem filmarea, zise Matei Romilă, că în lunile astea a venit foarte multă lume să vă vadă. Colegi de azi și de ieri, oameni din televiziuni, ziariști, prieteni, cunoștințe. Nu mai departe de ieri a fost în vizită băiatul dumneavoastră, nu?

— Ba da, confirmă femeia, pungindu-și gura. Voia să știe dacă mai respir.

Romilă râse de formă și schimbă o privire derutată cu Diana Cernat peste capul bolnavei.

— Nu v-ați pierdut simțul...

— Abia așteaptă să mă vadă pe năsălie, i-o tăie bătrâna cu firicelul ei de voce, înfigându-se mai bine în perne.

— De ce spuneți asta?

Doamna Cati surâse concesiv.

— Păi așa e. De moștenire îi pasă lui, nu de mine.

Horia Mancaș termină și a doua bere, râgâi vitejește, ca vikingii lui Eric cel Roșu, și se întinse cu un căscat zgomotos. Ce bine era să nu te supraveghezi! Cu nevasta în vizită la o soră din Alcorcón, cu mama la băi și cu soacra în apartamentul ei din celălalt capăt al orașului, viața dobândea alte culori. Mai vii, mai aprinse, mai apropiate de ce-și dorea directorul general al unui post de televiziune. Singura piedică în calea fericirii depline era Codruț, băiatul care dormea alături, dar poate că mâine sau poimâine reușea să scape și de el. Îi trebuia doar un pic de șmecherie. Dacă izbutea să-l cazeze peste noapte la un prieten (cu riscul de-a sta pe Facebook până dimineaţa), avea drum liber pentru planul care-i încolţise în minte pe durata primului sfert de oră din *Aştept să crăpi*.

Mai simplu spus, Horia Mancaş voia s-o recâştige pe Salomeea Chitic pentru Hermes TV. Şi în acelaşi timp s-o câştige pentru sine, până i se întorcea soţia din Spania. Cu o ofertă, cum se spunea una-două pe toate posturile, de nerefuzat.

Închise televizorul, convins că văzuse tot ce avea nevoie. Intui, fără să simtă nevoia confirmării, întrebările următoare ale celor doi clovni din rezerva unde bolea Ecaterina Dimancea: „Pe cine v-a părut cel mai bine să vedeţi, doamna Cati?“ „La cine v-aţi fi aşteptat să vină şi n-a venit?“ „Ce le transmiteţi acum, de pe patul de suferinţă, celor care se uită la dumneavoastră, telespectatorilor noştri fideli?“ Şi alte asemenea porcării.

Dacă totuşi ar fi avut puţintică răbdare şi ar fi dat curs invitaţiei-surpriză a Salomeei („Între interviul înregistrat în rezerva de la Spitalul Fundeni şi discuţia pe care o vom transmite în direct, nu peste multă vreme, de acasă de la doamna Cati, reporterii noştri v-au pregătit o surpriză de proporţii“), Horia Mancaş ar fi fost martorul unei întâlniri epocale între Ecaterina Dimancea şi poetul parlamentar Pompiliu Condor, ale cărui bune raporturi cu Parabola erau cunoscute de mult. Altădată apropiaţi, îndrăgita doamnă a cântecului popular în grai ardelenesc şi poetul cu nume răpitor nu-şi mai vorbiseră în ultimii ani, după un schimb de insulte care trezise în fine CNA-ul din picoteală şi-l convinsese să aplice postului în culpă, între timp intrat în faliment, cea mai mare amendă din ultimul deceniu. Cu atât mai mare se dovedi surpriza reconcilierii, despre care Mancaş află a doua zi dimineaţa în redacţia de la Hermes TV, înainte de întâlnirea cu Georgevici. Aşa că până la apariția directorului de producție, care întârzia, conform obiceiului, directorul general căută pe YouTube, unde dialogul din rezerva de la Fundeni strânsese deja câteva sute de vizualizări.

În costum alb, cu eșarfă roșie și ochelari de soare, Pompiliu Condor se prezentase cu un buchet mare de trandafiri, o cutie de bomboane (ideale pentru cineva silit să facă dializă) și un exemplar din cea mai nouă carte de versuri, intitulată misterios *Lincși și sfincși, miei și derbedei.* Volumul conținea, scrisese singurul critic care avusese curajul să-l deschidă, „revărsarea de sulf și ranchiună a unui versificator care nu depășește nivelul unui elev de clasa a patra dintr-o regiune defavorizată". Cum însă calul de dar nu se caută de versuri, doamna Cati murmurase o mulțumire și pusese toate cadourile pe pat, ca să-i fie aproape, iar operatorul să le poată filma.

Încă de la prima replică, Mancaș își dori ca Georgevici să întârzie suficient ca să-l lasă să vadă înregistrarea până la capăt. În același timp, își impuse ca, odată ajuns acasă, să caute pe YouTube și cearta birjărească din urmă cu câțiva ani, terminată cu blesteme, înjurături și flegme. Poate că nu era o idee rea ca, pe modelul lui *Then and Now* de pe VH1, să înceapă o serie de emisiuni *Atunci și acum* în care să difuzeze înregistrări cu certuri și împăcări celebre. Bineînțeles, ar fi fost greu de smuls înregistrările din ghearele celorlalte posturi TV, dar vorba englezească *where there's a will there's a way* nu apăruse din nimic. Până la urmă, totul era de vânzare.

În prezența lui Matei Romilă, care îl introdusese pe Condor în rezervă, doamna Cati și poetul se treziseră din nou față în față.

P.C. *Ia uite ce bine-arată, dragă! Parcă-i o actriță de cinema!*

E.D. *Vai, dragă, da' şi tu ce frumos eşti! Şi, ce să zic, parcă nu ne-am văzut de ieri, de alaltăieri.*

P.C. *Te-ai gătit bine, îţi stă bine aşa. Serios, eşti gigea.*

E.D. *Şi ţie îţi stă. Da' ştii de ce te-am primit eu pe tine aici?*

P.C. *De ce?*

E.D. *Că nu mai avem timp să trăim.*

P.C. *Asta zicea Zaharia Stancu, pe care l-am cunoscut: nu mă mai cert cu nimeni, că nu mai am când să mă-mpac.*

E.D. *Exact. Asta e, cu alte cuvinte.*

P.C. *Am vorbit cu profesorul care te-a operat. Lucrurile merg spre bine şi vreau să-ţi spun un lucru: spitalul ăsta e o uzină de sănătate. Aici au fost părinţii mei, aici au fost alte rude. Aşa că sfârşitul o să fie cât mai târziu.*

E.D. *Tot o să fie.*

P.C. *Tot o să fie, sigur, fiindcă astea sunt legile cereşti. Dar tu eşti încă tânără, Cati. Îţi spun eu. Păi, uite, sunt oameni de nouăzeci şi doi, de nouăzeci şi trei de ani şi care fumează. Tu nici n-ai fumat.*

E.D. *Mi-a făcut foarte rău fumul.*

P.C. *Iar dacă ne întoarcem la ce ai tu, Cati dragă, e foarte important să crezi că o să te vindeci. Trebuie să crezi. Sunt masluri, sunt rugăciuni, sunt slujbe pe care, dacă ţi le asumi şi crezi cu tărie, te vindecă şi de cancer. Au fost rezolvări şi curăţiri spectaculoase.*

E.D. *Să nu mă curăţ şi eu.*

P.C. *E bine că-ţi arde de glumă. Dar să ştii că exact ce ţi-am spus eu mi-au spus şi mitropolitul Ardealului, şi arhiepiscopul Tomisului. Am vorbit cu amândoi despre tine. Şi, uite, fiindcă nu vreau să stau mult pe capul tău...*

E.D. *Stai cât vrei, Pompi dragă, n-am nici un program.*

P.C. *E bine să te odihneşti. Dar, uite, înainte să plec vreau să-ţi citesc dintr-o poezie pe care am scris-o azinoapte pentru tine.*

E.D. *Pentru mine? Vaaaai, Pompi...*

P.C. *Pentru tine și pentru sufletul tău bun. Ce-a fost a fost. Știi cum se spune: cele rele să se spele, cele bune să se-adune. Uite, zice-așa, poezia asta a mea: „Mă rog pentru cei din spitale, / Dă-le, Doamne, puterile Tale, / Ia-le Tu boala cu mâna, / Fă-le ușoare ca fulgul ziua și săptămâna, / Atunci când ni se ia sânge / Inima mea, fără voia ei, plânge, / Îmi amintesc de iubita mea mamă / Când ofta din rărunchi: Doamne, ia-mă! / În pijamaua ei de diftină / Mama părea o martiră creștină, / Nu-i mai nimereau infirmierele vena, / Era albă ca marmura din Atena". Mă rog, e mai lungă poezia, am scris la ea vreo trei ore, dar nu vreau să te fac să suferi. Ia uite, săraca de ea, are lacrimi în ochi. Hai, Cati dragă, nu mai plânge, te rog, că mă faci și pe mine să plâng, ditamai bărbatul.*

— Salut, Rică. Iartă-mă, e nenorocire-n trafic. Nu mai vezi asfaltu' de-atâtea mașini, se scuză Cornel Georgevici, în așteptarea săpunelii.

Atâta doar că Mancaș, care închise site-ul la intrarea directorului de producție, nu era în pragul unei crize de nervi, cum se așteptase Georgevici. Dimpotrivă, râdea și clătina mefient din cap. Dumnezeule, ce farsor era Condor! Și toată tocana aia prezentată de Salomeea, ce mizerie! Ce perfecțiune a promiscuității și a kitsch-ului! O scârboșenie teribil de greu de depășit, oricât ți-ai pune mintea pe bigudiuri. Totuși, acum, că venise în sfârșit și Georgevici, era nevoie de măsuri urgente și decisive. Existau momente când nu-ți mai alegeai mijloacele, iar acesta era unul dintre ele.

— Te-ai uitat azi-noapte la directul de la babă de-acasă? întrebă Mancaș.

— M-am uitat și m-am crucit. Tu nu?

— Am văzut doar ce-au dat de la spital, după aia am avut treabă. Cum a fost?

Georgevici se scărpină în cap.

— Nu ştiu cum să-ţi zic, Rică, să nu te superi. A fost cel mai mare jeg de când mă uit eu la televizor. Nu de când lucrez în televiziune, de când mă uit. N-am văzut porcărie mai mare.

— Îşi merită titlul?

— Oho, făcu Georgevici.

— Să nu-mi spui c-a mierlit-o live.

— Tehnic, nu.

— Cum adică „tehnic, nu"? se încruntă Mancaş.

Georgevici îşi mobiliză forţele narative şi înjură în gând interdicţia fumatului în birouri.

— Până la urmă a murit, dar n-au mai arătat. Era în direct, ce dracu'. Când au simţit că-i groasă, i-au dat legătura Salomeei în studio. Au mai bătut apa-n piuă un pic şi pe urmă au lăsat-o pe blondă. Dar cic-ar fi dat colţu' cam la zece minute după ce-au terminat directu'. Am pe cineva la ei care mi-a zis.

Horia Mancaş frământă un pix între degete până-l rupse.

— Dacă tot ai pe cineva la ei, era bine să-ţi fi zis din vreme de chestia asta. Făceam ceva, luam măsuri. Acum suntem cu ochii pe ceas. Şi graba strică treaba. Ne trebuie ceva greu de tot.

Un *ping* brusc îi dădu de ştire că primise un sms. Citi în grabă, râse amar şi mai clătină din cap de câteva ori.

— Pe surse, Parabola o să spargă audienţele, îi zise apoi directorului de producţie. Bun, era de aşteptat. Dar ascultă-mă bine, Luşule, dacă nu ne mişcăm şi nu ieşim repede pe piaţă cu marfă trăsnet, ne zboară Timofte din scaune. Mă rog, pe mine, tu n-ai treabă.

Nu doar Mancaş, ci toată lumea de la Hermes TV ştia că principala calitate a lui Cornel Georgevici era înrudirea cu patronul.

— Stai să vedem dacă nu și-o iau de la CNA, murmură acesta, pe când Mancaș răspundea unui mail.

— CNA-ul trebuie întors din când în când pe partea cealaltă, să nu mai sforăie, ricană Mancaș, ridicându-și ochii din laptop. Oricum, n-avem voie să așteptăm. Timpul nu lucrează pentru noi. Dacă Parabola mai vine cu două ediții din șmecheria asta și noi nu răspundem cu nimic, mai bine ne-apucăm de poale-n brâu.

Directorul de producție își împreună mâinile sub bărbie, cum văzuse prin filmele unde se simula ganditul.

— Ai vreo idee? întrebă el.

Mancaș râse strâmb.

— Am, chit că asta ar cam fi treaba ta. Dar am. Roagă-te să ne iasă.

Parabola mai apucă să stea singură doar zece zile pe nișa emisiunilor cu miros de cimitir. În a doua ediție de la *Aștept să crăpi*, Salomeea Chitic, care alterna dezmățul petrecerilor nocturne cu recitaluri de ipocrizie înlăcrimată, se ocupă de Laurențiu Corbean, un fost campion balcanic la ciclism din care cancerul rosese câțiva ani, până făcuse din el o epavă cu ochi mari și stinși. Diana Cernat și Matei Romilă, reporterii de teren rodați deja în arta de-a nu roși niciodată, respectară până la un punct scenariul întâlnirii cu Ecaterina Dimancea. Atâta doar că trebuiră să se mărginească la discuțiile de acasă de la Corbean, în prezența unui fiu îmbrăcat deja în negru, fiindcă spitalizarea devenise, după părerea medicilor, inutilă. Pe de o parte, nu aveau ce să-i mai facă. Pe de alta, costurile erau peste puterile bănești ale bolnavului, care avusese grijă să-și topească economiile prin cazinouri și pe la agențiile de pariuri.

Între timp, creierele luminate de la Hermes TV se strânseră circumvoluțiune lângă circumvoluțiune și se dedară unei sesiuni de brainstorming în care avură de rezolvat două probleme: prin ce produs să răspundă emisiunii de la Parabola și cum să se numească? Știind ca nimeni altul că moartea se vindea acum ca telemeaua pe vremuri, Horia Mancaș propuse o emisiune în care să se transmită – dacă se putea, în direct, dacă nu, înregistrat la o oră de maximă audiență – înmormântări ale VIP-urilor din bătătura națională. Nu pomeniri, nici parastase, nici priveghiuri. Nu, doar slujba de băgare în pământ. Cu bocitoare, cu lacrimi, cu microfonul vârât sub nasul preotului și cu interviuri în buza gropii, luate altor VIP-uri care fuseseră în relații amicale sau tandre cu răposatul. Acestea din urmă nu aveau voie să lipsească.

— Ați văzut ce-a fost prin ziare când s-a dus Dolănescu? întrebă Mancaș.

— Văzut, confirmă corul subalternilor.

— Dar Dinică?

— Văzut.

— Dar Dan Spătaru?

— Văzut.

— Dar Fane Spoitoru?

— Păi și ăsta-i VIP?

— Pentru unii e. Oricum, vreau să știu, mai dă cineva îngropăciuni pe post? În direct sau în reluare? Sau în direct *și* în reluare? continuă Mancaș în aceeași notă.

— Nț, nu prea, i se răspunse pe mai multe voci.

— Păi vedeți? Ăsta-i drumul, pe el mergem. Trebuie să ne luăm publicul înapoi de la Parabola. Cu orice preț.

După ce se stabili, nu întru totul democratic, profilul produsului, se trecu la a doua chestiune: cum să se numească emisiunea? Horia Mancaș aștepta soluții cu impact, dar în locul lor primi, cel puțin la început, sugestii de nefolosit.

— Eu zic să mergem pe înmormântări de țigani, aici e show-ul cel mai mare. Și-i zicem *Coliva unchiului rom*, propuse Doru Melinte de la marketing.

— S-a umflat literatura-n tine, nu? bombăni Mancaş agasat. Vino naibii cu un titlu ca lumea. Şi, oricum, ce merită să filmezi în ţigănie sunt nunţile. Uite, vezi, asta ar putea să fie o idee pentru la anu'. Dar acum avem alte urgenţe. Aşa că săriţi cu lucruri valabile.

— *Parol, să mă-ngropi*, susură caragialesc Corina Măstăcan de la comunicare.

Mancaş trânti un pumn în masă.

— Băi, nu sunteţi sănătoşi?! Ce dracu', nu v-am chemat să ne jucăm de-a cine e mai deştept! Îmi trebuie un titlu tare, care să bubuie. Aţi uitat cum se cheamă oroarea de la Parabola? *Aştept să crăpi.* De aşa ceva am nevoie, nu de jocuri de glezne.

— *Cimitiriada* merge? se auzi un alt glas.

— Nu merge, respinse Mancaş propunerea. Seamănă cu Daciada.

— *În ţărână ne întoarcem?*

— Prea poetic.

— *La loc cu verdeaţă?*

— Prea subtil. Riscăm să inducem în eroare. Unii o să creadă că transmitem de prin pieţe.

— *Amin?*

— Prea scurt, prea bisericesc, prea Idi Amin Dada.

— *În cele din urnă?*

— E bun doar pentru incinerări. Şi, oricum, a ieşit o carte cu titlul ăsta. Ne mai trezim naibii cu vreun proces. Hai, mai stoarceţi-vă neuronii.

Soluţia salvatoare veni după vreo douăzeci de minute din partea cui se aşteptau mai puţin. După ce-şi făcu de lucru desenând nişte sâni cu sfârcuri întărite (preocuparea lui predilectă la şedinţe), Cornel Georgevici se uită în stânga şi-n dreapta, îşi drese glasul şi rosti:

— *Ţi-am pus cruce.*

Se lăsă o liniște respectuoasă. Fiecare dintre cei de față simți că licitația pentru titluri ajunsese într-un punct din care nu mai avea cum să urce. Și în fiecare crescu, preț de o clipă, invidia.

— Asta e, băi Lușule, bravo, destrămă Mancaș tăcerea, după care se ridică de pe scaunul din capul mesei, făcu doi-trei pași și-i arse o palmă camaraderească pe spinare directorului de producție.

Georgevici dădu din cap cu falsă modestie, ca la primirea unei distincții înalte, și profită de ocazie să adauge:

— Trebuie să vedem cu cine ieșim la bătaie ca s-o îngropăm pe Salomeea.

— Bună asta cu îngropatul, murmură Melinte, notându-și ce spusese Georgevici, în ideea că ar fi putut avea nevoie de citat în campania de promovare.

Directorul general râse asigurator.

— Aici suntem blindați, copii. Avem exact ce ne trebuie. Închipuiți-vă o combinație de Dida Drăgan în criză de colici, o pisică murată de ploaie, Morticia Addams, un meci al lui Dinamo și o zi de februarie la Cugir.

Participanții la ședință analizară datele și livrară soluția cam în același timp, cu o măruntă umbră dubitativă:

— Otilia Vornicu? Văduvioara?

— *Jackpot!* exclamă vesel Mancaș. Ea însăși. Să nu-mi spuneți că aveți alte propuneri.

Chiar dacă ar fi avut, participanții la sesiunea de brainstorming își dădură seama că nu exista variantă mai bună decât cloroticа Otilia Vornicu, o făptură de treizeci și cinci de ani și cam de tot atâtea kile, cu hainele ude pe ea, și care, după ce-i murise soțul, nu se lăsase convinsă de nimeni să se mai îmbrace vreodată altfel decât în negru.

— Oricum, felicitări, Lușule, reveni Mancaș asupra celui care emisese titlul câștigător. *Ți-am pus cruce*. Perfect. Drept să-ți spun, m-ai luat prin surprindere.

— Ştiu ce crezi despre mine, Rică, zise Georgevici, cu un zâmbet strâmb. Dar mai am şi câte-o zi din asta.

Corina Măstăcan ridică o mână.

— Spune, păpuşel.

— Crezi că Văduvioara o să accepte? Îţi dai seama că o s-o buşească plânsul la fiecare ediţie. O să-şi amintească de bărbatu-său.

— La cât bănet umflă, pun capul jos că acceptă. Dacă nu, îşi caută de lucru, asta-i bună. Doar n-o să mă rog de ea. Iar dacă pişă ochii, şi mai bine. Trebuie să batem Parabola cu tot ce-avem.

Lucrul la *Ţi-am pus cruce* începu de a doua zi, cu motoarele la turaţie maximă. Documentariştii scanară toată presa ultimilor ani şi pescuiră detalii importante dintr-o puzderie de înmormântări cu asistenţă copleşitoare: Nicolae Dobrin şi Corneliu Vadim Tudor, Dumitru Sechelariu şi Marioara Zăvoranu, Adrian Pintea şi Anca Parghel, Florian Pittiş şi Ştefan Iordache, Adrian Păunescu şi regina Ana, Nicu Constantin şi Teo Peter. Cei de la decoruri şi recuzită rămaseră în fiecare noapte în platou până la trei. Tudor Ciubotariu, scenaristul ales să scrie textele Otiliei Vornicu, îşi notă toate clişeele pe care prezentatoarea trebuia să le rostească pentru ochii şi urechile poporului.

Pe de altă parte, Horia Mancaş îşi dădu seama că, luat de valul inspiraţiei, o propusese ca prezentatoare pe Otilia Vornicu, deşi iniţial îşi pusese în cap s-o aducă pe Salomeea Chitic înapoi de la Parabola şi să-i ofere ei emisiunea. Sigur, nu trebuia să fii specialist ca să-ţi dai seama că Văduvioara era mai potrivită decât blondina. Oricum însă, chiar şi fără *Ţi-am pus cruce* recuperarea Salomeei tot merita încercată, fie şi pentru şubrezirea rivalilor. Aşa că, după ce se convinse că lucrurile avansau repede şi bine cu pregătirea primei ediţii din *Ţi-am pus cruce*, Mancaş se pregăti să-i pună şi el cele cuvenite blondinei. Iar pentru asta îi dădu voie lui Codruţ să rămână peste noapte la Paul, prietenul şi colegul lui de bancă, sub paza a doi părinţi care aveau fiecare câte o maşină cu iconiţe cu Arsenie Boca lipite de bord.

Dacă ar fi trecut prin panseurile lui John Lennon, Horia Mancaş ar fi aflat că viaţa este ceea ce ţi se întâmplă când eşti ocupat cu făcutul altor planuri. Iar dacă s-ar fi adăpat niţeluş şi din izvorul de înţelepciune al lui Woody Allen, ar fi aflat că-l poţi face pe Dumnezeu să râdă spunându-i ce planuri ai. Pe scurt, Salomeea Chitic se găti pe principiul *dress to kill* şi ajunse acasă la directorul general de la Hermes TV pe la opt seara, ceea ce, în orice alte condiţii, ar fi putut fi perfect. Atâta doar că, prins până peste cap cu meciul dintre Parabola şi Hermes TV şi cu lovitura de răspuns pentru *Aştept să crăpi*, Mancaş uitase că era exact seara când i se întorcea soţia din Alcorcón. Prin urmare, pe la zece şi jumătate, după consumarea politeţurilor preliminare, tocmai când directorul general îi expunea blondinei oferta de nerefuzat (bârzoiată şi tumescentă, nu-i vorbă, dar un picuţ iritată în vârf), iar beneficiara se apleca asupra ei pentru o cât mai adâncă înţelegere, *la señora* Mancaş descuie uşa de la intrare şi se văzu în faţa unei erecţii de care ea, una, uitase când avusese parte ultima oară şi a unei perechi de ţâţe care-i puneau furunculele într-o flagrantă inferioritate. Deliei Mancaş nu-i trebuiră mai mult de două clipe ca să prelucreze informaţiile (printre care şi aceea că dragul ei Codruţ se vede treaba că fusese parcat cine ştie unde), să-şi ia bagajele nedesfăcute, să-i comunice directorului general că urmează să se întâmple lucruri şi să trântească uşa după ea, dispărând într-o direcţie necunoscută.

Că Mancaş se simţi obligat să-şi retragă oferta (care, la drept vorbind, parcă se blegise un stropşor) mai treacămeargă, dar Salomeea Chitic se văzu deodată în postura de-a fi declanşat, într-un timp relativ scurt, dublul divorţ al directorului general şi al directorului de producţie de la postul concurent Parabolei. N-ar fi provocat asemenea daune nici dac-ar fi fost trimisă în misiune de Liviu Tărchilă sau de şeful lui. Mulţumită că nu trecuse prin trauma unei păruieli, blondina îşi refăcu moralul vag deteriorat într-un bar de noapte unde se trăgea masiv pe nas şi unde nimeri lângă un tânăr îmbrăcat în negru în care-l recunoscu, nu fără o strângere de inimă, pe băiatul fostului campion balcanic la ciclism Laurenţiu Corbean, cancerosul pentru care îşi vărsase cotizaţia de lacrimi la *Aştept să crăpi* nu cu mult în urmă.

În logica titlului de emisiune proaspăt născocit, Horia Mancaş îi puse cruce Salomeei Chitic şi se consolă cu ideea că pe firile sensibile le podideau lacrimile doar văzând-o pe Otilia Vornicu, fără ca prezentatoarea să trebuiască să deschidă gura. Dacă mai şi vorbea, Văduvioara era în stare să-l cufunde în depresie până şi pe cel mai vesel om de pe pământ. Din acest unghi, se părea că Mancaş făcuse cu adevărat alegerea optimă. Ca urmare, nu era deloc surprinzător că acum aştepta ediţia inaugurală de la *Ţi-am pus cruce* cu o nerăbdare crescândă. Şi, fireşte, cu emoţiile pe care le are orice armator când îşi lansează nava la apă.

La rândul lui, Cornel Georgevici petrecu minimum o oră pe zi la repetiţiile pentru premiera emisiunii. Gurile rele îl cuplară imediat cu asistenta Otiliei Vornicu, însă fără aplombul de altădată (şi, întâmplător, fără motiv de data asta). Nimeni nu uitase că titlul plin de bruscheţe şi totodată de promisiuni i se datora. Atâta doar că preocupările de acest tip erau insuficiente câtă vreme echipa de la Hermes TV nu găsea prilejul oportun pentru explozie. Cu alte cuvinte, Văduvioara şi ceilalţi repetau de pomană dacă nu murea nici un VIP fructificabil şi dacă nu începeau negocieri fulgerătoare cu familia pentru transmiterea în direct a înmormântării. Unde mai pui că Parabola nu-şi aştepta concurenţa şi înregistrase deja, umbla vorba prin târg, materie primă pentru nu mai puţin de şapte ediţii din *Aştept să crăpi*, la care trebuiau adăugate doar transmisiunile în direct. Asta era legea firii. Numărul bolnavilor şi muribunzilor îl depăşea mereu pe cel al decedaţilor.

Şi mai era ceva. Nimeni nu le garanta celor de la Hermes TV că avea să moară o celebritate în fiecare săptămână – cu atât mai puţin în *aceeaşi* zi a săptămânii. Era nevoie de supleţe şi de inteligenţă. O emisiune care îşi schimba ora şi ziua de difuzare în funcţie de programul cimitirelor nu avea cum să reziste, oricâtă promiscuitate ar fi oferit. Publicul era, nimic nou aici, sclavul reflexelor şi al deprinderilor. Trebuia să ştie ce şi când să aştepte.

Cum însă norocul îi ajută pe cei îndrăzneţi, tocmai când conducerea de la Hermes TV se uita implorator la calendar, iar patronul Marin Timofte spumega zgomotos în biroul lui de la etajul doi, celebrul actor de film Damian Hulubei se îndură de soarta tabloidismului autohton, suferi un accident vascular cerebral şi trecu la cele sfinte cu puţine săptămâni înainte să împlinească 64 de ani. Echipa de negociatori expediată de Hermes TV acasă la Hulubei se tocmi cam o oră şi jumătate cu fiica actorului şi cu soţul ei, după care se întoarse la sediu cu o minunăţie de contract semnat şi cu obligaţia de-a achita familiei o sumă binişor mai mică decât cea estimată. Presa se ocupă pe larg de moartea neaşteptată a lui Hulubei, îi evocă palmaresul burduşit de premii şi nu uită să insiste pe mărinimia cu care îşi pusese talentul la dispoziţia tinerei generaţii – un alt mod de-a spune că, în ultimii ani, actorul se trezise în fiecare lună în patul altei studente a Academiei de Teatru şi Film. Ziarele de cancan nu-şi uitară nici ele obiceiul şi-l înălţară automat pe Hulubei la rangul de maestru, ceea ce era, într-un fel, sinonimul ceremonios al lui „defunct" sau „răposat". România era, de peste douăzeci de ani, ţara maeştrilor postumi.

Dribling afectiv? Cu siguranţă. Escrocherie sentimentală? Fără doar şi poate. Cinism? Da. Calcul de audienţă? Iarăşi da. Horia Mancaş răspunsese afirmativ când fusese descusut cu privire la viciile etice ale emisiunii pe cale de-a fi lansată. Directorul general de la Hermes TV se autoconsola mereu cu argumentul francheţei, aşa cum făcu şi în conferinţa de presă care anunţă primul episod din *Ţi-am pus cruce*:

— Spre deosebire de anumiţi lupi îmbrăcaţi în blană de oaie, eu spun clar ce-mi doresc. Aşa cum D.D.-ul a vrut să otevizeze România, eu vreau ca toată ţara să caşte gura la emisiunile noastre despre morţi iluştri. Şi băcanul, şi academicianul. Şi tenorul, şi frezorul. Scurt şi cuprinzător. Nu vreau cultură, nu vreau spirit, nu vreau educaţie. Vreau *couch potatoes*. Vreau audienţă, fiindcă audienţa aduce publicitate, iar publicitatea, bani. Când mă duc la piaţă, am grijă să nu plec fără bani. Încercaţi voi să cumpăraţi morcovi sau cireşe cu spirit sau cultură şi vedeţi ce vă spune ţăranul de la tarabă.

A doua zi la prânz, după un generic în care se amestecară aşchii de recviem, marş funebru şi Bregović, Văduvioara deschise prima ediţie din *Ţi-am pus cruce* cu o tristeţe câtuşi de puţin jucată.

— Bună ziua, doamnelor şi domnilor. Bine v-am găsit. Sunt Otilia Vornicu şi vă invit să ne fiţi alături în încercarea noastră – o premieră în orice caz naţională, dacă nu cumva mondială – de a-i conduce pe ultimul drum pe oamenii noştri mari şi dragi. Oameni care, părăsindu-ne, ne lasă mai săraci. Oameni care ne-au bucurat sufletele ani la rând, oameni pe care poate că n-am ştiut să-i iubim sau măcar să-i apreciem cum se cuvine cât timp au fost printre noi. Oameni care ne-au înnobilat viaţa, oameni care au lucrat în orizontul vocaţiei, al pasiunii, al dragostei pentru semeni. Oameni care au ajuns la capătul drumului lor pământean şi care îşi încep acum marea călătorie spre dincolo. Spre vămile văzduhului. Lor le este dedicată emisiunea *Ţi-am pus cruce*, pe care o difuzăm începând de astăzi. Lor şi, bineînţeles, dumneavoastră.

Văduvioara vorbi mai bine de cinci minute în deschidere, ceea ce lui Mancaş i se păru cam mult. Vocea ei calmă şi sigură la început se gâtui după primele fraze, pentru ca, înaintea legăturii directe la cimitir, telespectatorii să aibă parte de o smiorcăială şi apoi de un plâns în toată regula, care-i compromise machiajul şi o făcu să semene cu protagonista unui film cu vampiri.

— Of, Tică, şopti ea, după ce predă legătura.

— Oftică? se repezi Georgevici. A apucat-o oftica? De ce? Ce nu-i convine?

— Şi-a adus aminte de bărbatu-său, îl lămuri Corina Măstăcan. Doar v-am zis.

În criză de timp, echipa care făcea emisiunea nu apucase să instruiască doi reporteri de teren de calibrul lui Romilă şi Cernat de la Parabola. Singura soluţie fusese detaşarea unui băiat de la „Sport“ şi a unei fete de la „Monden“, ceea ce se văzu încă de la prima intervenţie în direct de la cimitir. Băiatul, Alin Corşatea pe nume, preluă legătura şi uită pentru o clipă că nu mai era la meci.

— Da, Oti, mulţumesc. Dragi telespectatori, suntem aici, la marginea gazonului...

— Cavoului, îl corectă Sorina Manciu, colega lui de teren.

— ...iertaţi-mă, la marginea cavoului de pe aleea centrală a cimitirului Veşnica Pomenire, de unde transmitem în direct şi în exclusivitate pentru telespectatorii postului Hermes TV ceremonia de înmormântare a marelui actor Damian Hulubei (îi veni să scandeze „Hu-lu-bei! Hu-lu-bei!“, dar se abţinu), plecat pe neaşteptate dintre noi la nici 64 de ani. După cum vă arată operatorii noştri, în spatele meu se poate vedea o mare de oameni, ceea ce arată, nu-i aşa?, cât de iubit a fost maestrul. Flori, lacrimi şi lumânări. Ele îl vor însoţi pe marele dispărut în drumul lui de pe urmă. Mai trebuie spus, stimaţi telespectatori, că după ce cortegiul a ieşit din biserica unde slujba funerară a fost oficiată de şaisprezece preoţi, mulţimea adunată în faţa aşezământului a început să plângă şi să aplaude la scenă deschisă acest ultim rol al maestrului.

— Cineva o să trebuiască să le explice la un moment dat idioţilor ăstora ce înseamnă aplauzele la scenă deschisă! răbufni Mancaş, abţinându-se vitejeşte să-şi aprindă o ţigară.

Sorina Manciu preluă ştafeta de la colegul de teren, după obiceiul crainicilor de ştiri. La câţiva kilometri de sediul Hermes TV şi la tot atâţia de cimitir, Matei Romilă, Diana Cernat, Salomeea Chitic şi Liviu Tărchilă stăteau în sala de consiliu de la Parabola şi se uitau, cu expresii nu dintre cele mai vesele, la desfăşurarea de forţe a rivalilor. Lucrurile nu arătau grozav. Chiar deloc.

— Admiratorii au aruncat flori în calea maşinii mortuare de la biserică până la cimitir, turui Sorina Manciu, pe când Alin Corşatea încuviinţa din cap. Florile au fost procurate de la Visul din Petale, una dintre florăriile exclusiviste din Bucureşti. („Plăteşti din leafă amenda pentru reclamă mascată, fi-ţi-ar mondenul de râs!“ tună Georgevici.) Înainte să ajungă aici, la Veşnica Pomenire, de unde transmitem în direct pentru dumneavoastră, cortegiul a făcut două opriri: una în faţa Teatrului Cortina, cealaltă la locuinţa maestrului. De fiecare dată cei prezenţi au păstrat un moment de reculegere, ocazie cu care a putut fi remarcat superbul *deux-pièces* negru al Marilenei Roşu, partenera de scenă preferată a maestrului Hulubei. Dacă nu mă înşel, rochia aparţine cunoscutei creatoare de modă... mă rog, n-are importanţă, se cenzură Sorina Manciu, avertizată în cască despre riscurile cărora se expunea dacă nu renunţa pe loc la mondenităţi. E bine să ştiţi, doamnelor şi domnilor, că, de la intrarea în cimitir şi până la locul de veci, sicriul a fost purtat pe umeri de doi foşti colegi de teatru ai maestrului şi de patru militari în ţinută solemnă. Asistenţa a izbucnit în aplauze, iar la slujba de înmormântare care se încheie chiar în aceste clipe asistă câteva sute de oameni, poate chiar o mie. Cei mai defavorizaţi sunt cei din ultimele rânduri, care sunt gata să facă orice ca să vadă ceva. Unii s-au căţărat din timp pe ghereta paznicilor, alţii stau ciorchine prin copaci, pe stâlpi sau chiar pe crucile mai înalte din cimitir. Mai trebuie spus că au existat şi trei cazuri de leşin – este foarte cald astăzi la Bucureşti –, dar, spre cinstea lor, medicii de pe ambulanţă au intervenit la timp şi şi-au făcut datoria.

— Sorina, Alin, dacă mă auziţi, spuse Otilia Vornicu din studio. Cine a oficiat slujba de înmormântare?

— Un preot, Otilia, un preot echipat în tradiţionalul – se repezi Alin Corşatea, întrerupt însă, din fericire pentru el, de murmurul celor de faţă, care se transformă repede într-un vuiet pigmentat ici şi colo de fluierături şi huiduieli.

Otilia Vornicu simţi un nou nod în gât când întrebă:

— Ce se-ntâmplă, Sorina, Alin? Vă rog să ne spuneţi.

— Se pare, Otilia, se pare, doamnelor şi domnilor, că sicriul nu intră în groapă, răspunse Sorina Manciu cu o figură consternată. Lucrătorii de la cimitir parlamentează acum cu fiica şi cu soţul maestrului. Se gesticulează intens şi, din câte văd, nervos. Dacă vă uitaţi bine, fiicei maestrului Hulubei i se vede inelul cu safir achiziţionat cu două luni în urmă... ăăă... să trecem. Mă apropii chiar acum cu microfonul de locul unde se poartă discuţia şi încerc să aflu câteva detalii pentru telespectatorii noştri. Bună ziua şi Dumnezeu să-l ierte. Ce faceţi aici? îl întrebă ea pe cel mai apropiat dintre gropari.

Bărbatul se şterse pe frunte cu dosul palmei.

— Încercăm să-l băgăm pă om 'năuntru, da' nu-ncape, 'tu-i basca mă-sii.

Conducerea de la Hermes TV se crispă, în timp ce pe chipurile concurenţei de la Parabola înfloriră, măcar o dată, zâmbete mulţumite. *Dacă tot vor rating, măcar să bage mâna-n buzunar.* Şi înjurătură, şi în miezul zilei, şi într-un cimitir. Normal era să-i doară.

Sorina Manciu şi Alin Corşatea schimbară unghiul de atac şi se insinuară lângă fiica răposatului.

— Lângă mine se află Anca Hulubei, fiica maestrului. Bună ziua, doamnă, sunteţi în direct. Am înţeles că sunt probleme cu sicriul, nu?

— Sicriul n-are nimic, răspunse înţepată fata actorului. Tâmpiţii ăştia au măsurat prost şi-acum trebuie să spargă nu ştiu câţi centimetri – cinci, zece sau mai mulţi – din peretele cavoului. Zău, vă daţi seama în ce situaţie ne-au pus? Cu atâta lume aici. Ne-au zis c-au măsurat de trei ori. Înseamnă c-au fost beţi.

În studioul de la Hermes TV, Otilia Vornicu îşi suflă nasul, cu dâre simetrice de rimel despicându-i grotesc obrajii. Bine măcar că nu era în direct, atât i-ar fi trebuit.

— Am tot vorbit despre *marele* actor, despre *marele* dispărut, despre *marele* maestru, spuse Alin la marginea gropii, chipurile ca să dezgheţe atmosfera. Avem acum o ultimă dovadă că a fost cu adevărat mare, fiindcă, iată, nici măcar nu încape în cavou.

— Eşti un cretin, îi spuse de la obraz Anca Hulubei, iar soţul ei, un om mai degrabă de acţiune decât de cuvânt, dădu, fără succes, să-l ia de guler.

— Oho, comentă Georgevici din faţa televizorului, n-aş fi crezut. *Good for the business.*

— Uneori e bine să-i laşi pe proşti să vorbească, mârâi Mancaş, notându-şi ceva pe o hârtie.

La cimitir, o voce piţigăiată despică deodată aerul din spatele reporterilor.

— E semn de sus, mamă, ascultaţi la mine. N-a vrut să plece. Nici el, nici oamenii. A plecat prea devreme şi de-aia n-a încăput. E semn de sus că-i pare rău că ne-a lăsat.

Alin Corşatea şi Sorina Manciu se dădură în lături, ca s-o aducă în faţă pe cea care vorbise, dar femeia care delirase astfel se răsuci pe călcâie şi se îndepărtă, clătinând din capul îmbăsmălit şi făcându-şi cruci peste cruci.

— Dacă-mi daţi voie, spuse un bătrânel bondoc, cu părul alb şi cu o mustaţă haiducească, ale cărei margini i se prelingeau pe bărbie. Sunt numerolog şi pot să fac lumină. Iorgu Restivan mă cheamă, am fost prieten cu Dami, vă poate spune şi Anca.

Reporterii nu mai aşteptară confirmarea fiicei, mai ales după insultarea în direct a lui Alin Corşatea, şi-i vârâră microfonul sub nas bătrânelului. Acesta nu se lăsă invitat de două ori.

— Vedeţi dumneavoastră, dragul nostru Dami mai avea de trecut al nouălea ciclu. El are, cum să vă spun, are cifra de destin opt. Adică a trăit de opt ori câte opt ani. În total, şaizeci şi patru de ani. Or opt este o cifră a extremelor. O cifră care te urcă pe Everest sau te prăvăleşte în Groapa Marianelor. Iar Dami a avut parte de ambele ipostaze. A trecut de la măreţie la umilinţă şi înapoi. Numai pentru el n-a avut destul timp niciodată. Şi mai e ceva. Ştiţi cât au trebuit să spargă muncitorii ca să încapă sicriul în groapă? Opt centimetri. Credeți că astea sunt coincidențe? Nici vorbă. Dami al nostru nu și-a îndeplinit menirea pe pământ. De aici regretul că a plecat din lumea noastră.

— Să mai spunem că zeci de oameni prezenți la înmormântare, tineri, dar nu numai, s-au înghesuit să-și facă selfie-uri cu maestrul înaintea slujbei. Între doi dintre ei a fost cât pe-aci să izbucnească un conflict, dar până la urmă lucrurile s-au calmat și au reintrat în normal, adăugă Alin Corșatea, pe când numerologul se retrăgea mulțumit că apucase să-și împărtășească teoria.

Cei doi reporteri continuară să transmită încă douăzeci de minute, timp în care chemară la microfon prieteni și rude ale maestrului, colegi de teatru și oameni de pe stradă, politicieni și directori de bănci, de fapt pe oricine simțea nevoia să îndruge două banalități care să-l înfățișeze nației, în direct și în reluare, ca pe un om empatic și sensibil. Când începu pomana, Alin Corșatea și Sorina Manciu dădură legătura în studio, unde Otilia Vornicu își recită poezia de final de pe prompter.

— Mulțumesc, Alin. Mulțumesc, Sorina. Doamnelor și domnilor, viața pe pământ a îndrăgitului actor Damian Hulubei a luat sfârșit. Corina... mă scuzați, cortina a căzut peste cel care a lucrat atâția ani în slujba Thaliei tocmai la Teatrul Cortina. Ce frumoasă coincidență, chiar și într-un moment de o asemenea tristețe. Da, suntem cu toții mai săraci. Am rămas orfani de un suflet drag și de un om frumos. Și știm că, de acum încolo, omul acesta care a adus atâta bucurie și culoare în viețile noastre serbede nu va mai apărea în fața noastră. Cu toate acestea, doamnelor și domnilor, vă asigur că maestrul n-a făcut decât să se mute pe altă scenă. El a plecat, o, da, să joace în fața îngerilor. Cu glasul său profund, baritonal, și totuși blând, le va spune poezii heruvimilor. Va declama în fața oștilor cerești. Vocea lui se va auzi la poarta raiului, care fără doar și poate că i se va deschide larg. Cum a spus cineva despre altcineva – iertați-mă, am un lapsus, din cauza emoției –, maestrul Damian Hulubei n-a murit. Cei prezenți la cimitirul Veșnica Pomenire au condus la groapă un sicriu gol.

— Zău? Și-atunci cu cine mă-sa își făceau ăia selfie-uri, gâscă proastă ce ești?! răcni inutil Mancaș din fața televizorului.

— Aceasta a fost prima ediție a emisiunii *Ți-am pus cruce*, pe care Hermes TV vă dă posibilitatea să o urmăriți în reluare la ora douăzeci și trei, după știrile nopții, continuă prezentatoarea cu același glas tremurat. Le mulțumim colegilor noștri plecați pe teren și echipei tehnice, dar în primul rând vă mulțumim dumneavoastră, doamnelor și domnilor, pentru răbdare și atenție. Vă așteptăm cu drag data viitoare. Eu sunt Otilia Vornicu și vă invit să nu ne puneți cruce. La revedere, pe curând.

Pe când curgea genericul emisiunii, Cornel Georgevici primi un sms de la concurență. „Văzut și plăcut, Lușu. Vii mâine la o cafea?“ „Unde și când?“ tastă directorul de producție de la Hermes TV. „Pe la 11, la sediu“, răspunse Liviu Tărchilă. „Neagră, fără zahăr“, acceptă Georgevici invitația.

Plecă acasă căznindu-se să-și pună ordine în gânduri și să evalueze onest ceea ce văzuse. În materie de kitsch, *Ți-am pus cruce* stătea fără probleme alături de *Aștept să crăpi*, așa cum dovedea și sms-ul de felicitare din partea omologului de la Parabola. Din ce se putuse citi pe figura lui Horia Mancaș, cu toate șovăielile, produsul finit corespundea așteptărilor – mai ales pentru o primă ediție făcută contracronometru. Sigur că directorul general urma să găsească o droaie de hibe, dar mai mult că sigur că era vorba de fleacuri. În linii mari, ținta fusese atinsă.

Pe de altă parte, renunţarea la Salomeea Chitic îl făcu să răsufle uşurat. N-ar fi vrut să reînceapă s-o vadă pe blondină fâţâindu-i-se iarăşi prin faţa ochilor în fiecare zi, ca pe timpuri. Ar fi fost o situaţie delicată şi provocatoare de ranchiune, mai ales după ce aflase cam toată lumea de întâmplarea de acasă de la Mancaş. De la city-breakul andaluz se întâmplaseră destule lucruri care-i astâmpăraseră poftele lui Georgevici şi-l făcuseră ca, atunci când venea vorba de Salomeea, să se manifeste prudent.

În al treilea rând, orice invitaţie la cafea (mai cu seamă la sediul invitatorului) era, în lumea televiziunii, preambulul unei propuneri rentabile. Lui Georgevici nu i-ar fi displăcut ideea unei plecări la Parabola, deşi dezavantajele erau limpezi: revederea cu Salomeea, de care tocmai conchisese că era bine să se ţină departe, şi inexistenţa vreunei legături de rudenie cu patronatul postului. Avantajele, căci existau şi ele, constau în salariu (Parabola plătea cel mai bine pe piaţa media) şi în evadarea de sub bocancul lui Horia Mancaş, a cărui părere proastă despre el nu se modificase spectaculos, cu tot puseul lui de inspiraţie privind titlul emisiunii.

A doua zi la unsprezece, Cornel Georgevici intră în biroul lui Liviu Tărchilă tocmai când acesta termina de făcut revista presei, în căutarea vreunui articol în care să se scrie de bine (puţin probabil) sau de rău (mai degrabă) despre Parabola. Tărchilă se ridică, îi strânse mâna musafirului şi-i făcu semn să se aşeze. Secretara intră ca la un semn cu cafelele şi cu două pahare de apă. După banalităţile introductive, gazda i se adresă oaspetelui cu tonul cu care întrebi pe cineva de pe stradă cât e ceasul.

— Şefii noştri s-au pus de acord încă de ieri, imediat după ce-a rulat pilotul vostru.

Georgevici simţi că discuţia nu avea să ia cursul anticipat, aşa că se mărgini să dea din cap.

— Aşa că acum e rândul nostru, continuă Tărchilă. Nu ghiceşti?

— N... nu, răspunse nesigur Georgevici.

Tărchilă râse subţire şi începu să mâzgălească pe foaia din faţa lui.

— Dat fiind succesul separat al lui *Aştept să crăpi* şi *Ţi-am pus cruce*, şefii au decis că e şi mai bine să avem un succes în comun. Chiar dacă facem parte din trusturi diferite. O să fie cea mai mare bombă din ultimul deceniu. Două televiziuni care se bat pentru şefie fac o emisiune-cartel, cu logistică şi resurse umane de la fiecare. Patronii de trust o să pună totul pe hârtie, cu băieţii de la juridic. Noi trebuie să ne ocupăm de munca de jos, ca de obicei.

După ce-şi reveni din stupoare, Georgevici puse întrebarea care se impunea:

— Ce emisiune? Cum o să se numească?

Tărchilă se ridică în picioare, pentru ca răspunsul să aibă un impact mai puternic.

— O emisiune comună, în care să se lipească emisiunile noastre separate. Iar titlul, hm, titlul e la mintea cocoşului: *Aştept să crăpi şi să-ţi pun cruce*.

Georgevici dădu să spună ceva, dar Tărchilă i-o luă înainte, cu un glas muiat în uleiul echivocului:

— Ia gândeşte-te, o s-o împărţim pe blondă.

Înţeleptit de păţaniile prin care trecuse după întoarcerea de la Sevilla, directorul de producţie de la Hermes TV primi trimiterea la Salomeea Chitic aşa cum ar fi procedat orice atlet al precauţiei: tăcând mâlc.

Cuprins

La prețul de vânzare se adaugă 2%,
reprezentând valoarea timbrului literar.